孟繁华自选集

孟繁华／著

山东人民出版社·济南
国家一级出版社　全国百佳图书出版单位

图书在版编目（CIP）数据

孟繁华自选集/孟繁华著.--济南：山东人民出版社，2018.6

ISBN 978-7-209-11362-5

Ⅰ．①孟… Ⅱ．①孟… Ⅲ．①长篇小说－小说评论－中国－当代 Ⅳ．①I207.425

中国版本图书馆CIP数据核字(2018)第047618号

孟繁华自选集

MENGFANHUA ZIXUAN JI

孟繁华 著

主管部门 山东出版传媒股份有限公司
出版发行 山东人民出版社
出 版 人 胡长青
社　　址 济南市英雄山路165号
邮　　编 250002
电　　话 总编室（0531）82098914
　　　　 市场部（0531）82098027
网　　址 http://www.sd-book.com.cn
印　　装 山东省东营市新华印刷厂
经　　销 新华书店

规　　格 16开（170mm×240mm）
印　　张 20.5
字　　数 300千字
版　　次 2018年6月第1版
印　　次 2018年6月第1次
ISBN 978-7-209-11362-5
定　　价 48.00元

CONTENTS

目　录

毛泽东文艺思想及内部结构

对当代中国文学史的理解和叙述，离不开对毛泽东文艺思想的理解，从某种意义上也可以说，对毛泽东文艺思想的理解和认识，是阐发当代文学发展的关键。这不只是说，是毛泽东的文艺思想指导或规范了文学的范畴和方向，在那一时代是一家独大、至高至尊的文艺思想，并形成了当代中国独特的文学思想形态；同时，作为民族重要的精神遗产在今天仍发挥着它巨大的影响。它像马克思主义一样，不仅作为研究对象为我们长久地关注，而且仍然是我们重要的思想来源之一，指导、支配、影响着文学创作、批评以及我们的思想和情感方式。

毛泽东文艺思想虽然在中华人民共和国成立后才在全国范围内得到贯彻和执行，但它在延安时期就已经成熟，并在局部地区诉诸实践。《实践论》《矛盾论》等哲学著作，构成了毛泽东文艺思想的哲学基础；《新民主主义论》构筑了新文化的蓝图；《在延安文艺座谈会上的讲话》则具体指出了文学艺术的发展方向。这些内容不同的著作从不同的方面表达了毛泽东的文艺思想，并确定了它的基本主题。值得我们注意的是，毛泽东并不是在文学的知识范畴内来阐发他的文艺思想的，而是作为“中国的马克思主义”的一部分，是他实现社会变革整体思想的一部分。因此就他的文学思想来说，虽然与马列主义、中国文化传统，甚至“造反小说”都有联系，但从它的源流关系中很难找出一脉相承的明晰线索，甚至模糊了古今中外的界限。这也符合对毛泽东思想的整体理解。或者说，毛泽东的思想来源，既来自马克思列宁主义的经典学说，也与中国的传统文化有着密切的关系，但它更来自中国革命的具体实践，来自他对中国革命特殊性的理解和想象。这也是他与专事理论创造和知识建构的一般学者的区别。因此，对毛泽东文艺思想的理解，必须同他的整体思想联系起来才能找到切实的依据。也就是说，无论是文学思想理论还是文学艺术作品，在毛泽东看来，都更具有工具的价值，他更愿意从文学理论家或文学作品中汲取有利于实现社会变革的某些观念，至于这些观念在知识系统中具有什么样的意义，他并没有多大的兴趣，那些与社会变革无关甚至抵触的思想观念，遭到批评和排斥就是意料之中的。

毛泽东是一位伟大的马克思主义者，这是没有疑问的；毛泽东反对尊孔读经，也是随处可以找到根据的。但是，作为无产阶级伟大的思想家、革命家以及中国革命实践的指导者，毛泽东并不是简单地继承了马列主义的要义，也并不是全盘否定中国的传统经学，面对中外丰富的思想遗产，他不仅师其义，更注重师其心，他不是教条地、书卷气地按章循句，而是注重对其“大本大源”的寻求：“全幅工夫，向大本大源探讨，探讨既得，自然足以解释一切，而枝叶扶疏，不宜妄论短长，占去日力。”①这不仅反映了青年毛泽东的抱负和对学问的态度，同时作为一种个人气质也直接影响了毛泽东的性格的形成。他信仰马克思主义，但他更关心的是马克思主义的中国化：

> 共产党员是国际主义的马克思主义者，但是马克思主义必须和我国的具体特点相结合，并通过一定的民族形式才能实现。马克思列宁主义的伟大力量，就在于它是和各个国家具体的革命实践相联系的。对于中国共产党来说，就是要学会把马克思列宁主义的理论应用于中国的具体环境，成为伟大的中华民族的一部分，而和这个民族血肉相连的共产党员，离开中国特点来谈马克思主义，只是抽象的空洞的马克思主义。因此，使马克思主义在中国具体化，使之在其每一表现中带着必须有的中国的特性，即是说，按照中国的特点去应用它，成为全党亟待了解并亟须解决的问题。②

因此，把马克思主义的普遍真理同中国革命的具体实践相结合，并创造

① 毛泽东于1917年8月23日写给黎锦熙的信。

②《毛泽东选集》第2卷，第499—500页。

出适于中国革命特点的民族形式，是毛泽东思想的一大特色。

在他社会变革的总体结构中，文学从来不曾作为一个独立的单元存在，而是实现社会变革目标的工具之一。他并不否认功利的需求："唯物主义者并不一般地反对功利主义……世界上没有什么超功利主义，在阶级社会里，不是这一阶级的功利主义，就是那一阶级的功利主义。"(《在延安文艺座谈会上的讲话》)他自信是由于代表最广大群众的目前利益和将来利益的，因此是无产阶级的、革命的功利主义者。毛泽东对中国革命和所处环境的理解与认识，决定了他在组织一个现代民族国家的过程中，不可能采取缓慢的渐进方式，他必须尽可能地动员一切力量，让最广大的人民群众参与到他宏伟的设想和目标的实践中去。这时他的"功利主义"就是对于效率的强调。而效率不仅含有速度的紧迫感，而且同时更要有实效性，它需在实践中受到检验，并在实践中不断得以修正。这种修正和变化，常常使毛泽东在不同的历史处境中对同一问题表达了不同的看法，因此使他的思想具有一种"非连续性"的特征。这也是后来在许多问题的争论中，大家都引用毛泽东的观点，却得出了不同结论的原因之一。也就是说，在毛泽东看来，由于中国的特殊性，在实现现代民族国家的目标过程中，并没有现成的、完整的方案。这时，他对于文学理论或文学艺术作品所期待的，就是能够帮助动员最广大的人民群众，把人民组织到实现伟大构想的行动中去。因此，他特别强调文艺的大众化、民族形式、中国风格和中国气派，特别强调"新文化"和创作出能体现新文化的新形象。而这些，是传统的中国文艺思想和西方文学教科书所无法承担的。"我们讨论问题，应当从实际出发，不是从定义出发。如果我们按照教科书，找到什么是文学、什么是艺术的定义，然后按照它们来规定今天文艺运动的方针，来评判今天所发生的各种见解和争论，这种方法是不正确的。"(《在延安文艺座谈会上的讲话》)在这个意义上，书本上的知识才被宣布是无用的。毛泽东的文艺思想，是他把马克思主义在中国具体化的一部分，他把复杂多样的文艺功能简约地诉诸"为政治服务"，这本身既是效率的体现，同时又是实现效率的手段。

为政治服务统一了各种文艺功能观，并在延安时期大放异彩。1949年以后，延安模式普遍化，进一步实施着毛泽东新文化的猜想，同时也保留了它战时的许多特征，这是思想文化领域不断处于周期性震荡的原因之一。历史已经悄然远去，但毛泽东的文艺思想不但仍然产生着巨大的影响，而且作为东方现代性经验的一部分，也为学者们格外关注。文学史不仅要指出毛泽东文艺思想的独特意义，同时也有必要揭示出它的内部结构以及相互间的联系，而其间的复杂性是尤其值得我们注意的。事实上，我们的叙述无论怎样自圆其说，它仍然是一种“虚构”，它不可能穷尽毛泽东文艺思想的内涵，这也正是毛泽东作为一个伟大人物的丰富性魅力所在。因此，这里所谈论的，显然还是毛泽东文艺思想的一个侧面。

一、新文化猜想与战时文艺主张

20世纪50年代以来，流行的文学理论教科书，都强调文学的上层建筑性质，上层建筑是由经济基础决定的，社会主义的经济基础决定了它的上层建筑，因此也决定了社会主义文学与一切旧文学的本质区别。这一流行的观点来自毛泽东的《新民主主义论》，毛泽东认为：“一定的文化（当作观念形态的文化）是一定社会的政治和经济的反映，又给予伟大影响和作用于一定社会的政治和经济；而经济是基础，政治则是经济的集中表现。这是我们对于文化和政治、经济的关系及政治和经济的关系的基本观点。”[①]毛泽东的这一观点显然来自马克思的《政治经济学批判》序言。马克思认为：“物质生活的生产方式制约着整个社会生活、政治生活和精神生活的过程。不是人们的意识决定人们的存在，相反，是人们的社会存在决定人们的意识。社会的物质生产力发展到一定阶段，便同它们一直在其中活动的现存生产关系或财产关系（这只是生产关系的法律用语）发生矛盾。于是这些关系便由生产力的发展形式变成生产力的桎梏。那时社会革命的时代就到来了。随着经济基础的变更，全部庞大的上层建筑也或快或慢地发生变革。”[②]作为一种根本性的指导思想，它是重建中国新文化的理论依据。从1949年2月北平刚刚

① 《毛泽东著作选读》上册，人民出版社，1986年，第350页。

② 《马克思恩格斯选集》第2卷，人民出版社，1972年，第82页。

解放，肃清帝国主义文化、批判封建主义思想就开始展开，它是改造旧的意识形态/上层建筑的一部分。这时，对资产阶级思想采取的还是慎重的态度，与肃清帝国主义、封建主义文化思想不同的是，“对于资产阶级、小资产阶级、农民阶级的思想体系，即非马列主义、非无产阶级的思想体系，要批评，但不能肃清，也肃不清”[①]。它的依据仍然是由经济基础决定的，也就是说，新民主主义社会阶段，小资产阶级、农民阶级的经济允许资产阶级存在和发展，它们的思想也就获得了合法性依据。但是，这一理论阐述，包括1949年中国人民政治协商会议第一届全体会议通过的、作为建国根本大法的《中国人民政治协商会议共同纲领》规定的，建设有中国特色的新民主主义新文化，又允许非马克思主义思想合法存在的允诺，并没有在实践中得以实现。或者说，“新文化”仍在猜想和重建的过程中，它还没有，也不可能有一个相对完整、成熟的形态。但是，那些旧文化却是清楚的，“不把这种东西打倒，什么新文化都是建立不起来的”(《新民主主义论》)。这就是毛泽东对“破”与“立”关系的理解。尔后，由于形势的发展和意识形态的需要，事实上对资产阶级思想的批判和清算，被当作意识形态领域的一个长期任务。批俞平伯、批胡适以及不间断的思想教育、思想改造运动，都是针对资产阶级思想进行的。

1.新文化和现代乌托邦

从经济基础决定上层建筑的理论出发来理解新文化的建设，虽然在理论上得到了解决，但仍存在对“新文化”的具体理解和表达的问题。毛泽东曾对此有过不同的表达，“所谓中华民族的新文化，就是新民主主义的文化”(《新民主主义论》)“所谓新民主主义的文化，一句话，就是无产阶级领导的人民大众的反帝反封建的文化”(《新民主主义论》)。这种新文化的阐发，还是建立在破坏旧文化基础上的，是以断裂的方式实现变革的。毛泽东虽然没有从正面回答他提出的问题。但是，在毛泽东不同的著作中，我们仍可发现他对新文化的猜想和期待。它是一种“革命的民族文化”，它要具

① 《刘少奇选集》下册，人民文学出版社，1981年，第82页。

有“民族的形式，新民主主义的内容”，它是“新鲜活泼的，为中国老百姓所喜闻乐见的中国作风和中国气派”，是“为了人民大众”的，是“比普通的实际生活更高、更强烈、更有集中性、更典型、更理想，因此就更带普遍性”的，是“政治标准第一、艺术标准第二”的，等等。它是新文化的要求，也是文学要坚持的标准。

要建设新文化，必然要批判旧文化；要创造新生活，必然要否定、排斥日常生活。从20世纪50年代开始，文学艺术理论始终在探讨如何才能创造出富于新文化、新生活的文学艺术作品。关于英雄人物的讨论、典型的讨论、美学问题的讨论、“两结合”创作方法的提出、向民歌学习一直到“三突出”理论的出现，事实上都是以文艺学的方式实现新文化建设的努力和尝试，是《讲话》要求的写出“新的人物新的世界”具体的理论探讨。在新文化猜想和具体实践的过程中，我们发现，新文化所要求的文学艺术和试图塑造的新生活，是一个不断要求净化、纯粹、透明的文学艺术和生活，只有这样的文学艺术和它反映的生活才是社会主义的。文学正是经历了一个不断地阐释它的可能性和合理性的全过程。也正因为指导文学艺术生产的文学理论，与新文化猜想所要达到的境地总是存在着距离，所以才出现了文艺理论不断调整、变化的内在紧张；一直发展到“三突出”创作原则，体现新文化新生活特征的“样板”的出现。因此张春桥说：“无产阶级文艺，从《国际歌》到革命样板戏，这中间一百多年是一个空白。”

这种净化、纯粹、透明的文艺生产要求，其思想来源是毛泽东的道德理想。那名重一时的“老三篇”——《为人民服务》《纪念白求恩》《愚公移山》——洋溢着毛泽东对道德理想的诗意向往和赞颂的激情：张思德为人民的利益而死，他的死比泰山还重；纪念白求恩，就是要学习他毫无自私自利之心的精神，“一个人的能力有大小，但只要有这点精神，就是一个高尚的人，一个纯粹的人，一个有道德的人，一个脱离了低级趣味的人，一个有益于人民的人”；而愚公挖山不止，坚韧不拔，充满了战胜自然的乐观精神等，一起构成了新的道德理想的内涵。应该说，这一道德理想充满了一种无可抗拒的感召力和询唤力，它既能够唤起人的献身冲动、圣洁向往、自我克制，又能够让人从中窥见个人的不洁和卑微。这就是道德理想作为一种观念的力量。因此，当代文学从某种意义上也可以说，它是不断催发、推动、促进道德理想普泛化的文学。

与此相联系的是问题的另一方面，即对不符合这一道德理想规范的，或与此相抵触的观念的批判。纯粹透明的理论要求不能容忍日常生活的多样性和复杂化，不能容忍诸如人性、人情、人道主义及现代主义的滋长，“中间人物”和“无冲突论”因不符合理想精神而遭到拒绝和批判。中华人民共和国成立后，从批判萧也牧的《我们夫妇之间》到宗璞的《红豆》、陆文夫的《小巷深处》、邓友梅的《在悬崖上》等，都是因为这些作品写了家务事、儿女情，它的缠绵、多情、抑郁或痛苦，因不符合道德理想的纯粹和透明而被指认为是资产阶级的思想感情。而巴人、钱谷融等对人性、人情、人道主义的张扬和辩护，自然也就失去了合法性依据。当然，这种批判不仅仅针对文艺思想，而且它对于来自党内的官僚主义、贪污腐化、宗派活动、自由主义等，都将施之以同样的批判或打击。“文化大革命”中，“资产阶级”文艺思想和“走资本主义道路的当权派”同时遭到清算，证实道德理想不仅将政治生活革命化，而且也将日常生活革命化。

对人的道德理想的要求和精神作用的强调，反映了毛泽东文艺思想中的“唯意志论”成分。美国学者莫里斯·迈斯纳在分析毛泽东未来观中的乌托邦成分时指出：“毛泽东的社会主义道德特别注重斗争、自我牺牲、自我否定的禁欲主义价值观念。”在他的观念中，“在创造历史、实现共产主义理想方面起关键作用的，只是那些富于固有的革命精神和道德观念的人”[①]。值得注意的是，毛泽东道德观念的社会来源并非是无产阶级的产业工人，而是他记忆深刻的乡村观念，特别是经过理想化、诗意化的传统中国农民。对农民美德的评价，本来依据的是个人标准和文化信念，但他却把它幻化成最有可能产生新文化甚至共产主义道德的重要资源和构成要素。

毛泽东新文化猜想中的道德观念，因强调精神的巨大作用，所以对人的思想改造格外重视，特别是对知识分子的改造，认为是一个长期的任务。这

① 莫里斯·迈斯纳：《毛泽东主义未来观中的乌托邦成分和非理想化成分》，载萧延中等编《外国学者评毛泽东》第3卷，中国工人出版社，1997年，第109页。

与他所认为的知识分子思想复杂、不那么纯粹透明有关。但是，在不断强化思想改造的过程中，却在无意间将改造的手段转换成了目的。也就是说，通过思想改造不断强化无产阶级思想，是实现共产主义思想的过程和手段，但在实践中却成了目的本身。从延安时代的“下乡运动”开始，这种改造的方式就成为一种行之有效并经常使用的方式，也就是后来被戏称为“洗澡”运动的方式。当然，这也与延安时代的经验有关，在理论的指导下，文艺工作者通过思想的置换，终于生产出了具有新文化特征的作品。文艺生产的“逆向性特征”①在延安时代取得了成功，这一经验也给毛泽东的信念以巨大的支持。但是，毛泽东对新文化的猜想，不仅具有浓重的乌托邦成分，而且存在着阻碍其实现的诸多矛盾。他不断调整文艺方针政策，试图以断裂的形式开启新的文化时代，但他的个人气质、审美趣味和文学实践，显然都与他提出的新文化猜想存在着差距。一个美国作家曾这样描绘他：“有着大学教授的气质。……他戴着一顶布帽子，你也注意到他有着圆圆的农民的脸型、不大的鼻子和一双深沉的眼睛，但是一旦脱去帽子，他那农民的样子就消失了……除去了帽子，毛泽东就显现出一个学者所当有的全部特征。”②因此，尽管毛泽东出身于农民家庭，并在文章中尽量使用民间俗话，把他的理论通俗化，但仍然不难看出他与农民或普通人的区别。他的气质与手势，显示的仍然是“超凡魅力型”的领袖。

作为一个浪漫主义诗人，他倡导民族形式，倡导向民歌学习，但他写作的旧体诗词，无论是从情怀、气势或他的独特词语中，要想使普通人民能够理解，是相当困难的。他所使用的旧形式，也是“封建文化”的一部分，但却并没有妨碍他对现代革命情怀的表达。这同他1923年在湖南办自修大学，综合了古代书院自由研究的精神和现代学校的科学内容，其思路和形式是相似的。③而在他的作品中，同样表达了他所具有的普通人的丰富情感，甚至更

① 王富仁：《中国近现代文化和文学发展的逆向性特征》，载《文学评论》1989年第2期。

② 罗伯特·佩恩：《中国的觉醒》，载萧延中等编《外国学者评毛泽东》第3卷，中国工人出版社，1997年，第424页。

③《湖南自修大学创立宣言》，载《东方杂志》第20卷第6期，1923年3月1日。

强烈和优雅，他的情感关怀也不免有知识分子的倾向。聂华苓和保罗·昂格尔发现，那首著名的《七律·到韶山》，“既没有提到他最爱吃的当地著名的辣椒，也没有提及他那严厉的半文盲的父亲以及慈祥的不识字的而又虔诚地信仰佛教的母亲，也没有他曾挑送过肥料的田野。但是却提到了他曾经见到过的农民在暴动中高举着的长矛。因此，准确的说法也许是——把革命的浪漫的现实主义的酒，装进古老然而美丽的古典形式的瓶子里”[①]。此外，他用现代汉语表达他系统的革命策略和政策，却用古典的“评点”形式批注了大量的书籍。其中对《红楼梦》《三国演义》《水浒传》《西游记》《聊斋志异》的评点，显然是传统中国“评点”的形式。这些不被他提倡却又是他不断应用的旧形式，是不能在他新文化猜想的视野里得到解释的。因此，毛泽东的新文化猜想有鲜明的现代乌托邦色彩。

之所以说它是现代乌托邦，是与通常的乌托邦完美幻想对比而言的：

> 几乎所有的乌托邦设想都没有想到变化，这种说法是正确的。共同的假设是，这种设想一旦在世界上成为现实——假如可能的话——它将无限期地处于它一开始的形式中。“秩序癖”主宰着乌托邦思想。乌托邦强大的动力就在于它能从绝顶的混乱和无秩序中拯救世界。乌托邦是个关于秩序、安宁、平静的梦幻。其背景是历史的噩梦。与此同时，秩序每每都被认为是人间事物所能达到的完善，或近乎完善。说实话，一位既具有秩序癖又自以为拥有完美（或近乎完美）设想的思想家，怎么能够心情舒畅地听任变化发生呢？……从定义出发，背离完美状态的变化必然会导致坏的结局。因此，要想在乌托邦中注入变化的可能性就必须同乌托邦思想的通常前提妥协。[②]

而这种不变的历史惰性在毛泽东的现代乌托邦中是不存在的，它渴望变

① 聂华苓、保罗·昂格尔：《革命的领袖、浪漫的诗人》，载萧延中等编《外国学者评毛泽东》第3卷，中国工人出版社，1997年，第421页。

② 乔治·凯特伯编：《乌托邦》，见萧延中等编《外国学者评毛泽东》第3卷，中国工人出版社，1997年，第118页。

化和运动使它成为不是静止的未来想象。

2.战时的文艺主张

毛泽东系统的文艺主张提出的历史背景，是中华民族摆脱外来侵略危机、实现民族解放的特殊时期。战争作为时代的最大政治，就不能不考虑它的特殊性，统一的意志、高度的组织、最大的效率，是获得战争胜利的必要条件。民主、自由、个体的要求，必须限定于历史的特殊性之内，一切为了战争。一切组织和斗争都是为了配合和服务战争的。毛泽东在《中国的特点和革命战争》一文中反复强调了这一点。应该说，这一时期毛泽东论述战争的文章是最多的。《论反对日本帝国主义的策略》《中国革命战争的战略问题》《论持久战》《中国共产党在民族战争中的地位》等等，他一方面从战略和策略的角度指导战争，一方面纠正批评不利于战争的错误思想。自由主义、个人主义、主观主义、教条主义、本本主义，都是他的批评对象。而统一的意志所强调的就是服从个人、服从组织、少数服从多数、下级服从上级、全党服从中央。高度的组织和统一的意志是密切相关的，而这些都是为了提高解决战争的效率。毛泽东的一切为了战争的思想，在文艺界得到了积极的回应，周扬在《抗战时期的文学》中说："为了救国，应该利用一切可能的手段。文艺是许多手段中的一种，文艺家首先应该使用自己最长于使用的工具……先是国民，然后才是文艺家。"[①]战争的非常态化，使理论变得更为激进，夏衍甚至认为："抗战以来，'文艺'的定义和观感都改变了，文艺再不是少数人和文化人自赏的东西，而变成了组织和教育大众的工具。"那种"艺术至上主义者"，便会被指认为"汉奸"文学。[②]文学服从于战争，在这个时代已不容置疑。

"效率"在这个时代是毛泽东尤为重视的。在《反对党八股》中，他批评了那种长而空的文风，号召"研究一下文章怎样写得短些，写得精粹

① 《周扬文集》第1卷，人民文学出版社，1984年，第234页。

② 夏衍：《抗战以来文艺的展望》，见《文学运动史料选》第4卷，上海教育出版社，1979年，第34—35页。

些”，并且要有内容。他自己不仅是倡导者，而且他的写作实践也实现了这一点，这些显然是为了提高战争时期的效率而做出的顽强努力。因此，战争时期的文学艺术，作为“一条战线”，也必须服务于战争。他强调文学艺术是“革命机器”上的“齿轮和螺丝钉”，这是来自列宁《党的组织和党的文学》的观点。但他却没有同时谈到列宁在同一篇文章中对文学艺术必须保证有个人创造性和个人爱好的广阔天地，有思想和幻想、形式和内容的广阔天地的看法。在特殊的战争时期，这显然有毛泽东一切服务于战争的策略考虑。

文学艺术体现效率的观念，在毛泽东那里就是大众文学和民族形式，这两点都与简约明了有关。也就是说，只有通俗易懂的中国作风和中国气派，才能表达中国文艺的主体性和独特性，才能迅速为战时的民众所接受并理解，从而实现全民抗战的目标。而对于中国来说，“百分之八十的人口是农民”，“因此农民问题，就成了中国革命的基本问题；农民的力量，是中国革命的主要力量”(《新民主主义论》)。因此，简约明了的内在要求，显然是针对占人口绝大多数的农民而言的。只有简约明了、通俗易懂，才能调动中国革命的主要力量并为他们服务。于是，当时的文学艺术，从语言到形式就出现了一个如德里克所说的“转译”的问题。也就是说，如何把传统文化、外来文化和五四运动以来的新文化，“转译”为革命的政治内容和通俗易懂的形式。而首先遇到的问题就是资源的问题：

> 谁来确定民族的本质内涵？由谁提出民族文化的语言？这个问题对于中国的知识分子来说，在30年代的民族危机中间已经很迫切；他们对“古老的”精英文化和20年代的西方主义都抱怀疑态度。他们带着现代性在中国的历史经验中寻求一种新的文化源泉；这种文化将会是中国的，因为它植根于中国的经验；但同时又是当代的，因为这一经验不可避免地是现代的。不少人认为“人民”的文化，特别是乡村人民的文化，为创造一种本土的现代文化提供了最佳希望。[①]

① 阿瑞夫·德里克：《现代主义和反现代主义——毛泽东的马克思主义》，载萧延中等编《外国学者评毛泽东》第1卷，中国工人出版社，1997年，第217—218页。

延安时期的“下乡运动”，显然是寻找这一源泉的有效实践。它一方面改造了知识分子自身，一方面实现了文艺从语言到形式的“转译”过程，也实现了文艺普及的目的。后来周扬在《新的人民的文艺》中总结说：“解放区的文艺，由于反映了工农群众的斗争，又采取了群众熟悉的形式，对群众和干部产生了最大的动员作用与教育作用。”这也正是实现效率的自豪表达。

“转译”首先体现在语言上，这在民族形式的讨论中被许多人所意识到。而民间语言首先是被选择的对象。高长虹说：“民间语言，是民族形式的真正的中心源泉。”[①]在“转译”的问题上，是“民间语言”解决了操作层面的问题。这也是新文化运动中提出的“平民文学”或“明了的通俗的社会文学”的再发展，即从它的都市性转变为乡村性。因此，“民间语言”的具体所指，是中国乡村的农民语言。由于这种语言流通形式的口头性，它无法在传媒或文献中获得，它的生命力也正体现于民间的传播中，因此，对其鲜活性的了解与体验，只有“下乡”才能获得。而这一策略性的选择，与文学艺术面对的基本对象——农民是直接联系在一起的。那一时代普遍流行的街头诗、秧歌剧、诵诗、战地通讯等，共同拓展了一个巨大的公共话语空间；而效率的体现，正是在这个广阔的公共话语空间中无处不在的。周扬后来说：“农民和战士看了《白毛女》《血泪仇》《刘胡兰》之后激起了阶级敌忾，燃起了复仇火焰，他们愤怒地叫出‘为喜儿报仇’‘为王仁厚报仇’‘为刘胡兰报仇’的响亮口号。”（《新的人民的文艺》）

无可怀疑，战时文艺主张的效率要求，有其历史的合理性，但是它不需要多元和丰富的策略性考虑，这与文学的内在要求显然是冲突的。而1949年中华人民共和国成立后，作为战时文艺主张的策略，一直被延续下来，那边缘性的民间话语因其效率性仍被广泛地倡导。战时的“中华民族到了最危险的时候”的紧张，并没有得到缓释。与群众动员的策略相似的，是中华人民共和国成立后群众运动的持续开展，有的资料统计说，从1949年到1976

① 长虹：《民间语言，民族形式的真正的中心源泉》，载《新蜀道》副刊《蜀道》1940年9月14日。

年，全国性的运动就有七十多次，而地区一级的运动还要多10倍。[①]当战时的危机转化为落后的焦虑时，群众动员仍是摆脱这一焦虑的主要方式，而它所强调的仍是统一的意志和高度的组织。文学艺术就理所当然地处在这种统一的结构中。而对那些试图游离于或摆脱统一和组织结构的文艺思想，只能施之以不断的批判，而它所使用的词语同战争文化如出一辙。比如“战线”“战斗”“反击”“进攻”“摧毁”等。

转入现代化建设，大工业生产对组织和秩序的要求有很大的相似性，战时的经验几乎稍加改造就可被直接运用，就其策略方式来说，也为现代化后发国家提供了简捷的途径。第一个五年计划国民经济的快速增长，带来了中国实现工业化的信心，同时也带来了不切实际的尽快实现这一目标的幻想。“赶英超美”“大跃进”“跑步进入共产主义”等等，就是这一幻想的直接表达。在文艺“战线”中，一方面在理论上倡导“革命的现实主义和革命的浪漫主义相结合”，一方面在创作实践上大搞民歌的群众运动，而倡导的目的则是因为它是“促进生产力的诗歌”[②]。这种浪漫的想象，起支配作用的，仍是战时的群众动员，“兵民是胜利之本”的思想。从“延安民歌”“大跃进民歌”到“小靳庄诗歌”，是这一思想合乎逻辑的发展和延续。文艺理论也仍然像战时一样，围绕着阐释毛泽东思想的合理性展开。它效率的原则一直持续到“文化大革命”。应该说，也只有到了“文化大革命”时期，出现了“样板戏”之后，“草鞋没样，边打边像”的即兴创作方式，才找到了“像”的范本，“新文化”的猜想才得以实现。而它取自革命历史和现实建设的题材，从来都没有离开过“战斗”的主题。而只有在斗争中，人才有可能最大限度地简约为纯粹、透明的一代新人，日常生活的复杂性才可能为战斗的激情和献身的渴望所置换。然而，也就在“新文化”的范本找到的时候，它自身存在的危机，即激进斗争神学的危机，才在潜伏已久后浮出历史地表。

① 理查德·马德森：《毛泽东时代的群众动员》，载萧延中等编《外国学者评毛泽东》第4卷，中国工人出版社，1997年，第101页。

② 《大规模地收集全国民歌》，1958年4月14日《人民日报》社论。

二、民粹主义的思想倾向

民粹主义作为一个政治学概念，虽然最初由俄语命名，但作为一种思想潮流，它是相当复杂的。已有的研究表明，在18世纪到19世纪的英国，就曾出现过如科贝特、柯尔律治、卡莱尔等具有民粹主义思想倾向的思想家；在法国，除了卢梭、马拉之外，还有像博纳尔、拉梅内、迈斯尔等民粹主义思想家；而在德国、印度、日本等国家，也都产生过民粹主义的思想。因此，作为一种巨大的思想脉流，民粹主义几乎很难用系谱的方法将其梳理清楚。但俄国的民粹主义来源于法国大革命的思想家，如卢梭、马拉等，则是可以肯定的。巴古宁、拉甫罗夫、赫尔岑、别林斯基等，都曾不同程度地受到法国民粹主义的影响。①尽管如此，俄国的民粹主义者仍然是十分不同的。斯拉夫主义者、无政府主义者、平民知识分子、西方主义者和19世纪70年代的革命者，都不乏民粹主义的信仰。但无论他们有多大区别，“把人民看作真理的支柱，这种信念一直是民粹主义的基础”②。应该说，俄国的民粹主义者是相当虔诚的，与纯朴的人民相比，他们深怀忏悔意识，在感受不到自己是人民的一部分的时候，为了“当鞋匠”而造反，并模仿人民的生活方式，剪短了头发，买俄罗斯式的服装，在街道上接待波斯人。③这些忏悔的贵族知识分子，其真诚和道德感充满了诗意，他们内心洋溢的高尚动机和悲惨命运，也是十分感人的：“他们不仅受到政府方面的迫害，而且人民本身也没有接受他们，这是由于人民有与知识分子不同的世界观、不同的信仰。有时，农民把民粹派知识分子泄露给政权的代表，而这些知识分子本来是要为人民献出生命的。”④这是民粹派转而从事恐怖活动的原因之一。尽管后来受《联共（布）党史》的影响，许多人对民粹主义持简单的否定态度，但20世纪90年代中国青年知识分子评价他们说：“就当时的历史条件而言，对于

① 朱学勤博士在《道德理想国的覆灭》一书中，对此有详细的揭示。

② 别尔嘉耶夫：《俄罗斯思想》，三联书店，1995年，第102、103、113页。

③ 别尔嘉耶夫：《俄罗斯思想》，三联书店，1995年，第102、103、113页。

④ 别尔嘉耶夫：《俄罗斯思想》，三联书店，1995年，第102、103、113页。

民粹派这一批具有献身精神的知识分子，给予多么高的评价和赞誉都不为过。”[①]这也从一个方面反映了俄国民粹主义者留下的历史回响。

1.民粹主义在中国

在我国本土，并没有系统的民粹主义思想传统。统治阶级思想中的“以民为本”多少隐含着统治谋略的意味；传统文人的“忧患意识”也多限于文化信念。近、现代以来，由于西学东渐，民粹主义的思想倾向才被作为一个重要的思想资源，被各种思想力量和政治集团所关注和开发。孙中山、章太炎、李大钊、毛泽东、梁漱溟等，都曾从民粹主义的思想立场思考过中国的现实问题并诉诸实践。本土的文化信念与外来的民粹主义都隐含着巨大的道德感召力，它虽然有知识分子自我排斥的内在结构，但它的道德形象却深深地吸引了出路难寻的中国知识分子。早期马克思主义者李大钊在接受了马克思主义的同时，显然也深刻地被俄国民粹主义思想所感染。1919年他在《青年与农村》一文中曾号召：“我们的青年应该到农村去，拿出当年俄罗斯青年在俄罗斯农村宣传运动的精神，来做些开发农村的事，是万不容缓的。我们中国是一个农国，大多数的劳工阶级就是那些农民。他们若是不解放，就是我们国民全体不解放；他们的苦痛，就是我们国民全体的苦痛；他们的愚暗，就是我们国民全体的愚暗；他们生活的利病，就是我们政治全体的利病。”[②]李大钊文中对农村、农民充满了诗性的抒情，在当时是十分少见的，但它同俄国民粹派们内心洋溢的崇高感，却有一种一脉相承的精神联系。

李大钊的呼吁在青年知识分子那里获得了响应，但它的命运也同样具有悲剧意味。在社会实践中，北大平民演讲团曾定期到郊外小镇和乡村活动。1920年4月13日的一份包括罗家伦和平民演讲发起人邓中夏在内的讲演组报告说：

今日是星期日，长辛店方面，工场的工人休息，都往北京游逛去

① 刘北成：《俄国民粹派和民粹主义的再评价》，载《战略与管理》1994年第5期。
② 李大钊：《青年与农村》，载《李大钊选集》，人民出版社，1959年，第146—147页。

了；市面上的善男信女又都到福音堂做礼拜去了。剩下可以听讲的就可想而知。……虽然扯着旗帜，开着留声机，加劲地演讲起来，也不过招到几个小孩和妇人罢了。讲不到两个人，他们觉得没有趣味，也就渐渐引去。这样一来，我们就不能不“偃旗息鼓”，“宣告闭幕”啦。……

到赵辛店一点多钟，到不了五六人，还是小孩。……土墙的底边，露出几个半身妇人，脸上堆着雪白的粉，两腮和嘴唇却又涂着鲜红的胭脂，穿上红绿的古色衣服，把鲜红的嘴张开着，仿佛很惊讶似的，但总不敢前来。[①]

这幅真实的图景，虽然不似俄罗斯农民告发民粹派那样悲惨，但报告中的绝望之情已跃然纸上。这对于知识分子来说是一件十分尴尬的事情。民众崇拜只表达了一种道德向往，而大众却以茫然和麻木的方式拒绝了它。

由于民族危机的日益深重，知识分子失去了检视、反省这一思想的机会，却在民族解放的社会总体目标的追求中，以不自觉的方式强化、延续了这一思想，因为民族的问题和民众的问题虽然不同，却又有着不可分割的联系。而毛泽东的民粹主义思想倾向，又起到了决定性的作用。可以说，毛泽东的民粹主义思想倾向，与法国的卢梭，俄国的恰达耶夫、赫尔岑等，没有思想上的同源关系。这与他和马克思主义的关系是不同的，当马克思主义的基本原理特别是将阶级斗争理论和辩证唯物主义介绍到中国之后，他从中找到了中国革命的理论动力，当它可以诉诸中国革命实践并具有了解决中国革命的意义时，它就不再是一个遥远的异国之物了。而毛泽东民粹主义的思想来源，肯定是一个非常复杂的问题，这不仅与他的农民出身、与农民在精神上的联系相关，同时更与他对中国革命基本力量的认识和实现革命目标的策略相关。但他从理论上具有民粹主义的思想倾向，还是直接来自李大钊。这从他早期的文章中是可以识别的。1917年他发表的《体育之研究》，并没有什么独特的思想见解，却提出了文化人应当具有乡野劳动者那样强健的体魄，这与他的乡村生活经历是有关的。而1919年2月，李大钊表达了对乡村

---

① 《五四时期的社团》第2卷，三联书店，1979年，第167—168页。

生活的向往和对农民的景仰之后，在下半年就发出了“民众的大联合”，而这里的“民众”，显然是指农民。所不同的是，李大钊所表达的还仅限于向农村和农民汲取道德力量，并用社会主义原则去教育他们。而毛泽东则看到了中国革命实践实体性的力量。因此有学者指出：毛泽东“对普通民众——他们绝大多数是贫穷的，没有文化，受剥削和压迫——的价值观和愿望，怀有一种偏爱，这显然是政治上的缘故。他认为，这些人，正是中国潜在的革命者”[①]。毛泽东在以后漫长的革命生涯中，始终没有放弃这一策略。因此，民粹主义作为一种思想倾向，对追随革命的各阶层人士，都产生了持久的影响。也就是说，无论是贫民出身的军队领袖，还是出身于富裕家庭的知识分子，都在毛泽东的这一思想/策略引导下，对中国民众/农民，产生了向往和景仰的情感需要。特别是在毛泽东的思想指引下，解放区各方面取得的发展以及整风运动的成果，知识分子中民粹主义的思想倾向已经成为时代主要的思想流脉。一方面，毛泽东身体力行，他以他的思想和文体的魅力，证实了将民众作为革命主体和诉说对象的巨大成功；另一方面，当主流文化“主要诉诸传统的边缘文化因素作为自己的思想材料”[②]取得丰硕成果时，知识分子不得不心悦诚服地成为人民大众的学生。到了20世纪40年代末期，张申甫提出了“反哺论”，认为“一个知识分子，倘使真不受迷惑，真不忘本，真懂得孝道，对于人民，对于劳苦无知者，只有饮水思源，只有感恩图报，只有反哺一道”[③]。这一表述，不仅示喻了知识分子中民粹主义的思想成分，同时也证实了“民众崇拜”在文化信念上的完成。

因此，在现代中国，无论是对民族形式、大众化、为工农兵服务的讨论，还是奔赴延安、“下乡运动”、上前线、深入火热的斗争生活，基本都是作为毛泽东思想的追随者而实践的，他们的发挥和进一步阐释，都没有离开作为革命策略的毛泽东思想。而对其间的民粹主义倾向和革命策略的差别，几乎是没有什么人有自觉意识的。这不仅在文艺创作中，而且在文艺理

① 王衮吾：《作为马克思主义者和中国人的毛泽东》，载萧延中等编《外国学者评毛泽东》第1卷，中国工人出版社，1997年，第139页。

② 萧功秦：《民族主义与中国转型时期的意识形态》，载《战略与管理》1994年第4期。

③ 张申甫：《知识分子与新的文明》，载《中国建设》1948年第6卷第5期。

论的阐释中都可以随时遇到。也就是说，凡是在创作上体现了大众化的努力并取得了突出成就的作家作品，总会及时地得到表彰或鼓励。赵树理的创作确实有他的独特之处，浓郁的乡村生活气息、朴实的农民语言和生动的乡村人物形象，都给人耳目一新之感。但赵树理最初被周扬所肯定，主要因为他是“一位具有新颖独创的大众风格的人民艺术家”[①]。而郭沫若对《白毛女》的肯定，也着眼于“这儿把‘五四’以来的那种知识分子的孤芳自赏的作风完全洗刷干净了。虽然和旧有的民间形式更有血肉的关系，但也没有因此自封，而是从新的种子——人民情绪——中自由地迸发出来的成长”[②]。革命策略的成功，几乎使许多人忘记了平民演讲团的悲剧，而只是无限地发挥了民粹主义的道德取向，并真诚地贯彻于个人的实践中。丁玲在第一次文代会发言的题目就是“从群众中来，到群众中去”。她认为：“在现实生活中，在与广大群众生活中，在与群众一起战斗中，改造自己，洗刷一切过去属于个人的情绪，而富有群众的生活知识、斗争知识和集体主义精神的群众的感情，并且试图来表现那些已经体验到的东西。”她认为解放区的文艺在这方面取得了很好的成绩，但还远远不够，“文艺工作者也还需要将自己丢弃过的或准备丢弃、必须丢弃的小资产阶级的、一切属于个人主义的肮脏东西，丢得更干净更彻底，而将已经取得初步的改造的成果，以群众为主体，以群众利益去衡量是非，冷静地从执行政策中去处理问题的观点，以及一切为群众服务的品质，巩固起来，扩大开去，务必使自己称得起毛主席的信徒，千真不假地做一个人民的文艺工作者”[③]。丁玲经过延安时代的思想洗礼，可以相信她是怀着极大的真诚来说这番话的。但她的表达中显然隐含了两层意思：一是在与人民共同生活、战斗的过程中接受了人民的情感，并为人民的道德所感染，这与俄罗斯的民粹主义者在精神上是相通的，她要放弃的那一切，也恰恰是俄罗斯贵族知识分子所要放弃的；二是要使自己“称得起毛主席的信徒”，则明白无误地传达了对毛泽东权威的信赖与追随。因此文艺界

---

① 周扬：《论赵树理的创作》，载1946年8月26日《解放日报》。

② 郭沫若：《序〈白毛女〉》，上海黄河出版社，1947年2月。

③ 丁玲：《从群众中来，到群众中去》，载《中华全国文学艺术工作者代表大会纪念文集》第175页。

所具有的普遍的民粹主义倾向是带有双重意味的。从那一时代起，所有强调文艺与人民的关系的论述，它的起点都不同程度地具有丁玲的意味。因此，在中国本土，具有梁漱溟意义的民粹主义是不多见的。

2.毛泽东的民粹主义思想倾向

在毛泽东的著作中，要想拉出一份民粹主义的思想清单是不困难的，对民众的相信和倚重，则贯穿于毛泽东的整个革命生涯。在他平实朴素的行文中，只有在谈到人民、群众这些复合概念时，他的笔端才偶尔流露出抒情的冲动。不仅如此，在道德向往、超越资本主义、自我牺牲的浪漫气质、讨厌城市等思想取向上，都可以找到毛泽东同民粹主义的思想联系。但是，这些思想倾向又并不是只有通过民粹主义才可以得到解释的。因此，迈斯纳在20世纪80年代初就指出：毛泽东的民粹主义和正统的俄国民粹主义之间，尽管有某些值得注意的相似之处，但它绝非是19世纪俄国信念在20世纪中国的复活。毛泽东是马克思和列宁的自觉的继承人，他的思想目标和思想类型基本上渊源于马克思主义的理性和政治传统，他有意识地与上述传统保持一致。然而并不排除这种可能性，即他也许是不自觉地与非马克思主义思想和政治传统具有共同的信念和思想。毛泽东的民粹主义，尽管有布尔什维克革命在政治上和思想上的影响，但却不是因为这种思想才形成的，它是一种土生土长的中国现象。因此他“不是典型的民粹主义”，迈斯纳慎重地将其称为“民粹主义倾向”。迈斯纳从列宁批评民粹主义的观点入手，指出了毛泽东同典型的民粹主义的区别。列宁曾把民粹主义的理论描述为“一副面孔看着过去，另一副面孔看着未来”的雅努斯。也就是说，民粹主义在向现存制度挑战这一点上，是“进步的”；而他们在试图维护传统的生产方式反对现代资本主义这一点上，又是“反动的”。[①]而毛泽东恰恰是反对传统、致力于国家工业现代化的。因此，毛泽东并没有“雅努斯”的两副面孔。在反对资本主义这一点上，毛泽东的观念不仅来自马克思主义的阶级斗争学说，同

① 莫里斯·迈斯纳：《毛泽东主义中的民粹主义倾向》，载萧延中等编《外国学者评毛泽东》第1卷，中国工人出版社，1997年，第93页。

时也来自中国屡遭西方列强侵略的痛苦记忆。从19世纪40年代到20世纪初期，为了民族复兴和现代化，中国曾决心向西方资本主义国家学习，但是，“帝国主义侵略打破了中国人学西方的迷梦。很奇怪，为什么先生老是侵略学生呢？……十月革命一声炮响，给我们送来了马克思列宁主义……走俄国人的路——这就是结论”[①]。在对农民的赞美上，毛泽东也不像俄国民粹主义更着眼于道德至善和村社乌托邦，他甚至还不如李大钊更充满诗情。他对农民最初的赞美，是因为“在很短的时间内，将有几万万农民从中国中部、南部和北部各省起来，其势如暴风骤雨，迅猛异常，无论什么大的力量都将压抑不住。他们将冲决一切束缚他们的罗网，朝着解放的路上迅跑”（《湖南农民运动考察报告》），毛泽东更着重强调的还是农民所具有的巨大的革命潜能。

在对“人民”的具体理解上，毛泽东同民粹主义的差别也明显不同。在大多数俄国民粹主义那里，“大多数场合都把人民看作是农民、社会的劳动阶级”[②]。而毛泽东在不同的时期对“人民”这一概念的内涵是有不同理解的。在延安时期，“人民”是指一切爱中国的中国人，它包括工人、农民、士兵、城市小资产阶级劳动群众和知识分子。“这四种人，就是中华民族的最大部分，就是最广大的人民大众。”[③]它是民族主义的；而在内战和中华人民共和国成立初期，“人民”的范围又发生了变化：“人民是什么？在中国，在现阶段，是工人阶级、农民阶级、城市小资产阶级和民族资产阶级。”（《关于正确处理人民内部矛盾的问题》）它是以阶级为基础的；而到1957年，“人民”的范畴是指：“在现阶段，在建设社会主义的时期，一切赞成、拥护和参加社会主义建设事业的阶级、阶层和社会集团，都属于人民的范围；一切反抗社会主义革命和敌视、破坏社会主义建设的社会势力和社会集团，都是人民的敌人。”（《关于正确处理人民内部矛盾的问题》）它又是意识形态性的。但是，通过毛泽东在不同时期对“人民”的理解，可以肯定的

① 《毛泽东选集》第4卷，第1470—1471页。

② 别尔嘉耶夫：《俄罗斯思想》，三联书店，1995年，第102页。

③ 《毛泽东选集》第4卷，第1475页。

是，毛泽东总是试图用“人民”这个概念来涵括对社会革命起作用的人群，它的实践的可能性与民粹主义天真的理想相去甚远。因此，作为无产阶级革命家的毛泽东，实现他社会变革的伟大目标和建构一种道德理想，是既相联系又有区别的两个视界。

毛泽东在使用“人民”这一概念时，同马克思、列宁有更多的相似之处。列宁曾指出：“马克思在使用‘人民’一语时，并没有用它来抹杀各个阶级之间的差别，而是用它来把那些能够把革命进行到底的确定成分联为一体。”[①]而在列宁那里，“人民”虽然也指工人、农民为主体的劳动群众，不同的是，列宁对农民自发革命的要求是存有怀疑态度的，而不像毛泽东那样对农民充满了信赖。事实上，“人民”这个名词的内涵从来就没有全面的包容性。[②]余英时曾考察过“人民”这一概念的内涵，指出美国宪法起草时，“人民”一词原意便极为狭窄，有些英国作者所说的“人民”实际上就是地主阶级。[③]对于希特勒而言，只有纯雅利安种人才算是真正的人民。这样看来，对“人民”的界定和对这一名词的使用，就充满了政治色彩，在不同的场合它有不同的内涵，而并不是一个自明性的概念。毛泽东在不同时期对“人民”的不同界定，也证实了上述看法。

但更值得我们关注的是，毛泽东对精英和人民群众的关系的理解，这是一个十分含混不清的问题。在毛泽东看来，群众身上充满了社会主义的积极性，但必须通过一定的形式将其组织起来，而它的组织者和指导者理所当然地由共产党所组成的社会精英来承担，它是“领导我们事业的核心力量”，但这一逻辑关系并不具有天然的合理性。一方面，毛泽东主张党要“组织人民、领导人民”(《必须给人民看得见的物质福利》)，这种领导是“一元化”的；而另一方面，毛泽东又强调“群众是真正的英雄，而我们自己则往往是幼稚可笑的，不了解这一点，就不能得到起码的知识”。他一方面号召党的干部向群众学习，而另一方面又要求帮助人民“提高政治觉悟与文化程度”

① 《列宁选集》第1卷，第621页。
② 余英时：《中国知识分子论》，河南人民出版社，1997年，第45页。
③ 余英时：《中国知识分子论》，河南人民出版社，1997年，第45页。

(《〈农村调查〉的序言和跋》)。既要当群众的学生，又要当群众的先生。而归结起来就是：“我们应当相信群众，我们应当相信党，这是两条根本的原理。如果怀疑这两条原理，那就什么事情也做不成了。”(《关于农业合作化问题》)因此，毛泽东关于精英和群众关系的全部复杂性，并没有得到真正的揭示。而这也是民粹主义所面临的基本难题之一。李大钊在《青年与农村》一文中说：“只要知识阶级加入了劳工团体，那劳工团体就有了光明；只要青年多多地还了农村，那农村的生活就有改进的希望。”这里的关系仍然是不清晰的，究竟是知识阶级和青年给农村带去了光明和希望，或因他们的到来农村得到了救还，还是知识阶级在农村汲取了道德力量；李大钊也没有从正面回答这个问题。显然，这不只是个纯粹的理论问题，实践中，知识分子的作用和位置始终是个难以解决的问题，而在教育还是学习群众的问题上，他们始终不能处理好这一关系。也由于他们身份的语焉不详，使这一阶层而不是阶级的群体，长期处于没有归期的漂泊和彷徨中。事实上，他们被民众认同的方式和程度是很难评价的，而他们最终得到承认的，无一不是通过身份置换的方式。解放区和国统区的文艺或理论之所以有不同的评价，与作家、理论家的身份是有关的。毛泽东虽然不是个民粹主义者，但他民粹主义的思想倾向，却为处理知识分子位置和身份问题带来了困难。但是，如果说这是一种代价的话，那么它却从另一个方面得到了补偿。也就是说，走向底层所具有的民众亲和倾向，所具有的道德感、崇高感和浪漫的献身激情等，却通过民粹主义得到了揭示，这对苦于没有出路的知识分子来说，具有相当大的吸引力，他们从中获得了悲壮情怀并对中国社会有了切实的了解。在这一过程中，有人完成了思想和身份的置换，有人却在这漫漫长途中始终迷蒙困顿，疑惑不已。

对毛泽东民粹主义思想倾向的复杂性，得到清晰的辨认和叙述几乎是不可能的，这使许多研究者在结论上产生了混乱。莫里斯·迈斯纳一方面说毛泽东在传统主义和现代性之间达到了某种思想综合，因此他“不是典型的民粹主义者”，通过论证这一结论是可以成立的。但在他的《中华人民共和国史》中，又说毛泽东“是一个在马克思主义伪装下的民粹主义者”，他的“民粹主义信心，促成了并且的确支配了毛泽东思想的受到许多人赞扬的群众路线、观点……假如不是这样，中国共产党人本来就绝不会获得对成功运用人民战争战略至关重要的农民群众的拥护和合作”[1]。迈斯纳这两个不同的结论显然是矛盾的。究竟哪一个结论更符合真实的毛泽东思想，他显然是犹疑不定的，如果从毛泽东努力把马克思主义中国化的一贯思想联系起来考虑的话，断言毛泽东是一个民粹主义者是有问题的。相信人民的群众路线虽然是毛泽东始终坚持的主张，但他对农民自发革命的可信性并不是没有怀疑过。1938年，他的思想已经成熟，但在谈论中国革命的特点和革命战争时，在强调武装斗争、组织的功能和军队的重要性时，他明显地流露出对片面强调民众运动的批评，认为“没有也不能有单独的孤立的党的工作或民众运动”(《中国的特点和革命战争》)。因此，在不同的时期毛泽东对具体问题的灵活处理和不同侧重，是他思想和实践的一大特色。当“一切民众运动都塌台了”(《战争和战略问题》)的时候，他必须强调武装斗争的重要性。因此，他的所有策略都是解决中国革命具体问题，并服务于他的总体目标的手段，群众路线也没有离开这一总体的思想框架。这一分析并没有否认毛泽东民粹主义的思想倾向，而恰恰是民粹主义所具有的道义色彩，使革命的策略具有了强烈的情感力量，包括文艺工作者在内的知识分子对民众的倾心认同，被民众的思想道德所打动，与民粹主义本身的道义色彩是密切相关的。因此，中国的文学从延安时代起，也无可避免地具有了浓厚的民粹主义色彩，为人民服务、为工农兵服务是长久不衰的指导思想，它的合法性依据，显然来自毛泽东民粹主义的倾向。但是，值得注意的是，民粹主义始终含有排斥知识分子的隐结构，也就是说，知识分子的身份如果不能实现置换，他们的位置和作用在这一结构中是不能得到最终解决的。与此相关的是，与人民的趣味、欣赏习惯、题材、表现方法等不相符的追求，就成了问题。“排斥性”的顽固也有了最强有力的依据。因此，“人民”这个名词并不是一个简单的复合概念，它所具有的功能性要求，一开始就具有神话般的伟力。在当代中国，只有站在这一立场上的理论表达，才具有唯一的“合法性”。毛

① 莫里斯·迈斯纳：《毛泽东的中国及其发展——中华人民共和国史》，社会科学文献出版社，1992年，第51页。

泽东民粹主义的思想倾向，作为一种潜在的思想力量，事实上一直具有支配性的意义，它不仅在权威话语的表达中，同时也在知识界普遍存在。

三、文艺功能观的内在矛盾

文艺的功能，是指文艺的作用或效能；文艺功能观，是指对文艺作用或效能的基本看法。对毛泽东文艺思想来说，文艺的社会作用问题，是一个基本的或核心的问题。无论是他的理论表达，还是对现实、古典文学作品的评价，文艺的社会作用或政治作用，都是他基本的出发点。《讲话》最集中地表达了毛泽东的文艺功能观，他用一贯的简约明了的方式将其概括为两点：为人民服务、为政治服务。他具体解释说："现在世界上，一切文化或文学艺术都是属于一定的阶级，属于一定的政治路线的。为艺术的艺术，超阶级的艺术，和政治并行或互相独立的艺术，实际上是不存在的。"是文艺的阶级性决定了它的政治性，文艺工作就必须"服从党在一定革命时期内所规定的革命任务"，因为它最终会"给予伟大的影响于政治"（《在延安文艺座谈会上的讲话》）。这一战时的文艺功能观，并没有在和平时代得到修正，甚至在1957年毛泽东还认为：

> 在我国，虽然社会主义改造，在所有制方面说来，已经基本完成，革命时期的大规模的急风暴雨式的群众阶级斗争已经基本结束，但是，被推翻的地主买办阶级的残余还是存在，资产阶级还是存在，小资产阶级刚刚在改造。阶级斗争并没有结束。无产阶级和资产阶级之间在意识形态方面的阶级斗争，还是长期的、曲折的，有时甚至是很激烈的。无产阶级要按照自己的世界观改造世界，资产阶级也要按照自己的世界观改造世界。在这一方面，社会主义和资本主义之间谁胜谁负的问题还没有真正解决。（《关于正确处理人民内部矛盾的问题》）

毛泽东基于他上述判断，在新的时代提出了"鉴别人们的言论行动是否正确"，以及判定"究竟是香花还是毒草"的"六条标准"。而且明确地申明“这是一些政治标准”(《关于正确处理人民内部矛盾的问题》)。因此,在延安时代提出的“政治标准第一、艺术标准第二”的要求,仍然适用于新的时代。

在毛泽东看来,包括文艺为什么人和文艺的政治标准在内的功能观问题,是马克思主义者,特别是列宁早已解决了的问题。他的具体论述也明显地可以看到马克思的唯物主义、列宁关于文艺功能观的理论依据。但是不同的是,无论是马克思、恩格斯还是列宁,他们在文艺的政治倾向性上、为政治服务的功利要求上,并不像毛泽东处理得这样简单。事实上,他们并没有放弃对这些关系复杂性一面的考虑,甚至从某种意义上也可以说,在他们矛盾或犹豫的表述中,世界观与创作方法、艺术性与倾向性、文学与经济发展的不平衡关系等,恰恰隐含了他们对文学艺术作为一个特殊领域的理解和维护,或者说,起码这是他们面对的一个复杂的难题。

1.经典理论中文艺功能问题

文艺为政治服务的唯物论依据,来自马克思的《〈政治经济学批判〉序言》。马克思在这里清楚地表达了他对经济基础和上层建筑关系的看法。由于物质生活的生产方式制约着整个社会生活、政治生活和精神生活的过程,是人们的社会存在决定人们的意识,因此,随着经济基础的变更,上层建筑也或快或慢地发生变更。而变更了的上层建筑,会反过来给经济基础以伟大的影响。反映在文学中也就是说,新的社会制度将无可避免地诞生新的文学,而新的文学又将给新的社会制度以伟大的影响。但是,当新的社会制度诞生之后,伟大的艺术是否会随之诞生或者何时诞生,却仍像一个不明之物。而在《1844年的经济学哲学手稿》中,马克思似乎又游离了他唯物论的立场,他发现了艺术生产与物质生产之间可能出现不平衡的发展关系。他以古希腊艺术为例,说明在经济发展水平不高的情况下,仍然产生了“不可企及”的艺术高峰,并散发着“永久的魅力”。并且“当他把对古希腊艺术的企慕同对人类童年时期的怀恋联系起来时,他的解释是心理学的,而不是唯物主义的”[1]。而且，在他论及美与欣赏对象的关系时，也试图通过具体的例证，以心理学的方式论证他的看法：“忧心忡忡的穷人甚至对最美丽的景色也没有什么感觉；贩卖矿石的商人只看到矿物的商业价值，而看不到矿物的美和特性，他没有矿物学的感觉。”这些并非基于唯物论立场表述的看法，隐含了马克思将文艺作为一个独立、特殊领域思考的一面，他并不是将文艺刻板地等同于社会历史发展的范畴来考虑的。因此，仅仅根据马克思的唯物论来强调文艺为政治服务的功能观，起码是片面的。

在恩格斯的论著中，他明确反对文艺直露的政治倾向性。在1885年11月26日致敏娜·考茨基的信中，就考茨基的小说《新人和旧人》所透露的政治倾向，他表述了如下看法：“我认为倾向应当从场面和情节中自然而然地流露出来，而不应当特别把它指点出来；同时我认为作家不必要把他所描写的社会冲突的历史的未来的解决办法硬塞给读者……具有社会主义倾向的小说通过对现实关系的真实描写，来打破关于这些关系的流行的传统幻想，动摇资产阶级世界的乐观主义，不可避免地引起对现存事物的永世长存的怀疑。那么，即使作者没有直接提出任何解决办法，甚至作者有时并没有明确地表明自己的立场，但我认为这部小说也完全完成了自己的使命。”三年之后，恩格斯在致哈克奈斯的一封信中则进一步强调了他的看法，《城市姑娘》所叙述的那个“老而又老的故事”，其缺陷并不在于它是“一部没有直截了当地写出社会主义的小说”，没有直截了当地鼓吹作者的社会观点和政治观点，而恰恰在于它简单地表达了贫富之间的阶级对立。而在恩格斯看来，“作者的见解越隐蔽，对艺术作品来说就越好”。这时，恩格斯再次否定了“倾向小说”并属意巴尔扎克。他认为：“《人间喜剧》里给我们提供了一部‘法国’社会特别是巴黎‘上流社会’的卓越的现实主义历史。”他从巴尔扎克那里“所学到的东西，也要比从当时所有职业的历史学家、经济学家和统计学家那里学到的全部东西还要多”。恩格斯称这是“现实主义的最伟大的胜利之一”，作品所表现出的社会效果，有时同作家的政治倾向和愿望并不是必然的逻辑关系。

---

① 佛克马、易布思：《二十世纪文学理论》，三联书店，1988年，第96页。

恩格斯也强调政治倾向性，但这时他是把它限定于社会学的范畴之内的。他称赞欧仁·苏的小说《巴黎的秘密》，是因为“这本书以明显的笔调描写了大城市的下等阶级所遭受的贫困和道德败坏，这种笔调不能不使社会关注所有无产者的状况”[①]。而称赞德国画家许布纳尔，在一幅描绘了一群向工厂主交亚麻布的西里西亚织工的画面上，他“异常有力地把冷酷的富有和绝望的穷困做了鲜明的对比”，他所揭示的生活，“从宣传社会主义这个角度来看，这幅画所起到的作用要比一百本小册子大得多”[②]。恩格斯没有忘记这是强调“宣传社会主义这个角度”，而并不是在一般的意义上谈论文艺。诗人海涅根据西里西亚织工起义的经验，创作了《西里西亚织工之歌》，恩格斯认为，它“是我所知道的最有力的诗歌之一”，因为它是“宣传社会主义的诗作”[③]。这些材料都可以证实恩格斯对艺术和宣传是有所区分的。并不是说，越具有政治倾向性，越能达到为政治服务目的的作品，就越值得肯定和推荐。因此，佛克马和易布思认为：恩格斯“关于作家的政治观点和他的作品的意义之间可能不一致的理论，对于马克思主义文学理论是一个重大的贡献”[④]。而这一理论为主张文艺功能的多样性、汲取古今中外文艺经验等问题，提供了解决的依据。到了列宁的时代，作为科学社会主义学说的马克思主义，进入到了同无产阶级革命具体实践相结合的时代。作为一个革命者和实践家，卢那察尔斯基后来回忆说：“列宁一生中很少有时间能稍稍集中地研究艺术问题。”所以他不喜欢对艺术表达自己的见解。“尽管如此，但他的爱好还是非常明显的。他喜爱俄罗斯的古典作家，喜爱文学、戏剧以及绘画等方面的现实主义作品。”他曾有机会看到一套纪念世界著名艺术家的集子，激动得“通宵未能入眠”，并惊叹“艺术史真是一个迷人的领域”[⑤]。这一细

① 《马克思恩格斯列宁斯大林文艺论著选讲》，春风文艺出版社，1981年，第13页。

② 恩格斯：《共产主义在德国的迅速进展》，《马克思恩格斯全集》第2卷，第589、591、592页。

③ 恩格斯：《共产主义在德国的迅速进展》，载《马克思恩格斯全集》第2卷，第589、591、592页。

④ 佛克马、易布思：《二十世纪文学理论》，三联书店，1988年，第98页。

⑤ 卢那察尔斯基：《列宁和艺术》，载《列宁论文学与艺术》第2卷，第919页。

节充分地表达了列宁个人的艺术修养和趣味，并且影响了他对文艺功能观的看法。

1905年，十月革命发生不久，列宁发表了《党的组织和党的出版物》一文[1]，它是此后关于“文学的党性原则”的最高范本，按照传统的理解，列宁认为：“文学事业应当成为无产阶级总的事业的一部分，成为一部统一的、伟大的、由整个工人阶级的整个觉悟的先锋队所开动的社会民主主义机器的‘齿轮和螺丝钉’。”值得注意的是，列宁的论述是针对十月革命后“俄国造成的社会民主党工作的新条件”而发表的，在党的出版物被宣布为非法的时代，它是容易受到控制的，但当持有各种观点的人都可以利用合法的出版手段时，党的出版事业有可能受到资产阶级的影响。列宁的党性原则正是基于这一新条件而发表的。党的出版物显然是指一般性的广义著作，而不是专指文学创作。佛克马和易布思曾注意了西蒙斯在词源学意义上的考证，“俄文中与‘纯文学’一词对应的词汇——‘文艺作品’——甚至没有在列宁的《党的组织和党的出版物》一文中出现过一次”。[2]克鲁普斯卡娅也认为，《党的组织和党的出版物》一文与文学作品无关。[3]退一步说的话，列宁在强调了党性原则之后，他又同时强调了“绝对必须保证有个人创造性和个人爱好的广阔天地，有思想和幻想、形式和内容的广阔天地”。因此，仅凭列宁的《党的组织和党的出版物》一文，就得出“文艺为政治服务”的功能观，是不充分的。

而且，在评价具体的作家作品时，列宁也没有将他的党性原则作为唯一的尺度予以强调。1908年至1910年之间，是托尔斯泰诞辰80周年和他逝世的年代，这时，《党的组织和党的出版物》已经发表数年，但列宁在评价托尔斯泰时，仍然把他的政治影响和文学成就予以区别。他认为：“托尔斯泰的作品、观点、学说、学派中的矛盾的确是显著的。一方面，他是一个天才的艺术家，不仅创作了无与伦比的俄国生活的图画，而且创作了世界文学

---

① 此文最初翻译为《党的组织和党的文学》，新的译文题为《党的组织和党的出版物》，载《红旗》杂志1982年第22期。

② 佛克马、易布思：《二十世纪文学理论》，三联书店，1998年，第102页。

③ 佛克马、易布思：《二十世纪文学理论》，三联书店，1998年，第102页。

中第一流的作品；另一方面，他是一个发狂地笃信基督的地主。一方面，他对社会上的撒谎和虚伪做了非常有力的、直率的、真诚的抗议；另一方面，他是一个‘托尔斯泰主义者’，即一个颓唐的、歇斯底里的可怜虫。”（《列夫·托尔斯泰是俄国革命的镜子》）而这种理性的分析仍没有妨碍列宁对托尔斯泰创作的艺术做出“可供群众在推翻了地主和资本家的压迫而为自己建立了人的生活条件的时候永远珍视和阅读”（《列·尼·托尔斯泰》）的评价。不仅如此，列宁有时还凭着艺术直觉评价纯粹的艺术作品。在与高尔基的一次谈话中，他称赞贝多芬的《热情奏鸣曲》是“绝妙的、超越人力的音乐”，“它会刺激神经，使我想说一些漂亮的蠢话，抚摸人们的脑袋，因为他们住在肮脏的地狱里，却能创造出这样美丽的东西来”①。这时的列宁显然是作为一个热爱音乐的普通听众来谈论贝多芬的，他对《热情奏鸣曲》的称赞，早已超出了“党性原则”。

无论是马克思、恩格斯还是列宁，他们在理论上对文学社会效用的表达，与他们出于兴趣对具体文艺现象和作品的评价，是存有矛盾关系的。他们对人类文化遗产的热爱，和对无产阶级新文化期待之间的复杂关系，似乎总是处在两难的境地中，这也是马列文论给我们留下的一道难题。

2.毛泽东的文艺功能观

毛泽东对文艺社会效用的理解和要求，并不像马克思主义经典作家那样复杂，“在毛泽东的文学主张中，文学与政治的关系已被极大地简化；政治是文学的目的，而文学则是政治力量为达到自身目标可能选择的手段之一”②。从政治效用来要求文学，是毛泽东文艺功能观的集中体现。在《讲话》中，他就认为中国人民解放的斗争有“文武两个战线，这就是文化战线和军事战线”。把文化当作一条战线来看待的思路，是毛泽东始终坚持的看法。既然文化是一条战线，那么它就必然是针锋相对的两个方面，这也是“二元对立观”在毛泽东文艺功能观中的直接体现。

---

① 列宁：《列宁论文学与艺术》，人民文学出版社，1960年，第885页。

② 洪子诚：《中国当代文学概说》，香港青文书屋，1997年，第14页。

在毛泽东的著作中，我们经常可以读到他“二元对立”的观点：“谁是我们的敌人？谁是我们的朋友？这个问题是革命的首要问题。”（《中国社会各阶级的分析》）“什么人站在革命人民方面，他就是革命派；什么人站在帝国主义封建主义官僚资本主义方面，他就是反革命派。”（《中国人民政治协商会议第一届全国委员会第二次会议上的闭幕词》）“凡是敌人反对的，我们就要拥护；凡是敌人拥护的，我们就要反对。”（《和中央社、扫荡报、新民报三记者的谈话》）这种敌人/朋友、革命/反革命、反对/拥护的绝对对立的思想方法，有明确的排他性和措辞的不容置疑性。它反映在毛泽东的文艺功能观中，同样是这种对立、不可调和的紧张。诸如在立场、态度、为什么人、写什么题材、人性、人类之爱、光明与黑暗、歌颂与暴露、革新与继承等问题上，都只能站在一个方面来反对另一方面。他把政治的明了性直接投射于人类复杂的精神活动——文艺生产和接受过程中。这种表述源于一个顽固的信念，就是阶级斗争是社会生活的本质，是人类社会中无处不在的支配力量：“阶级斗争，一些阶级胜利了，一些阶级消灭了。这就是历史，这就是几千年的文明史。”（《丢掉幻想，准备斗争》）阶级的观念在毛泽东那里是万能的、总体性的，它是可以解释一切的理论，而它恰恰不可能将毛泽东对文学的解释引向本体论和文学的特性上来。因此，即使是急风暴雨式的阶级斗争结束了，建立了新的政权之后，毛泽东仍然没有改变他原来的文艺功能观。为政治服务的终极意义仍是最有效的指导思想。

当然，在毛泽东的著作中，我们也会发现他对环境变化的识别，但这一识别同样是为了实现文艺为政治服务主张的。延安时期，许多作家来自国统区，他们“小资产阶级知识分子”的面貌还未得到改造。毛泽东告诫他们：“因为思想上有许多问题，我们有许多同志也就不大能真正区别革命根据地和国民党统治区，并由此弄出许多错误。同志们很多是从上海亭子间来的；从亭子间到革命根据地，不但是经历了两种地区，而且是经历了两个历史时代。一个是大地主大资产阶级统治的半封建半殖民地的社会，一个是无产阶级领导的革命的新民主主义的社会。到了革命根据地，就是到了中国历史几千年来空前未有的人民大众当权的时代。我们周围的人物、我们宣传的对象，完全不同了。过去的时代，已经一去不复返了。”（《在延安文艺座谈会上的讲话》)时代环境的变化，决定了文学艺术的变化，按照这个逻辑，标志着新民主主义革命阶段的基本结束和社会主义革命阶段开始的新政权建立后，原来的战争时代对文艺的要求，理应得到调整和修正，但这时毛泽东又做出了新的解释：

在我国，资产阶级和小资产阶级的思想，反马克思主义的思想，还会长期存在。社会主义制度在我国已经基本建立。我们已经在生产资料所有制的改造方面，取得了基本胜利，但是在政治战线和思想战线方面，我们还没有完全取得胜利。无产阶级和资产阶级之间在意识形态方面的谁胜谁负问题，还没有真正解决。我们同资产阶级和小资产阶级的思想还要进行长期的斗争。不了解这种情况，放弃思想斗争，那就是错误的。凡是错误的思想，凡是毒草，凡是牛鬼蛇神，都应该进行批判，决不能让他们自由泛滥。(《在中国共产党全国宣传工作会议上的讲话》)

这一解释宣告了政治斗争仍在持续，文艺为政治服务的观念就理所当然地需要维护。事实上，一直到1966年的《部队文艺工作座谈会纪要》，这份经过毛泽东审阅修改的重要文件，所强调的斗争观念，始终是社会生活的主旋律。在此期间，所有试图强调文艺的特殊性、将研究和关注的视野转移到文艺本体的努力，都因其游离于为政治服务的观念而被视为危险的倾向，从而归于失败。

另一方面，毛泽东似乎总是坚持无往不胜的“两点论”，他强调文艺的政治标准，但也强调“缺乏艺术性的艺术品，无论政治上怎样进步，也是没有力量的”(《在延安文艺座谈会上的讲话》)。这同他在其他方面强调的“两点论”是相同的。在继承民族文化遗产上，他主张“剔除其封建性的糟粕，吸收其民主性的精华”，但是，“对于人民群众和青年学生，主要地不是要引导他们向后看，而是要引导他们向前看”(《新民主主义论》)；在歌颂与暴露问题上，“你是资产阶级文艺家，你就不歌颂无产阶级而歌颂资产阶级；你是无产阶级文艺家，你就不歌颂资产阶级而歌颂无产阶级和劳动人民：二者必居其一”(《在延安文艺座谈会上的讲话》)。而在推行“百花齐放，百家争鸣”方针时，他认为“利用行政力量，强制推行一种风格，一种学派，禁止另一种同格，另一种学派，我们认为会有害于艺术和科学的发展。艺术和科学中的是非问题，应当通过艺术界科学界的自由讨论去解决，通过艺术和科学的实践去解决，而不应当采取简单的方法去解决”(《关于正确处理人民内部矛盾的问题》)。这时，毛泽东又回到了托洛茨基“艺术必须按照自己的方式发展，走自己的道路”和马克思《评普鲁士最近的书报检查会》的立场上。但是，在具体的文艺方针政策的制定上，毛泽东始终是坚持斗争为主、歌颂为主、政治标准为主、普及为主的。恰恰是利用了行政力量，强制推行一种风格、学派，禁止另一种风格、学派。在毛泽东的文艺功能观面前，他所期待的那种“革命的政治内容和尽可能完美的艺术形式的统一”的作品，在“样板戏”之前并没有出现。[①]

毛泽东文艺功能观的主要问题，就在于他对文艺功能的简化处理，以及在简化过程中的绝对化倾向。在这种倾向中，文艺的审美功能被大大削弱了，非功利的审美需要也完全被排除了。在普列汉诺夫看来，“任何一个政权只要注意到艺术，自然就总是偏重于采取功利主义的艺术观。这也是可以理解的，因为它为了自己的利益就要使一切意识形态都为它自己所从事的事业服务”[②]。作为一个马克思主义者，普列汉诺夫并不否认文艺的功利主义，这同马克思、恩格斯、列宁对无产阶级、社会主义文学深怀兴趣是一致的。但是，他仍然注意到了功利与审美的联系和区别：

> 自然，并非任何有用的事物在社会的人看来都是美的；但是毫无疑问，只有对他们有用的东西，就是说，在他们向自然界或者别的社会的人进行的生存斗争中具有意义的东西，在他们看来才是美的。这并不是说，对于社会的人，功利的观点是和审美的观点一致的。绝对不是！功利是凭借理智来认识的；美是凭借直觉能力来认识的。前者的领域是

---

① 在“样板戏”出现之前，毛泽东明确肯定的当代作品如《欧阳海之歌》等，并不多见。

② 《普列汉诺夫美学论文集》，人民出版社，1983年，第2卷第830页、第1卷第497页。

打算；后者的领域是本能。同时——这点必须记住——属于直觉能力的领域要比理智的领域广阔得不知道多少：在享受他们觉得美的对象的时候，社会的人几乎从来没有认识清楚那同他们关于这个对象的观念联系在一起的功利。[①]

普列汉诺夫注意到了理智与直觉作为不同领域的区别，这很容易让人联想到列宁同高尔基谈到贝多芬《热情奏鸣曲》时的情形。毛泽东的文艺功能观显然不在审美的范畴之内，直觉、本能这样的概念几乎没有在毛泽东的文艺论著中出现过，他也从来没有站在这一角度解释过文学。因此，毛泽东的文艺功能观，不仅与他的功利主义相关，同时也与他所接受的文艺学的知识背景相关。

应该说，毛泽东是相当熟悉鲁迅的，他对鲁迅的称赞和景仰，还没有哪位现代作家能够与之相比。鲁迅译介过普列汉诺夫的《艺术论》，并在该译本的序言中介绍了普氏的功利论，但鲁迅在审美领域却不那么功利，他倒是接受了普氏"直觉"或"本能"的概念。他在《诗歌之敌》中说：

倘我们赏识美的事物，而以伦理学的眼光来论动机，必求其"无所为"，则第一先得与生物离绝。树荫下听黄鹂鸣，我们感得天地间春气横溢，见流萤明灭于丛草里，使人顿怀秋心。然而鹂歌萤照是"为"什么呢？毫不客气，那都是所谓"不道德"的，都正在大"出风头"，希图觅得配偶。[②]

这与他在《文艺与革命》中所说的"一切文艺固然是宣传，但一切宣传却并非全是文艺"的看法是互相补充的。鲁迅虽然是一位伟大的革命家，但作为作家的他始终在维护文艺作为特殊领域的特殊性，维护文艺必要的自由。但是，值得考虑的是，毛泽东的文艺思想，更多的是受到了激进的"革

① 《普列汉诺夫美学论文集》，人民出版社，1983年，第2卷第830页、第1卷第497页。
② 鲁迅：《诗歌之敌》，载《鲁迅全集》第7卷，第236页。

命文学”理论家的影响。他抽象地肯定了鲁迅，却具体地实施着鲁迅“对立面”的主张。而且中华人民共和国成立后，与鲁迅关系密切的理论家如胡风、冯雪峰等，都较早地遭到了清洗。这里固然有文艺界恩恩怨怨的原因，但毛泽东属意周扬等人，显然与他主张的“文艺为政治服务”的观念有关。还可以进一步证实的是，当毛泽东认为在新的历史条件下，周扬等人已游离了为政治服务的路线时，他便毫不迟疑地打倒了他，而青睐新的、更激进的理论家。因此，毛泽东的文艺功能观，始终没有离开他革命策略的整体，也只有从毛泽东思想的整体出发，才能理解他的文艺功能观。

四、“中国化”的现代性经验

毛泽东思想的形成和实施的时代，是中国已经遭遇了现代性问题的时代。西方资本主义正以霸权的形式诉诸全球化，社会主义则刚刚崛起或正在实践中。内忧外患的中国不仅经济上十分落后，而且传统文化也处在风雨飘摇之中。中国已经有过饱受西方列强欺辱的惨痛经历，这时选择超越资本主义的社会主义道路，便有了理智与情感的双重含义，而马克思主义为中国革命提供了思想和语言，俄国革命的成功则为中国提供了范本和前景，这两个条件使中国共产党人看到了民族自我拯救的可能。因此，毛泽东选择马克思主义理论和俄国的社会主义实践，与中国的历史处境是联系在一起的。但是，矛盾重重的中国使毛泽东的革命实践一开始就充满了探索的艰巨性。这种艰巨不仅来自本土政治、经济和文化带来的困难，同时也与含在现代之中的矛盾息息相关。阿瑞夫·德里克在分析这一矛盾时指出：“20世纪上半叶的几十年间，中国人跨入了一个广阔的文化和知识空间，这个空间是由欧洲两个世纪的现代化所开拓的；同时又把中国的文化局面抛入了动荡的旋涡中，当时中国人正试图寻找一种与他们选择的现代性范式相应的文化。中国人与现代性的斗争体现在其历史人物的现代主义眼光中，体现在这种眼光所暴露出来的矛盾之中，这种眼光显示出中国人无法使自己从过去的沉重包袱中解脱出来；这场斗争被陷入在两种不同的现代性之间的夹缝之中，其中，一种现代性是霸权主义的现实，另一种现代性则是一种解放事业。”[①]而毛泽东思想正是对这种矛盾的历史处境做出的反应。许多年之后，他说的“我们已在做我们的前人从来没有做过的极其光荣伟大的事业”（《为建设一个伟大的社会主义国家而奋斗》），就不应看作是一位浪漫诗人的抒情，而是他在重重矛盾中做出选择后自豪的告白。作为胜利者，这一告白潜含了他一向的乐观主义，但它却掩盖了在现代性旋涡中出现的矛盾，而恰恰“中国化”的胜利和过程中出现的矛盾，一起构成了中国的现代性问题。

莫里斯·迈斯纳在《中华人民共和国史》的序言中，一开头便写出了马克思在中华人民共和国诞生一个世纪之前的小小猜想：

> 如果我们欧洲的反动分子不久的将来会逃奔亚洲，最后到达万里长城，到达最反动最保守的堡垒的大门，那么他们说不定就会看见这样的字样：
>
> 中华人民共和国，
>
> 自由、平等、博爱。[②]

这个有趣的猜想是不可思议的，但在100年之后它却变成了现实，而且是“人民共和国”。迈斯纳接着写道，在马克思的时代曾经以“天朝”闻名于世的国度，被称为“活化石”的国度，却让“先进”的西方世界中最现代的革命学说在它那里生根开花并结出果实。这个矛盾的现象一直是历史学家的难解之谜：马克思主义学说教导人们，只有高度发达的资本主义经济才能够创造出使社会主义成为真正历史可能性的工业先决条件，而且同时产生现代无产阶级，即注定要使那种可能性成为历史现实的社会力量。然而，在资本主义前的中国，马克思的当代弟子们却完成了现代最伟大的革命，并且是

① 阿瑞夫·德里克：《现代主义和反现代主义》，载萧延中等编《外国学者评毛泽东》第1卷，中国工人出版社，1997年，第219—220页。

② 《马克思恩格斯全集》第7卷，人民出版社，1959年，第265页。

利用农民起义的力量完成的。[①]这个历史事实让包括迈斯纳在内的历史学家都感到匪夷所思。而且中国革命并不像法国大革命和俄国革命那样，是一个改变历史方向的突发的政治事件，它没有像巴黎群众攻打巴士底狱或俄国布尔什维克在“震撼世界的十日”中夺取政权那样的戏剧性革命事件。当中华人民共和国于1949年10月1日宣告成立的时候，中国革命家已经完成了摧毁旧秩序的战斗。[②]

然而，包括迈斯纳在内的历史学家也终于在这个历史事实面前谈论中国革命的特殊性，或者说，是这个历史事实证实了毛泽东所选择的道路，尽管它的过程也有偶然事件的因素。在毛泽东的思想中，超越资本主义历史阶段而直接进入社会主义，是他不变的信念，他一再表明：当无产阶级革命在全球风起云涌之际，中国革命已经是世界革命的一部分，“它不再是旧的世界资产阶级民主主义革命的范畴”，这种革命在一战爆发之时，“尤其是在1917年俄国十月革命之时，就告终结了”。国际国内的环境，都不允许中国“建立欧美式的资本主义社会”(《新民主主义论》)。历史证明了毛泽东对中国革命特殊性的理解和选择的正确性，他实现了把一个贫穷落后的中国改造成为一个独立自主的民族现代国家的梦想，百年激进的理想在他这里变成了现实。他以社会主义取代了资本主义，并使一个民族从资本主义的霸权中解放出来。但是，在他顽强抗拒一种现代性的过程中，以及他实现了这种抗拒后，新的现代性矛盾始终环绕在他的周围。而这种新的现代性矛盾从一开始就充满了窘迫与紧张。德里克事后发现了这一矛盾的存在，这就是，在中国：

> 启蒙运动既成为使人们从过去解放出来的工具又是对民族的主体性和智慧的否定；而过去则既成为一种民族特性的源泉又是加诸现在的负担；个人既是现代国家的公民又是全民族解放的威胁因素；社会革命既

① 莫里斯·迈斯纳:《中华人民共和国史·序言》，社会科学文献出版社，1992年，第1—3页。

② 莫里斯·迈斯纳:《中华人民共和国史·序言》，社会科学文献出版社，1992年，第1—3页。

是把阶级和社会群体解放出来从而建立一个真正民族的工具又是导致解体的分裂因素；乡村既是古老的民族特性的源泉又是发展的绊脚石；民族既是世界普遍主义的动力又是反对霸权行为的防卫力量（即以狭隘的本国观念的永久化而向世界封闭）。诸如此类的矛盾无穷无尽；它们在不同的社会视野里以不同的方式表现出来，但是它们都属于现代性的矛盾。[①]

但是，这些矛盾被毛泽东以简化的方式做了处理，即他对这些矛盾的主要方面做了选择然后予以强调，以理论话语的方式遮蔽或缓释了这些矛盾，这也正是新的现代性矛盾的肇始。也就是说，民族解放的总体目标成为主要任务时，其他矛盾只能在压抑中作为代价被忽略；而当面对这些具体矛盾时，就只能以一种“不确定”的形式做出不同的回应。事实上，无论是中华人民共和国成立前还是成立后，诸如精英与民众、集体与个人、民族与世界、民主与控制、东方文化与西方文化等问题，都没有明确和稳定的理论阐发。允诺的临时性总为不断的变化所取代，独特的中国道路始终是一个试验中修订的方案，它的乐观主义和探索性就无可避免地在实践中遇到障碍和挑战，“方案的修订”是以“政策和策略”的方式出现的。

超越资本主义道路的选择，无疑是一种富有想象力的实验，毛泽东在解决他所面对的矛盾时，有两点是值得注意的：一是强调人的作用；一是强调民族性。资本主义世代的物质积累是东方古国不能比拟的，但人的意志却是可以重塑的。长征的胜利使毛泽东更加坚信人的意志的作用，延安的艰苦环境和战争中的献身精神，使经历了那一时代的人都培育了崇高感和英雄主义。这种神圣的精神在反复强调中演变为道德价值。它超越了资本主义对物质的炫耀，从而也使后发的现代化国家具有了自己民族的特点。人的作用，在毛泽东的许多著作中都有明确的强调：

① 阿瑞夫·德里克：《现代主义和反现代主义》，载萧延中等编《外国学者评毛泽东》第1卷，中国工人出版社，1997年，第219—220页。

武器是战争的重要因素，但不是决定的因素，决定的因素是人不是物。力量的对比不但是军力和经济力的对比，而且是人力和人心的对比。军力和经济力是要人去掌握的。(《论持久战》)

人民群众有无限的创造力。他们可以组织起来，向一切可以发挥自己力量的地方和部门进军，向生产的深度和广度进军，替自己创造日益增多的福利事业。(《多余劳动力找到了出路》)

毛泽东的这些强调并不是经典马克思主义的唯物论，不是物质决定精神，存在决定意识。“群众中蕴藏了一种极大的社会主义积极性”的断言，表明了毛泽东对一种“自发”的社会主义要求的确认，认为那种革命精神是天然存在的，这为强调人的作用提供了一种依据。但这种“自发”的社会主义要求是存有疑问的，或者说它只是“蕴藏了”这种积极性。因此，毛泽东同时强调政治工作、组织工作和思想教育的重要性，而这些强调都是与物质生活没有关系的。而矛盾可能就出现在这里。也就是说，当毛泽东试图将中国从资本主义霸权中解放出来的时候，却又使具体的人陷入了另一种霸权的统治之中。对人的作用和意志的强调，是对统一意志和作用的强调，而不是指具体的人的意志和作用。因此，毛泽东经常使用的“人民”的概念，同具体的人是没有关系的，或者说是完全对立的。当强调具体的人的时候，就会被指认为“个人主义”，而“个人主义”是不道德的。

于是，抑制个人的物质欲望，抑制人对日常生活的多样性要求，就成了永葆人的意志坚定性的手段，同时也就是抗拒资产阶级的手段。1949年，人民解放军赢得了三大战役的胜利，政权的交替实际上已经完成，中国共产党的工作重心开始由乡村向城市转移。这时，毛泽东警觉地告诫全党：

……贪图享乐不愿再过艰苦生活的情绪，可能生长。因为胜利，人民感谢我们，资产阶级也会出来捧场。敌人的武力是不能征服我们的，这点已经得到证明了。资产阶级的捧场则可能征服我们队伍中的意志薄弱者。可能有这样一些共产党人，他们是不曾被拿枪的敌人征服过的，他们在这些敌人面前不愧英雄的称号；但是经不起人们用糖衣裹着的炮

弹的攻击，他们在糖弹面前要打败仗。我们必须预防这种情况。（《在中国共产党七届中央委员会第二次全体会议上的报告》）

而与此相对的则是对牺牲个人利益、献身精神的持续倡导。对一个执政党来说，强调这些原则和精神无疑是重要的，它是获得人民拥护、支持，维持统治秩序的必要条件。但是，这种对执政党的要求逐渐变为对全社会的要求，变为对一切领域的要求。离开了这一要求的任何人，都将会被命名为“资产阶级”而遭到打击和唾弃。因此，对人的意志和精神的强调，似乎是对人的尊重，是对人的解放的允诺，但是，当这个“人”是一个大写的人，是被作为符号的人来对待的时候，这一理论就没有成为关于人的解放的学说，而恰恰是一种对人的自然要求和心灵世界的压抑和控制：人需要有道德意识，社会也需要规范的秩序，但人并不总是时时需要神圣和献身、时时需要忘我的。日常生活的多样性要求和心灵世界的丰富性表达，具有无可争议的合理性，但是，在对人的意志强调和控制的过程中，它只能成为不合理的。

因此，文艺作为表达人类生活和心灵世界的领域，文艺学作为研究、探讨艺术规律的专门性知识，都不再是自由的，它有了规范和控制。在20世纪50年代至70年代，出台过大量的文艺方针政策，召开过许多关于文艺工作的会议，但这些方针政策和会议，并不是鼓励文艺工作者和文艺理论家自由创作和研究的，而是教育、告知他们如何创作和怎样研究的。但是，在阅读了这些文献材料之后，那里的“不确定性”和非连贯性是明显的。在思想领域控制过于紧张、文艺创作和研究明显失常的情况下，便会出现一些宽松的方针和政策；而当文艺创作和研究超越了限定的范围时，又会出现紧缩的方针、政策甚至运动。而这些恰恰是新的现代性焦虑的反映，超越了资本主义和它所缔造的现代性问题，并不是意味着现代化问题的终结。

民族性的问题是毛泽东在许多著作中深为关心并反复述及的问题，它有时是针对传统文化，有时是强调民族形式。关于民族性的讨论，毛泽东显然受到了列宁关于两种民族文化理论的影响。十月革命前夕，在俄国“民族文化”论争中，列宁针对“民族文化自治”这一口号指出：“每一现代民族中，都有两个民族。每一种民族文化中，都有两种文化。”“每个民族的文化里面，都有一些哪怕是不太发达的民主主义和社会主义的文化成分，因为每个民族里面都有劳动群众和被剥削群众，他们的生活条件必然会产生民主主义的和社会主义的思想体系。”（《关于民族问题的批评意见》）同时，每个民族里面也有资产阶级文化，并且是占统治地位的文化，因此存在着两种文化的斗争。那种超阶级的“民族文化”是不存在的。毛泽东沿袭了列宁关于“两种文化”的理论，他在论及传统文化时指出：“中国的长期封建社会中，创造了灿烂的古代文化。清理古代文化的发展过程，剔除其封建性的糟粕，吸收其民主性的精华，是发展民族新文化提高民族自信心的必要条件；但是绝不能无批判地兼收并蓄。必须将古代封建统治阶级的一切腐朽的东西和古代优秀的人民文化即多少带有民主性和革命性的东西区别开来。”（《新民主主义论》）这也就是毛泽东批判地继承文化遗产的理论，相似的提法在他的其他文章中也可以读到。

有论者注意到，毛泽东关于民族性的问题是在国际/中国的关系中提出的，即在民族解放战争的背景下，国际共产主义运动应该与被压迫民族的民族斗争结合起来。民族问题，而不是阶级问题成为抗日战争时期中国共产主义运动的主导性问题。它有具体的政治含义和历史背景：通过诉诸“民族”问题，获得共产主义内部的民族自主性或者说摆脱共产国际的支配，使中国共产党成为一个具有独立自主权的政党。[①]这一分析是有道理的。摆脱霸权的控制，寻求中国独特的道路，是毛泽东的一贯追求，即便是在国际共运的内部，他也希望能够保有“民族”的声音，而不至于在两大阵营的对峙中消融了自己。但是值得注意的是，当民族解放的任务已经完成，阶级的问题成为突出的问题时，民族性的问题仍被强调，它就改变了原有的历史含义。这时，“民族形式”也同时具有了“阶级的”防卫意义。当毛泽东在新的历史时期强调“民族形式”时，他显然含有针对西方“资产阶级”意识形态的成分。也就是说，在防卫意识形态侵蚀的意义上它是阶级的，而在“习惯、感

① 汪晖：《地方形式、方言土语与抗日战争时期“民族形式”的论争》，载《汪晖自选集》，广西师范大学出版社，1997年，第344页。

情以至语言"(《同音乐工作者的谈话》)等形式的意义上，它是民族的。这是他坚持"民族形式"，反对"全盘西化"的真正用意。

在理论上说，毛泽东的这一设定是没有问题的，他既强调了"民族形式可以掺杂一些外国东西"，"应该标新立异"(《同音乐工作者的谈话》)，又强调了"应该越搞越中国化"(《同音乐工作者的谈话》)。这对于发展中国的民族形式是有益的。或者说，它既是开放的，又是有所保留的。但是，实际情况离这种理想的设定十分遥远。在近30年的时间里，民族观念以狭隘的方式向世界封闭，外国的东西在中国不可能有立足之地。历次对"资产阶级"思想的批判，几乎都可以在西方世界找到它的根据和源头。最后只剩下形式和内容最具"民族性"的"样板戏"。形式上它是地道中国的，内容上它是地道"无产阶级"的。超越资本主义的"中国化"在这时达到了极致：它既实现了对人的意志的极大神化，实现了对崇高、神圣、献身、英雄主义的向往；也实现了用民族形式(京剧)表达的愿望。对"中国化"现代性经验的揭示显然是不够的，但在上述触及的问题中，已经部分地揭示了它的矛盾性，也就是说，对人的意志和精神的想象与夸大，却隐含了对人的压抑和控制的机制，对物质神话的批判和抵制，同时排斥了日常生活的合理性。致使与"人学"相关的文学难以在"人"的范畴内展开，而流于意识形态的附庸；"民族性"的强调，离开原来的意义之后，加剧了东西文化的对立和紧张，从而使民族文化失去了与西方文化交流互补的可能和机会。更为重要的是，理想的允诺迟迟不临，并在变化和修订中一再延宕，则导致了"理想"和信仰的最后危机，新的现代性矛盾在积聚中终于爆发为"街头政治"(四五运动)。但问题的另一方面同样值得我们注意，也就是说，当历史环境发生变化，矛盾已经转化或解决之后，作为经验丰富的现代性状况还存在着另外一种可能性，就20世纪50年代至70年代近30年的经验而言，如果剥离了文学的政治功利性，剥离了它对人的统治和封闭的狭隘性，那么那里隐含的理想精神仍可被视为值得珍惜的历史遗产。事实亦表明，即便在20世纪90年代，包括"红色经典"在内的近30年的文艺，仍在另外的意义上具有观赏的魅力。在另一个时代的风行已表明了现代性经验的全部复杂性。这也诚如大卫·哈维所说——

……事物的易变性使得人们难以保持任何历史连贯性意识。如果历史有什么意义的话，那么它的意义必须在变化的旋涡中去发现和界定，这个旋涡不仅影响着一切被人们讨论着的事物而且影响着讨论的术语。这样，现代性不仅要无情地打破任何或一切以前的历史状况，而且它的特征就在于，它意味着一个在自身内部永无止境地进行着内部分裂和解体的过程。①

事实也是如此。当我们重新面对毛泽东文艺思想的时候，我们显然已离开了过去30年的立场，而对它又有了新的理解和界定。

原载《文艺争鸣》1998年第4、5期

① 大卫·哈维：《后现代性状况》，载萧延中等编《外国学者评毛泽东》第1卷，中国工人出版社，1997年，第201页。

政治文化与中国当代文艺学

无论我们采用一种什么样的方式，对当代中国文艺学学术史的梳理或描述，都是相当困难的。一般说来，学术史是指专门的系统知识的变化和发展，是对该学科认知过程的清理和总结，它可以采用比较的方法、思想史的方法、传记的方法或问题的方法等等。但对中国当代文艺学学术史来说，由于它的特殊性，即在政治文化的规约中，它并没有在学科的知识层面充分地发展，文艺学并没有被当作一个专门性的知识范畴。在20世纪50年代至70年代近30年的时间里，它直接延续的仍是20世纪40年代以来延安的传统、战时的文艺思想和建设一个现代民族国家的总体需求，也成为当代文艺学研究的主导思想。在这样的规约中，文艺学没有多少机会在自身的范畴内得以展开讨论，并取得相应的学术积累。我们发现，在近30年的时间里，文艺学学术专著的匮乏是一个令人吃惊的事实，我们不仅没有对诸如文学语言学、叙事学、修辞学、符号学、接受理论、阐释学、现象学、知识社会学等进行过专门研究，甚至文艺学教科书的编写都成了一个问题。我们不缺乏的则是不间断的争论和批判，而每次争论的背后都潜隐着明晰可辨的意识形态话语。这样，也就形成了我们作为现代化后发国家文艺学发展的特色。也就是说，文艺学的发展始终是我们现代性焦虑的一部分，或者说，它是我们焦虑的表意形式之一。因此，我们在书写这一时段的文艺学学术史的时候，有必要放弃对学科剥离或整合的幻觉期待，“结构”出一部本体意义上的文艺学学术史，因为它是勉为其难的。它的每一步启动或发展，不仅与当代中国的政治生活息息相关，同时也联系着百年中国激进的思想传统。这同其他人文学科在当代发展所面临的问题是相同的。因此，我们有必要进入历史的细部，去考察当代中国文艺学发展的历史。在这个过程中，仅仅指出文艺学的研究受到压抑的不合理性是不够的，尽管这是一种普遍流行的思想方法。同时，我们还有必要揭示出，在现代性的允诺——代表未来的历史表达中，文艺学和它的知识生产者是如何一步步从迷顿、迟疑进而追随并倾心认同的。这一充满了问题的历史过程，是否也隐含了它的“必然性”；而确立并不断强调统一的文艺思想，为什么总是在不断的分化中遇到危机和挑战；这一统一的要求为什么会成为悖论的先在条件；等等，都需要我们清理和回答。

一、政治文化和学术史

系统和专门的学问，它的生产和发展有内在的机制和规律，但它从来就不是自足的，特别是人文学科，它总要密切地联系着某一时期的政治、经济和文化现实。关键词或核心语词是通过专业表达的方式，来对某一时期的社会提出问题或解决问题的。因此，在福柯看来，“一个语词只有进入特定话语的范畴才能获得意义，也才有被人说出的权利。否则，便要被贬入沉寂。特定的话语背后，总体现着某一时期的群体共识、一定的认知意愿”[①]。福柯在这里揭示的是，一个人的认识是否被接受，是否被视为“真理”，有赖于他的认识是否符合群体的共识。[②]而政治文化就是这一“群体共识”的一部分。1966年，美国著名的政治学家加布里埃尔·阿尔蒙德在一部著作中，对政治文化这一概念做出了如下权威性的界定：

> 政治文化是一个民族在特定时期流行的一套政治态度、信仰和感情。这个政治文化是本民族的历史和现在社会、经济、政治活动的进程所形成。人们在过去的经历中形成的态度类型对未来的政治行为有着重要的强制作用。政治文化影响各个担任政治角色者的行为、他们的政治要求内容和对法律的反应。[③]

① 米歇尔·福柯：《性史》，上海科学技术文献出版社，1989年，第4—5页。

② 米歇尔·福柯：《性史》，上海科学技术文献出版社，1989年，第4—5页。

③ 阿尔蒙德·鲍威尔：《比较政治学：体系、过程和政策》，曹沛林等译，上海译文出版社，1987年，第29页。

根据不同政治学家对政治文化的解释，有人把它概括为如下三个特征：（1）它专门指向一个民族的群体政治心态，或该民族在政治方面的群体主观取向；（2）它强调民族的历史和现实的社会运动对群体政治心态形式的影响；（3）它注重群体政治心态对于群体政治行为的制约作用。①政治文化不是社会总体文化，但作为社会总体文化包容下的一部分，却可以把它看作是社会群体对政治的一种情感和态度的简约表达。既然政治文化规约了民族群体的政治心态和主观取向，那么，知识生产者作为民族群体的一部分，也必然要受到政治文化的规约和影响。尤其在中国，知识分子对公共事务的参与热情，使他们的学术活动很难与时事政治分离开来。梁启超在谈论晚明学者时指出：

> 这些学者虽生长在阳明学派空气之下，因为时势突变，他们的思想也像蚕蛾一般，经蜕化而得一新生命。他们对于明朝之亡，认为是学者社会的大耻辱大罪责，于是抛弃明心见性的空谈，专讲经世致用的实务。他们不是为学问而做学问，是为政治而做学问。他们许多人都把半生涯送在悲惨困苦的政治活动中。所做学问，原想用来做新政治建设的准备，到政治完全绝望，不得已才做学者生活。他们里头，因政治活动而死去的人很多，剩下生存的也断断不肯和满洲人合作，宁可把梦想的"经世致用之学"依旧托诸空言，但求改变学风以收将来的效果。②

黄梨洲、顾亭林、王船山、朱舜水等人的学风，便是在这样一种"政治文化"中形成的。这种情况不仅在中国学术史上随时可以遇到，即便在已经形成多元文化格局的西方，也被一些学者所坚持。伊格尔顿就认为，文学批评是一种政治批评，利用文学来促进某些道德价值，它不可能脱离某些思想意识的价值，"而且最终只能是某种特定的政治形式"。"那种认为存在'非政治'批评形式的看法只不过是一种神话，它会更有效地推进对文学的某些

① 高毅：《法兰西风格：大革命的政治文化》，浙江人民出版社，1991年，第7页。
② 梁启超：《中国近三百年学术史》，东方出版社，1996年，第17—18页。

政治利用。”[①]

在当代中国，文艺学的发展同政治文化几乎是息息相关的，或者说是政治文化规约了文艺学发展的方向。它虽然被称为一个独立的学科，并形成了较为完备的知识体系，但是，它的思想来源、关注的问题、重要的观点等等，并不完全取决于学科本身发展的需要，或者说，它也并非完全来自对文学艺术创作实践的总结或概括。一套相当完备的指导中国革命实践的理论，也同样是指导文艺学的理论。这一理论就是中国的马克思主义——毛泽东思想。作为一种政治文化，它已融进民族群体的潜意识。作为文艺学知识生产者的群体，不仅要受到民族群体意识的影响，同时，旧的社会制度死亡之后，对于大多数学者来说，他们也需要自我认同的重新确认。“重新确认自己的认同，这不只是把握自己的一种方式，而且是把握世界的一种方式。新的信仰和自我认同需要新的社会制度作为实践条件，因此，寻找认同的过程就不只是一个心理的过程，而是一个直接参与政治、法律、道德、审美和其他社会实践的过程。这是一个主动与被动相交织的过程，一种无可奈何而又充满了试探的兴奋的过程。”[②]因此，片面地强调文艺学的知识生产受到意识形态压抑的说法，显然是存在问题的。以它的话语方式来说，它是意识形态统治在另一时代的表达式。事实上，知识生产者的实践过程，还存在着一个向实践条件寻求适应的过程，这种适应包括被动的思想改造、检讨、忏悔，向不熟悉的事物学习，当然更包括主动的妥协、退让，以期完全适应实践条件的要求。可以说，当代文艺学话语权力的拥有者，大多是解放区或延安时代的理论工作者，他们是新的社会制度——实践条件创立的参与者，他们熟悉规则和要求，因此，其理论“创造性”仍是相当旺盛的，他们理论的话语之流奔涌不息。而对新的实践条件缺乏了解或难以适应的人，不仅创造力锐减，而且理论工作或文学创作对他们来说，几乎是勉为其难的。更有甚者，他们为了坚持信仰的彻底性，无法同新的实践条件签署契约，而只能惨遭淘

---

① 特里·伊格尔顿：《当代西方文学理论》，王逢振译，中国社会科学出版社，1988年，第299—300页。

② 《汪晖自选集·自序》，广西师范大学出版社，1997年，第2页。

汰。这三种情况，可以分别以周扬、茅盾、胡风作为代表。可以说，他们都是具有杰出理论才能的人，但由于他们对新的实践条件的理解和适应程度不同，而有了不同的结局。

因此，对新的实践条件的适应，是保证个人参与社会实践的基础。对试图建立新的信仰或被新信仰哺育成长的一代人来说，他们的内心始终洋溢着意识形态的冲动和兴奋，并逐渐成为他们内心支配性的力量或道德要求。也就是说，当文艺为政治服务成为文艺学研究的核心话语之后，主动地回应这种时代的询唤，也就成为文艺学研究者的情感需求，当初那种试探性的谨慎逐渐变为汪洋恣肆的激情。当代文艺学的建立和发展，也就是这一学科的学者在政治文化的规约下，不断统一认识、实现共识的过程。作为一个现代化后发国家，动员一切社会力量实现现代民族国家的目标，本身就具有不可抗拒的感召力；作为知识分子，内心洋溢的国家民族关怀不经意地便会为这种话语所调动。文艺学虽然是一种专门的系统知识，但在社会需要这种知识为它的总体目标服务的时候，掌握了这种知识的专家，即便不是期待已久，内心也充满了对此做出回应的极大热情。这里既有政治文化的规约，也有传统文化的影响。

二、政治文化与研究心态

政治文化揭示了由不同的人所组成的社会群体在政治生活中的作用，并用“群体无意识”的概念揭示了民族群体的政治心态。这种心理结构特征需要指出的是，埋藏在记忆深处的情感，并不是也不可能是自然生成的，而是通过不断的宣谕、教化等强加的方式形成的。这种群体无意识一旦形成，就会成为传统的惰性的领地。马克思主义心态史学家米歇尔·伏维尔认为：在这传统的惰性领地，时间在这里是静止的或几乎是静止的；而精英文化，则属于那种已经得到表达的明确的意识形态，它不断地产生着革新和刺激的因素，具有冲动的、变化的和富于创造性的特点。[1]因此，伏维尔的史学理论特

① 高毅：《法兰西风格：大革命的政治文化》，浙江人民出版社，1991年，第14—15页。

别重视事件与心态的辩证关系，而拒不认同新一代年鉴学派提出的“事件的重归”这一口号。

当代中国文学史的叙述，通常是以重大的政治事件作为主要标示的，这一叙述方式本身就意味着政治与文学的等级关系和主从关系，也无意识地表达了研究者的心态，但这种叙述方式却难以揭示文学发展过程中的真正问题。事实上，从研究心态上说，学者始终没有从一种紧张、焦虑的状态中解脱出来。中华人民共和国成立后，曾多次进行过文学理论的讨论，它的目标指向大多是文学如何才能更好地为政治服务，而并不是出于对具体的文学理论的兴趣。那些试图在专业的范畴内展开人生、体现自我价值的学者，怀着极大的热情参与进去，得到的却是意想不到的结果。“一体化”的政治文化，对具体的专业知识是十分敏感和深怀戒备的。几大“学案”——对《红楼梦研究》、胡适思想和胡风的《三十万言书》的批判，以及不间断地对知识分子的思想清理，逐渐地粉碎了知识分子试图建立自我意识的幻觉，哪怕是在专业范畴之内。因此，在文艺学的研究领域内，便很快形成了共同的知识背景和话语形式，他们有了相同的取资范围，有了共同认可的规则和共同遵奉的评价标准，唯其如此，他们才可能在一个学术共同体中被认可和承认，才有可能以话语的方式进入社会实践。

对知识分子独立思想和专业意识进行抑制，源于中国政治文化中的革命的观念体系。这一观念对人类通过意志来改变社会的能力抱有充分的信心，而且认为中国的群众，特别是农民才是历史的主要动力，对文化精英的作用始终是持怀疑态度的，改造他们的思想一直是革命观念体系中的重要组成部分。知识分子虽然也被当作人民的一部分，但其情形与1917年后的俄国几乎大体相似：“知识分子与人民是隔绝的，主观上没有与人民融合在一起。对知识分子来说，是我们知识分子还是人民这个两难的选择几乎是悲剧式的。”[①]1918年，俄罗斯科学院院长阿·彼·卡尔宾斯基对造成这种认识的原因分析说：“把需要专门技能的工作非常错误地理解成享有特权的反民主

① 帕·瓦·沃洛布耶夫：《革命与人民》，载刘淑春等编《“十月”的选择——90年代国外学者论十月革命》，中央编译出版社，1997年，第237页。

的工作……这成了群众与思想家、科学工作者之间一条不可逾越的界限。”所以沃洛布耶夫认为：“长期以来，在人民的意识中知识分子被理解为‘他们，这些老爷’。而与此同时，知识分子却不断地给所有社会主义政党，其中包括受到人民支持的政党，输送思想家和工作人员。”[①]这种身份不明的悲剧，在20世纪50年代至70年代的中国持续地上演过。

为了消除知识分子掌握专门知识的优越感，当然也为了实现知识分子思想改造的长期性和制度化，“红与专”问题的提出就在理论上对其做出了合乎逻辑的阐发。潜心钻研业务被称为“白专道路”，社会要求知识分子成为“红色专家”。因此，包括文艺学在内的知识范畴，事实上已无可避免地与意识形态教条构成了尖锐的冲突。缓释这一冲突的方式别无选择，只有以共同的取资范围和话语形式来换取个人独特的追求和思考。1958年7月，有一份取名为《红与专》的杂志创刊。发刊词阐发其任务是：“高举革命红旗，遍插革命红旗。红旗是要人去插的，人是我们伟大事业的决定因素。使人成为既有高度觉悟又有专业本领的共产主义者，是我们共同的努力方向。”（《红与专》发刊词）但发刊词强调的显然是思想意识问题，它指出：“无产阶级和资产阶级的斗争，兴无产阶级思想、灭资产阶级思想的斗争，还是一个长期的艰巨任务。十分需要继续加强党的政治思想工作，加强马克思列宁主义、毛泽东思想的理论宣传工作。”（《红与专》发刊词）一方面是强调“红与专”，一方面也强调“学术批判是深刻的自我革命”。《人民日报》在这篇社论中指出：

> 资产阶级知识分子包括搞自然科学、社会科学和哲学的在内，大都生长于地主、资本家的家庭，受了资产阶级二十年左右的教育，再进入社会，以“知识”为本钱为资产阶级服务。他们之中的少数人一直和反动政客为伍，全心全意为反动统治者服务，他们长年累月所思考的是如何找“根据”来为统治者粉饰，来为统治者散布大量有毒的思想。

① 帕·瓦·沃洛布耶夫：《革命与人民》，载刘淑春等编《“十月”的选择——90年代国外学者论十月革命》，中央编译出版社，1997年，第237—238页。

另一种资产阶级知识分子，他们对蒋介石祸国殃民的政风有反感，他们却听信了资产阶级“为学术而学术”“为科学而科学”的一套谎言。他们查资料、找文献，埋头于故纸堆；或找题目，钻穷门，孤立做研究。他们之中，有一部分人的目的在于一举成名，得到“黄金屋”和“颜如玉”……有的人确实有一些真才实学。他们的知识是宝贵的，但是由于他们的治学方法是脱离实际、脱离生产、脱离劳动人民的，他们的学术思想是资产阶级的，再加上他们的个人名利思想，他们的宝贵的知识里面已经细菌密布，变质发臭。[①]

事实上，在这些严厉的指责之前，知识界已经经历了几次规模巨大的思想清理运动，知识分子如惊弓之鸟，他们甚至不知该用什么样的方式来表达自己诚恳地接受改造、转变思想的决心或勇气。“在他们的岗位上，不再仅从个人兴趣出发，而极愿把自己的科学研究工作去配合国家的实际需要。学院式的生活，将成为过去的陈迹了。今后我们还要继续努力，肃清那些可能残留下来的坏影响，进一步发挥集体智慧，提高集体创造，来迎接经济建设与文化建设的高潮。”[②]他们表决心、尽忠心式的表述方式，在那个时代是普遍流行的。像茅盾这样资深的作家、理论家，除了阐释毛泽东文艺思想之外，很大一部分精力也用在了“为了赶任务”而“常常写些小文章”方面，并认为：“这十年来我所赶的任务是最为光荣的。在党的领导下，有意识有目的地鼓吹党的文艺方针和毛主席的文艺思想，这不是我们的最光荣的任务吗？”[③]茅盾虽然是以一种欣然的语调谈论他的体会，但“赶任务”本身就隐含着一种唯恐不及的紧张和焦虑的心态。何其芳作为著名的诗人，他于20世纪50年代的很大一部分精力都在“参加文艺界的思想斗争和政治斗争”[④]，他文章的题目多用“批判”“批评”“保卫”“反党反马克思主义”等

① 《学术批判是深刻的自我革命》，1958年8月30日《人民日报》社论。

② 马寅初：《北京大学学报》（人文社科版）发刊词。

③ 茅盾：《鼓吹集·后记》，载《茅盾评论选》上册，人民文学出版社，1978年，第214页。

④ 何其芳：《没有批评就不能前进·序》，人民文学出版社，1958年。

充满战斗紧张的词语。何其芳当时的心态也可想而知。当一切成为历史之后，何其芳内心充满了遗憾和无奈，所谓“学诗学剑两无成，能敌万人更意倾。长恨操文多速朽，战中生长不知兵”[①]“既无功业名当世，又乏文章答盛时”“一生难改是书癖，百事无成徒赋诗”[②]等，正是他这种心情的真实写照。类似茅盾、何其芳的心态，在当代文艺学学者中间，是相当普遍的。20世纪50年代曾发生过一场美学问题的大论战，它被学界认为是最具学术性的一次讨论，但参加者仍充满了内在的紧张。蔡仪、贺麟、李泽厚、黄药眠、蒋孔阳等名家都参与了讨论。它对于推动国内美学、文艺学的研究起到了极大的作用，但相互批判并上升到政治层面认识问题的方式仍是常见的。特别是对朱光潜先生的批判，使他很难从学术的意义做出回应。

一方面是紧张地赶任务、参加斗争和批判；一方面则是不间断地检讨和忏悔。茅盾、郭沫若、冯雪峰、唐弢、王瑶等知名理论家、批评家，几乎都有检讨性的文字公开发表。其中尤以朱光潜的检讨最令人震撼，他的题目是：“我的文艺思想的反动性。”他不仅否定了自己的《文艺心理学》《谈美》《诗论》等早期著作，认为那是“一盘唯心思想的杂货摊，与中国过去封建的文艺思想，与欧美许多反动的哲学、美学、心理学和文艺批评各方面的思想，都有千丝万缕的联系”[③]，而且从哲学思想上全面地做了自我否定。《文艺报》在编发这篇文章时加了“编者按语”，认为朱光潜在他的著作中“系统地宣传了唯心主义的美学思想”，他自我批判的“这种努力是应当欢迎的”。但这种必须检讨的不真实性在后来得到了证实。1983年《悲剧心理学》由张隆溪译成中文时，朱光潜为中译本写了序，他说：“在我灵魂里植根的倒不是克罗齐的《美学原理》中的直觉说，而是尼采的《悲剧的诞生》中的酒神精神和日神精神。那么，为什么我1933年回国后……少谈叔本华和尼采呢？这是由于我有顾忌、胆怯、不诚实。”[④]这时朱光潜说的才是真实的。“顾忌、胆怯”，是那一时代许多学者的心态。因此，国外学者也认为：

① 《何其芳诗稿》，上海文艺出版社，1979年，第141页。
② 《何其芳诗稿》，上海文艺出版社，1979年，第133页。
③ 朱光潜：《我的文艺思想的反动性》，载《文艺报》1956年6月，第12号。
④ 朱光潜：《悲剧心理学・中译本自序》，人民文学出版社，1983年，第2页。

"1949年以后大多数人文和社会科学研究以及文学创作更适合于从政治斗争的角度来分析，而不是从学术和文学的角度去分析。"[①]

可以说，国家意识形态对知识分子的态度是相当矛盾的：一方面，必须维护政治的权威，知识分子必须服从这个权威；另一方面，整齐划一的要求又使文学艺术从理论到创作不断地贫困化、单一化。因此，在要求文学艺术服务于政治的同时，又要不断地调整和放宽文艺政策。这样20世纪50年代至70年代的文艺政策就时常出现相对严格和宽松的不同时期。但它的周期性震荡不仅没有缓解学者内在的紧张和压力，反而加剧了他们的不安和焦虑。它的表达形式就是：一些人放弃了专业研究，宁愿以沉默换取平淡却是平静的生活；一些人不再表达独立的思考，在平庸的流行思想中，放弃了学者的尊严、使命和责任，付出的则是道德准则和理性主义的代价。当然，这也诚如费正清在《伟大的中国革命》中所指出的那样：知识分子和国家当局的关系，长期以来都是一个议论纷纭的主题。我们只要回忆一下西方经验是如何复杂和多种多样的，就不难看出在中国是同样复杂和多样化的情况。如果我们不能看出这个来，那只不过是由于我们的无知罢了。

三、政治文化与研究范畴

在20世纪50年代至70年代这个时间范畴里，意识形态不仅表达了国家现代性追求的方式，同时它也是一切领域的决疑术，是知识范畴的意义体现，人们普遍相信意识形态可以处理所有的公共事务。就文艺学而言，它规约的范畴不仅是有限的，而且是自明的。1949年7月，来自解放区和国统区的文艺工作者会师北平，举行了第一次中华全国文学艺术工作者代表大会。这次盛会开启了当代中国文学的序幕，同时也明确规约了文艺学的研究范畴。大会重要的目的是"共同确定今后全国文艺工作的方针与任务"。周恩来、郭沫若、茅盾、周扬的几个重要报告，不仅共同体现了这一基本精神，

---

① 瓦格纳：《中华人民共和国的知识分子》，载王景伦著《美国学者论中国》，时事出版社，1996年，第262—263页。

而且都高度评价了毛泽东《在延安文艺座谈会上的讲话》(以下简称《讲话》)的文艺思想。这些报告是结合《讲话》的精神来阐发今后全国文艺工作的方针与任务的。

值得注意的是，周扬与茅盾的报告虽然都在竭力体现《讲话》的精神，但对解放区和国统区文艺的评价，却形成了鲜明的对比。周扬是带着胜利者的骄傲和丰富成熟的经验走向会场的，他的报告充满了无可怀疑的自信，他阐述的是《新的人民的文艺》，而这一新的文艺形态的形成，就是在《讲话》思想的指导下实现的。周扬从文艺的主题、人物、语言、形式、思想性、艺术性、普及和提高、改造旧文艺、建立科学的文艺批评等方面，系统地表达了对"新的人民的文艺"的理解。关于文学批评，则"必须是毛泽东文艺思想之具体应用，必须集中地表现广大工农群众及其干部的意见，必须经过批评来推动文艺工作者相互间的自我批评，必须通过批评来提高作品的思想性和艺术性。批评是实现对文艺工作的思想领导的重要方法"①。他用了四个"必须"，以强调这一阐发的重要性和不可违背的原则。批评"必须是毛泽东思想之具体应用"，不仅规约了批评的指导思想，而且规约了具体的范畴。实践证明，在近30年的时间里，文学批评和文学研究，都严格地限定在对毛泽东文艺思想的阐发上，不同时期虽然有不同的侧重和不同的解释，但都没有偏离《讲话》的方向和精神，则是历史事实。

而茅盾的报告虽然肯定"在种种不利条件下，我们打了胜仗"，国统区文艺"还是有其显著成绩的"②，但它还是有"各种缺点"，其"基本根源"，则是由于"不能反映出当时社会中的主要矛盾与斗争"。茅盾还从理论上检讨了"人道主义""个人趣味""小资产阶级的思想观点""欧美资产阶级文艺的传统"等对国统区文艺的影响，并在文艺大众化的问题、文艺与政治关系问题、文艺的功能问题等方面，表达了对《讲话》的全面认同，而且不点名地批评了胡风的"主观论"，并在新的条件下把它当作"问题"要

① 周扬:《新的人民的文艺》，载《中华全国文学艺术工作者代表大会纪念文集》，新华书店，1950年，第96页。

② 茅盾:《在反动派压迫下斗争和发展的革命文艺》，载《中华全国文学艺术工作者代表大会纪念文集》，新华书店，1950年，第45—46页。

求“解决”。

茅盾对国统区理论问题的检讨，实际上已经宣告了这些问题的性质。过去在国统区可以讨论的情况，随着新时代的到来而成为过去，它不可能，也没有必要再进入理论研究的视野，因为它与“新的人民的文艺”是格格不入的，也是与《讲话》精神不相符的。至此，毛泽东文艺思想也从作为解放区的中国局部，而铺展到全中国，成为新时代唯一具有合法性的文艺思想。“五四”以来中国传统的“诗文评”向现代文艺学转变过程中的多音齐鸣、交相辉映的自由局面结束了，毛泽东的文艺思想统一了各种不同的认识，并作为时代的意志得到了普遍信仰。应该说，这与中国社会的历史进程是密切相关的，它是建立这种信仰的源泉之一。从政治上讲，一个世纪以来，前资本主义形式只为民族统一提供了相当脆弱的物质基础，而要在这个基础上实现政治统一的任务实在是艰难的，但中国共产党却迅速地完成了它，这个伟大的、历史性的创举是独一无二的，它使所有的中国人都在共产党的身上看到了民族的前途。就文学艺术而言，解放区在《讲话》精神的指导下，艺术家通过有效的组织，第一次创造了“新的人民的文艺”，中国文学史上也第一次出现了活泼、朗健、生动的民众形象，并通过这样的文艺实现了民族全员动员，建设一个现代民族国家的目标。历史的经验无可辩驳地昭示了未来，它使所有的文学艺术工作者没有理由拒绝《讲话》的精神。因此，毛泽东的文艺思想在那个时代能够深入人心，是有其历史原因的。

但是，这一源于经验主义的认识显然是存在问题的。其中最重要的一点，就是忽略了文学艺术自身的规律，忽略了文艺学作为一个知识范畴同文艺方针政策的区别，而简单地将它们等同起来。在新的时代，文学艺术的创作和文艺学对自身的认识，必然要有新的发展。时代从方针政策的角度对文艺提出它统一的要求是可以理解的，作为国家意识形态的需要也是有必要的，但是，在文学艺术和思想领域内，强制推行统一的意志，它所造成的后果，已为此后几十年的历史实践所证实：统一意志反而总是在不断的分化中遇到危机和挑战，它的“合法性”总是不断遭到“合理性”的质询。因此，“一体化”并没有也不可能解决文艺学发展过程中的问题，反而加剧了问题的复杂性。文艺学在本体论意义上存在的需要认识的问题，是《讲话》或毛泽东文艺思想所不能涵盖的，而突破限定的研究范畴就成为学科发展的内在要求。在这个意义上也可以说，是统一的意志培育了它的危机——分化的可能：分化不仅成为统一时代的表征，而且，当“一体化”发展到极端的形式，也就是“文化大革命”的时代，它终于在无限膨胀中彻底崩溃。

政治文化对文艺学的规约，是这一时代最突出的特征之一，但并不是全部，它还与学术的承传方式、科研体制、学者的社会地位以及检查制度密切相关。因此，这些文艺学生产的外部环境和条件，同样要进入我们的研究视野。也只有如此，才能揭示出当代文艺学为什么会呈现出这样一种形态。

四、政治文化与中国的现代性

政治文化在中国取得支配性地位的时代，也是中国已经遭遇了现代性问题的时代。西方资本主义正以霸权的形式诉诸全球扩张，社会主义则刚刚崛起或正在实践中。内忧外患的中国不仅在经济上十分落后，而且其传统文化也处在风雨飘摇之中。五四运动虽然已经宣布了旧文化的死亡，但新文化的多元取向并不能在政治层面解决中国所面临的主要矛盾。中国已经有过饱受西方列强欺辱的惨痛经历，这时选择超越资本主义的社会主义道路，便有了理智与情感的双重含义，而马克思主义为中国革命提供了思想和语言，俄国革命的成功则为中国提供了范本和前景，这两个条件使中国共产党人看到了民族自我拯救的可能。因此，毛泽东选择马克思主义理论和俄国的社会主义实践，与中国的历史处境是联系在一起的。但是，矛盾重重的中国使毛泽东的革命实践一开始就充满了探索的艰巨性。这种艰巨不仅来自本土政治、经济和文化带来的困难，同时也与蕴含在现代性之中的矛盾息息相关。阿瑞夫·德里克在分析这一矛盾时指出：“20世纪上半叶的几十年间，中国人跨入了一个广阔的文化和知识空间，这个空间是由欧洲两个世纪的现代化所开拓的；同时又把中国的文化局面抛入了动荡的旋涡中，当时中国人正试图寻找一种与他们选择的现代性范式相应的文化。中国人与现代性的斗争体现在其历史人物的现代主义眼光中，体现在这种眼光所暴露出来的矛盾之中，这种眼光显示出中国人无法使自己从过去的沉重包袱中解脱出来；这场斗争被陷入在两种不同的现代性之间的夹缝之中，其中，一种现代性是霸权主义的现实；另一种现代性则是一种解放事业。”[①]而政治文化正是对这种矛盾的历史处境做出的反应。许多年之后毛泽东说“我们正在做我们的前人从来没有做过的极其光荣伟大的事业”，就不应看作是一位浪漫诗人的抒情，而是他在重重矛盾中做出选择后的自豪告白。作为胜利者，这一告白潜含了毛泽东一向的乐观主义，但它却掩盖了在现代性旋涡中出现的矛盾，而恰恰是“中国化”的胜利和在其过程中出现的矛盾，一起构成了中国的现代性问题。

历史证实，毛泽东所选择的道路是正确的，尽管它的过程也有偶然事件的因素。但在毛泽东思想中，超越资本主义历史阶段而直接进入社会主义，是他不变的信念，他一再表明：当无产阶级革命在全球风起云涌之际，中国革命已经是世界革命的一部分，“它不再是旧的世界资产阶级民主主义革命的范畴”，这种革命在一战爆发之时，“尤其是在1917年俄国十月革命之时，就告终结了”。国际国内的环境，都不允许中国“建立欧美式的资本主义社会”。历史证明了毛泽东对中国革命特殊性的理解和选择，他实现了把一个贫穷落后的中国改造成为一个独立自主的现代民族国家的梦想，百年激进的理想在他这里变成了现实。他以社会主义取代了资本主义，并使一个民族在资本主义扩张的处境中获得了解放。但是，在他顽强抗拒西方现代性的过程中，以及在他实现了这种抗拒后，新的现代性矛盾始终环绕在他的周围。而这种新的现代性矛盾从一开始就充满了窘迫与紧张。德里克事后发现了这一矛盾的存在，这就是在中国：

> 启蒙运动既成为使人们从过去中解放出来的工具又是对民族的主体性和智慧的否定；而过去则既成为一种民族特性的源泉又是加诸现在的负担；个人既是现代国家的公民又是全民族解放的威胁因素；社会革命既是把阶级和社会群体解放出来从而建立一个真正民族的工具又是导致民族解体的分裂因素；乡村既是古老的民族特性的源泉又是发展的

---

① 阿瑞夫·德里克：《现代主义和反现代主义》，载萧延中等编《外国学者评毛泽东》第1卷，中国工人出版社，1997年，第219—220页。

绊脚石；民族既是世界普遍主义的动力又是反对霸权行为的防卫力量（即以狭隘的本国观念的永久化而向世界封闭）。诸如此类的矛盾无穷无尽；它们在不同的社会视野里以不同的方式表现出来，但是它们都属于现代性的矛盾。[①]

但是，这些矛盾被毛泽东以简捷的方式做了处理，即他对这些矛盾的主要方面做了选择然后予以强调，以理论话语的方式遮蔽或缓释了这些矛盾，这也正是新的现代性矛盾的肇始。也就是说，民族解放的总体目标成为主要任务时，其他矛盾只能在压抑中作为代价被忽略；而当面对这些具体矛盾时，就只能以一种“不确定”的形式做出不同的回应。事实上，中华人民共和国成立以后，诸如精英与民众、集体与个人、民族与世界、民主与控制、东方文化与西方文化等问题，都没有得到明确和稳定的阐发。允诺的临时性总为不断的变化所取代，独特的中国道路始终是一个试验中修订的方案，它的乐观主义和探索性就无可避免地在实践中遇到障碍和挑战。“方案的修订”总是以“政策和策略”的方式出现。

超越资本主义道路的选择，也必须选择与之相适应的文化路线。政治文化在中国有两点是特别值得注意的，这也是毛泽东一贯予以强调的。一是人的作用，二是民族性。资本主义世代积累的物质基础是东方古国不能比拟的，但人的意志却是可以重塑的。长征的胜利使毛泽东更加坚信人的意志的作用，延安的艰苦环境和战争中的献身精神，给经历了那一时代的人培育了崇高感和英雄主义。这种神圣的精神在反复强调中演变为道德价值。它超越了资本主义对物质的炫耀，从而也使后发的现代化国家具有了自己民族的特点。但人的作用的强调，在毛泽东那里并不是经典马克思主义的唯物论，不是物质决定精神，存在决定意识。“群众中蕴藏了一种极大的社会主义积极性”的断言，表明了毛泽东对一种“自发”的社会主义要求的确认，认为那种革命精神是天然存在的。这为强调人的作用提供了一种依据。但这种“自

① 阿瑞夫·德里克：《现代主义和反现代主义》，载萧延中等编《外国学者评毛泽东》第1卷，中国工人出版社，1997年，第219—220页。

发”的社会主义要求是存有疑问的，或者说它只是“蕴藏了”这种积极性。因此，毛泽东同时强调政治工作、组织工作和思想教育的重要性，这些强调都是与物质生活没有关系的。而矛盾可能就出现在这里。也就是说，当毛泽东试图将中国从资本主义霸权中解放出来的时候，却又使具体的人陷入了另一种统一的控制之中。对人的作用和意志的强调，是对统一意志和作用的强调，而不是对具体的人的意志和作用的强调。这也是中国政治文化的一大特点。毛泽东经常使用“人民”这个概念，但它同具体的人并不发生关系，有时甚至是完全对立的。当强调具体的人的时候，就会被指认为“个人主义”，而“个人主义”是不道德的。

于是，抑制个人的物质欲望，抑制人对日常生活的多样性要求，就成了永葆人的意志坚定性的手段，同时也就是抗拒资产阶级的手段。与此相对的则是对牺牲个人利益、献身精神的持续倡导。对一个执政党来说，强调这些原则和精神无疑是重要的，它是获得人民拥护、支持，维护统治秩序的必要条件。但是这种对执政党的要求逐渐变为一种政治文化，成了对社会一切领域的要求。背离了这一要求的任何人，都将会被命名为“资产阶级”而遭到打击和唾弃。因此，政治文化对人的意志和精神的强调，似乎是对人的尊重，是对人的解放的允诺，但当这个“人”是一个大写的人，是作为符号的人来被对待时，这一理论就没有成为关于人的解放的学说，而恰恰是一种对人的自然要求和心灵世界的压抑和控制：人需要有道德意识，社会也需要规范的秩序，但人并不总是时时需要神圣和献身的。日常生活的多样性要求和心灵世界的丰富性表达，本来具有无可争议的合理性，但在政治文化规约下的当代文艺学，不仅没有对这一合理性做出揭示，反而在对人的意志强调和控制的过程中，强化了它的不合理性。

因此，文艺作为表达人类生活和心灵世界的领域，就不再是自由的。在20世纪50年代至70年代，出台过大量的文艺方针政策，召开过许多关于文艺工作的会议，但这些方针政策和会议，并不是鼓励文艺工作者和文艺理论家自由创作和研究的，而是告知他们如何创作和怎样研究的。在阅读了这些文献材料之后，那里的不确定性和非连贯性给人以深刻的印象：在思想领域控制过于紧张、文艺创作和研究明显失常的情况下，便会出现一些宽松的方针和政策；而当文艺创作和研究超越了限定的范围时，又会出现紧缩的方针、政策甚至运动。而这些恰恰是新的现代性焦虑的反映，超越了资本主义和它所缔造的现代性问题，并不意味着现代性问题的终结。

有论者注意到，毛泽东关于民族性的问题是在国际与中国的关系中提出的，即在民族解放战争的背景下，国际共产主义运动应该与被压迫民族的民族斗争结合起来。民族问题，而不是阶级问题成为抗日战争时期中国共产主义运动的主导性问题。它有具体的政治含义和历史背景：通过诉诸“民族”问题，获得共产主义内部的民族自主性或者说摆脱共产国际的支配，使中国共产党成为一个具有独立自主权的政党。[①]这一分析是有道理的。摆脱霸权的控制，寻求中国独特的道路，是中国共产党人的一贯追求，即便是在国际共运的内部，他们也希望能保有“民族”的声音，而不至于在两大阵营的对峙中消融了自己。但是值得注意的是，当民族解放的任务已经完成，阶级的问题被认为是突出的问题时，民族性的问题仍被强调，它就改变了原有的历史含义。这时，“民族形式”也同时具有了“阶级的”防卫意义。当毛泽东在新的历史时期强调“民族形式”时，显然含有针对西方“资产阶级”意识形态的成分。也就是说，在防卫意识形态侵蚀的意义上它是阶级的；而在“习惯、感情以至语言”等形式的意义上，它是民族的。这是他坚持“民族形式”，反对“全盘西化”的真正用意。

在理论上说，毛泽东的设定是没有问题的。他既强调了“民族形式可以掺杂一些外国东西”“应该标新立异”(《同音乐工作者的谈话》)，又强调了“应该越搞越中国化”(《同音乐工作者的谈话》)。这对于发展中国的民族形式是有益的，或者说，它既是开放的，又是有所保留的。但实际情况离这种理想的设定十分遥远。在近30年的时间里，民族观念以狭隘的方式向世界封闭，外国的东西在中国不可能有立足之地。历次对“资产阶级”思想的批判，几乎都可以在西方世界找到它的根据或源头。最后只剩下形式和内容最具“民族性”的“样板戏”。形式上它是地道中国的，内容上它是地道“无

① 汪晖：《地方形式、方言土语与抗日战争时期“民族形式”的论争》，载《汪晖自选集》，广西师范大学出版社，1997年，第344页。

产阶级”的。超越资本主义的“中国化”在这时达到了极致：它既实现了对人的意志的极大神化，实现了对崇高、神圣、献身、英雄主义的向往；也实现了用民族形式（京剧）表达的愿望。

应该说，对“中国化”现代性经验的揭示显然是不够的，但在上述触及的问题中，已经部分地揭示了它的矛盾性，也就是说，对人的意志和精神的想象与夸大，隐含的却是对人的压抑和控制的机制。对物质神话的批判和抵制，同时排斥了日常生活的合理性。致使与“人学”相关的文艺学难以在“人”的范畴内展开，而流于政治文化的一部分；“民族性”的强调，离开原来的意义之后，加剧了东西文化的对立和紧张，从而使民族文化在这一时期失去了与西方文化交流、对话的可能和机会。更为重要的是，政治文化的允诺迟迟不临，并在变化和修订中一再延宕，从而导致了理想和信仰的最后危机，新的现代性矛盾在积聚中终于爆发为街头政治（“四五运动”）。

但问题的另一方面同样值得我们注意，也就是说，当历史环境发生变化，矛盾已经转化或部分地被解决之后，作为经验丰富的现代性状况还存在着另外一种可能性：就20世纪50年代至70年代近30年的经验而言，如果剥离了文艺学的政治功利性，剥离了它对人的统治和封闭的狭隘性，那么那里隐含的理想精神仍可被视为值得珍视的历史遗产。事实亦表明，即便在20世纪90年代，包括“红色经典”在内的近30年的文艺，仍在另外的意义上具有观赏的魅力，它们在另一个时代的风行，已表明了政治文化与中国现代性经验的全部复杂性。

原载《中国社会科学》1999年第6期

百年中国：作家的情感方式与精神地位

1905年科举制度的废除，是中国知识分子人生道路选择的重大转折，它终结了向统治集团蜂拥而至的单一流向，虽然当时“大多数学生的思想还是科举的一套，就是说，还是以学校毕业作为谋取功名利禄的手段，认为学校毕业相当于科举的举人、进士等资格”[①]。但这不足为奇，即使是在20世纪20年代中期，鲁迅还认为学界有“三魂”[②]，仍有“行官势，摆官腔，打官话”[③]之徒。然而科举制度的寿终正寝毕竟为知识分子从事多种职业，从投奔官僚集团的唯一选择中解放出来并以个人身份独立于社会政治提供了可能。知识分子的价值观念和心态开始向现代转变，蔡元培在就任北大校长的演说中说：“大学学生，当以研究学术为天职，不当以大学为升官发财之阶梯。”[④]这是知识分子回归自我价值，在自身领域获得自我确证意识的觉醒。自那一时代起，知识分子的身份开始发生了根本性的转变，他们不再是待命应召的“士”，不再是统治集团豢养的“仕”或清客，他们的心态不再是“向心”的，而是疏离的，在社会上他们有报人、教师、科学家、自由作家等多样的独立身份或职业。他们不会再为仕途失意而牢骚满腹感伤惆怅，或因怀才不遇而自命清高，优胜劣汰的竞争意识增大了他们职业的流动性，而不必矢志不移地“从一而终”，流动性又开阔了他们的视野，强化了自由的心态。这是两千余年来中国知识分子从业选择的第一次大动荡、大分化，第

① 冯友兰：《“五四”前的北大和“五四”后的清华》，载《文史资料选辑》第34辑，文史资料出版社，1980年，第2页。

② 《学界的三魂》，见《鲁迅全集》第3卷，人民文学出版社，1981年，第206页。

③ 《学界的三魂》，见《鲁迅全集》第3卷，人民文学出版社，1981年，第206页。

④ 蔡元培《新任北京大学校长之演说》，载《东方杂志》第14卷，第4页。

一次从人身依附中解放出来。这是一次“深刻的身份革命”[1]。这一“革命”为知识分子的人生重建提供了令人鼓舞的可能，使知识分子的精神空间骤然洞开，一个“无声的中国”变成了一个“有声的中国”[2]，“大胆地说话，勇敢地进行，忘掉了一切利害，推开了古人，将自己的真心话发表出来”[3]。这正是现代知识分子心态转变的真实写照。

20世纪之初，个性解放运动已在民间自发而起，移风易俗成为新世纪到来的象征，从“放足，断发，易服发难”[4]，开启了反“礼教”和等级秩序革命的序幕，结束了衣冠之治。当时《申报》曾记述了这一前所未有的民间个性解放的景观：“中国人外国装，外国人中国装”“男子装束像女，女子装饰像男”[5]“西装东装，汉装满装，应有尽有，庞杂至不可名状”[6]。民间的群众运动在实践层面已率先走在了前面，“贵贱之等，夷夏之辨，男女之别，通通消失在追新求异的时装潮中……服装成了一个窗口，展现了中国人性解放的千姿百态”[7]。

但是在思想理论上对儒家传统的彻底否定，还是五四新文化运动。民族危亡之际欧风美雨的东渐激起了先觉知识分子民族振兴的富国强民的热望，“世界主义”的思想取向“使中国知识分子面对一个可资选择的秩序，这种秩序迫使他们发现即存秩序基本制度的偶然性和缺欠”[8]。发现了中国的危机不仅是制度的危机同时也是文化的危机。因此，新文化运动的主将们在其他问题上也许存在分歧，但在反儒家传统这一点上却达到了完全的一致。陈独秀、李大钊、鲁迅、胡适、吴虞等对儒家思想给予了没有退路的彻底否定。

---

① 李书磊：《都市的迁徙》，时代文艺出版社，1993年，第35页。

② 鲁迅：《无声的中国》，载《鲁迅全集》第4卷，人民文学出版社，1981年，第15页。

③ 鲁迅：《无声的中国》，载《鲁迅全集》第4卷，人民文学出版社，1981年，第15页。

④ 刘志琴：《衣冠之治的解体和民族意识》，载《二十一世纪》（香港中文大学出版）1993年2月号。

⑤《申报》1912年3月20日。

⑥《大公报》1913年6月15日。

⑦ 刘志琴：《衣冠之治的解体和民族意识》，载《二十一世纪》（香港中文大学出版）1993年2月号。

⑧ 张灏：《危机中的中国知识分子》，山西人民出版社，1988年，第11页。

使五四新文化运动成为一场名副其实的思想解放运动，在狂飙突进的“反传统”的思想风暴中，儒家思想第一次遭到了强烈的扫荡。“打倒孔家店”成为当时最激动人心和最具震撼力的时代口号。在“五四”那代人看来，儒家文化是“封建主义的上层建筑”，是实现国家民族现代化的主要障碍，是近代以来社会变迁历史潮流的拒斥力量。批判这一传统文化不仅是救亡图存的起点，同时也是“人”的解放的起点。在这一心态的驱使下，呼唤争取个人的解放、个性的解放是他们关怀的首要目标。“我们应该承认爱人的运动比爱国的运动更重要”①“苟倡绝对的国家主义，而置人道主义于不顾，则虽以德意之强，而终不免于失败”②。不仅思想家们这样认识，作家也指出：“五四运动的最大成功，第一要算‘个人’的发现，从前的人，是为君而存在，为道而存在的，现在的人才晓得为自我而存在了。”③个性的解放成为人的解放的象征，知识分子不再唯唯诺诺谦恭谨慎，而是充满了自尊自信甚至是自以为是，对普遍关心的问题都敢于说出自己真实的看法。陈独秀、李大钊本来是新文化运动的战友，但当李大钊看到陈独秀在《爱国心与自觉心》一文中有对国家前途悲观绝望的观点和伤感厌世的情绪时，便毫不客气地写了《厌世心与自觉心——致〈甲寅〉杂志记者》④一文，直呼陈独秀其名，指出其文“伤感过甚”，“厌世之辞嫌其太多；自觉之义嫌其太少”，剖析批判毫不手软。鲁迅甚至在临死前还坚持“一个也不饶恕”的立场，显示了现代知识分子特立独行的人格成就。

20世纪80年代中期开始，反思中国文化当然也包括反思五四运动以来的新文化，曾一度成为“显学”，对五四运动的认识许多学者特别是青年学者多有微词，他们指出：“反传统的‘传统’，鼓吹斗争，反对和谐，它力行破而蔑视立；它主张无限制地动，反对静。这种社会文化的多动症，不仅

① 李大钊：《“少年中国”的“少年运动”》，载《李大钊选集》，人民出版社，1959年，第238页。

② 蔡元培：《〈国民〉杂志序》，载《国民》第1卷第1期。

③ 郁达夫：《中国新文学大系·散文二集导目》。

④ 《李大钊选集》，人民出版社，1959年，第28页，原载《甲寅》杂志第1卷第8号。

与中国的传统背道而驰，而且是幼稚的病态和焦躁不安。”[①]“我们不能不承认以激进的方式来改造旧文化是失败的”[②]。这一方式造成了“二元对立”的“僵化的、形而上学思维方式”[③]。“‘五四’时代对中国知识分子来说毋宁是一个辉煌的梦想、一段不能忘怀的追忆。它意味着思想的自由、人性的解放、理性的复归，永恒正义的为时已晚却已匆匆而去的来临。不过，对于一个真实地、历史地存在过的时代而言，这个定义不过是一种神话式的解释。如果说神话表达了一种令人神往的独特形式所展示的未来，并通过一种具体行动预示着这个未来的实现，那么‘五四’就是这样一种神话和预言。然而，神话还有另一种含义，即它是按照人们的期待而形成的对过去的理解，对真实的历史来说，它仅仅是人们按照意识形态的信念而做出的对于‘过去’的塑造。”[④]类似的看法还有许多。“五四”不是也不可能是一场完美的思想文化运动，后人对它反省的必要性无须赘言。但是考虑到具体的历史处境，考虑到改变传统的艰难，“没有更激烈的主张，他们总连平和的改革也不肯行”[⑤]。因此彻底的反传统不仅是策略性的考虑，它更是现实的考虑，因为“中国太难改变了……不是很大的鞭子打在背上，中国自己是不肯动弹的”[⑥]。“‘五四’一代不仅仅破坏了旧的传统，同时也创造了灿烂的新文化，‘五四’的文化正是我们所说的中国‘现代’文化形态的雏形！‘五四’这一代中国知识分子，正是中国文化在现代将有一伟大腾飞的第一代‘历史见证者’！我们今日摆出一副中国文化正统传人的面孔来对‘五四’评头论足，

---

① 谢选骏:《反传统的七十年——中国现代史的一个基本线索》，载《五四与现代中国》，山西人民出版社，1989年，第31—32页。

② 李书磊:《温和的意义》，载《光明日报》1988年6月14日。

③ 郑敏:《关于〈如何评价“五四”白话文运动〉商榷之商榷》，载《文学评论》1994年第2期。

④ 汪晖:《预言与危机——中国现代历史中的“五四”启蒙运动》，载《文学评论》1989年第2期。

⑤ 鲁迅:《无声的中国》，载《鲁迅全集》第4卷，人民文学出版社，1981年。

⑥ 鲁迅:《娜拉走后怎样》，载《鲁迅全集》第1卷，人民文学出版社，1981年，第164页。

难道不觉得有点滑稽可笑吗？”[①]五四运动也许有许多缺欠和局限，但作为中国历史上第一次具有现代意义的思想解放运动和它为现代知识分子所带来的精神风貌，为后来的知识分子所憧憬和追忆是大可理解的。

对传统儒家文化的攻击和张扬个性的个体本位思想，使“五四”的文化主将们无意间构成了一个挑战者的整体，挑战者崇尚“动”而反对“静”的心态使他们的叛逆性格中先在地具有了一种进攻性，这一进攻性在思想深处则可概括为一种“尚力”[②]意识。这一意识与“物竞天择，适者生存”的优胜劣汰的进化论思想大有关系，传统柔性文化的挫折感刺伤了那一代知识分子的自尊心，从而使他们转向崇尚以“力”为象征的阳刚雄性文化。作为外来的思想资源，它的开发始源于救亡图存的意义，洗涤“东亚病夫”的耻辱，但它却自然地延伸于审美的领地，使遍布中和之美的艺苑骤然升腾起充满勃勃生机的雄健之风。“力”的崇尚与尼采哲学有直接关系。在尼采看来，“生命为个体追求力量的最高感觉，生命本质上是追求更多的力量”[③]。鲁迅、茅盾、郭沫若都曾部分地译介过尼采的《查拉图斯特拉如是说》，在不同的时间里都曾对尼采的学说表示感兴趣，1907年鲁迅在《文化偏至论》中就曾指出：“时乃有新神思宗徒出，或崇奉主观，或张皇意力，匡纠流俗，厉如电霆，使天下群伦，为闻声而摇荡。……知主观与意力主义之兴，功有伟于洪水之有方舟者焉。”[④]“唯有意力轶众，所当希求，能于情意一端，处现实之世，而有勇猛奋斗之才，虽屡踣屡僵，终得现其理想；其为人格，如是焉耳。”[⑤]并且断言：“20世纪之新精神，殆将立狂涛怒浪之间，恃意力以辟生路者也。”[⑥]鲁迅预告了“尚力”审美时代的到来，“诗力”“意力”的呼唤得到了文学界积极的回应，以《女神》名世的郭沫若以狂人的姿态表现了

① 甘阳：《八十年代文化讨论的几个问题》，载《文化：中国与世界》第1辑，三联书店，1987年。

② 郭国灿：《近代尚力思潮》，载香港中文大学《二十一世纪》1992年6月号。

③ 陈鼓应：《悲剧哲学家尼采》，三联出版社，1987年，第93页。

④ 鲁迅：《文化偏至论》，载《鲁迅全集》第1卷，人民文学出版社，1981年。

⑤ 鲁迅：《文化偏至论》，载《鲁迅全集》第1卷，人民文学出版社，1981年。

⑥ 鲁迅：《文化偏至论》，载《鲁迅全集》第1卷，人民文学出版社，1981年，第53—56页。

冲决一切的向往和力度，这位“自由之神”无所顾忌地狂呼：

我崇拜创造的精神、崇拜力、崇拜血、崇拜心脏；
我崇拜炸弹、崇拜悲哀、崇拜破坏；我崇拜偶像破坏者，崇拜我！
我又是一个偶像破坏者哟！

而《站在地球边上放号》对“力”更是崇拜有加，一咏三叹。他早期的诗篇随处可见如“燃烧”“爆炸”“创造”“飞跑”“狂叫”等充斥着力的诗句。这种“尚力”的雄健之风使新文学洋溢着青春勃发的新风采，它的作者们也充满了昂扬的生命活力和个性特征。后来的研究者感叹地说：“‘五四’时候的知识分子正是中国历史上最富于现代风采的一代人。”①

“尚力”改变了中国柔性文化，更重要的是它获得了审美的胜利，雄健之风成为20世纪主流文学最易概括的特征。郁达夫、徐志摩、戴望舒、何其芳等作家，虽然都自由地敞开了心扉，但他们的感伤、多愁、苦闷和哀婉不仅有悖于时代潮流，同时也有悖于这一时代的审美要求而被排斥于主流文学之外。因此，“尚力”风潮如何从审美的意义逐渐转向意识形态的意义，同样是我们面临的重要问题。在不长的时间里，它由一个张扬显示个性的话语符号，逐渐转换为具有群体共同向往的语义系统。“尚力”逐渐为“复仇—暴力—斗争—革命”的语义系统所取代。这一切自然与“五四”个性解放的先驱者无关，但它转换的自然程度几乎到了无人察觉的地步，这就不能不说“尚力”心态与后来的急风暴雨的革命斗争有一种精神上的联系。李泽厚认为：“马克思主义在中国，主要是以其唯物史观（历史唯物论）中的阶级斗争学说而被接受、理解和奉行的。”②“尚力”逐渐转向了残酷的斗争，在后来的文学作品中到处充满了血腥味，当代文学的经典性作品几乎都是在“血与火”中诞生的，“尚力”变成了“尚武”，“复仇—暴力”被赋予了

① 王晓明：《潜流与漩涡》，中国社会科学出版社，1991年，第257页。
② 李泽厚：《试谈马克思主义在中国》，载《中国现代思想史论》，东方出版社，1987年，第151页。

革命的神圣意义并逐渐被读者接受而成为一种共同的审美期待，那些浅吟低唱、缠绵感伤、愁怨多情之作都被斥为“资产阶级情调”而被拒斥。这一转换是令人震惊的，知识分子心态的现代转换刚刚启动就被迅速推向了另一极端，除了民族危亡的现实原因之外，知识分子的思想深处是否也蕴含着极易被点燃和接受传唤的精神资源呢？文化遗传对于知识分子说来究竟意味着什么呢？

“五四”一代对传统的彻底反叛，并不意味着他们在思想和心态上就一定能够实现与传统的告别。近代以来，中国传统文化在现实危机和外来文化挑战的处境中，已充分地显示了它的僵硬和自振的无望，摆脱旧路“别求新声于异邦”是历史发展的必然选择。因此，彻底反传统的“五四”知识分子本身就肩负着重大的历史使命，在这一点上他们恰恰是中国最具传统精神的一代知识分子。余英时指出：“近百余年来，中国知识分子的独特传统不但没有失去它旧日的光彩，而且还焕发了新的光辉。”中国近代史上一连串的“明道救世”的大运动都是以知识分子为领导主体的。无论是戊戌政变、辛亥革命、五四运动还是国民革命，其领导人物主要都是来自知识阶级。西方文化（包括马克思主义）的冲击使中国知识分子获得了重大的思想解放是一件无可否认的事实。“五四”以来，中国知识分子不再把传统的名教纲常看作天经地义了。但是这种影响仅限于思想信仰的内容方面，中国知识分子的性格并没有发生革命性的变化。[①]余英时的这一判断十分准确。“五四”一代在反传统和倡导个人主义的时候，思想和情感本来就存有模糊和暧昧的一面。鲁迅深刻地洞察了传统文化“吃人”的本质，但他着眼的是“救救孩子”的社会启蒙；而胡适作为个人主义的思想领袖，其个人主义的内涵本身就具浓重的传统意味，他的个人主义是有条件的。他曾说，“现在有人对你们说：‘牺牲你们个人的自由，去求国家的自由！’我对你们说：‘争你们个人的自由，便是为国家争自由！争你们自己的人格，便是为国家争人

① 余英时：《中国知识分子的创世纪》，载《内在超越之路》，中国广播电视出版社，1992年，第236页。

格！’”但胡适的“为我主义”的最后关怀仍然是“有益于社会”的。[①]胡适还是怀着一份“责任”在谈论个人主义，至于陈独秀和李大钊的创造新社会的使命感从来就不曾放弃过。这一代人思想深处的“集体意识”使热闹一时的个人主义很快就冷却下去，连当时在价值观上最激进的人也迅速从个人主义的立场后退五十里下寨，然后逐一投身到民族和社会运动的潮流中去。刚刚弘扬和试图建立的个体本位价值观曾经历了一场惊天动地的战斗，却在无声中轻易地主动地回到了原来的起点。这本身就说明这代人内心传统的意识太强大了，“他们始终与传统保持着似断实续的关系，他们的激烈反传统的态度，只能使他们超越这种传统，却不能使他们脱离这种传统”[②]。

这一“非制度化”的文化遗传是“个人主义”潜在的自我颠覆力量，它无法使个体本位的思想完善、确立、获得知识分子倾心的认同。另一方面，任何一种思想，“能否征服人心，它以怎样的方式去征服人心，或者又如何被人拒绝，都要取决于具体的历史和现实环境”[③]。近代以来，中国社会内忧外患战乱不断，帝国始终处于风雨飘摇之中，“正是这种严酷现实的强烈刺激，使知识分子的社会责任感变得特别执拗，而只有这份责任感在心中激荡，那先前已经被理智放逐的传统意识、那注重世俗功利的群体价值的精神习惯，就很容易卷土重来”[④]。这一现实处境甚至把最为温和平易的知识分子的社会责任感也调动起来，他们无法成为书斋中的看客，不甘以局外人自居，而是自觉地投入到社会斗争中去。五卅运动刚刚发生，朱自清便写了一首《血歌》，全诗几乎全是惊叹号，加上短促的节奏和激愤的语言，大体可以想见朱自清当时无法抑制的情绪。如前所述，知识分子的忧患传统确实是动人的，他们感时忧国的责任感亦无可厚非。但问题的另一面则是，一旦以“集体”的名义对他们发出传唤，他们便随时准备牺牲个人的一切待命前往，在这层意义上又不能不说是他们性格的悲剧。

---

① 胡适：《介绍我自己的思想》，载《胡适论学近著》第1集卷5，上海商务印书馆，1937年。

② 罗钢：《历史汇流中的抉择》，中国社会科学出版社，1993年，第214页。

③ 王晓明：《潜流与漩涡》，中国社会科学出版社，1991年，第273页。

④ 王晓明：《潜流与漩涡》，中国社会科学出版社，1991年，第273页。

20世纪20年代末，“革命文学”以激进的姿态走向了历史的前台，这是“五四”以来，“集体主义”向中国作家首次发出的严肃的传唤，他们义正词严地宣布：“我们的社会生活之中心，渐由个人主义趋向到集体主义，个人主义到了资本社会的现在，算是已经发展到了极致，然而同时集体主义也就开始了萌芽。无政府式的个人主义之发展的结果，只是不平等、争夺、混乱、无秩序、残忍、兽性的行为……这种现象实在不能再维持下去了，今后的出路只有向着有组织的集体主义走去。”① “革命文学”的倡导者们从不同的角度分别阐述了这一思想，郭沫若大概是最为激烈的，他不仅于1926年率先倡导了“革命文学”，而且思想也日渐激进，从“当一个留声机”发展为：

> 最勇猛的斗志大概是最健全的。
> 文艺是阶级的勇猛的斗士之一员，
> 而且是先锋。
> 他只有愤怒，没有感伤。
> 他只有叫喊，没有呻吟。
> 他只有冲锋前进，没有低回。
> 他只有手榴弹，没有绣花针。
> 他只有流血，没有眼泪。②

这种“只有/没有”的绝对的二元对立的要求，使新文学又一次有了规范，五四运动摧毁规范的努力至此已宣告结束。对中国文学而言，“这是改变方向的转变”③。文学在一段长时间内已不再属于个人，假如有人仍然坚持，那么“等待他们的可能是厄运”④。后来的研究者在阐述“革命文学”提出的合理性时指出：“从1923年到1925年，共产党人和进步文艺界已不满足

---

① 蒋光慈：《关于革命文学》，载《太阳月刊》1928年第2期。
② 郭沫若：《桌子的跳舞》，载《创造月刊》1928年5月第1卷第11期。
③ 谢冕：《新世纪的太阳》，时代文艺出版社，1993年，第171页。
④ 谢冕：《新世纪的太阳》，时代文艺出版社，1993年，第171页。

于'五四'文学革命的成就，而要继续寻找一条新路，使新文学能同无产阶级领导的反帝反封建的革命斗争一道前进。'革命文学'的倡导不是孤立的、偶然的现象，当然更不是某个天才人物灵机一动的结果，而是无产阶级登上政治舞台之后，要求在文艺领域反映自己的生活、斗争、理想，并使文艺成为斗争的武器的强烈表现，因而是历史必然性的一种表现。"[①]这是1984年出版的研究郭沫若的一本专著中的观点。它强调了"历史必然性"，而回避了"革命文学"的观念对中国作家和中国文学的深刻影响，他们甚至也没有意识到这一观念对自己的影响。由此可见，这一规范形成之后便被长久地普遍接受。

五四运动实现了一次中国知识分子的精神大解放，它短暂地改变了他们的思想情感方式，并以"反抗"的姿态构成了20世纪的新传统，曾使作家的心态焕然一新。但是，群体至上的观念流行之后，他们又经历了一次"否定的否定"[②]，又被传唤到集体的怀抱。

文学革命的"三大主义"之一是"推倒雕琢的阿谀的贵族文学，建设平易的抒情的国民文学"。国民文学同周作人说的"平民文学"是一回事，他们企望新文学记载"世间普通男女的悲欢成败"[③]而对大多数民众有所裨益，这一思想无疑蕴含着对民众的深刻关怀。新文学最初的创作实绩如诗歌的"人力车夫派"以及鲁迅小说对民间苦痛的深刻揭示等都鲜明地体现了这一思想。但这一出于人道主义的关切和对"人的解放"总体目标的追求，并不说明这些先驱者对民众真的抱有觉悟或觉醒的期待。恰恰相反，仍在昏睡的华夏子民常使这些启蒙者们深怀绝望。鲁迅自不必说，陈独秀就曾指出："群众心理都是盲目的，无论怎样大的科学家，一旦置身群众，便失了理性。"[④]当时对群众和所谓"多数"价值的怀疑已不是个别知识分子的认识。事实也是如此，在社会实践中，北大平民演讲团曾定期地到郊外小镇和乡村活动。1920年4月13日的一份包括罗家伦和平民教育讲演发起人邓中夏

---

① 张毓茂、钟林斌：《文学巨星郭沫若》，四川文艺出版社，1984年，第231页。

② 成仿吾：《从文学革命到革命文学》，载《创造月刊》第1卷，1928年2月第9期。

③ 周作人：《平民文学》，载《每周评论》1919年第5期。

④ 陈独秀：《再答区声白书》，载《新青年》第9卷第4期。

在内的讲演组报告说："今日是星期日，长辛店方面，工场的工人休息，都往北京游逛去了；市面上的善男信女又都到福音堂做礼拜去了，剩下可以听讲的就可想而知。……虽然扯着旗帜，开着留声机，加劲地演讲起来，也不过招到几个小孩和妇人罢了。讲不到两个人，他们觉得没有趣味，也就渐渐引去。这样一来，我们就不能不'偃旗息鼓'，'宣告闭幕'啦。……到赵辛店一点多钟，到不了五六人，还是小孩。……土墙的底边，露出几个半身妇人，脸上堆着雪白的粉，两腮和嘴唇却又涂着鲜红的胭脂，穿上红绿的古色衣服，把鲜红的嘴张开着，仿佛很惊讶似的，但总不敢前来。"[①]这是一幅真实的图景，也是"五四"一代人对民众失望的根本原因，启蒙实际上只成了知识分子相互间的事，大众拒绝了启蒙的声音。对这一点，"五四"一代人有深刻的洞察力但又束手无策，这也是诱发批判"国民性"最基本的动因之一。

与这种绝望认识并存的是一种民众"迷思"，即民粹主义的思想。这一思想的代表是早期共产党人李大钊，他是最早号召知识青年到农村去的中国马克思主义者："我们青年应该到农村去，拿出当年俄罗斯青年在俄罗斯农村宣传运动的精神，来做出开发农村的事，是万不容缓的。我们中国是一个农国，大多数的劳工阶级就是那些农民。他们若是不解放，就是我们国民全体不解放；他们的苦痛，就是我们国民全体的苦痛；他们的愚暗，就是我们国民全体的愚暗；他们生活的利病，就是我们政治全体的利病。"[②]

这两种看似不同的民众观，确有共同的出发点和前提，陈独秀因对国民性的洞察，在绝望中又指出："欲图根本之救亡，所需乎国民性质行为之改善"，"一国之民精神上物质上如此堕落，即人不伐我，亦有何颜面有何权力生存于世界"[③]。因此青年研究者汪晖指出："中国社会的兴盛与灭亡实际上正是几代启蒙思想家的最基本的思想动力和归宿，无论他们提出什么样的思想命题，无论这个命题在逻辑上与这个原力如何冲突，民族思想都是一个

① 《五四时期的社团》第2卷，三联书店，1979年，第167—168页。
② 李大钊：《青年与农村》，载《李大钊选集》，人民出版社，1959年，第146—147页。
③ 陈独秀：《我之爱国主义》，载《新青年》第2卷第1号。

不言而喻的存在、一种绝对的意识形态力量。”[1]他认为启蒙问题的应运而生，是源于民族危机的日益深重，因此，“从基本方面说，中国启蒙思想始终是中国民族主义旋律的‘副主题’，它无力构成所谓‘双重变奏’中的一个平等和独立的主题”[2]。它改写了“救亡压倒启蒙”的流行说法。

民族主义在“五四”时代的人心中是个无可化解的“情结”，民族的兴盛是他们的一个梦，是思想深处的最后关怀。郁达夫那最具私人化的《沉沦》，虽然以敢于暴露自己内心的“邪恶”和“颓废”显示了个人的勇敢和强大，但他最终仍在呼唤祖国的强大，并把个人的一切苦闷都归结于国家的贫困交加。鲁迅早在东渡日本留学时就有一种以身许国的不可逃避的宿命感，甚至连出家学佛的弘一法师（李叔同）也提出“念佛不忘救国，救国不忘念佛”的主张。心怀民族富强梦的人在现代文学史上实在是太多了。但“五四”一代缺乏系统的反叛思想无法改变甚至也无法使他们认识中国作为一个整体的运行规律，“马克思主义在俄国的具体实践陪伴下恰恰在这时为一部分中国知识分子提供了完整的、逻辑严密的世界观和方法论，从而满足了他们对中国社会问题做‘根本解决’的内心期待。借助于马克思主义，中国的知识者发现他们面对的那个社会的传统并不是一个固定的整体，它的运动方向是不同利益和目标的社会集团之间的斗争的结果，是各种社会力量相互作用的结果。当这些孤独的‘反叛者’意识到‘阶级斗争’将影响这个社会以及每一个人的未来时，他发现必须使自己选择一个真正属于未来的社会集团的力量。于是他们不再是这个社会的‘边缘人’或‘流放者’，他们有了自己的阶级的敌人和朋友，从而回到了这个社会并获得了目标。他们从‘叛逆者’变成了‘革命者’，从‘人的解放’的鼓吹者变成了‘阶级解放’的信仰者和实践者”[3]。启蒙运动的迅速分化和解体以“个人主义”者们从“自以为是”云集到统一的道路上来，在上面的论述中获得了合理性的解释，这也是包括作家在内的众多知识分子相继投奔革命的基本原因，在民族

---

① 汪晖：《预言与危机》（下），载《文学评论》1989年第4期。
② 汪晖：《预言与危机》（下），载《文学评论》1989年第4期。
③ 汪晖：《预言与危机》（下），载《文学评论》1989年第4期。

主义的关怀中他们找到各自精神的归宿。但历史的发展与逻辑的发展往往并不一致，精神归宿的解决并不意味着精神世界所有问题的解决，现实世界的全部复杂性远远超过了甚至最富想象力的作家们的想象。

延安作为当时的革命中心，对热血青年充满了感召力量，他们带着各自对革命的理解和想象来到了那里。丁玲到延安时中央宣传部特地举行了欢迎宴会，周恩来、张闻天出席，丁玲被邀请坐在首席，她“被温暖抚慰着，被幸福浸泡着，心里只有一个念头：到家了，真的到家了。她无所顾忌，激情满怀地讲了话，讲了自己在南京的一段生活，倾诉自己的痛苦与向往。她像一个远游归家的孩子，向父母亲昵地饶舌”[①]。何其芳到延安两个月后诚恳地说，他对延安“充满了印象”“充满了感动”，他印象最深、最受感动的就是“自由的空气、宽大的空气、快活的空气”[②]。这些感受中确实表达了这些作家由衷的欣慰，他们从内心深处体验到了找到归属的快乐。但此后，由于社会历史发展的要求，知识分子面临着又一个重大问题，那就是他们如何适应社会历史发展的要求，跟上时代的步伐。他们被指定的道路是向民众学习，进行思想改造。从那时起，知识分子的心态发生了极大的转变，他们既失去了传统儒家“以天下为己任”的宏大气概，也失去了“五四”时代“个人主义”的特立独行。当主流文化“主要诉诸传统的边缘性文化因素作为自己的思想材料”[③]时，知识分子不得不心悦诚服地成为人民大众的学生。20世纪40年代末期张申甫提出了“反哺论”，他认为：“一个知识分子，倘使真不受迷惑，真不忘本，真懂得孝道，对于人民，对于劳苦无知者，只有饮水思源，只有感恩图报，只有反哺一道。”[④]知识分子的思想改造逐步成为“制度化”，反映在文学领域里，就形成了文学发展的“逆向性”特征。[⑤]王富仁在他的文章中认真地比较了中西方近代以来文化与文学发展的不同脉络，指出我们文化的发展“是循着物质文化追求—制度文化追求—精神文

① 陈微主编：《毛泽东与文化界名流》，中国社会科学出版社，1993年，第1—2页。
② 何其芳：《何其芳选集》第1卷，四川人民出版社，1979年，第242页。
③ 萧功秦：《民族主义与中国转型时期的意识形态》，载《战略与管理》1994年第4期。
④ 张申甫：《知识分子与新的文明》，载《中国建设》1948年第6卷第5期。
⑤ 王富仁：《中国近代文化和文学发展的逆向性特征》，载《文学评论》1989年第2期。

化追求的路向前进的”。这一概括当然也涵盖了20世纪中叶以来中国文学发展的路程。他指出，我们不是先有了赵树理、孙犁、丁玲、周立波等人的小说，李季、阮章竞等人的诗歌，《白毛女》《逼上梁山》《血泪仇》等戏剧作品才概括、抽象、总结了文学理论，而是先有了理论才有了上述的文学创作。20世纪五六十年代的文学创作也是沿着这一道路发展的，其中虽有“支流”，但“主流”是如此。[①]这一“逆向性”的发展特征，“不是对具体文学现象的研究，而是从外部引进的一种要求、一种需要。创作是要满足理论的需要的”。“它严格地框定了文学作品的生产”[②]，更严格地规约了作家的精神空间。许多作家放弃了以往的艺术追求或趣味，而是按着理论需要的引导，汇入了主流文学的浩荡队伍。他们适时地调整了追求的方向，走出了“个人主义”的天地，并在创作上获得了新的精神资源。

但是，作为群体知识分子的精神不断地与现实认同也同样是事实。赵树理的方向被肯定，重要的一点就在于赵树理以新的农村人物形象积极地回应了时代的要求。在《小二黑结婚》《李有才板话》《李家庄的变迁》等作品中，第一次出现了健康、朗健的农村新人。那里没有知识分子缠绵、柔弱、伤感的话语和人物，活泼生动的农民和生活场景，明晰、简洁、朴实的结构和语言，替代了新文学许多作品局限于个人经验、细腻雅致的创作方式。许多作家，包括丁玲、周立波、艾青、何其芳等，都改变了自己的创作方向，他们把目光纷纷投向人民大众的现实生活，而不再坚持自我抒发，挣扎于个人生活的天地。

不同作家心态的转折似乎具有了象征性的意味，他们分别跋涉于不同的心路之旅。进入当代，思想环境要求作家进一步放弃知识分子精神独立的幻觉。对知识分子的批判运动几乎没有间断过。文学界、美学界、理论界的检讨之声不绝于耳。作家已少有可能以松弛的心态去从事精神生产。而心态又从某种意义上决定了作品的风貌和它所能达到的艺术高度。在这一领域里，任何心理障碍都可能损害它的发展和应该取得的成就。现当代两个阶段的文

① 王富仁：《中国近代文化和文学发展的逆向性特征》，载《文学评论》1989年第2期。
② 王富仁：《中国近代文化和文学发展的逆向性特征》，载《文学评论》1989年第2期。

学史表明，当代文学四十多年的文学实绩，比起前三十年并不具有绝对的优势，而现代文学史上的文学大家，他们创作的巅峰时期，也恰恰是他们的心态比较自由的时期。当代文学进入20世纪80年代以来有了极大的发展，也恰恰是在精神解放、心态松弛的历史环境中取得的。当然，作家的精神空间的拓展和心态平静并不完全取决于外部环境，更重要的也许来自他们的精神传统，因此，包括作家在内的知识分子如何能够持有一份独立博大的内心世界，于中国当代作家来说可能更为重要。当历史为中国展现了新的机遇和前景之际，这种博大心态的获得，恐怕有赖于对个人与集群关系的更有深度的透彻的认识与平衡。

原载《文学评论》1996年第4期

民粹主义与20世纪中国文学

民粹主义在20世纪中国的历史叙事中，并不是一个经常使用的政治学概念，但这并不能掩埋它作为一种重要的思想资源对20世纪历史进程所发挥的影响。这一概念在历史叙事中被废置，源于它经过“东方化”之后，再现了各种可以置换的、易于被理解接受的本土话语，如平民、大众、人民、群众等。而这些概念恰恰又构成了20世纪历史叙事的主能指，并且从历史精神转化为文学精神。从20世纪初的五四新文化运动到20世纪末的文化论争，民粹主义始终潜隐于各种话语背后，它虽未正面出场，却又始终成为人们争夺的对象和争相开掘的思想资源。因此，这一思想潮流贯穿于20世纪中国文学的始终。值得注意的是，这一思想资源的开发者都是“精英”阶层的知识分子，而当他们表达自己的信仰和献身对象时，却又同时诉诸与精英主义相对立的民粹主义。于是，民粹主义的思想取向便在20世纪轮回出场。它所隐含的文化内容是通常意识形态表意话语诸如：“激进”与“保守”、“进步”与“反动”、“左”与“右”等纠缠和暴力裁决所无力解释的，它所涉及的更为深层的问题显然要复杂得多。

尽管百年中国甚至近代以来的主要思想家都从这一资源中寻求中国的出路，并借此确立个人的意义世界作为生存的支点，然而这一话语背后隐含的真实内容却并不“纯粹”。它不仅证实了东方现代智慧的贫乏，同时还证实着东方现代“精英”的智慧。值得我们思考的是，它在逐渐演化转变的过程中，与这一原则思想、实践的内涵渐渐失去了联系，它从信仰退到了策略。因此，梳理并检索这一思想潮流转化演变的过程，揭示其隐含的真实内容，是极其必要的。

一、民粹主义：从文化信念到文学精神

民粹主义最初由俄语为其命名，它在19世纪俄罗斯的知识界曾盛极一时，但民粹主义的始作俑者却不是俄国人，而是伟大的卢梭。青年学者朱学勤博士在他的著作《道德理想国的覆灭》中做了详尽的考察。俄罗斯帝国击败了拿破仑帝国的远征，但法国革命的思想却出人意料地在俄罗斯得以蔓延，而接受法国革命思想的第一批人，则是进剿巴黎的第一批俄罗斯军官，“随沙皇亚历山大远征巴黎的青年军官，下马与街头民众接触，如受电击：被他们击败的法国革命，原来有如此高尚的道德理想？于是成群结队，纷纷去卢梭隐居地——爱维尔弗农山庄，在那里自愿接受法国革命的精神洗礼”[①]。这些人回到俄罗斯不久即发生了十二月党人之变，这些贵族出身的军官们在事变的纲领中提出了明确的平民要求，以至于俄国人评价说：“从来都是鞋匠们造反，要做老爷；未见过当今老爷们造反，却为的是——要做鞋匠！”[②]俄国19世纪著名的平民知识分子别林斯基、杜勃罗留波夫、赫尔岑等，也认真研习过法国革命的思想。别林斯基和朋友们阅读法国革命史，赫尔岑等人“在睡觉以前不是祈祷，而是阅读马拉和罗伯斯庇尔的演说”。但俄国人重复的仍然是卢梭早已说过的一切。朱学勤指出：“可以肯定的是，民粹主义的始作俑者是卢梭，不是俄国那批‘要做鞋匠’的青年军官和平民知识分子。法国人说，谁也没有像卢梭那样，给穷人辩护得那样出色。”[③]因此，是卢梭创立了与精英主义相对抗的民粹主义思想。

在中国本土，思想资源中并没有明确的民粹主义思想传统。统治阶级思想中的“以民为本”多少隐含着统治谋略的意味；传统文人“忧患意识”也多限于文化信念。但不可否认的是，本土的文化信念与外来的民粹主义都有巨大的道德感召力：“民粹主义尽管隐含着排斥现代知识分子的内在结

---

① 朱学勤：《道德理想国的覆灭》，三联书店，1994年，第110页。

② 亨利·特罗亚：《神秘沙皇——亚历山大一世》，世界知识出版社，1984年，第327页。

③ 朱学勤：《道德理想国的覆灭》，三联书店，1994年，第111页。

构，但是它的道德形象则更为吸引知识分子，尤其吸引饱经忧患苦无出路的中国知识分子。”[①]因此，五四新文化运动时代的知识分子忽略了自己思想上的矛盾，一方面疾呼“推倒雕琢的阿谀的贵族文学，建立平易的抒情的国民文学”或“平民文学”，企望新文学记载“世间普通男女的悲欢成败”[②]，以对大多数民众有所裨益。这些思想无疑蕴含着对民众的深刻关怀。新文学最初的创作实绩如诗歌的“人力车夫派”以及鲁迅小说对民间苦痛的深刻揭示，都体现了这一思想取向；另一方面，这一出于人道主义的关切和“人的解放”的总体目标追求，并不说明这些先驱者对民众真的抱有觉悟或觉醒的期待。恰恰相反，仍在昏睡的华夏子民常使这些启蒙者深怀绝望。鲁迅自不必说，陈独秀就曾指出：“群众心理都是盲目的，无论怎样大的科学家，一旦置身群众，便失了理性。”[③]对当时群众和所谓“多数”价值的怀疑已不是个别知识分子的认识。事实也是如此，在社会实践中，北大平民演讲曾定期地到郊外小镇和乡村活动。1920年4月13日的一份包括罗家伦和平民教育讲演发起人邓中夏在内的讲演组报告说：“今日是星期日，长辛店方面，工场的工人休息，都往北京游逛去了；市面上的善男信女又都到福音堂做礼拜去了，剩下可以听讲的就可想而知。……虽然扯着旗帜，开着留声机，加劲地演讲起来，也不过招到几个小孩和妇人罢了。讲不到两个人，他们觉得没有趣味，也就渐渐引去。这样一来，我们就不能不‘偃旗息鼓’，‘宣告闭幕’啦。……到赵辛店一点多钟，到不了五六人，还是小孩。……土墙的底边，露出几个半身妇人，脸上堆着雪白的粉，两腮和嘴唇却又涂着鲜红的胭脂，穿上红绿的古色衣服，把鲜红的嘴张开着，仿佛很惊讶似的，但总不敢前来。”[④]这是一幅真实的图景，也是“五四”一代人对民众失望的根本原因，启蒙实际上只成了知识分子相互间的事，大众拒绝了启蒙的声音。对这一点，“五四”一代人有深刻的洞察，但又束手无策，这也是诱发批判“国

① 朱学勤：《毛泽东和他的民粹主义倾向》，载《风声·雨声·读书声》，三联书店1994年，第66页。

② 周作人：《平民文学》，载《每周评论》第5期。

③ 陈独秀：《再答区声白书》，载《新青年》第9卷第4期。

④ 见《五四时期的社团》第2卷，三联书店，1979年，第167—168页。

民性”最基本的动因之一。

中国知识分子作为一个独立的阶层，失去了一次检视自己思想矛盾的机会，也失去了一次建立自己独立的精神地位的机会。而对这一阶层思想矛盾的匆匆略过和悬置都造成了日后难以预料的后果。与这一状况形成对比的是一种坚定的民众“迷思”即民粹主义的思想。这一思想的代表是早期共产党人李大钊。他是最早号召知识青年到农村去的中国马克思主义者：“我们青年应该到农村去，拿出当年俄罗斯青年在俄罗斯农村宣传运动的精神，来做出开发农村的事，是万不容缓的。我们中国是一个农国，大多数的劳工阶级就是那些农民。他们若是不解放，就是我们国民全体不解放；他们的苦痛，就是我们国民全体的苦痛；他们的愚暗，就是我们国民全体的愚暗；他们生活的利病，就是我们政治全体的利病。”[①]

这两种看似不同的民众观，却有共同的出发点和前提。陈独秀因对国民性的洞察，在绝望中又指出：“欲图根本之救亡，所需乎国民性质行为之改善”，“一国之民精神上物质上如此堕落，即人不伐我，亦有何颜面有何权利生存于世界”[②]。因此青年研究者汪晖指出：“中国社会的兴盛与灭亡实际上正是几代启蒙思想家的最基本的思想动力和归宿，无论他们提出什么样的思想命题，无论这个命题在逻辑上与这个原力如何冲突，民族思想都是一个不言而喻的存在、一种绝对的意识形态力量。”[③]他认为启蒙问题的应运而生，是源于民族危机的日益深重，因此，“从基本方面说，中国启蒙思想始终是中国民族主义旋律的‘副主题’，它无力构成所谓‘双重变奏’中的一个平等和独立的主题”[④]。他改写了“救亡压倒启蒙”的流行说法。

民族主义在“五四”那代人心中是个无可化解的“情结”，民族的兴盛是他们的一个梦，是思想深处的最后关怀。郁达夫那最具私人化的《沉沦》，虽然以敢于暴露自己内心的“邪恶”和“颓废”显示了个人的勇敢和强大，但他最终仍在呼唤祖国的强大，并把个人的一切苦闷都归结于国家

① 李大钊：《青年与农村》，载《李大钊选集》，人民出版社，1959年，第146—147页。

② 陈独秀：《我之爱国主义》，载《新青年》第2卷第1号。

③ 汪晖：《预言与危机》（下），载《文学评论》1989年第4期。

④ 汪晖：《预言与危机》（下），载《文学评论》1989年第4期。

的贫困交加。鲁迅早在东渡日本留学时就有一种以身许国的不可逃避的宿命感，甚至连出家学佛的弘一法师（李叔同）也提出“念佛不忘救国，救国不忘念佛”的主张。心怀民族富强梦的人在现代文学史上实在是太多了。但“五四”一代缺乏系统的反叛思想，无法改变甚至也无法使他们认识作为一个整体的运行规律，“马克思主义在俄国的具体实践陪伴下恰恰在这时为一部分中国知识分子提供了完整的、逻辑严密的世界观和方法论，从而满足了他们对中国社会问题做‘根本解决’的内心期待。借助于马克思主义，中国的知识者发现他们面对的那个社会和传统并不是一个固定的整体，它的运动方向是不同利益和目标的社会集团之间的斗争的结果，是各种社会力量相互作用的结果。当这些孤独的‘反叛者’意识到‘阶级斗争’将影响这个社会以及每一个人的未来时，他们发现必须使自己选择一个真正属于未来的社会集团的力量。于是他们不再是这个社会的‘边缘人’或‘流放者’，他们有了自己的阶级的敌人和朋友，从而回到了这个社会并获得了目标。他们从‘叛逆者’变成了‘革命者’，从‘人的解放’的鼓吹者变成了‘阶级解放’的信仰者和实践者”[①]。启蒙运动的迅速分化和解体以“个人主义”者们从“自认为是”云集到统一的道路上来，在上面的论述中获得了合理性的解释，这也是包括作家在内的众多知识分子相继投奔革命的基本原因，在民族主义的关怀中他们找到各自精神的归宿。但历史的发展与逻辑的发展往往并不一致，精神归宿的解决并不意味着精神世界所有问题的解决，现实世界的全部复杂性远远超过了甚至最富想象力的作家们的想象。

延安作为当时的革命中心，对热血青年充满了感召力量，他们带着各自对革命的理解和想象来到了那里。丁玲到延安时中央宣传部特地举行了欢迎宴会，周恩来、张闻天出席，丁玲被邀请坐在首席，她“被温暖抚慰着，被幸福浸泡着，心里只有一个念头：到家了，真的到家了。她无所顾忌，激情满怀地讲了话，讲了自己在南京的一段生活，倾诉自己的痛苦与向往。她像一个远游归家的孩子，向父母亲昵地饶舌”[②]。何其芳到延安两个月后诚恳地

① 汪晖：《预言与危机》（下），载《文学评论》1989年第4期。

② 陈微主编：《毛泽东与文化界名流》，中国社会科学出版社，1993年，第1—2页。

说，他对延安“充满了印象”“充满了感动”，他印象最深、最受感动的就是“自由的空气、宽大的空气、快活的空气”[①]。这些感受中确实表达了这些作家由衷的欣慰，他们从内心深处体验到了找到归属的快乐。但此后，由于社会历史发展的要求，知识分子面临着又一个重大问题，这就是他们如何适应社会历史发展的要求，跟上时代的步伐。他们被指定的道路是向民众学习，进行思想改造。从这时起，知识分子的心态发生了极大的转变，他们既失去了传统儒家“以天下为己任”的宏大气概，也失去了“五四”时代“个人主义”的特立独行。当主流文化“主要诉诸传统的边缘性文化因素作为自己的思想材料”[②]时，知识分子不得不心悦诚服地成为人民大众的学生。20世纪40年代末期张申甫提出了“反哺论”，他认为：“一个知识分子，倘使真不受迷惑，真不忘本，真懂得孝道，对于人民，对于劳苦无知者，只有饮水思源，只有感恩图报，只有反哺一道。”[③]知识分子的思想改造逐步成为“制度化”。而民粹主义从一种文化信念转换为一种文学精神至此已全部完成。于是，我们发现，凡是在创作上体现了大众化的努力并取得了突出成就的作家作品，总会及时地得到表彰或鼓励。赵树理的创作确实有他的独特之处，浓郁的生活气息、朴实的语言和清新朗健的人物形象，确实让读者有耳目一新之感。但赵树理最初的被肯定，主要因为他是“一位具有新颖独创的大众风格的人民艺术家”[④]。中心话语对大众化的不断强调，使大多数文学艺术工作者在审美追求上不断地向大众趣味倾斜。一方面在艺术上积极地寻找与挖掘民间形式和大众语言，让活跃于民间的边缘性艺术话语“浮出历史的地表”；另一方面，则从民众中汲取新的道德资源，使文学艺术工作者从思想上达到脱胎换骨，用民众干净健康的思想改造知识分子的小资产阶级思想。这两个方面是统一的。它被作家普遍接受为许多作品本文和作家自述所证实。丁玲在第一次文代会上的专题发言就是《从群众中来，到群众中去》。她指出：“在现实生活中，在与广大群众生活中，在与群众一起战斗

① 《何其芳选集》第1卷，四川人民出版社，1979年，第242页。

② 萧功秦：《民族主义与中国转型时期的意识形态》，载《战略与管理》1994年第4期。

③ 张申甫：《知识分子与新的文明》，载《中国建设》1948年第6卷第5期。

④ 周扬：《论赵树理的创作》，载《解放日报》1946年8月26日。

中，改造自己，洗刷一切过去属于个人的情绪，而富有群众的生活知识、斗争知识和集体主义精神的群众的感情，并且试图来表现那些已经体验到的东西。”她认为解放区的文艺在这方面取得了很大的成绩，但还远远不够，“文艺工作者也还需要将自己丢弃过的或准备丢弃、必须丢弃的小资产阶级的、一切属于个人主义的肮脏东西，丢得更干净更彻底，而将已经取得初步的改造的成果，以群众为主体，以群众利益去衡量是非，冷静地从执行政策中去处理问题的观点，以及一切为群众服务的品质，巩固起来，扩大开去，务必使自己称得起毛主席的信徒，千真不假地做一个人民的文艺工作者”[①]。这一甘愿做群众小学生的心态不是个别的。同时对大众艺术形式和审美趣味追求的自觉性，最终也发展为对目标或方向追求的高度来认识。

这与张庚后来对秧歌剧肯定的立场是基本一致的。张庚认为：“尽管它（秧歌剧）在形式上是相当粗糙的、不完整的，但广大群众却毫不迟疑地称它为新秧歌，而且热烈地欢迎它。这是什么缘故呢？这主要是因为它的内容是新的。秧歌剧中出现了新的人物、新的世界。过去的秧歌中被歪曲成小丑的农民，现在变成了戏中的英雄；出现了新的生活场景，劳动被美化，被歌颂。这是从古以来没有过的事情。”[②]解放区的作家正是带着延安的文艺精神和文艺大众化丰富的经验走进新生活的门槛的。进入当代后，这一文艺精神得到了进一步的强调和发扬，它逐渐由统一时代的号召变为作家自觉的追求，但这一方向所隐含的社会性语义并未改变。

文学的大众化从文艺政策的角度来看是普及与提高的关系问题，但从文学的生产过程来看就要复杂得多。它不仅要求表现对象是工农兵火热的斗争生活，人物形象是普通的劳动大众和各行业的英雄模范；不仅要求表达形式是人民大众喜闻乐见的，对流传于民间的艺术形式给予格外的重视；更重要的一点是它直接涉及创作主体以何种视角和情感方式去从事艺术生产。“五四”时期新文学所体现的个体的觉醒、观念的解放以及漂泊零余的人生

---

① 丁玲：《从群众中来，到群众中去》，载《中华全国文学艺术工作者代表大会纪念文集》，新华书店，1950年，第175页。

② 张庚编：《秧歌剧选》，中国戏剧出版社，1977年，第511页。

感受显然是不行了，更不要说那些率直的性的苦闷、爱的需求、各种各样生的烦恼或五花八门的各种主义了。文学的大众化要求作家站在人民大众的立场，做人民忠实的代言人，但“人民”是个复合概念，“人民”无法要求作家为他们代什么“言”，于是，中心话语作为人民利益的集中体现者，便代表人民对作家提出了要求，要求作家在新的时代反映人民新的生活、新的风貌和符合这一时代要求的新道德。作家主体的个性特征在这一要求中被忽略了，作家只能通过外部生活事件及对人物的观察了解去“真实”地反映，并努力使自己的创作符合人民大众的审美趣味。

诗人闻捷的成名作是组诗《吐鲁番情歌》，1958年闻捷出版了他以“天山牧歌”命名的诗集。人民文学出版社在该诗集的出版说明中说：“作者用清新明丽、富有民歌风味的格调，热情地歌颂了勤劳、勇敢而纯朴的新疆各族人民的美好生活，描绘了吐鲁番、果子沟和天山南北的美丽的果园、成熟的葡萄、纯洁的爱情、勇敢的牧民以及各族人民的崇高理想、对党和毛主席的爱戴。”[①]这一评价是按照时代对诗人要求的标准做出的，闻捷的诗如果根据这一评价，他几乎完美地达到了时代的要求。闻捷在《序诗》中表达了他按照时代要求努力实践的愿望：“白日我和年轻人一起劳动，领受红漆盘托出的羊肉抓饭。月夜我听老人弹唱古今，铺一席绿草，盖一块远天。”作者以愉悦的心情叙述了他从思想到艺术向人民大众学习的经历，这里不存在任何个人话语的表达欲望，它抒发的感情和对生活的描摹并没有超出各种话语形式对生活的理解和概括，在作者看来，解放不久的新疆就实现了“人们的幸福永远注不满”“人们有满怀欣喜长流不断”，处处都是“喷吐珍珠的源泉”。这美好的一切都在诗之镜像中映出，但这镜中之像是否真实，作者并无质询的自觉，他反被自己“塑造”的镜像深切震撼，在这样的“生活”面前，他只有谦恭地遗憾：“可是我这双笨拙的手啊，只摘下参天杨的绿叶一片。”于是在吐鲁番，年轻人的爱情无比高尚纯真；在果子沟，生活场景有如人间天上；在博斯腾湖滨，普通牧民有了浪漫情怀和神奇的向往。民众的一切都在想象中被神化了，这里不再有平实的平民生活场景，因为生活的一

① 闻捷：《天山牧歌·出版说明》，人民文学出版社，1958年。

切都具有了意义和诗化的特征。

闻捷和其他诗人的“生活赞美诗”在文学界受到热情的赞扬，但由于诗的播散的有限性，它更多地限于在知识分子和青年中流传，比起电影戏剧这一大众传媒形式来说，它还不具有广泛性和典型意义。大众化的经典文本还是赵树理的《小二黑结婚》和王雁的《刘巧儿》。

《小二黑结婚》是赵树理的成名作，它发表于1943年5月，1946年8月26日的《解放日报》发表了周扬的《论赵树理的创作》一文，文中盛赞《小二黑结婚》“是在讴歌新社会的胜利（只有在这种社会里，农民才能享受自由恋爱的正当权利），讴歌农民的胜利（他们开始掌握自己的命运，懂得为更好的命运斗争），讴歌农民中开明、进步的因素对愚昧、落后、迷信等等因素的胜利，最后也至关重要，讴歌农民对恶霸势力的胜利”[①]。周扬对《小二黑结婚》的肯定，首先是从文艺的功能性立场出发的，在肯定作品的艺术性时则指出“作者在任何叙述描写时，都是用群众的语言，而这些语言是充满了何等的魅力呵！这种魅力是只有从生活中、从群众中才能取得的”[②]。周扬强调的仍然是学习民众的诱导性思想。

但是，如果我们细致地阅读作品本文，就会发现，作品固然表现了赵树理对农村生活和农民的熟悉，但另一方面也传达了作者对民众趣味追随的心态。中国农民由于他们的生存状态决定了他们的欣赏趣味和能力，即便是流传于民间的优秀作品也多是以婚姻情爱为主要题材的。而《小二黑结婚》和《刘巧儿》恰恰又都是这样的题材。在艺术表现上，它们都沿袭了“才子佳人”的结构模式，不同的是豪门贵族或书香门第的情节背景被代之以普通的农家小院；小姐相公则代之以朗健活泼的乡村青年男女。小说《小二黑结婚》中对小二黑的描写是：“小二黑，是二诸葛的二小子，有一次反‘扫荡’打死过两个敌人，曾得到特等射手的奖励。说到他的漂亮，那不只是在刘家峧有名，每年正月扮故事，不论到哪一村，妇女们的眼睛都跟着他转。”[③]而

① 廖俊杰、蒋荫安编：《周扬序跋集》，湖南人民出版社，1985年，第71页。

② 廖俊杰、蒋荫安编：《周扬序跋集》，湖南人民出版社，1985年，第83页。

③ 赵树理：《小二黑结婚》，载《李有才板话》，《中国人民文艺丛书》，人民文学出版社，1949年，第8页。

小芹则是这样的形象："小芹今年十八了，村里的轻薄人说，比她娘年轻时好得多。青年小伙子们，有事没事，总想跟小芹说句话。小芹去洗衣服，马上青年们也都去洗；小芹上树采野菜，马上青年们也都去采。"[①]这是新时代的"才子佳人"。小二黑的才华自然不是像旧式才子那样满腹诗书，他的才华是从被命名为"特等射手"得以体现的；小芹作为"佳人"的形象赵树理的描写已跃然纸上。到20世纪50年代由田川等根据赵树理同名小说改编了歌剧，这一"新才子佳人"模式体现得更为明确，一曲《清凌凌的水来蓝格莹莹的天》，将女性对"才郎"的渴望表达得淋漓尽致。

与《小二黑结婚》相比，《刘巧儿》如出一辙，这两出分别以男女主人公命名的戏剧，不仅都是发生于解放区的婚姻恋爱故事，而且故事结构、结局、人物设置、矛盾冲突等都极其相似。巧儿那段表露心迹的唱段基本就是小芹那段《清凌凌的水来蓝格莹莹的天》的重复："巧儿我自幼儿许配赵家，我和柱儿不认识我怎能嫁他呀？我的爹在区上已经把亲退呀，这一回我可要自己找婆家呀。上一次劳模会上我爱上人一个呀，他的名字叫赵振华，都选他做模范，人人都把他夸呀。从那天看见他我心里放不下呀，因此上我偷偷地就爱上他呀。但愿这个年轻的人哪他也把我爱呀，过了门，他劳动，我生产，又织布，纺棉花，我们学文化，他帮助我，我帮助他，争一对模范夫妻立业成家呀。"[②]赵振华、小二黑都是模范，巧儿和小芹爱上他们强调的也正是这一点，因此在结构模式上完全符合"才子佳人""英雄美女"的传统戏曲模式。这一审美取向不仅在大众化的艺术形式中有突出的表现，即便是在高雅艺术中同样存在追求的努力。闻捷的《吐鲁番情歌》中有一首《种瓜姑娘》，诗写得清新流畅，种瓜姑娘枣尔汗美丽勤劳，"年轻人走过她身旁，都用甜蜜的嗓子来歌唱，把胸中燃烧的爱情，倾吐给亲爱的姑娘"。但枣尔汗自有择偶的标准："充满爱情的歌谁不会唱？歌声在天山南北飞翔，枣尔汗唱出一首短歌，年轻人听了脸红脖子涨——'枣尔汗愿意满足你的愿意，

① 赵树理：《小二黑结婚》，载《李有才板话》，《中国人民文艺丛书》，人民文学出版社，1949年，第15页。

② 王雁改编：《刘巧儿》，中国戏剧出版社，1963年。

感谢你火样激情的歌唱；可是要我嫁给你吗？你衣襟上少着一枚奖章。'"从解放区到当代中国的新疆，青年女性无一例外地爱上了英雄模范，这与话语讲述的年代并无关系，与之相关的是讲述话语时代作家心态的一致导致了统一的爱情选择尺度。青年女性讲述的并不是内心隐秘的个人情感欲望，个人性的话语在这里显然被抑制了，她们传达的是时代倡导的公共性情感向往，而这一情感向往的话语行使权是掌握在作家手里的。

在上述两出戏中，展现的是一幅明丽清纯的乡村前现代的田园风光，单纯的女性，富于民歌风的抒情曲调，简单的矛盾线索和类似于初民"酋长"式的裁决，大团圆的结局，等等，都适合于大众的审美要求。从这个意义上说，作家在"满足大众的艺术要求"[①]的探索上是相当成功的。在这两出戏中值得注意的有两点，一是对妇女命运的改写与承诺。无论是小芹还是巧儿，她们都不再是悲悲切切、命运任人宰割的传统妇女形象。她们不再听命于媒妁之言、父母之命，即使是与异性青年一见钟情也摆脱了约会偷情不思茶饭的闺怨之情，而是积极主动，努力争取，充分表达了解放区女性精神的解放和意识的觉醒，并在争取中实现了大团圆的结局。这一承诺调动了观众的想象力和对个人未来婚姻命运的憧憬，在现实的婚姻关系中获得了另外一种应允。这一应允表达了观众心理的期许，特别是青年妇女，在小芹、巧儿具有传奇色彩的爱情中实现了个人的内心向往和愿望。这是这两出戏受到大众普遍欢迎的深层观赏心理，至于这一承诺是否能够实现，出于作家想象的富于乡村浪漫色彩的抒情基调具有多大程度的真实性和合理性，并没有人提出质疑，它甚至在观众热情投入的观赏和想象中完全被忽略了。作家对女性命运的改写与承诺不仅投合了大众的审美趣味，同时也控制诱导了大众的审美取向，实现了"寓教于乐"的艺术策略。

执着于大众趣味并从乡村开掘新的文学艺术资源，是作家在当代中国初期普遍的心态。从《天仙配》到《刘巧儿》都有作家对男耕女织升平景象的追忆或怀恋，对纯情男女倾心相爱的想象性构置。因此在思想和艺术结构

① 赵树理:《艺术与农村》，载《赵树理文集》第4卷，中国工人出版社，1980年，第1363页。

上，这些戏曲更多的是与中国古代艺术的思想情趣相联系，从本质上说，它与新文学的传统并无太多联系。但从另一方面它确实又从精神上体现了新政权诞生时代的青春气息，塑造了具有新的性格特征的乡村女性。小芹、巧儿的活泼、健康、单纯和充满活力的性格，第一次出现于戏曲舞台上，她们受到当时观众的喜爱并非没有理由，作为原创性的艺术形象她们理应受到应有的重视。然而乡村这一健朗、质朴的品质一旦被作家罩上流行的思想光环，并推向各种艺术形式，成为一种普遍推行的审美趣味，便背离了它原有的魅力，而成为被功能掠夺的对象。事实表明，从小芹到刘巧儿，以及歌剧《刘胡兰》中的刘胡兰、《红珊瑚》中的珊妹、《江姐》中的江姐、《沂蒙颂》中的红嫂、《洪湖赤卫队》中的韩英，一直到江水英、阿庆嫂、柯湘等，这些本质上都是乡村女性的形象，却逐渐演化成了平民女性神话。而执着于大众趣味过程中，社会流行思想的强制性添加则是以《小二黑结婚》和《刘巧儿》为起点的。乡村女性在叙事中终于完成了从"娇弱小花"到"参天大树"的转移，乡村之恋终于获得了成果，但这一成果却并非是值得夸耀的，她们恰恰成了后来人们反省检讨的对象。对大众趣味的执着是作家民众崇拜心态的另一种表达方式，作家创造了自己的偶像，这些偶像又不断渗入作家的思想意识，统治了作家的内心世界，这一循环成为一个奇特的怪圈，也成为当代中国文学发展史的一大景观，来自民间的大众文化传统在新环境中不战而胜。当代中国的艺术精神为它后来相当长的一段时期的发展奠定了坚实的基调。

二、民粹主义：从信仰到策略

民众崇拜作为一种文学精神所体现出的诸多缺陷已逐渐为人们所认识。但是，如果考虑到百年中国的历史处境和知识分子的情感需求，这一文学精神能够不断传承，又具有历史的合理性。然而，经过东方化的民粹主义与作为精神信念的"民粹派"，在思想情感方式和实践方式上又大不相同。十二月党人贵族出身的军官们受到法国革命的道德感染，自愿造反去当"鞋匠"，那里的冲动和激情确实是感人的。以至于20世纪90年代有人评价它时仍然认为："就当时的历史条件而言，对于民粹派这一批具有献身精神的知识分子，给予多么高的评价和赞誉都不为过。"[①]但是，中国知识分子走向民间却充满了矛盾和内心纠缠：一方面他们为这种道德感召和献身方式所吸引，并且成为他们解决个人意义世界的极好途径，不然就无法在文化思想层面解释为什么那么多的青年知识分子放弃优裕的城市生活而投身革命；另一方面，走向民间同民众相结合是主流意识形态不容拒绝的策略，这又与知识分子更愿以想象的方式满足自己的内心需要，而不愿以投身的方式亲临实践构成了矛盾。于是，当他们无论出于哪一方面的需要投身民众之后，事实上他们已完全失去了退路，那种矛盾的心态便为一种强迫性的指令所替代。这样，在现当代文学史上便存在着一个始终没有解决的问题，即知识分子如何实现同民众相结合的问题。这一在主流话语中已经解决的问题一旦面临创作实践便矛盾丛生，以至于酿成不断重临起点的话题。《青春之歌》是一部从正面表现知识分子投身革命并且实现个人精神解放的作品。它出版之后好评如潮，但仍有人撰文指出：林道静"没有完全按党指出的改造道路走，她走的是这样一条道路，没有认真地与工农群众相结合，而只是和个别的进步的知识分子党员接触，没有很好地到群众斗争中去锻炼"[②]。而茅盾也指出："让林道静实行了和工农结合，那自然更好。"[③]作家杨沫不能承受这一压力，尽管她忠诚地表达了知识分子思想改造的必由之路，但她仍没有达到时代的高度和期许，在讨论批评的当年她便重新修改了作品，增加了林道静与农民大众相结合的章节，而这一修改却完全失败了。

与此形成对比的是，那些表达知识分子痛苦犹疑和矛盾的作品，则因其真实而更能撼动人心。路翎在他的小说《财主底儿女们》中塑造了蒋纯祖这一形象。这是一个渴望投身革命，内心又充满了悲苦、孤独的有独立精神地位的个人主义者。他经历了动荡时代的兵荒马乱，也经历了在具体实践中内心格格不入的精神历程。他对上层社会和世俗世界充满了蔑视，但他同时也

---

① 刘北成：《俄国民粹派和民粹主义的再评价》，载《战略与管理》1994年第5期。

② 郭开：《就〈青春之歌〉谈文艺创作和批评中的几个原则问题》，载《文艺报》1959年第4期。

③ 茅盾：《怎样评价〈青春之歌〉》，载《中国青年》1959年第4期。

不能适应动乱的生活和出身于民众的士兵，在思想感情上他不能容纳他面对的这一切，他内心充满了苦痛，最后一事无成地死去了。路翎天才地也是真实地描述了知识分子思想情感方式转变的痛苦历程。他说：“我所设想为我的对象的，是那些蒋纯祖们。对于他们，这些蒋纯祖是举起了他的整个的生命在呼唤着。我希望人们在批评他的缺点、憎恨他的罪恶的时候记着，他是因忠实和勇敢而致悲惨，并且是高贵的。他所看见的那个目标，正是我们中间的多数人因凭信无辜的教条和劳碌于微小的打算而失去。”[①]胡风在为这部著作所写的序言中也指出：“走向未来，当然有种种的路，那里当然有直线推进的路，但直线推进的路并不能变为对于此时此地的负担的逃避，而以蒋纯祖的性格，他更不是这样的幸运儿。他得承受更大更大的痛苦的搏斗，从他的搏斗里面展示出更深广的历史意义。一个蒋纯祖的倒毙启示了锻炼了无数的蒋纯祖。”[②]但是，时代对知识分子的要求并不是他们向社会如何述说自己的心态和思想情感转变的真实历程，而是要无条件地、欢欣鼓舞地投向民众并愉快地接受思想情感的改造。因此，蒋纯祖并不因他的真实而被时代所宽容，他的“小资产阶级知识分子”的思想矛盾最终也没有被置换掉，在革命队伍的名单上没有他的名字，他作为一个落伍者被时代毫不怜惜地抛弃遗忘也被视为理所当然。与此相似的还有郭小川的叙事诗《深深的山谷》，那个不能与革命和人民站在一起的“知识分子”，最后的下场只能是被埋葬在“深深的山谷”里，这就是在选择面前犹疑者的命定式的下场。与此相关的是经过东方化的民粹主义即民众崇拜的思想更加深置于知识分子和当代文学的表达之中。

然而，历史条件的转换使民众崇拜作为一种思想已经枯竭，它的道德魅力终不能替代终极关怀。因此，当20世纪七八十年代之交，那些年轻和并不年轻的流放者们，从四面八方返回城市时，文学界便响起了一片欢呼感慨的热浪：“我回来了，我回来了/我活着从远方回来了/远得像冥王星的距离/仿佛来自太阳系的边缘。”（《归来》）“我的心被怀念擦洗得有如明镜，

① 路翎：《财主底儿女们·题记》，人民文学出版社，1985年3月。

② 胡风：《财主底儿女们·序》，人民文学出版社，1985年。

她/也归来了，望着自己豆蔻花似的年轻……/于是心，在最美的渴望里变得深广。”(《归来的时刻》)“归来”文学和知青返城文学一方面庆幸从乡村回到了城市，但另一方面又对乡村和农民倍加礼赞，这一状况集中显现了知识分子对民粹主义或民众崇拜的矛盾心态。“归来”成了梦幻，魂牵梦绕，但“人民”又时时念念不忘：“至今我没有怨恨，没有/我爱得是那么深。……啊！我的……人民/两颗眼泪滴下来，谢了声声，声声。”(《我不怨恨》)刘绍棠的自白虽然没有梁南诗意，但表达的却完全是同样的意思：“乡亲和乡土哺育我成人，乡亲和乡土救了我的命，乡亲和乡土待我恩重情深。”[①]当知识分子返回城市——现代文明的象征之后，他们仍需为自己的意义世界寻一个关怀对象，而这一对象仍然没有离开土地和农民。但这里的虚饰性已经十分明显了，或者说，“民众崇拜”开始沦陷为一个空洞的能指。不然就难以解释对民众怀有向往情怀的知识分子，为什么一定要离开他们曾经向往的“民众”这片净土，甚至还要弹冠相庆。而且这一情怀不仅限于20世纪50年代的作家，知青一代返城时不仅要自塑一个悲壮的姿态，如《今夜有暴风雪》，同时，当他们回到城市而发现并没有自己的位置时，又重新萌发了重返乡村的冲动，并在话语中得以实现，《本次列车终点》《南方的岸》等名重一时的作品就体现了这样的思想。然而，它并不是真实的，它们想象式的一厢情愿同史铁生的《我的遥远的清平湾》在本质上并无区别。值得注意的是，知识分子为什么一再将自己的向往诉诸并非是自己内心向往的对象，以至于他们表达对“人的解放”的欢欣鼓舞时，同样要寻找一个农民形象，如何士光的《乡场上》等等。

在民粹主义东渐后相当长的一段时间里，知识分子将其作为自己的信仰是真诚的，它不仅隐含着迷人的道德感召，同时也含有与知识分子献身情怀相符合的文化信念。那一时代的走向民间或向民众学习含有发自内心需要的诚恳，因此也格外地感人。但是，在民粹主义东方化的过程中，它渐渐实现了排斥知识分子或拒斥“精英”的隐结构，知识分子的精神空间在“民众崇

① 绍棠：《〈蒲柳人家〉二三事》，载《北京作家谈创作》，北京十月文艺出版社，1985年，第128页。

拜”的压抑中逐渐退缩并趋于陷落，深置于知识分子群体记忆的只有向民众学习，并且成为永无尽期的延宕。因此，当20世纪七八十年代之交，在他们不经意地表达了逃离乡村和民众的快乐时，又必须适时地补正对乡村与民众的热爱之情。知识分子思想改造的惨痛历程，使他们下意识地拥有了自我保护意识。于是，民粹主义或民众崇拜从这时起在知识分子那里发生了剧烈的变化，它从信仰变成了策略。

一个典型的例子是张贤亮的《绿化树》，他纵情歌颂了底层的农民，那些普通的民众被他以叙事的方式送上圣坛，但章永璘作为一个诗人或《资本论》的研读者，却从来没有放弃过内心的优雅与优越。他歌颂他们，占有他们，然后又抛弃了他们。歌颂在这里成了一种虚假的装饰：他并不热爱他们。因此，《绿化树》在当时就遭到了青年批评家黄子平有力的批评。十年之后，在中国发生了一场激烈的文化论争，它以“人文精神”作为主题词。我们发现，这场表达知识分子“共识破裂”的文化论争，本应是重建知识分子意识形态和独立精神地位的一次努力与机遇。然而，它在这一层面上收获甚微，却意外地为“新民粹主义”的拙劣出演提供了场景。“新民粹主义”话语的主能指同样是“民众”“大众”“市民”“普通人”等等。以这些能指作为发言的借口已经成为十分普遍的现象。于是，我们便时常读到这样的文字：“世俗形象与人文英雄的换场，表明市民接管了属于自己的话语权。在思想启蒙时期被瓦解的市民自信，在弥散着实利交换气息的都市经济中得以修复。他们在拥抱世俗欢乐时，叙述着自己的生活理解。”“市民开始大步跃上社会舞台。他们曾经是忠实听众，听了政治领袖的报告，接着听知识精英的讲演，然后点头称是，然后鼓掌喝彩。现在他们从听众席上起身，开始用一种知识者尚未习惯的大嗓门，自觉或不自觉地表达自己。”[①]这已不是个别的声音，我们发现，这场论争中维护个人文化立场参与争论并指责对方时亦多以“反大众”[②]相威胁，并承诺自己正在“与普通人结成一

① 任仲论：《世俗形象与市民理想》，载《上海文学》1995年第6期。
② 张颐武：《从道德询唤到神学询唤》，载《上海文化》1995年第6期。

个生命共同体”[①]。与此相联系的还有对世俗生活的夸张及礼赞，对“世俗关怀”“直面俗世”的融入与猜想，对“大众文化在与精英文化的生死较量中平步青云”[②]的热情维护与欢呼，等等。一种新民粹主义的意识形态在这些话语中逐步建立起来，他们宣称“解构”一切，却热衷于确立新民粹主义的地位。这诚如青年批评家薛毅在谈论市民意识形态时所说的那样：“市民意识形态并不是由市民制造出来的，对于目前我们这个社会而言，最有效地制造市民意识形态的是在所谓大众传媒中活跃的一批知识分子。”或如金海定所说：“市民意识形态就是由知识分子通过传媒加置于市民社会之上的公共话语。”[③]与此同理，新民粹主义的言说者们并不信仰“民粹”，他们的能指是空洞的，所指是模糊的，而每每强调或使用这些话语时，完全是出于策略性的考虑。

民粹主义像幽灵一样在中国游荡了百年，作为一种重要的文化思想现象，它仍有延续的可能，特别是在向市场经济转型的过程中，知识分子精神受挫，生存艰难，平均主义被打破，腐败现象严重，有“为民请命”传统的知识分子在取向上更易于趋向“民粹”。但是，作为一种已经枯竭的思想资源和它内在结构的难以剥离，它的生命力和有效性已可想而知。与其开掘几经翻检的旧资源，不如建立知识分子的新传统，以新的理性精神和批判精神确立自己独立的精神地位，在世纪之交的苍茫时分仍不失特立独行的精神品格。

原载《文艺争鸣》1997年第3期

① 张颐武：《人文精神：一种文化冒险主义》，载《光明日报》1995年7月5日。

② 王一川：《从启蒙到沟通》，载《文艺争鸣》1994年第5期。

③ 薛毅、金海定语，载《上海文学》1995年1期。

东方风情与生活寓言

——20世纪80年代的文学想象与文化批判

1979年文学的社会批判大潮过后，一种走向日常生活的写作悄然兴起。与情感浓烈、金刚怒目的批判潮相比，它风和日丽、安静平和，它没有宏大的社会目标和英雄惨烈的战吼，意识形态的背景已经大大淡化，东方古老的风情却成为主要情调得以凸现，它如诗如画，如梦如烟。在文学的“战乱”中它仿佛是一片远离“兵荒马乱”的世外桃源。当然，在宏大的社会批判潮流风行文学界的时代，它们是不被注意的。在文学的批判职能被推向首要位置的时候，它的审美功能自然要被削弱并受到轻视。然而，这一并非源于倡导，而是“自为”兴起的文学趋向，却产生了意想不到的影响。它深长悠远的境界、充满怀旧情调的叙事，以及平实素朴的表达，日渐深入人心，它没有轰动性的效应却赢得了久远的审美魅力，尽管当时它们没有得到应有的推荐和评价。

这一现象，在百年中国文学史上并非偶然。那些游离于时代主潮，具有“唯美”倾向的作家作品，命定处于边缘而鲜有问津。周作人、沈从文、张爱玲、废名、李金发、徐志摩、戴望舒以及早期的冯至、何其芳等，他们的清新、细致、哀婉或感伤等写作风格，尽管独树一帜，显示了不寻常的文学成就，但概因与现实的功利目标不相符，而难以走进生活。主流意识形态无可非议地成了文学的意识形态，它倡导作家关怀现实、关怀国家民族的命运原本是不错的。但这一倡导一旦制度化、合理化，并以此排斥不能纳入这一制度规约的作家作品，使他们得不到“合理化”的解释，则必然导致一体化和“霸权”话语的形成。百年来，被边缘化的作家作品大多是由于与现实的疏离，源于他们对个性化的顽固坚持。不同的是，在20世纪80年代初期，这一潮流又能够再露端倪，它虽然不被举荐，但能够面世，业已说明时代的宽容和进步，同时也说明了文学审美追求的难以旋灭。

一、东方风情的追寻

“文革”后文学对现实主义的呼唤和强调，曾被认为是一种极其重大而迫切的事情。这一呼唤不只是针对阴谋文学的“假大空”，同时也强调了要恢复过去的文学传统，以“现实”的态度关注时代新的变动，使文学加入到“揭批四人帮”的斗争中。但是，“现实主义”一词的内涵显然有不同的理解。百年来，对现实主义的历次阐释，都不同程度地隐含着主流意识形态话语对文学的导引，它的所指并不是始终如一的。新时期的现实主义，从理论阐发的依据来看，它仍是经典马克思主义对现实主义的理解，如对真实性、典型人物、典型环境、细节、本质等概念的大量使用；但从创作实践来看，它又多有批判现实主义的特征，“伤痕文学”“反思文学”以及社会批判的其他作品，都具有揭露阴暗、鞭挞时弊的功能。因此，当实践的现实主义真的得以恢复之后，它又无可避免地要与现实产生抵牾。“文化英雄”们纷纷检讨，并使批判的锋芒锐减，已说明，文学的“主义”在现实并不是那么重要。

社会批判文学的受挫，并不是具有东方浪漫情调作品“应运而生”的逻辑起点。就中国而言，现代性的追求虽然自近代以来就呼声不绝于耳，但它多限于上层知识分子的文化表达，广大的领土上依然是古风依旧的传统生存，那形态久远并不可更改的风俗风貌，代代相同，绵绵不绝。许多作家先后离开了那里，来到了标示现代文化中心的大都市，但乡土中国留给他们的情感记忆并未因此而远去。特别是体验目击了城市的罪恶之后，对乡土的情感怀恋，几乎成了所有来自乡村作家共有的“病症”。这一现象，一方面使他们获得了同底层人的情感依恋，使他们在精神上有了一个依托，一方面，梦中的追寻和叙事，又使他们保持了文学上的东方韵味。这种现象自鲁迅的《故乡》始，到沈从文、巴金、孙犁、赵树理、“山药蛋”“荷花淀”乃至“知青文学”，一脉相承。其间虽有不同的变化，但乡土中国的“梦中情怀”却依稀可辨。

因此，20世纪80年代初期，当汪曾祺重新以小说家身份面世时，他那股清新飘逸、隽永空灵之风，并非突如其来。不同的是，因与现实关系习惯性紧张的心态，才对这种风格因无以表达而保持了短暂的缄默。20世纪80年代的最初两年，汪曾祺连续写作了《黄油烙饼》《异秉》《受戒》《岁寒三友》《天鹅之死》《大淖记事》《七里茶坊》《鸡毛》《故里杂记》《徙》《晚饭花》《皮凤之楦房子》等小说。这些故事连同它的叙事态度，仿佛是一位鹤发童颜的天外来客，他并不参与人们对“当下”问题不依不饶的纠缠，而是兴致盎然地独自叙说起他的日常生活往事。

《受戒》，本应是写佛门故事的。但小说中的佛门显然已经世俗化，不仅那个叫明子的和尚可以随意地同女孩小英子交往，而且其他和尚也可娶妻生子，赌博骂人，高兴了唱小调，过年也杀猪吃肉，不同的只是例行公事地念一通“往生咒”给世人听。佛门的戒律清规荡然无存，即使是在做法事放焰口时，和尚们也一如游戏，年轻和尚甚至大出风头，引些姑娘媳妇私奔快乐去了。因此，在庵赵庄，和尚与俗人并没什么不同，它极类似一种职业，如同有的地方出弹棉花的，有的地方出画匠，而明子的家乡就出和尚。出和尚也成了一种乡风。因此，家里决定派明子当和尚时，他绝无悲戚伤感，甚至认为实在是在情在理，理所当然。这佛门再也不是看破红尘的避难所，也不是为了教义信仰的圣地，佛门再无神秘可言，它同俗世已没有了界线。和尚与俗人在这一点上达成了共识。明子初识小英子时，两人有一段对话：

“你叫什么？”

“明海”。

“在家的时候？”

“叫明子。”

“明子！我叫小英子！我们是邻居。我家挨着荸荠庵。……”[①]

① 汪曾祺：《受戒》，载《北京文艺》1980年第10期。

小英子的话非常重要，她一定要叫他“明子”而不叫“明海”，在她眼里，“明子”终还是亲切些，可那个“荸荠庵”——本是“菩提庵”，又被她认真地当作“邻居”。小英子对已出家的“明海”又一次施以俗世的命名，连同乡里对“庵”的重新命名，便完成了庵赵庄对佛门的俗世化过程。

小说的用意显然不在于表达作者对佛门佛事的探讨。重要的是，他传达出了日常生活快乐的情调，传达出了普通人对生活的乐观态度。在作者那一如江南风情画的叙述中，读者能受到美好情绪的感染。

更有趣的是作者文末的“注释”：“1980年8月12日，写四十三年前的一个梦。”这一注释成了理解这篇小说的关键所在。这样，对小说中叙述的那一切，都不能“如实”地理解，它是作者的梦中回忆，而不是往事实录，它是“梦中情怀”，而不是“昨日重现”。因此，《受戒》，这残酷的“烧戒疤”，在小说中全然蜕去了肃穆沉重。当“明海”完成了受戒仪式后，迎接他的依然是“俗人”小英子，并宣告她要当他的老婆。那个庄重的仪式终还是在世俗生活向往中被拆解了。俗世的日常生活不战自胜，那本是由人设定的“信仰”，终因其虚幻性而徒有其表，最普通的生活，也是最有魅力的生活。所以，小说的基调是相当浪漫、诗性、抒情的。

但《受戒》在当时并没有受到应有的重视。汪曾祺小说的名声大振，还是由于《大淖记事》的发表。这不仅在于这部小说在形式结构上别具一格，它更借助于在1981年全国短篇小说评奖上榜上有名而证实了文学意识形态对抒情小说的承认和举荐。

《大淖记事》在形式上更具有散文化和诗化的特点。小说六节，有三节介绍“大淖”的风情风貌，为人物和故事的发展做了相当充分的铺垫。第四节始，那名叫巧云的俏女子才出现，那发生在大淖的人间平常事才渐渐呈现出头绪。大淖的乡风亦十分独特：“婚嫁极少明媒正娶”“媳妇多是自己跑来的；姑娘，一般是自己找人。她们在男女关系上是比较随便的。姑娘在家生私孩子；一个媳妇，在丈夫之外，再‘靠’一个，不是稀奇事。这里的女人和男人好，还是恼，只有一个标准：情愿”。因此，虽然巧云恋着十一子，但她被刘号长破了身之后，不仅“邻居们知道了，姑娘、媳妇并未多议论，只骂了一句：‘这个该死的！’”而且巧云也“没有淌眼泪，更没有想到跳到淖里淹死。人生在世，总有这么一遭”。[1]这种对生活的达观与超脱，构成了汪曾祺小说的基本风貌。明子做和尚，巧云破了身，都属于生活非正常的变故，但他们都以达观的心态面对，这种超脱的生活态度使汪曾祺笔下的人物显得卓然不群，因此也构成了汪曾祺小说的独特性。

在他平和朴素的叙事中，给人最初的感受是谦和练达，虽阅尽人间沧桑而心如止水。其实不然，汪曾祺的小说充满了反常态的理想精神：那佛门的俗世化和人间情怀，大淖女性的豁达和单纯等，都隐含着作者对清规戒律的不满和反叛，显示了他对主流文化传统的不屑和轻视。不同的是，作者没有流行的激进和虚张声势，而是通过人物自然地传达出来。因此，它貌似轻柔，而风骨犹存，在平和中透着坚定，在飘逸中显示明澈，他的文化批判立场是相当有锋芒的。

《黄油烙饼》被批评家注意的不多，它在风貌上也不同于《受戒》和《大淖记事》。后者有极强的追忆往事的抒情性，而《黄油烙饼》则多为客观的呈现。“大跃进”年代，日常生活失去了保证，爸爸送给奶奶的两瓶黄油显得格外珍贵，奶奶至死也没有吃这两瓶黄油。后来，在开“三级干部会”的伙食中，萧胜闻到了黄油烙饼的香味，他问爸爸他们为什么吃黄油烙饼：

“他们开会。”

“开会干吗吃黄油烙饼？”

“他们是干部。”

“干部为啥吃黄油烙饼？”

“哎呀，你问得太多了！吃你的红高粱饼子吧！”[2]

母亲无言地为萧胜烙了一张黄油烙饼，萧胜吃了两口，忽然咧开嘴痛哭起来，高叫了一声：奶奶！然后小说就结束了。作者没有刻意渲染一个儿童

---

① 汪曾祺：《大淖记事》，载《北京文学》1981年第4期。

② 汪曾祺：《黄油烙饼》，载《汪曾祺作品自选集》，漓江出版社，1987年。

对奶奶的怀念，但他特有的方式却催人泪下；作者也没有直接表达他对“三级干部会”的看法，但一句“三级干部会就是三级干部吃饭”，已表达了他的全部情感。而《黄油烙饼》对人间亲情的关怀，对和谐境界的向往，又几乎是在“瞬间”实现的，萧胜对奶奶的一声长叫，如电光石火，划破人心。这一表达策略，体现出汪曾祺深得老师沈从文的真传。沈从文在《烛虚》中说：

> 流星闪电刹那即逝，即从此显示一种美丽的圣境，人亦相同。一微笑，一皱眉，无不同样可以显出那种圣境。一个人的手足眉发在此一闪即逝更缥缈的印象中，即无不可以见出造物者手艺之无比精巧。凡知道用各种感觉捕捉住这种美丽神奇光影的，此光影在生命中即终生不灭。……这些人写成的作品虽各不相同，所得启示必中外古今如一，即一刹那间被美丽所照耀，所征服，所教育是也。[①]

对“美”的情有独钟，使汪曾祺小说具有了强烈的浪漫性和抒情性，对小说于人的潜移默化的浸染力，他有深刻的理解。较早评论汪曾祺小说的凌宇曾仅就《大淖记事》指出，作品：

> ……给人的教益，主要不在它的题材本身。作者不是诱惑读者去猎取特异的世态风俗，也不只是让人陶醉于一个浪漫的爱情故事。透过题材的表皮，我们获得了一种启示：应该如何面对现实生活中的矛盾。它触及一个虽不是永恒，却绝不是一个短时期就消逝的问题。《大淖记事》里的故事早成过去了。它所涉及的问题却仍在困扰着现代人的心。作者从一种特殊的生活形态里，看到了某种闪亮的东西，提出了自己的看法。这看法对不对？许多人会这样发问。在一个相当长的时期内，这个问题也许得不到统一的结论。但我敢说，《大淖记事》对生活矛盾的

① 沈从文：《烛虚》，载《沈从文选集》第5卷，四川人民出版社，1983年，第78—79页。

回答，不是悲凉，不是绝望，它具有一种向上的自信，一种健康的力。这种对生活的态度，也许逾越了题材本身的范围，散射到生活的各个领域，适用于面对现实世界的一切矛盾。①

论者是沈从文研究专家，丰富的文学史知识使她意识到了汪曾祺小说的价值，她在那些历史往事中也发现了现实的意义。后来，汪曾祺也对自己的小说和美学追求做了如下陈白：

我觉得作家就是要不断拿出自己对生活的看法，拿出自己的思想、感情——特别是感情的那么一种人。作家是感情的生产者。那么，检查一下，我的作品所包含的是什么样的感情？我自己觉得：我的一部分作品的感情是忧伤，比如《职业》《幽冥钟》；一部分作品则有内在的欢乐，比如《受戒》《大淖记事》；一部分作品则由于对命运的无可奈何转化出一种常有苦味的嘲谑，比如《云致秋行状》《异秉》。在有些作品里这三者是混合在一起的，比较复杂。但是总起来说，我是一个乐观主义者。对于生活，我的朴素的信念是：人类是有希望的，中国是会好起来的。我自觉地想要对读者产生一点影响的，也正是这点朴素的信念。我的作品不是悲剧。我的作品缺乏崇高的、悲壮的美。我所追求的不是深刻，而是和谐。这是一个作家的气质所决定的，不能勉强。②

汪曾祺的自况让人想到另一位资深作家：杨绛。她的散文《干校六记》于1981年出版后，很快引起了研究者的注意。这部散文所记述的生活和事件，有一个宏大的时代背景，它的写作年代，是这个时代刚刚过去不久，主流文学正如火如荼地实施对它的控诉和批判。然而，杨绛却平静如水般地记述了干校的日常生活，她没有激愤或痛惜的情感波澜，在被认为是“不平常岁月”的时代，记述知识分子极平常的生活和心态。因此，它“不过是这个

① 凌宇:《是诗？是画？》，载《读书》1981年第11期。
② 《汪曾祺作品自选集·自序》，漓江出版社，1987年。

大背景的小点缀，大故事的小穿插”[①]。

《干校六记》是一个相当“个人化”的文本，它表达的是作为知识分子的杨绛，在往事追忆中所体现出的趣味和情怀。作品中没有那个时代的“经典”场景，也没有司空见惯的、挣脱了压抑之后的狂躁宣泄，以及夸张的情感姿态，她仍以平常心和普通人的情感，传达着她淡泊、宁静、乐观的生活态度。那里也有忧愁和焦虑，但这些情感仅限于对亲人的牵挂。因此，文本中出现最多的人名是默存、阿圆和一得，他们都是杨绛的亲人。亲情，在杨绛这里成了弥漫性的关怀，它几乎无处不在，尤其是自己的丈夫默存，几乎占据了她的精神空间，而夫妻之情也成了她生活的基本支点。这一情感关怀自然不够阔大，自然不如那些时代的流行色激烈或壮丽，更不符合那一时代的需要。然而，历史向前移动一步，那激烈或壮丽便迅即退去，而留下来的，却仍然是人间的亲情。这一情感的真实可靠馈赠给她的，便是对生活的达观和愉快。

杨绛文中常常讲起生活趣事，这些趣事淡化了特殊岁月知识分子的“艰难时世”。何其芳吃鱼、钱锺书烧水即是一例：

> 当地竭泽而渔，食堂改善伙食，有红烧鱼。其芳同志忙拿了自己的大漱口杯去买了一份；可是吃来味道很怪。他捞起最大的一块想尝个究竟，一看原来是还未泡烂的药肥皂，落在漱口杯里没有拿掉。大家听完大笑，带着无限同情。他们也告诉我一个笑话，说钱锺书和丁××两位一级研究员，半天烧不开一锅炉水！我代他们辩护：锅炉设在露天，大风大雪中，烧开一锅炉水不容易。可是笑话毕竟还是笑话。[②]

“改造”，使知识分子再也找不到往日的优雅和自尊，生活残酷地、带有恶意地让他们去从事最不擅长的活动，以加剧他们的自卑，从灵魂上将他

① 钱锺书：《干校六记·小引》，载《杨绛作品集》第2卷，中国社会科学出版社，1993年，第3页。

② 杨绛：《干校六记·下放记别》，中国社会科学出版社，1993年，第9—10页。

们打垮。他们成了生活的“笑话”。

当然，这种摧残不只是心理的，生理上的代价同样触目惊心。干校里的钱锺书“又黑又瘦，简直换了个样儿”，于是，便发生了类似黑色幽默般的一幕：

> 我们干校有位心直口快的黄大夫。一次默存去看病，她看他在签名簿上写上钱锺书的名字，怒道：“胡说！你什么钱锺书！钱锺书我认识！”默存一口咬定自己是钱锺书。黄大夫说：“我认识钱锺书的爱人。”默存经得起考验，报出了他爱人的名字。黄大夫还待信不信，不过默存是否冒牌也没有关系，就不再争辩。事后我向黄大夫提起这事，她不禁大笑说：“怎么的，全不像了。”①

这玩笑后面却透着不尽的辛酸和悲凉。但杨绛叙述它们时，平淡无奇，并无忍俊不禁的感伤或感慨。

“六记”中，《“小趋”记情》最是生动。作者将这个小狗对主人的忠诚和依恋，以及给人带来的快乐和情感联系，写得细致入微，格外动情。它也从一个侧面反衬了那一时代的人际关系。作者虽然喜欢它，但“有人以为狗只是资产阶级夫人小姐的玩物。所以我待小趋向来只是淡淡的，从不爱抚它”。但狗没有意识形态，它对主人仍是情意缠绵、情深意笃。

《干校六记》的叙事风格虽然平和，但它却显示了一个知识分子独立的精神地位的不可动摇。民粹主义东渐后，虽然经历了东方化的过程，但民众崇拜却是主流意识形态的一部分。知青下乡、干部下放干校，虽然有策略上的考虑，但在话语层面则是“民众”优于知识分子。这种等级关系的建立，使知识分子接受改造得到了“合理化”的解释。但是，人是很难改造的，这在改造者与被改造者那里都得到了证实：

> 我们奉为老师的贫下中农，对干校学员却很见外。我们种的白薯，

---

① 杨绛：《干校六记·下放记别》，中国社会科学出版社，1993年，第11页。

好几垄一夜间全部偷光。我们种的菜，每到长足就被偷掉。他们说：“你们天天买菜吃，还自己种菜！”我们种的树苗，被他们拔去，又在集市上出售。我们收黄豆的时候，他们不等我们收完就来抢收，还骂“你们吃商品粮的！”我们不是他们的“我们”，却是“穿得破，吃得好，一人一块大手表”的“他们”。①

“老师”无以确认自己的身份，“学生”自然仍是他们范畴之外的“他者”，不能进入他们的生活和情感领域。而“学生”对这一关系亦没有倾心认同过，身在干校，心还是“没有不希望回北京”的。当遣送回京的消息传来时：

……不能压减私心的忻喜。这就使我自己明白：改造十多年，再加干校两年，且别说人人企求的进步我没有取得，就连自己这份私心，也没有减少些。我还是依然故我。②

“六记”至此结束，“我还是依然故我”，宣告了“改造”的失败，也宣告了杨绛作为知识分子独立精神地位的获得。

洪子诚在评价《干校六记》等作品时指出：“她并不需要大声抨击，却往往展示了事物的乖谬，她并不需要撕开伤痕，却能透出心中深刻的隐痛。她冷静，但不冷漠，嘲讽，但有宽容。在对知识分子进行反思自审时，不因他们命运多煎而停留在一掬风情之泪的地步，不回避对他们身上污垢的抉剔。”③杨绛的创作在这样的评价中得到了具有深度的阐释。

① 杨绛：《干校六记·下放记别》，中国社会科学出版社，1993年，第17页。
② 杨绛：《干校六记·下放记别》，中国社会科学出版社，1993年，第49页。
③ 洪子诚：《作家的姿态与自我意识》，陕西人民教育出版社，1993年，第158页。

二、生活寓言与文化批判

日常生活被表达的方式，取决于作家的价值目标和对日常生活的理解。汪曾祺的乐观，使他的作品空灵飘逸；杨绛的淡泊，使她的作品宁静达观。而高晓声的《陈奂生上城》和古华的《爬满青藤的木屋》，则在日常生活的表达中，渗透着明确的文化批判意味。日常生活被诉诸寓言的形式，从而有了象征性的意义。

1980年，有两篇写农村题材的短篇小说格外引人注目，一篇是何士光的《乡场上》，一篇是高晓声的《陈奂生上城》。两篇小说都写得光彩照人。《乡场上》作者在民间找到了一个寓言性的人物和场景，喻示了在新的时代普通人获得了解放，挺直了腰杆，走上了生存有保障、人格有尊严的道路，思想解放运动带来了普通人的解放。因此，《乡场上》生动而深刻地阐释了主流意识形态话语，它是新时代响遏行云的一曲颂歌；它明显地隐含着知识分子的想象。

《陈奂生上城》，也是发生于粉碎“四人帮”之后的故事，主人公陈奂生的生存处境与冯幺爸大体相似，他已摆脱了生存困境，“肚里吃得饱，身上穿得新”，他心情格外好，“稻子收好了，麦垄种完了，公粮余粮卖掉了，口粮柴草分到了”，还有什么能比这些让一个在贫困中生活了很久的农民，更宽舒忘情呢？陈奂生的心情是完全可以理解的。但这一切并没有从本质上改变陈奂生的劣根性，他的文明程度仍然是一个农民的。他的满足与不满足都密切地联系着他的生活背景。由于贫困，他“对着别人，往往默默无言”；“别人讲话也总不朝他看，因为知道他不会答话，所以就像等于没有他这个人”，他也“总觉得比人矮一头”。人越缺乏什么就越要实现什么。生活好转之后，他渴望过“精神生活”了。他还没有自尊的意识，他的这一渴望也源于自己的经验。他过去不被看重，一是因为贫困，一是因为无言，这二者又是相关的。贫困使陈奂生失去了话语权。当摆脱了生活的贫困之后，陈奂生渴望过上“精神生活”，实际上是对话语权的要求。因此，有人出了“在本队你最佩服哪一个”的题目时，“他忍不住地也答了腔，说：‘陆龙飞最狠。'"陈奂生佩服陆龙飞的原因，是因为陆龙飞是说书的，有一张嘴。陈奂生渴望被注意、被尊重，而话语权则是最直接有效的途径。这里隐含着农民固有的，也是普通人固有的虚荣心理和权力欲望。

另一方面，陈奂生的经验又使他极度看重实际利益，他的"无忧无虑"，"精神面貌和去年大不相同了"，有时"兴致勃勃睡不着"，就是因为"囤里有米、橱里有衣，总算像人家了"。生存处境的改变给陈奂生带来了愉快和自信，但他小生产者的自私和狭隘并未因此而得到改变，没有什么能比个人的利益更敏感地触动他的神经。他上城生病后，被吴书记送到招待所，临行时，是小说写得最精彩的地方，陈奂生走到柜台处：

朝里面正在看报的大姑娘说："同志，算账。"……"何必急，你和吴书记是老战友吗？你现在在哪里工作？……"大姑娘一面款款地寻话说，一面就把开好的发票交给他。笑得甜极了。陈奂生看看她，真是绝色！

但是，接到发票，低头一看，陈奂生便像给火钳烫着了手。他认识那几个字，却不肯相信。"多少？"他忍不住问，浑身燥热起来。

"五元。"

"一夜天？"他冒汗了。

"是一夜五元。"……

千不该，万不该，陈奂生竟说了一句这样的外行语："我是半夜里来的呀！"

陈奂生再也不是"吴书记的战友"。他农民的真实背景还是没有使他获得"身份感"。但五元钱却使陈奂生的性格得到了充分的展示，他再也不怕弄脏地板，不怕弄坏沙发，不急于回家，而是决心待到可以滞留的规定时间——十二点。五元钱一夜，使陈奂生沮丧无比，很苦恼了一阵子，他怕面对老婆交不上账，但陈奂生毕竟还有农民的狡猾，他无意间想到了与吴书记的关系，这偶然的邂逅成了陈奂生可以利用的精神资源，五元钱又使他买到了精神的满足。

《陈奂生上城》与许多流行的农村题材小说最大的不同，就在于他不是为了诠释“当下”的合理性，而庄重地为农民罩上了各种光环，将农民升华为不能，或还没到达的境地。高晓声曾自述说：“我写《陈奂生上城》，不是预先有了概念，不是为了证实这个概念，而是在生活中接触了一些人和事，有所触发，有所感动。并且认为这些人和事对读者也有触发、感动作用，于是才写了它。”[①]在另一处，高晓声又说：“我沉重、慨叹的是无论陈奂生或是我自己，都还没有从因袭的重负中解脱出来。”因此，对陈奂生的批判，也是作者对包括自己在内的“国民性”的再次检讨与批判。它将小说从政治批判的激进立场，转移到了文化批判的立场，在日常生活中，揭示了国民性的顽固延续。在这一点上，高晓声继承了鲁迅的遗产。

《爬满青藤的木屋》的环境设置是相当独特的。故事发生在与世隔绝的深山老林，它如同一个原始的酋长国，它远离现实，显示着神秘而遥远的设定。它的人物也相对单纯，只有王木通、盘青青、李幸福三人，他们分别被赋予暴力、美和文明三种不同的表意内涵。因此，这貌似与世隔绝的环境，却并非仅仅是一处流光溢彩的天外之地，它的诗性和风情仍不能掩埋现实的人性冲突。于是，这个“爬满青藤的木屋”就不再是个孤立的存在，它所发生的一切冲突，都相当完整地表达了山外的整个世界。

应该说，小说是对人的生存方式、中国文化及文明的丰富表述。那个幽深的老林本身就是一个混沌未开、急待开蒙的原始环境。在这个环境中的王木通与盘青青过着与环境相适应的恒定日子。王木通自以为自己是这里的“主人”，“女人是他的，娃儿是他的，木屋山场都是他的”。他也以“酋长”的方式统治着山林和自己一家。盘青青也没有太多的欲望，她也认为“男人打她骂她也是应分的”，只希望男人打她时不要下手太重。但小说一开始就揭示了“文明与愚昧”的冲突。王木通虽然自视为“主人”，但他“本能”地具有对“文明”的恐惧。盘青青生娃前曾提出要去90里外的“场部”去看看，90里外的世界对她构成了新奇的盼待，但她被王木通粗暴地拒绝了，“他是怕自己的俊俏女人到那种热闹地方见了世面，野了心，被场部

① 高晓声：《且说陈奂生》，载《人民文学》1980年第5期。

那些抻抻抖抖、油光水滑的后生子们勾引了去”。“文明”对“愚昧”构成的威胁被王木通敏锐地感知并产生惧怕。盘青青只能在王木通的转述中，了解一点儿山外的事情，她每每“总是睁大了乌黑乌亮的眼睛，心里充满了新奇，仿佛男人讲的是些天边外国的事情”。

但是，“文明”终于还是不期而至。李幸福本是被放逐到绿毛坑的，他无意中成了一个启蒙者和文明的传播者，他的护林建议、牙刷、镜子、收音机和卫生习惯，对与世隔绝的绿毛坑来说，都带来了新鲜的刺激。于是，李幸福便始料不及地处于矛盾的旋涡之中，他在不知不觉中便充当了改变绿毛坑生活的角色。这样，必然引起王木通、盘青青的不同回应。在王木通看来，李幸福是在挑战，是“跟老子比高低！”他只能借助主流话语来抑制启蒙话语：“场里早派定了，绿毛坑里的事由我来管！政治处王主任对你的约法三条，你不要当耳边风！”“如今这世道就兴老粗管老细，就兴老粗当家！”作为启蒙者的李幸福带有先天缺陷（那个因只有一条胳膊而被命名的“一把手”外号，具有极大的讽喻性），这个缺陷不仅由生理残缺做了转述，而他本身的“接受教育、改造”的身份，也注定了他的启蒙不具有合法性。所以，他的“四点建议碰在王木通的岩壁上，白印子都没留下一点”。

渴望文明洗礼的盘青青始终处于被争夺的位置。她对李幸福的生活方式和状态心向往之，并在潜意识中把他当作“拯救者”，她不失时机地靠近“文明”，她的温柔与笑声传达的是她对“文明”的亲近。但这一亲近由于“契约”关系的规定，使盘青青的向往和行为具有了叛逆性质。这样，就使李幸福和盘青青在与王木通的冲突中，先在地潜含了危机，他们的悲剧从一开始就已经孕育。

另一方面，“文明”和启蒙话语一开始就遭到主流意识形态的压抑。李幸福虽然有文化，他理所当然地肩负起启蒙的职责，但这并不是源于他的使命意识。事实上，自20世纪20年代末起，启蒙话语逐渐退隐，知识分子或启蒙者的地位早已被颠覆，他们的启蒙欲望已大大减弱，而一种向人民大众认同的意识大体支配了他们的思想。因此，李幸福在这样的思想背景下，他的启蒙角色是无意中承担的，完全是因他的教育背景和生存方式暗示的。但他是主流意识形态拒斥的对象，他的身份是接受教育的“学生”，接受“改造”的异端。而王木通则是意识形态的守护对象，是主流话语对象化的依据和基础。因此，王木通不仅优越地在等级关系中占支配地位，是权力的代码，同时，小说本文还喻示了在是非颠倒的时代，文明与愚昧的倒置，必然会使愚昧以自信的疯狂和仇恨，对文明施以暴力，这是愚昧对付文明唯一的、也是最后的手段。王木通对盘青青和孩子们接近李幸福，开始是用语言恫吓："从今天开始，你们和你们阿妈，谁要再敢走进那小木屋里一步，老子就挖了他的眼睛，打断他的脚杆！"继而是施之以暴力打击，盘青青近来"常常挨男人的打，身上青一坨，紫一块。一天到晚看着男人的脸色、眼色，大气都不敢出"。最后，他终于放了山火，要烧死盘青青。

小说结束时，李幸福和盘青青下落不明，语焉不详。但它无言地喻示了启蒙的失败，叙事者只能以理想的方式将其悬置：

> 在万恶的"四人帮"倒台后，林场也有蛮多的人议论，要是盘青青和"一把手"李幸福还活在什么遥远的山场里，他们过的一定是另一种日子。更有些人猜测，全国都在平反冤假错案，讲不定哪一天，盘青青和李幸福会突然双双回到林场来，要求给他们落实政策呢。可不是，连绿毛坑里那些当年没有烧死的光秃秃、黑乎乎的高大乔木，这两年又都冒芽吐绿，长出了青翠的新枝新叶哩！

作家对启蒙话语的被压抑和知识分子的地位深怀同情，但它在现实中的地位已无可挽回，作家只能感伤地寄予幻想，它从另一侧面表述了知识分子话语的无力和无奈。

古华在谈到自己创作这篇小说时说，在一个封闭的环境中：

> 人们日出而作，日落而息，过着麻衣粗食、愚昧保守、与世隔绝的生活。无须什么外来文化，也无须什么现代科学……应该说，这种生活方式在我们这个古老的民族、古老的国度里是很有典型意义和代表性的。我们不就是以这种生活方式世代相传、度过了漫长的数千年岁月，才进入到现代社会来的吗？而且，就是在这种生活方式似乎已经销声匿

迹了的城市、乡村，它长期以来所形成的意识形态、风俗习性，却还广泛地存留于人们的头脑里，表现于人们的行动中。[①]

古华在创作这篇小说时，已有了明确的文化批判意识。这种悲剧虽然有当下的意识形态原因，它成为愚昧的守护者，并视其为可靠的政治力量，但古华并未仅在这一层面展开，成为流行的社会政治批判小说；而同时更注重“风俗习性”的巨大力量，它的难以更移，在更深的层面上阐释了民族现代性追求的困难重重。

但古华在自述中仍不免虚妄，他认为：“三个守林人之间发生的这场文盲愚昧和文化文明的斗争，后来是以各有胜负告终的。森林山火之后，盘青青和李幸福终于赢得了他们的幸福，而王木通则到另一个更为偏远的林地里，依他原来的生活方式，传宗接代去了。”[②]这一解释初读是合理的，但它经不起分析。事实上，王木通逃离了被文明沐浴过的“不祥之地”，貌似失败了，但他依然如故，没有任何改变，恰恰说明了启蒙的失败。启蒙没有改变撼动自己的对象，反证了启蒙的有限性；而盘青青和李幸福的胜利是虚幻的胜利，他们的“幸福”在现实中没有立足之地，由于表述和处理的困难，作家只能在想象中去实现。因此，他们的胜利也只是体现了知识分子话语的胜利。

但无论如何，日常生活在文学中成为表述的主要内容，改变了文学与“当下”的紧张关系，从而使文学的表达具有了极大的弹性，也深化了文学的文化内涵，拓展了它的思考空间。因此也可以说，那激进的思想潮流，在日常生活中逐渐趋于平和，它的战斗性传统在渐次削弱，而生活的柔和之风开始弥漫四方。

原载《文艺争鸣》1997年第4期

① 古华：《木屋，古老的木屋……》，载《中短篇小说获奖作者创作经验谈》，长江文艺出版社，1983年，第291页。

② 古华：《木屋，古老的木屋……》，载《中短篇小说获奖作者创作经验谈》，长江文艺出版社，1983年，第291页。

先锋文学的终结

“先锋文学”在中国是一个有具体所指的文学概念。在20世纪80年代后期至90年代前期，它曾在夹缝中艰难地生存，最终作为有力的文学潮流，终于完成了一场声势浩大的中国文学革命的策动。当“先锋文学”确立了自己在社会文学结构中的合法性地位，度过了“苦难的历程”并被社会普遍接受之后，“先锋文学”的使命即已告终结。今天来谈论它，事实上是在谈论一段业已消逝的历史，或是在谈论曾经给过我们激情和冲动的文学遗产。“先锋文学”之所以值得怀念，是因为作为一场文学运动，它不作宣告却有声有色地实施了一场“无边的挑战”。先锋作家和他们的阐释者、代言人，已成为那一时代的文学英雄被写入了切近的历史，他们创作的代表性作品和相关的理论，被后来者不断地做着类似“考古学”的研究；作为一种文学的意识形态，它已被广泛地认同。甚至可以这样说，是“先锋文学”最后摧毁了旧有的文学秩序。它所建立起来的文学意识形态，相对来说更接近文学的本质，因此也就更适于维护正当的文学生产。然而，近些年来，“先锋文学”这一概念和它的具体内容被注意的程度在渐次下跌，这不只是说，“先锋”的身影已逐渐远去，而是说“先锋文学”在悲壮地颠覆旧有的文学秩序的同时，也正被自己呼唤出来的“妖魔”所颠覆。

在以往的研究中，“先锋小说”“现代派小说”“新潮小说”等概念是可以相互置换的。但事实上，这些相互联系的概念具体所指的对象并不完全相同，尽管它们发生于大体相同的时段里。“现代派小说”是指刘索拉、徐星、残雪、刘西鸿等创作的《你别无选择》《无主题变奏》《苍老的浮云》《你不可改变我》等作品。这些作品，一般被认为与塞林格的《麦田的守望者》、凯鲁亚克的《在路上》、梅勒的《第二十二条军规》存在着源流关系。他们在主题选择和表现方法上，直接承继了西方现代派。因此，荒诞、变形、夸张等表现手法被广泛运用。在这些小说中，年轻一代不同于前辈的价值观念得以突出地强调。人物没有历史，被前辈夸大了的历史和价值标准对他们来说，不仅不具有支配性，而且从来没有被相信过。一方面，他们以愤怒的方式嘲笑了流行的价值标准；另一方面，也在无所事事和归宿难寻的痛苦中，表达了一种深刻的心理惶惑。“现代派小说”是“文革”结束后合乎逻辑的一种文化现象。它同诗歌所表达的“我不相信”的怀疑和愤怒精神，在思想气质上应同属一脉。虽然因这些作品引发了“真”“伪”现代派的争论，但它却开启了中国当代小说新的革命则是事实。

“现代派小说”创作并没有持续更长时间，与“先锋小说”的崛起并得到了更多的关注有直接关系。将“现代派小说”和“先锋小说”做出区别，是批评界在那一时期的重要贡献之一。如上所述，“现代派小说”更注重思想和精神上的表达，他们喷出的是“愤怒的火焰”。在这一点上，他们与20世纪50年代美国的金斯堡有许多相似之处。金斯堡抗议“繁荣昌盛”的美国，这个天堂般的神话在《嚎叫》中一无是处，年轻人的精神世界是个苦难的深渊。金斯堡将自己的感受复写后还给了现实世界。年轻人也在这样的表达中找到了知音。但这被夸大了的苦难书写，不仅没有缓释痛苦的感受，反而使它加剧了。完成了痛苦的“嚎叫”后，金斯堡也对年轻人的玩世不恭，“漠不关心是与非，真诚与虚假”，“对愚蠢和残忍持暧昧态度”等，表示了极大的不满。[①]同时他认为，文学的关键在于帮助人们不怀怨恨地理解当前的状况。它在多大程度上减轻人们的痛苦……不是责怪他人，不是把恐惧留给他人，不是造成新的苦难。“人类活动的意义一直都在于减轻存在时的痛苦。”[②]这一状况在中国的“现代主义”运动中又大体相似地重复了一次。刘索拉、徐星、刘西鸿们创造的激进、压抑而又徒有反抗姿态的人物，终于被概括为“嬉皮士”或“多余人”而“愤火冷却”。[③]

① 杰弗里·古德史密斯:《艾伦·金斯堡专访》，向阳译，载《创世纪》1993年第2期。
② 杰弗里·古德史密斯:《艾伦·金斯堡专访》，向阳译，载《创世纪》1993年第2期。
③ 王晓明:《潜流与漩涡》，中国社会科学出版社，1991年，第207页。

“先锋小说”与“现代派小说”的不同之处，就在于“先锋小说”更注重“形式”的探索，更强调小说是“叙事的艺术”，“形式的意识形态”受到先锋作家的普遍认同。上述提到的作家，一般被认为是“现代派”作家而不是“先锋派”作家。“先锋小说”的起点普遍认为自马原始。叙事的问题成为作家和批评家关注的焦点。罗布-格里耶、罗兰·巴特、博尔赫斯等人的创作和理论被先锋作家和批评家奉若神明。叙事理论是解读先锋小说最有效的金钥匙。于是，“零度叙事”“叙事的圈套”“有意味的形式”以及对西方叙事学的学习和阐释一时蔚然成风。余华、苏童、格非、孙甘露、叶兆言等在文体上的实验和处理故事的方式，是批评界最热心谈论的话题。应该说，“先锋小说”实现了让文学“回归自身”的努力。无论是政治文学所强调的政治与文学的支配与被支配的关系，还是“现代派小说”没有节制的自我膨胀，都在“先锋小说”这里被终结。但是，“先锋小说”事实上所实现的，也并非仅仅是“形式革命”。它所具有的意识形态含义，在下面的论述中得到了揭示：“它们对于‘内容’‘意义’的解构，对于性、死亡、暴力等主题的关注，归根结底不能与中国现实语境，与对于‘文革’的暴力和精神创伤的记忆无涉。笼统地说在‘先锋小说’家的作品中，寻找象征、隐喻、寓言，寻找故事的‘意义’都将是徒劳的……这种说法，并不是事实。只不过历史和现实的有关社会、人性的体验的记忆，会以另外的方式展开。不过，‘先锋小说’总体上的以形式和叙事技巧为主要目的的倾向，在后来其局限性日见显露，而不可避免地走向形式的疲惫。”[①]

“先锋文学”的出现，与两种现实语境相关：一方面，20世纪80年代中期政治文化开始落潮。读者在文学作品中试图寻找政治倾向或解答现实困惑的期待已经弱化，作家也不再以代言人或人民利益守护者的身份从事写作；他们的身份诉求是在另一种表达中体现的：20世纪80年代，赶超西方仍然是一个民族共同的情感愿望。在文学上，“走向世界”的口号不仅被视为是一种尊严的要求，同时还被赋予了一种“前赴后继”的悲壮感，它密切地联系着20世纪中华民族的痛苦记忆，因此它也理所当然地成为强势的文学意

① 洪子诚：《中国当代文学史》，北京大学出版社，1999年，第338—339页。

识形态。这是一种弱势文化的心态，但它的问题却为一种高昂的民族激情所“合理化”。在这种文学意识形态的昭示下，“先锋文学”一开始就陷入了与“现代派小说”创作相同的心态。他们首先要找到一个具有世界意义的经典性作家或范本，然后将其“东方化”。在不同的时期，几乎都有一个为“先锋文学”认同的文学英雄：马尔克斯、罗布-格里耶、博尔赫斯、卡尔维诺等，都曾是共同崇拜并热爱过的文学偶像。弱势文化是边缘文化，也是一种处于受压抑状态的文化。我们的这一文化处境不仅极大地伤害了我们的文化自尊心，同时也极大地激发了我们反抗和赶超的情感需要。“翻身解放”是我们熟悉并认同的真理意志。我们最不能容忍的就是压迫，无论是政治的还是文化的。因此，“先锋小说”背后，不仅示喻了对传统文学制度的解构，同时也从另一个方面表达了对强势文化的屈从。貌似自尊自强的文化要求，无意间又恰恰成为弱势文化自卑心理的佐证。

“先锋文学”的终结业已成为历史事实。它的终结不仅与先锋作家的分化有关，与全球化的文化处境有关，同时更与多元文化时代的各式新潮前卫文化的彼此消长起伏有关。“先锋文学”成就了一批声名显赫的作家，但是他们最初的影响还只局限于趣味相近的文学圈内。他们被广泛地认知和接受，显然来自电影家通俗化的“转译”工作，无论是《红高粱》《活着》，还是《妻妾成群》，如果没有这种通俗化的“转译”是不可能走进千家万户的。当“先锋文学”经历了这一通俗化过程后，先锋作家对待故事的处理方式基本上就离开了原来的立场。1989年，“先锋文学”的代表性作家余华，在《虚伪的作品》中说：“当我发现以往那种就事论事的写作态度只能导致表面的真实以后，我就必须去寻找新的表达方式。寻找的结果使我不再忠诚所描绘事物的形态，我开始使用一种虚伪的形式。这种形式背离了现状世界提供给我的秩序和逻辑，然而却使我自由地接近了真实。”这时的余华迷恋罗布-格里耶、普鲁斯特，并经常和国内的“文学先锋”讨论诸如叙述语言和思维方式的问题。他常常引用他们经典式的体会，用以表达对他们的敬意和折服。而余华这一时期的创作，对暴力、死亡或者复仇主题的处理都是极端化的。但他认为他“已找到了今后的创作的基本方法”[①]。十年之后，余华在《许三观卖血记》的《中文版自序》中，他又作了如下表述：“在这里，作者有时会无所事事。因为他从一开始就发现虚构的人物同样有自己的声音，他认为应该尊重这些声音，让他们自己去风中寻找答案。于是，作者不再是一位叙述上的侵略者，而是一位聆听者，一位耐心、仔细、善解人意和感同身受的聆听者。他努力这样做，在叙述的时候，他试图取消自己的作者的身份，他觉得自己应该是一位读者。事实也是如此，当这本书完成之后，他发现自己知道的并不比别人多。”[②]这时的余华说的几乎都是自己的体会。作为一个成熟的作家，余华不再把西方大师奉若神明，挂在嘴边。他尤其强调了小说人物，他的这一立场与此前是不尽相同的。余华自己也曾谈到他的变化：“我以前小说里的人物，都是我叙述中的符号，那时候我认为人物不应该有自己的声音，他们只要传达叙述者的声音就行了，叙述者就像是全知的上帝。但是到了《在细雨中呼喊》，我开始意识到人物有自己的声音，我应该尊重他们的声音，而且他们的声音远比叙述者的声音丰富。”[③]《许三观卖血记》是一部好评如潮的小说，对其肯定性的评价几乎超过了余华以往任何一部作品。不仅我们肯定余华在日常生活经验中激活了来自民间的历史记忆，对普通人生存及心理苦难的书写就是对真实历史的想象和复写，而且国外的传媒也以热情的笔调称赞：“作者以其卓越博大的胸怀，以其简洁人道的笔触，讲述了这个生动感人的故事。”[④]“显然，余华是唯一能够以他特殊时代的冷静笔法，来表达极度生存状态下的人道主义。”[⑤]这些评价已经远离了形式的意识形态，而更多地注意到了小说的故事和人物。“先锋小说”在20世纪90年代的变化，绝不是重返一个纠缠不休的文学命题的起点。但这一变化改变了“先锋”的性质。这是“先锋文学”终结的内在原因。

“先锋文学”终结的外在原因，一方面是全球化审美趣味的流行，一方

① 余华：《虚伪的作品》，《上海文学》1989年第5期。

② 余华：《许三观卖血记·中文版自序》，南海出版公司，1998年。

③ 余华：《99’余华小说新展示·自序》，新世界出版社，1999年。

④《许三观卖血记》封底评价，南海出版公司，1998年。

⑤《许三观卖血记》封底评价，南海出版公司，1998年。

面则是各种“文化带菌者”多发性制造时尚前卫的冲击。全球化是这个时代的主流意识形态，在经济领域它不仅是具有支配性的观念，而且已经诉诸实践。但所谓“全球化”事实上就是美国化。这不仅表现在美国对当今国际事务所具有的支配地位，表现在已遍布全球的“麦当劳”“肯德基”；更重要的是，美国因强权地位和经济地位与欠发达国家之间造成了文化交流的不平等。应该说，美国从第三世界国家拿去的都是他们的文化精粹，但美国流向这些国家的文化制品多是与“麦当劳”“肯德基”有相似性的快餐文化。这些文化批量生产，因其低廉的价格而大量地进入第三世界。文化交流的不平等不仅实现了美国的文化霸权意图，更重要的是，这些快餐文化极大地改变了第三世界文化消费的趣味。于是，即便是在中国，审美趣味也是向着越来越简单化、通俗化、平面化和形象化的趋向发展的。值得我们注意的是，“走向世界”的情感诉求并没有在向西方学习的过程中获得实现，现实提供给我们的恰恰是一幅“全球化”无处不在的卡通图景。

另一方面，前卫性的时尚，特别是在青年中易流行的文化时尚，因有了相对自由的生长环境，而不断地在商业化的推动下被制造出来。文化时尚并不是审美行为，而是追逐潮流的心理现象。在时尚中所追求的并不是审美体验，而是具有狂欢性的参与的快感体验。比如“网络文学”的兴起，尽管这一文学形式为每个人的参与提供了极大的可能，并具有空前的书写自由，但“网络文学”同样也有新的专制，同样也有“文化带菌者”的肆意妄为和有意设置的陷阱和圈套。但是，因为它是时尚，涉足这一领域不仅不会受到“文化带菌者”的怀疑，与之相反的是，参与者还会获得可资炫耀的置身潮流的身份。这也正是文化时尚的魅力和力量。

“先锋文学”终结的原因当然还可以总结出更多，但上述两个外部原因可能是不可忽略的。在消费文化盛行的时代，文学探索的命运也许只能如此。另一方面，“先锋文学”在它辉煌的时刻戛然而止，绚丽之极归于平寂，这于“先锋文学”来说，也许是最好的结局。

原载《文艺研究》2000年第6期

资本神话时代的无产者写作

全球资本一体化在今天既是一种无处不在的意识形态，又是一种支配全球生活的无所不能的现实力量。在中国，社会主义的性质没有改变，但这并不意味着社会生活的各个方面不会受到这种力量的宰制和影响，最明显的例子就是，无论是先前的“入关”、现在的“入世”，还是“国际金融资本”等，这些专用名词在日常生活中开始被频繁使用。语词的普遍流行已不仅是一种象征，在现实生活中，它将以观念的方式显示其巨大的力量。于是我们发现，在这样的语境中，中国作家的分化在20世纪90年代的后半期已经成为事实。资本的神话不仅使一些体制内的作家面对主战场因无所作为而归于平寂，同时也造就了像余秋雨、王朔这样的“传媒英雄”，资本神话的时代按照它的需要，毫无掩饰地抛弃了不具有市场价值的人，并举荐炫耀新的奇迹。真正的文学写作在这个时代已几近奢侈，但就在不得要领的纷纷议论和人心不古的世俗慨叹尚未尘埃落定之际，一个新的写作群体——被我命名为“无产者写作”的群体，潜伏已久之后突然浮出水面，并在社会上产生了广泛的影响。

在资本神话的时代，“无产者”是一个令人触目惊心的概念，仿佛它仍然是一个“打土豪、分田地”，杀人造反夺取政权的阶级群体。事实上，急风暴雨式的革命不仅已经成为历史，而且作为一个阶级，其战斗性也为资本的统治所逐渐覆盖。在当今的世界舞台上，一个阶级的存在及其意义，已远不如一个金融寡头或高科技超人更重要。因此，当文学家夸大其词地慨叹“边缘化”的时候，真正处于边缘的无产阶级已经不被作为问题谈论。但“无产者”毕竟是存在的，这里的“无产者”不仅指他们的现实身份、他们的资产状况，更重要的是指他们的精神和价值取向，他们作为分散的单个人对无产阶级文化遗产的某种继承，他们所关注的问题、人群、立场以及情感与无产阶级文化所建立起的历史联系等。

一、无产阶级文学终结之后及其命运

无产阶级文学，是20世纪最为重要的文学现象之一。这一文学不仅是以各种形式书写了全世界被压迫阶级的生存苦难，塑造了无产阶级革命、反抗的英雄形象，更重要的是，无产阶级文学从它诞生的那天起，就具有巨大的意识形态力量，并获得了底层人广泛的认同。最具代表性的就是由巴黎运输工人欧仁·鲍狄埃和里尔的产业工人皮埃尔·狄盖特合作完成的《国际歌》："起来！饥寒交迫的奴隶！起来！全世界受苦的人！""不要说我们一无所有，我们要做天下的主人！""富人不承担任何义务，穷人的权利是空话。"[①]《国际歌》揭示了社会不平等、不公正的事实，并以巨大的号召力推动了全世界的无产阶级革命。因此列宁在纪念欧仁·鲍狄埃逝世25周年时充满激情地写道："一个有觉悟的工人，不管他来到哪个国家，不管命运把他抛到哪里，不管他怎样感到自己是异邦人，言语不通，举目无亲，远离祖国——他都可以凭《国际歌》的熟悉的曲调，给自己找到同志和朋友。"[②]《国际歌》成了无产阶级革命文学最著名的范本，也最集中地表达了无产阶级文学的本质——无论它的作者具有什么样的出身和知识背景，他都必须为穷人、为无产者说话，并且为无产阶级最后夺取政权进行最广泛的社会动员。无产阶级文学在践约这一使命的过程中，形成了它的创作者的最重要的特征，那就是为人民、为无产者代言，为他们的翻身解放而创作。

要为无产者写作，不仅要有底层人的情感，同时还要有底层人的生活经验。列宁的"走出彼得堡"的劝告和毛泽东号召文艺工作者同人民群众相结合，被认为是无产阶级作家取得底层生活经验和情感的可靠途径。在这样文

① 欧仁·鲍狄埃:《国际歌》，载让·马雷、阿兰·乌鲁《社会党历史》，商务印书馆，1999年，第34页。

② 列宁:《欧仁·鲍狄埃》，《列宁全集》第36卷，人民出版社，1996年，第209页。

艺路线的指导下，那些来自底层的作家具有了其他出身背景的作家所不具备的先天优势。苏联的高尔基和中国的赵树理是这一文学无可替代的楷模。他们创作的充满了苦难的文学，极大地激起了底层人的复仇欲望，特别是歌颂无产阶级夺取政权过程的文学，更是“刀光剑影血流成河”。这对于要求翻身解放的底层人来说，不仅在阅读中获得了复仇的快感，而且也培育了他们对暴力的欣赏／接受趣味和倾向，因为暴力被赋予了革命意义，它不仅不会受到指责，反而成了革命英雄主义的主要表征。

到了20世纪末期，无产阶级文学衰落了，这自然与国际共产主义运动的命运相关，与无产阶级夺取政权后对这一文学的教条主义理解和要求有关。于是，在无产阶级文学不断衰落的同时，西方的文学潮流开始在东方兴起，这正如卢卡奇在分析西方哲学思潮在东方重被重视时所说的那样：“当社会主义国家的人们对斯大林主义歪曲马克思主义感到失望的时候，他们转向西方哲学，这是可以理解的，这很像一个遭到自己丈夫欺骗的女人倒入任何人的怀抱，道理完全一样。”但他同时又说：“从心理上说，我能够理解为什么今天的马克思主义者总是到西方去为他们的改革寻求支持，但是从客观上说，我认为这是不正确的。我认为，我们应该正确地理解马克思主义，我们应该回到它的真正方法上来。”[①]如果说卢卡奇作为一个马克思主义者，他的上述分析与他的思想信念相关的话，那么俄国的宗教唯心主义者弗兰克也指出了欧洲文化之信仰在俄罗斯的衰落过程：“当我们这些物质和精神都一贫如洗，失去了生命中的一切的俄国人求教于欧洲思想的导师之时，我们都惊奇地发现，我们没有谁可求教也没有什么可求教，甚至当我们自己总结我们不幸的痛苦经验、吞下我们自己的苦果之后，我们也许能教给人类某些有益的东西。”[②]这些思想无非是告知人们，对自己的历史与现实的认知，要远比求教于西方导师更为重要。

但是，就20世纪80年代以来的中国文学来说，却走了一条完全相反的道路，向西方学习的热情几乎在所有的文学新潮的文本中奔涌，而无产阶级

① 《卢卡奇自传》，社会科学文献出版社，1986年，第42、275页。
② 弗兰克：《俄国知识人与精神偶像》，学林出版社，1999年，第101页。

文学终结之后，那里是否还有值得我们继承的遗产，几乎无人提及。或者说，无产阶级文化在某种意义上已被等同于极左文化或“文化大革命”时代的文化。这一认同的背后潜隐着对新意识形态合法性的维护，它既无须承担任何风险同时又表达了时髦的拒绝姿态。另一方面，无产阶级文化经过市场包装之后，又在另一个意义上被空前利用。在文化市场上，“红色经典”又以奇观的方式被全面展览，它在被利用者赚取了大量的剩余价值的同时，又被装扮得怪里怪气，但它同样具有合法性。因此完全可以说，无产阶级文化在它的晚期所招致的悲惨命运，与两种市侩或投机分子对它的“妖魔化”是有关的。这是在清理无产阶级文化“问题”过程中出现的新问题，它之所以引起了我们的注意，就在于它“政治上正确”背后所隐藏的致命的庸俗。

二、无产者写作群体的出现

无产阶级文化的悲剧性结局是无可避免的，这与无产阶级夺取政权后的政治实践相关，无产阶级文化是无产阶级政治理想和实践的产物，它必然要受到这一理想和实践的规约。但是，作为一个相对独立的范畴，无产阶级文化在它的发展过程中又充满了复杂性：它在鼓吹、支持无产阶级暴力革命，胜利后又严厉批判异端的同时，也有力地揭示、批判了资本主义在合理化的掩盖下所造成的社会不平等；它能在相当长的时段里得到广泛的认同，与无产阶级文化所具有的批判精神、战斗性和理想主义是密切相关的。而后者也正是当下中国无产者写作群体所具有的主要特征。需要指出的是，当下中国无产者写作作为一个松散的群体，并非全面继承了无产阶级的文化遗产，而对无产阶级文化中的问题，他们恰恰是最有力的清算者和批判者。他们没有共同的宣言，也不是预谋已久的文化运动，因此也就没有旗帜，没有头面人物或精神领袖，在文化被彻底市场化了的今天，他们是彻底的边缘人物。他们几乎同时在两个方面作战：一方面他们要清理教条主义和文化专制主义对精神空间挤压的历史，清理非人性的文化对知识分子乃至整个民族心灵的巨大伤害；另一方面也要批判以白领文化为表征的今日时尚，并对无产阶级文化中值得继承、有价值的部分予以公开的张扬。这样，当下无产者的写作群体就既与“回到岗位”的职业写作有了区别，也与进军市场的白领文化写作有了距离。在充满了温情和甜蜜的文化时代，是无产者写作再次点燃了文化批判和精神批判的火焰；在学术越来越精致、创作越来越庸常的时代，是无产者写作显示了思想的重量和精神的魅力。

无可讳言，无产者写作群体大都有底层的生活经历，这种经历使他们与底层人建立了挥之不去的情感联系。就在无产阶级已被宣告获得了彻底翻身解放之后，摩罗曾在他的姨妈家同表弟共睡一张床，因表弟身躯高大而使摩罗的“翻身”成为不可能。而姨妈的家只是一间姑且称为“房子”的棚屋。他后来写道：“我遥想二姨妈的时候，依然只能想那个棚屋。对于我来说，那个棚屋是我了解中国城市，尤其是城市贫民的起点，正是那个棚屋里所展示出的艰难生活和屈辱人生，使我的底层经验完整起来——我不但懂得了乡下的底层，而且懂得了城里的底层。由于我的二姨妈像我们乡下所有父老乡亲一样卑屈苦难，我终于拥有了一个完整的底层中国。”[①]近年来在文学界引起广泛注意的青年批评家谢有顺，出生在两年前才通电、至今还未通公路的闽西山村，在全县最差的中学读书，初中毕业前竟不知道什么是共青团员。[②]青年学者旷新年出生于湖南农村，少年时代饱尝的都是饥饿，博士毕业后竟居无定所，住在办公室还常遭驱逐。中学教师王开岭“八年，孑然一身、居无定所、初级职称、微薄薪水、冷暖不清、饥饱参半……”[③]自由撰稿人杨竞为了生存曾烧过锅炉、当过小伙计。[④]而刘烨园、孔庆东、莲子、杨早等人，虽然不见得有过这样的苦难经历，但他们的出身背景并非“阔绰”则是可以肯定的。

指出无产者写作群体的出身及经历，并非是用“阶级论”或“血统论”的思想观念来指认他们与无产阶级的天然联系。事实上，当代中国作家，特别是那些已经蜚声文坛的作家，大多都与乡土中国或底层经历相关，但在他

① 摩罗：《耻辱者手记》，内蒙古教育出版社，1998年，第376页。

② 谢有顺：《我们内心的冲突·自序》，广州出版社，2000年。

③ 王开岭：《激动的舌头·后记》，中国电影出版社，2000年。

④ 豆豆：《砖的故事》，载杨竞著《林中响箭·序》，中国电影出版社，2000年。

们的写作中，苦难的底层生活已经被他们“浪漫化、神圣化、诗意化”[1]。他们所着力开掘的，是无产阶级和下层人民所具有的天然的革命要求，以及他们创造历史、引领生活的道德理想和破坏旧世界的巨大勇气。这种写作已被无产阶级的文化霸权所统领，虽然那里也不乏值得称道的优秀之作，但在无产阶级取得革命政权之后，这一写作所具有的鲜活生气已逐渐蜕去，概念化和它的说教诉求是他们对文学信以为真的理解。他们对自己曾经有过的底层生活的苦难经历丧失了正视的勇气，因此也就失去了写作本应具有的思想力量。

而无产者写作群体则不同，他们的底层生活不仅被他们如实记录，更重要的是，这也是他们观照世界和心灵重建的出发点。他们在正视个人现实处境的同时，又超越了对个人苦难的倾诉，而对人类的精神领地投入了更多的叩问和探寻。谢有顺说：“我每次回到乡下，看到一张张被苦难、压迫、不公正舔干了生气的脸，这些问题就会奇怪地折磨着我。这是一种内在的斗争，我对现实的矛盾、怀疑、追寻由此展开，而心灵一旦向这些事物开放，就会很自然地敏感到生活中每一个细节所传递过来的切肤之痛。”[2]

因此他需要写作的尊严，“真正的写作者不应该是地域风情或种族记忆的描绘者，他所面对的是人类共有的精神事务……”[3]而这一正确立场的获得，“首先来源于对自身存在处境的敏感与警惕，没了这一个，批评家必定处于蒙昧之中，他的所有判断便只能从他的知识出发，而知识一旦越过了心灵，成了一种纯粹的思辨，这样的知识和由这种知识产生出来的批评，就会变得相当可疑。我很难想象，一个人文领域的知识分子，可以无视自己和自己的同胞所遭遇的精神苦难”[4]。因此，在谢有顺的写作中，对精神事务的关注便成为核心内容，他激愤的追问和辩才无碍地表达，如洪水泄闸直向心灵奔涌而来，这是谢有顺写作的真正魅力所在。

摩罗一出现便被钱理群称为“精神界战士”，他承续上了“已经中断了

---

① 余杰语，见摩罗《耻辱者手记·序二》，内蒙古教育出版社，1998年。
② 谢有顺：《我们内心的冲突·自序》，广州出版社，2000年，第3页。
③ 谢有顺：《我们内心的冲突·自序》，广州出版社，2000年，第27页。
④ 谢有顺：《我们内心的冲突·自序》，广州出版社，2000年，第27页。

的精神界之战士的谱系”[①]。在摩罗的写作中，我们同样可以看到他对精神解放的顽强要求，对个体尊严不可换取的坚定维护。不同的是，摩罗一方面张扬着思想界的巨人，在想象中追随着赫尔岑、十二月党人、鲁迅、薇拉·妃格念尔、卢梭等，并对他们的当代中国学生极力举荐；另一方面，摩罗也痛切地抒发了自己非人的生存处境的体验，在人的尊严得不到起码的维护时，他感到了“耻辱”，他也因此而把自己的第一本书命名为《耻辱者手记》。他在《咀嚼耻辱》中说：“我们已经意识不到尊严的丧失，意识不到已经失去了改变一无所有的权利。我们已经没有了权利和尊严的意识，这是世界上最彻底最可悲的一无所有。”

摩罗的这一意识并非来自书本，“二十几年来，我始终与中国社会最底层的人们一起挣扎。在我的视野里，每一个人都是一部辛酸的苦难史。一看见他们，我就不能不想起闰土，想起华小栓的干咳声，想起祥林嫂，想起偷萝卜充饥的阿Q。这是怎样不幸的人们啊。他们在现实的社会生活中完全丧失了自卫能力和自救能力。谁来拯救他们？谁来为他们谋求利益？更有谁以人的意识来体味他们的痛苦，来新生他们的生存权利呢？”[②]无论是谢有顺还是摩罗，他们并非是某个阶级和群体的代言人，他们从来也没有这种诉求，他们只是通过对底层生活的深刻感知，表达了他们真实的生命体验，并以此为基础重建他们的精神信念并检视良知。值得注意的是，摩罗不是苦难诗性的书写者，他对人的生存和精神苦痛的揭示并未停留于心灵创痛的倾诉或宣泄，而是要唤醒人们对苦难的省察能力。因此他说：“仅仅懂得苦难是不够的。苦难本身并不含有与苦难相抗拒的因子。只有当我们从苦难中生起耻辱感时，才是对苦难的反思，才有可能起而反抗苦难，才使得苦难无法把人吃掉，并且才可能使人得到超越的升华。”摩罗虽然对底层人的苦难深怀悲悯，但他并不是一个民粹主义者，他的同情里又多有批判。他在分析比较俄罗斯和中国思想文化土壤时，指出了俄罗斯人所具有浓郁的人文气息以及

① 钱理群：《“精神界战士”谱系的自觉承续》，载摩罗《耻辱者手记·序一》，内蒙古教育出版社，1998年。

② 摩罗：《耻辱者手记》，内蒙古教育出版社，1998年，第192、206页。

坚定明确的历史良知、理性和血性。而在中国，“每一个农民都想发财，每一个地主都想着当官，地主不过是发了财的农民，皇帝不过是进了宫的地主。农民、地主、皇帝三者按着同样的精神信念和行为方式进行着走马灯式的交替和循环，就文化素质（价值层）而言，他们乃是一个统一的整体”。他借用杜亚泉的话说：“这些流氓无产者夺取政权后，无不迅速堕落，重蹈前朝覆辙，对社会组织的变更和民族生机的发展，无所助益。”这种对民族劣根性的批判，有别于现代中国左翼文化对底层民众想象神化的礼赞，而接续了鲁迅的传统。

还值得注意的是，无产者写作群体对俄罗斯思想文化所表达的敬意和向往。在他们的写作中，十二月党人、赫尔岑、薇拉·妃格念尔、托尔斯泰、索尔仁尼琴、帕斯捷尔纳克、叶赛宁、陀思妥耶夫斯基、爱伦堡等——俄罗斯的这些文化英雄和民族精英被那些无产者写作群体视为精神之塔，而他们在向这些精神偶像表达敬意和追随愿望时，所写出的文字是最动人和优美的。摩罗的《耻辱者手记》前三篇都与俄罗斯的思想文化相关，他写到了赫尔岑、女革命家薇拉·妃格念尔和别林斯基，这些早已被今日时尚忘记的俄罗斯巨人，在摩罗的笔下又重新焕发出了动人心魄的光彩。摩罗向往他们并为之深深动情。这时，这位深怀“耻辱感”的青年内心变得柔和起来。15岁的赫尔岑和他的朋友奥加略夫，在1827年某个黄昏郊游到莫斯科旁的麻雀山上时的情形，在摩罗那里是只可想象而难以亲临的，越是这样，这对摩罗来说就越有魅力。在读过巴纳耶夫的《群星灿烂的年代》之后，他竟然发出了“一个小小的愿望，就是希望那些支配我的人开开恩，将我恶狠狠地一下子支配到19世纪的俄罗斯去，哪怕是废除农奴制之前的俄罗斯也可以。虽然那里的阴曹地府可能会比这里冷，可那里至少还有巴纳耶夫式的主人对我和蔼，对我怜悯”①。摩罗对俄罗斯文化的认同与向往，在王开岭那里得到了发自内心的回应。在《激动的舌头》一书中，王开岭有一篇《俄罗斯到底比我们多什么》的文章，这是他读过摩罗的《巨人何以成为巨人》之后的感想。在这篇文章中，王开岭以摩罗式的热情讴歌了巨人诞生的文化土壤，

① 摩罗：《耻辱者手记》，内蒙古教育出版社，1998年，第194、129、24页。

“正因为俄罗斯之夜到处都闪烁着这些美丽的‘窗台’和星光般的民间英雄，那些黑雾中落魄的志士才不至于彻底绝望，事业才不致一败涂地，才有了屡败屡战、生生不已的底气……”[①]

这些遥远的异国历史被年轻人一再追忆，不只是表达了他们对今天“可恨的中国现状是，满街甫志高，遍地余永泽”[②]的不屑，重要的是他们没有忘记人类曾经拥有过的光辉时代。穿过历史的弥漫烟雾，这一光辉仍然照耀着这些年轻的心灵。谢有顺在谈到索尔仁尼琴写作《古拉格群岛》时，特别谈到了有人对索尔仁尼琴的劝告，说“让过去的过去吧”，还说“如果常常牢记过去，会失去一只眼睛的”。而索氏加上的一句却是：“这句谚语的下一半是，忘掉过去，你会失去两只眼睛。”[③]对苦难的不忘记是为了提醒人们历史不可重演，而对光辉过去的追忆则是为了让那些伟大的思想和传统能够得以承继。也许正因为如此，旷新年坚定地支持孔庆东为毛泽东说的公道话。孔庆东在《毛选的人格魅力》里，认为“毛泽东的文章是一种亮色，是阳光照满的一个空间”，“《毛选》有一种力量，这个力量是清清楚楚、明明白白的，不含糊、不暧昧。一定是自己特别自信、特别明白那个问题，才能用非常明快的语言表达出来，而这就是毛泽东的语言风格”[④]。孔庆东用平白的方式说出了他真实的体会，在旷新年看来：“90年代，能够平心静气地为毛泽东说句公道话的人是不多的，而老孔恐怕是这为数不多的人中的一个。不管老孔内心里对毛泽东有多少批评和不满，但并没有墙倒众人推、落井下石般地附和着去贬损毛泽东。这不仅是一种阶级感情，而且更重要的是一种人格独立和思想独立的力量的支持。”[⑤]而旷新年在另一篇文章《在亚洲的天空下思想》[⑥]中，更从理论上论述了毛泽东为现代中国所做出的巨大贡献。这些观点和言论业已被一些人命名为“新左派”，但那些只知道排队画线、

① 王开岭：《激动的舌头》，中国电影出版社，2000年，第308页。

② 孔庆东：《空山疯语》，中国电影出版社，2000年，第75页。

③ 谢有顺：《我们内心的冲突》，广州出版社，2000年，第8页。

④ 孔庆东：《空山疯语》，中国电影出版社，2000年，第75页。

⑤ 旷新年：《这是节日的疯狂》，打印稿。

⑥ 载《天涯》，1999年3月。

党同伐异的学院精英，是不能理解这些体认是如何获得的，因此也就无从来做比方。

无产者写作群体那深切的生命体验和内心的真切需要是不能替换的，他们没有明确自己的敌人，但在“无物之阵”的搏斗中，他们直接逼近的是自己的内心和灵魂。他们所有的要求，归结为一句话，就是说出真实的体会，并且重新回到常识，从而实现心灵的重建。

三、“超文体”写作中的理想情怀

文体制度是当代文学生产制度的一部分。从《人民文学》一直到各地作协办的文学刊物，其栏目几乎都是按照文体形式来划分的。这种统一的划分标准，背后隐含着文学生产制度的严格规约。但在无产者写作群体那里，虽然他们大都受过正规的文学教育和训练，但他们的文体形式已很难命名，它是随笔、政论、译论、散文、杂文的综合体，他们随心所欲，或是激愤地批判，或是优美地抒情，他们不按照传统文体形式的规范写作，显示了他们奔涌自由的写作心态。他们的文体本身，就是对传统文学生产制度的挑战和怀疑。

在这种超文体的写作中，几乎每个人都有一种强烈的理想情怀，在谢有顺那里，对理想主义的失落他表示了极大的忧虑：“本来，文学艺术品几乎是人类最后一个理想的代表了，它可以出示一个巨大的梦，从而让我们暂时忘却现世的痛苦。如果我们连这点最后的理想主义都失去，那我们就只剩下虚无主义了。现代人的精神危机不是来自生产和技术不够发达，也不是来自生活的需要尚未得到满足，乃是来自虚无主义这种无名力量的威胁。”[①]摩罗虽然没有用“理想”这个概念，但他所表达的意思与谢有顺几乎异曲同工：“文学虽然自古以来就立足在世俗生活之中，但它存在的依据却是灵对它的需要，这种需要就是批判和超越世俗生活，所以文学总是站在灵的角度观察世俗生活、审视世俗生活。好的文学作品总是如一杆大旗穿透世俗的尘雾、

① 谢有顺：《我们内心的冲突》，广州出版社，2000年，第70页。

高挂在灵的天空中，对精神的晦暗投一丝辉光，对精神的痛苦投一丝抚慰，为精神的发展寻找更多的途径、更广阔的空间。”[①]

王开岭甚至直接喊出了“文学为理想而战”的口号，他认为：“文学为理想而战！这已不是一句口号、一纸宣言，而是一种缄默悲凉的生命践行。”[②]不放弃梦想对他来说就是绝望中的希望。杨竞则用“心灵家园”指代他对理想的固守：“当时代竞相对钞票鞠躬尽瘁，当人们开始对浮华顶礼膜拜，失守的心灵百鸟朝凤般簇拥住这纸糊的偶像，哀鸿遍野、白旗蔽地，人性气息奄奄，自尊断了脊梁，一无所有的我们从尘土中孤独地站了起来，呼天抢地要求返回家园。”这个家园是“重建心灵，重建人与人之间美好的感情”[③]。这些对理想的执意坚持和需要，在今天的文坛已是空谷足音，它虽然不似“英特纳雄耐尔就一定要实现”那样悲怆，但却延续了无产阶级文学中的理想精神，听到这些声音，就仿佛又听到了来自历史深处的充溢着生命激情的呐喊。

无产者写作群体所表达的观念和情感，有悖于资本神话时代的意识形态。老黑格尔曾告诉我们，一个人在社会中接受的教化越多，他在现实社会中就越有力量。或者说一个人越是认同于作为主导思想的意识形态，他在该社会就越是游刃有余。在今天，资本作为最大的神话同时也是最具支配力的意识形态，能够在今天的文化市场无所不能，事实上就是已经领到了意识形态所签发的畅行无阻的通行证。无论是余秋雨还是王朔，他们作为资本神话时代的宠儿，不仅在于他们能够进军文化市场，同时还为这个时代做了“多样”的文化点缀。在这个意义上，无产者写作群体无疑是悲剧性的。但是，在这个红尘滚滚的时代，也许正因为有这样一个松散的写作群体的存在，当代文学才未失去最后的尊严。

原载《南方文坛》2000年第4期

① 摩罗：《耻辱者手记》，内蒙古教育出版社，1998年，第346—347页。

② 王开岭：《激动的舌头》，中国电影出版社，2000年，第18页。

③ 杨竞：《林中响箭》，中国电影出版社，2000年，第23—24页。

传媒与社会主义文化领导权

现代传媒的发展，已不只是科技神话，无所不能的现代技术和光怪陆离的资讯及想象的合谋，使传媒的整体形象正趋于“人妖之间”。一方面，它几乎无处不在地填充着日常生活，以尽其所能的方式为所有的人提供“满足”和欲望对象，在这个意义上，它似乎仅仅是看得见的可供选择的视觉符号；另一方面，也正是这些貌似“亲和”的符号，“不为人知”地改变和控制了人们的思维方式和生活习性，在这个意义上，它又是一只“看不见的隐形之手”。因此，传媒研究成为当下学界的一门显学，就不应将其看作是一种随波逐流的庸俗时尚。这个由印刷和电子符号构成的幻觉世界，使人们产生了生活仿佛被“故事”置换的虚幻感，在传媒中构成的那个世界不断地闪灭，可期望而不可指望的现代“故事”，就像街头广告一样，它若隐若现但并不属于你，同时，我们在传媒不间断的宣谕中又时常体验着快乐和需要。传媒带来的失落和满足，背后隐含的也就是对“文化帝国主义”的复杂心态。

现代传媒改变了传统的文化生产和传播方式，被称为“印刷资本主义”的早期现代传媒的出现，使人与人或群体与群体之间的交流，无须再面对面就可以实现。生产和交流方式决定的以地域而形成的流派，也代之以传媒为中心。更重要的是，传媒不只是工具，它是带着它的观念一起走进现代社会的。现代传媒在中国的出现，是被现代化的追求呼唤出来的，它适应了社会政治动员的需要，国家与民族的共同体认同，被现代传媒整合起来，或者说，是现代传媒推动或支配了中国思想文化的发展动向。那些与现代民族国家相关的观念和思想，正是通过传媒得以播散的。从这个意义上也可以说，传媒甚至成了某一时代的象征。比如“五四”与《新青年》、延安与《解放日报》、新中国与《人民日报》、“文化大革命”与“两报一刊”等等。因此，传媒被称为“一种新型的权力”[①]。这个权力不只是话语权力，在其传播的过程中如果为民间社会所认同，它也就获得了“文化领导权”。传媒和文化领导权的关系是密切地联系在一起的。

当然，问题远不是这样简单。在阿帕杜莱看来，“印刷资本主义的革命，以及由它释放出来的文化凝聚力与对话关系，只是我们现在居住的这个世界的一个作用有限的先驱”。当电子传媒统领了这个世界之后，虚假的“地球村”带给我们的矛盾则是：“一方面是个人与个人以及群体与群体之间的异化状态和心理距离，另一方面则是那种天涯若比邻的电子幻觉（或梦魇）。我们正是在这里才开始触及今日世界上各种文化进程的核心问题。”[②]因此传媒的复杂性可能是我们在当下情境中遇到的最大难题之一。这里所要讨论的问题与传媒密切相关，但我将重点讨论的问题，限定于传媒与中国社会主义文化领导权的关系上。

一

文化领导权的概念是葛兰西首先提出的。英语hegemony在中文的翻译中多译为“霸权”，如被普遍使用的“文化霸权”“话语霸权”等等。在这个意义上“文化霸权”同汤林森（Tomlinson）使用的“文化帝国主义”的内涵极为相似。在葛兰西的理论中，研究者和翻译者将其译为“领导权”是非常准确的。文化领导权就是“文明的领导权”，它是政治民主的根本原则，是民众同意的领导权。它不是意识形态的强制推行，也不是对某种政治文化的被迫忠于。因此，在葛兰西那里，“文化领导权”非常酷似“婚姻”和“合同”，它是以自愿的方式为前提并最终得以实现的。葛兰西这一理论的提出，原本是试图探寻出一条适合西方发达资本主义国家进行社会主义革命

① 阿尔君·阿帕杜莱：《全球文化经济中的断裂与差异》，陈燕谷译，见汪晖、陈燕谷主编《文化与公共性》，三联书店，1998年，第523－524页。

② 阿尔君·阿帕杜莱：《全球文化经济中的断裂与差异》，陈燕谷译，见汪晖、陈燕谷主编《文化与公共性》，三联书店，1998年，第523－524页。

的道路和策略的。在他看来，西方发达资本主义国家政权结构和革命胜利前的沙皇俄国的国家政权结构是非常不同的：在俄罗斯，（革命前的）国家包罗万象，代表一切，市民社会却是方兴未艾，呈现胶状冻结的状态。在西方国家与市民之间有着适当的关系，一旦国家根基动摇，则市民社会坚实的基础就显现出来。西方的国家只是城市外围的壕沟，在它之后屹立着堡垒围墙般的强有力的体系。因此，在发达的西方社会要进行社会主义革命，像俄罗斯那样仅仅通过"运动战"——用暴力夺取政权是不可能的。更有效的途径是应该通过"阵地战"的形式，在市民社会建立起关于社会主义的道德和文化的领导权。他的具体解释是："一个社会集团通过两条途径来表现它自己的至高无上的权力——作为'统治者'和作为'文化和道德的领导者'。一个社会集团统治敌对集团，它总想'清除'它们，或者有时甚至动用武力对它们进行镇压；它领导着与它亲近的和它结成联盟的集团。一个社会集团能够，的确也必须在取得政府权力之前已经在行使'领导权力'（这的确是赢得这种权力的基本条件之一）；当它行使权力的时候，接着它就变成统治力量，但是即使它牢牢掌握权力，也仍然继续'领导'。"①也就是说，社会主义在取得革命成功之前，必须取得文化领导权；在革命成功之后，并不意味着"领导权"永远掌握在自己的手中，它仍处在被认同的过程中，仍有旁落的危险。

在葛兰西的"领导权"理论中，"市民社会"是一个至关重要的概念。它是与"国家"不同的、属于上层建筑的概念。在他看来，强制、统治、暴力属于国家；而同意、领导权、文明则属于市民社会："现在我们固定两个主要的上层建筑方向——一个可以称为'市民社会'，即通常称作'私人的'有机体的总体，另一个可以称作'政治社会'或国家。这两个方面中的一个方面符合于统治集团对整个社会行使的'领导权'功能，另一个方面则符合于通过国家或'法律上的'政府行使的'直接统治'或指挥。"②在另一处

① 《葛兰西政治著作选（1921—1926）》，1978年伦敦版，第57—58页。载李青宜著《"西方马克思主义"的当代资本主义理论》，重庆出版社，1990年，第137页。

② 《葛兰西政治著作选（1921—1926）》，1978年伦敦版，第57—58页。载李青宜著《"西方马克思主义"的当代资本主义理论》，重庆出版社，1990年，第138—139页。

他又说："我所谓市民社会是指一个社会集团通过像社会、工会或者学校这样一些所谓的私人组织而行使的整个国家的领导权。"①因此，市民社会是指不受国家干预的相对独立的社会组织，没有市民社会，文化领导权也就不能诉诸实施。同样的道理，国家也并不等于强权政治，它还必须有为民众认同的伦理基础，这就是葛兰西所说的"道德国家""文化国家"。②葛兰西的这一理论，他自认为是来自列宁，在《马克思主义》一文中他说：领导权这一概念是由伊里奇负责（制定和实现）的。③研究界也普遍认为是来自列宁的理论，新近出版的著作还认为："'领导权'概念是列宁首先提出来的，他主要强调的是政治领导权，其核心是无产阶级专政，即通过暴力夺取政权。"④葛兰西的自述是令人费解的，因为在列宁的著作中根本没有出现过领导权（hegemony）这个词。而研究者试图用谱系的方法寻找葛兰西理论的来源，但其论证出来的结果恰恰说明了列宁理论与葛兰西的矛盾。也就是说，列宁强调的是无产阶级专政的理论，是暴力夺取政权的理论，而葛兰西所强调的是通过道德与知识在市民社会建立起文化的领导权。列宁是急风暴雨式的，是"运动战"，葛兰西是渐进式的，是"阵地战"。因此葛兰西与列宁不存在谱系关系。倒是意大利学者萨尔沃·马斯泰罗内在《对〈狱中札记〉的历时性解读》中，对葛兰西的理论来源做出了令人信服的解释。他说："葛兰西眼中注视着列宁的形象，但他心里一直牢记着马克思的思想。葛兰西的研究者们没有记住，马克思在《法兰西内战》英文版中不仅谈到'凌驾于市民社会之上的中央集权国家机器'，而且谈到'由市民社会和人民群众重新夺回国家权力'。"⑤因此，葛兰西的关于领导权理论的来源，毋宁说来自马克思更可靠。

① 《葛兰西政治著作选（1921—1926）》，1978年伦敦版，第57—58页。转引自李青宜著《"西方马克思主义"的当代资本主义理论》，重庆出版社，1990年，第138—139页。

② 《葛兰西文选》，人民出版社，1992年，第439页。

③ 《葛兰西文选》，人民出版社，1992年，第459页。

④ 周穗明等著：《新马克思主义先驱者》，中央编译出版社，1998年，第174页。

⑤ 萨尔沃·马斯泰罗内：《一个未完成的政治思索：葛兰西的〈狱中札记〉》，社会科学出版社，2000年，第14页。

文化领导权显然也是一种意识形态，但它是一种有别于“权力意志”的意识形态。马克思在《德意志意识形态》中说：“统治阶级的思想在每一时代都是占统治地位的思想。这就是说，一个阶级是社会上占统治地位的物质力量，同时也是社会上占统治地位的精神力量。”意识形态不但支配着物质生产，同时也支配着精神生产。重要的是这种意识形态又在不断地强制推行中，试图抹去它的“虚假意识”，并极力凸现它的“合理性”“普遍性”“永恒性”。在这样的意识形态支配下，对其认同的程度，也就决定了一个人在多大程度上进入社会。因此表达权力意志的意识形态也就成了一个人进入社会的“许可证”[①]，它与接受者的关系是统治与被统治的关系。但是文化领导权作为一种意识形态，是以市民社会的“同意”为前提的，它不是一种统治和支配关系。葛兰西在谈到“文化”时指出：文化不是百科全书式的知识，文化人也不是塞满了经验主义的材料和一大堆不连贯的原始事实的容器。文化不是这种东西，“它是一个人内心的组织和陶冶，一种同人们自身的个性的妥协；文化是达到一种更高的自觉境界，人们借助于它懂得自己的历史价值，懂得自己在生活中的作用，以及自己的权利和义务”[②]。但是“这些东西的产生都不可能通过自发的演变，通过不依赖于人们自身意志的一系列作用和反作用，如同动物界和植物界的情况一样，在那里每一个品种都是不自觉地，通过一种宿命的自然法则被选择出来，并且确定了自己特有的机体”[③]。在这个意义上葛兰西不是个“唯物论”者，他强调“人首先是精神，也就是说他是历史的产物，而不是自然的产物”[④]。葛兰西对文化的理解以及他对人的认识，构成了文化领导权理论的基础背景，也使他的理论成为关于人的解放的学说。人的解放的普遍要求也必将成为“指导”人们行动的意识形态。在这个意义上葛兰西的理论具有鲜明的道德/伦理色彩。这一看法也被葛兰西的革命实践所证实。他不仅积极倡导精神道德改革，而且还创建了一个“道德生活俱乐部”，这个俱乐部里充满了一种近乎宗教般的气氛。在他

① 俞吾金：《意识形态论》，上海人民出版社，1993年，第3页。
② 《葛兰西文选》，人民出版社，1992年，第5页，第237—238页。
③ 《葛兰西文选》，人民出版社，1992年，第5页，第237—238页。
④ 《葛兰西文选》，人民出版社，1992年，第5页，第237—238页。

看来，为了在意大利进行革命，必须首先造就新一代的革命者，而这样的革命者“能够做天性玩世不恭的意大利人不会做的事情，那就是献身于一项事业”[①]。葛兰西自己身体力行。《新秩序》周刊在他接管之前，因其内容多为文化性质的题材，对工人运动毫无影响。葛兰西接任主编之后，深入到工厂调查研究，改变了办刊思想，并以选举的方式将都灵的“厂内委员会”代之以“工厂委员会”。葛兰西认为：所有工人、职员、技术人员以及所有农民，总之社会上所有积极因素，都应当由生产过程的执行者变为生产过程的领导者，由资本家管理的机器的小齿轮变为主人公。[②]《新秩序》于是也成了“工厂委员会”的报纸。这便是葛兰西实施“阵地战”的具体实践，同时也是他关于人的解放的具体实践。

但是葛兰西的理论显然也有自相矛盾的问题。这不只是说都灵“工厂委员会”最后以失败告终，罢工最后导致了流血政治。而且在理论上他也遇到了难以解决的麻烦。在他看来，知识分子是统治集团实施社会领导权和政治统治职能的“帮手”，因此，统治集团必须拥有自己的知识分子，对于无产阶级来说，他们应该是新型的、有机的知识分子。这些知识分子必须和人民建立情感联系，并能促进整个社会的文化发展。这样他与人民群众就建立起了“良性循环”的关系，也就是“高明者”与“卑贱者”之间建立的永久性关系。“‘高明者’的任务就是回答（和适应）来自卑贱者的政治、社会和文化问题；卑贱者的任务则是按照民主政治的形式和规则提出这些问题。”[③]但是葛兰西的这一设想又与他另外的论述构成了矛盾。他曾有过关于“属下阶级”的重要论述，所谓“属下”也就是“从属”或“低一等”的处于社会边缘的集团或人群。他在《现代君主》的有关论述中也承认确实存在着政治生活中“支配与被支配，领导与被领导”[④]的事实。那么，领导权在诉诸实践

① 萨尔沃·马斯泰罗内：《一个未完成的政治思索：葛兰西的〈狱中札记〉》，社会科学出版社，2000年，第120、200页。

② 《新马克思主义先驱者》，第151页。

③ 萨尔沃·马斯泰罗内：《一个未完成的政治思索：葛兰西的〈狱中札记〉》，社会科学出版社，2000年，第120、200页。

④ 《葛兰西文选》，人民文学出版社，1992年，第5、237—238页。

的过程中，诸如“庶民”、lazzari（无业游民）、农民等边缘群体如何表达他们的“同意”呢？在诸如工会、教会、学校、行会、社区等市民社会组织中，又是谁在讲述“同意”呢？因此，葛兰西的文化领导权理论在后殖民的语境中，无可避免地会遇到问题。当面对那些丧失话语权力的人群时，斯皮瓦克揭示出了一个令人震惊的秘密：“属下不能说话。”[①]是话语权力的拥有者在“代表”属下说话，但他们不是在“再现”属下阶级的意愿和要求，而是“狭义上的自我表现”。属下阶级不仅没有机会表达他们的要求，甚至他们的“历史”也是被代言叙述的。如果将这个文化逻辑放大，那么葛兰西的“西方文化对世界文化的领导权”也已不能成立，东西方的文化关系，已是弱势文化和文化帝国主义的关系。

因此，葛兰西的理论被意大利的学者称为是“一个未完成的政治思索”，是非常确切的。在葛兰西的时代，他不可能想象六十年之后的世界图像，自然也不能想象东西方政治、经济、文化的差异和问题。但需要指出的是，葛兰西的“文化领导权”理论仍然对我们有着重要的启示意义。他虽然是通过研究西方发达资本主义社会结构寻找出的进行社会主义革命的策略，但我们在落后的中国革命历史进程中，却也发现了相似的问题。

二

在葛兰西看来，东方国家的强权专制性质，决定了无产阶级可以用暴力迅速夺取政权，也就是说，由于东方国家市民社会的微弱，不存在对抗革命的强大堡垒，无产阶级不必进行细致、漫长的精神和道德渗透，缓慢地夺取文化领导权之后才有可能夺取政权。在东方，无产阶级只要打碎了旧的国家机器，也就意味着夺取政权的完成。这与在西方资本主义社会进行社会主义革命是完全不同的。但是，中国革命的具体实践与葛兰西的这一设定，既有相似性，也有极大的不同。或者说，中国共产党摧毁旧的国家机器的时候，

① 加亚特里·查克拉沃尔蒂·斯皮瓦克：《属下能说话吗？》，载罗钢、刘象愚主编《后殖民主义文化理论》，中国社会科学出版社，1999年，第157页。

城市几乎没有起什么作用，但它的精神和道德的力量获得了包括知识分子在内的中国民众的广泛支持。在中国共产党革命成功之前，许多知识分子放弃了优裕的生活，或从家庭叛逃，或从国统区奔赴延安。这里除了个人要求和对传统中国生活方式的不满之外，与中国共产党的道德精神感召不能说没有联系。不然，我们也就不能解释陕北农民李有源为什么会创作出歌颂毛泽东的歌曲《东方红》了。

因此，美国学者莫里斯·迈斯纳在《中华人民共和国史》中，一方面热情地赞颂中国革命的象征性意义，说它不亚于1789年的法国大革命和1917年的俄国十月革命，其政治摧毁的范围和为社会发展的空前新进程开辟道路方面，也不亚于那两场革命。但是，值得注意的是："与法国革命和俄国革命不同，中国革命并没有一个突然改变历史方向的政治行动。中国革命没有一个像巴黎群众攻打巴士底狱或者像俄国布尔什维克党人在'震撼世界的十日'中夺取政权那样的戏剧性的革命事件。对中国革命家来说，并没有要攻打的巴士底狱，也没有要占领的冬宫。现代中国历史环境的特殊性提出了极为不同而且困难得多的各种革命任务。当中华人民共和国于1949年10月1日正式宣布成立的时候，中国革命家们已经展开并且赢得了那些摧毁旧秩序的战斗。10月1日在北京并不是一个革命暴力的时刻，而是变成统治者的革命家可以回顾过去并且展望未来的一天，那一天他们可以追溯和反思使他们掌权的那些斗争和牺牲的漫长岁月，展望他们国家的、充满希望的和平任务。在摧毁旧政权的几十年暴力革命期间，新国家和新社会的胚胎已经逐渐成长起来。"[①]这一描述隐含了两方面值得注意的内容：一方面，中国共产党是以暴力摧毁了旧的国家机器，但那漫长的革命岁月也孕育了"新国家和新社会的胚胎"。这一"胚胎"的形成和最后分娩，其过程就是中国共产党对文化领导权掌握的过程。不同的是，它不是通过葛兰西的"市民社会"，而是通过中国最广泛的民众实现的。当然，这一过程是十分复杂的，其间不仅有民众被动员组织起来之后极易形成的暴力倾向，也有民族战争中被伤害后

① 莫里斯·迈斯纳：《毛泽东的中国及其发展——中华人民共和国史》，社会科学文献出版社，1992年，第3页。

的“保家卫国”的正义要求。但值得注意的是，当民族战争结束之后，在同国民党的战争中，到处都出现了“支前”的民众队伍，在条件极其恶劣的情况下，是民众没有条件地支持了要“解放”他们的中国共产党。如果仅从民众缺乏理性，易于受“战时文化”煽动这一点来解释是没有说服力的。国民党掌握着国家机器，他们的“煽动”条件要远远优于共产党，民众为什么没有支持国民党？因此，我们就不能不从共产党的精神和道德感召上，去解释民众对它的认同和追随。

中国共产党的文化是“新文化”，这个文化的提出者和权威阐释者是毛泽东。在毛泽东还没有走向中国政治舞台中心的时候，他也像许多杰出的政治家一样办过传媒，试图通过传媒传播自己的政治主张。他于“五四”时期创办的《湘江评论》，虽然是湖南省学生联合会的会刊，但它气吞山河的气象不仅已经显示了毛泽东的政治抱负，而且也简单地构建起了他未来思想的雏形。在创刊宣言中，他提出了两个问题：一个是“吃饭问题最大”，一个是“民众联合的力量最强”。联合民众的目的是为了打倒强权。因此，号召民众造反，让被压迫者获得解放，是毛泽东建立新文化的出发点。要建立新文化，首先要批判旧文化，新文化虽然是个不明之物，但旧文化却是清楚的，“不把这些东西打倒，什么新文化都是建立不起来的”(《新民主主义论》)。在这种“破坏”的意识形态的支配下，凡是与“新文化”猜想格格不入的“旧文化”，都在批判和破坏之列。对于底层的民众来说，“破坏”的欲望只要稍加引导便可迅速点燃，并以百倍的仇恨去实现它。在这个意义上，“新文化”的领导权是通过中国最底层的民众得以实现的。值得注意的是，毛泽东对于“新文化”的阐释并不一定为民众所理解，他说：“所谓中华民族的新文化，就是新民主主义的文化”(《新民主主义论》)，“所谓新民主主义的文化，一句话，就是无产阶级领导的人民大众的反帝反封建的文化”(《新民主主义论》)。这种断裂式的文化变革，其内容是新民主主义、社会主义的，但形式却必须是民族主义的。对于没有文化的中国底层民众来说，要他们在理论上接受新民主主义和社会主义显然是困难的。这时，新文化的提出者为了让最广大的民众接受这一想象，在文化传播的过程中事实上进行了两次同步的“转译”：首先是将抽象的理论“转译”为形象的文艺，同时将“五四”时期知识分子个人主义的“小资产阶级”的语言和感伤、浪漫、痛苦、迷惘的情调“转译”为老百姓喜闻乐见的语言和形式。因此，“新文化”又可以解释为“革命的民族文化”，它要具有“民族的形式、新民主主义的内容”，它是“新鲜活泼的，为中国老百姓所喜闻乐见的中国作风和中国气派”的文化。在新文化的内涵被确定之后，一个重要的问题就是形式的问题：“谁来确定民族的本质内涵？由谁提出民族文化的语言？这个问题对于中国的知识分子来说，在20世纪30年代的民族危机中就已经很迫切；他们对‘古老的’精英文化和20世纪20年代的西方主义都抱怀疑态度。他们带着现代性在中国的历史经验中寻求一种新的文化源泉；这种文化将会是中国的，因为它植根于中国的经验；但同时又是当代的，因为这一经验不可避免地是现代的。不少人认为‘人民’的文化，特别是乡村人民的文化，为创造一种本土的现代文化提供了最佳希望。”[①]这一资源后来衍生出了有关“新文化”的一系列理论。应该说，这是一条建设“新文化”的卓有成效的途径。在迈向这条道路的过程中，白毛女、小二黑、李有才、王贵与李香香、开荒的兄妹等，这些活泼朗健的中国农民形象，不仅第一次成为文艺作品的主人，更重要的是，他们对于实现最广泛的民众动员起到了难以想象的作用。那一时代，共产党有了相对稳定的根据地，毛泽东也可以抽出时间亲自过问他历来重视的传媒问题。1941年5月16日起，中央决定将延安的《新中华报》和《今日新闻》合并，出版《解放日报》。毛泽东不仅为报纸写了七份“解放日报”报头供报社选用，而且亲自撰写了《发刊词》，亲自给报社社长打电话，并且亲自撰写社论，甚至亲自校对报纸清样。后来有人回忆说，延安《解放日报》出版6年，毛泽东为报纸写的按语最多。[②]这些细节足以说明毛泽东对传媒和文化权之关系的深刻理解。但是，在战乱的年代，对于落后的中国民众来说，即便是有能力读报纸的人，也是相当有限的。因此，街头诗、秧歌剧、朗诵诗、黑板报、战地通讯等，这些相当原始的传媒所构建的

① 阿瑞夫·德里克：《现代主义和反现代主义——毛泽东的马克思主义》，载萧延中等编《外国学者评毛泽东》第1卷，中国工人出版社，1997年，第217—218页。

② 黎辛：《毛泽东与延安〈解放日报〉》，载《纵横》1997年第11期。

公共空间，却因它的民族形式有效地提高了它的传播效率。

毛泽东的新文化观念，正像后来有的研究者指出的那样："对普通民众——他们绝大多数是贫困的，没有文化，受剥削和压迫——的价值观和愿望，怀有一种偏爱，显然是政治上的缘故。他认为，这些人，正是中国潜在的革命者。"[①]这的确是一种政治上的缘故，但是实现这一政治目标的内在动力，对于民众来说则是"偏爱"中蕴涵的道德力量。

在毛泽东处理现实和展望未来的所有表达中，他都毫不犹豫地站在了民众一边。他对民众运动的热情赞颂，对农民思想品质的想象性构造和倾心认同，都使知识分子相形见绌。而且，知识分子在"五四"时期建立起的"个人主义"在与农民的比照中，已经成为不可容忍的内部异己。在葛兰西那里，他对"有机知识分子"是十分重视的，因为他们负有回答"卑贱者"提出的问题的义务。但是，在毛泽东那里，知识分子并不负有这样的义务。准确地说，他们没有资格，或者说在毛泽东看来他们也没有能力来承担这个任务。能回答这些问题的只有毛泽东一个人，知识分子只负有阐释和宣传的义务。因此在现代中国革命史上，只有毛泽东才是革命的导师，只有他才是真正的理论家。也正是在这样一种不作宣告的规约和语境中，毛泽东才成为具有"超凡魅力"的领袖。我们还注意到，当民众的精神和道德在毛泽东的想象中被成倍地放大直至近乎完美之后，对精神和道德的追随，事实上也就被置换为对民众的想象和追随。中国现当代文学史上的经典作品所塑造的可效仿的"典型人物"，几乎无一不是农民，或者是农民出身的军人。他们纯粹、透明、乐观，充满了理想主义和英雄主义。这种"新文化"所期待的人物，在毛泽东自己的作品中，就是张思德、白求恩和愚公。这些人物在毛泽东的热情赞颂和诗性表达中，显示了道德理想无可抗拒的巨大魅力：张思德是为人民的利益而死的，他的死比泰山还重；纪念白求恩，就是要学习他毫无自私自利之心的精神，"一个人的能力有大小，但只要有这点精神，就是一个高尚的人，一个纯粹的人，一个有道德的人，一个脱离了低级趣味的

① 王衮吾：《作为马克思主义者和中国人的毛泽东》，载萧延中等编《外国学者评毛泽东》第1卷，中国工人出版社，1997年，第139页。

人，一个有益于人民的人”；而愚公挖山不止，坚忍不拔，充满了战胜自然的乐观精神，等等。这些精神一起构成了道德理想的内涵。在文学艺术领域，“新的人民的文艺”也以人民群众喜闻乐见的形式，建构起了新文化的道德理想的形象谱系。这些表达道德理想的形象在民众那里获得了广泛的认同，因为他们是和人民的“解放事业”紧密地联系在一起的。因此，在1949年10月1日中华人民共和国宣布诞生之前，中国共产党在民众那里就已经获得了文化领导权是没有疑问的。

三

中国共产党在取得政权之前就已经获得了文化领导权，不仅反映在民众的倾心认同和追随上，甚至自由知识分子也清醒地认识到这是大势所趋。抗战胜利后，自由知识分子储安平虽然对共产党在短期内掌握政权还缺乏足够的信任，但他仍在《客观》上放言：“假如中国能真正实行民主，共产党在大选中获得的选票和议席，为数恐不在少。”[①]这种理性的分析，自然是根据共产党的所作所为给出的。应该说，在延安时期，除了对知识分子的“个人主义”和被怀疑的“异己”分子，给予了“残酷斗争，无情打击”之外，对来自民众的声音还是能够认真听取和对待的。边区征收公粮，从1939年到1941年，由5万石、9万石到20万石，年年大幅度增长，1942年还没有公布征粮数字，群众的不满情绪就已经公开流露了。1941年6月，边区政府召开县长联席会议，天下大雨，会议室突然遭到雷击，县长李彩云被击死。事后一个农民说：老天爷不长眼，咋不打死毛泽东？问这位农民为什么？他说公粮负担太重了。毛泽东听到后，说农民交公粮，还要交公草，还要运输公盐，负担确实很重，建议研究减轻群众负担，并提出了丰衣足食，自力更生，开展大生产运动的号召。那位骂毛泽东的农民不仅检讨了错误，而且还要代毛泽东交个人的生产任务。[②]这样的民主作风受到人民的欢迎是在情理之

① 储安平:《共产党的前途》，载《客观》第4期。

② 黎辛:《毛泽东与延安〈解放日报〉》，载《纵横》1997年第12期。

中的。共产党在这一时代的领导权也就是人民“同意”的领导权。

进入中华人民共和国之后，进一步使社会生活纯洁化的运动在全国范围内展开，禁娼禁毒，“三反”“五反”，惩处反革命，抗议帝国主义罪行，成立高级社，对城市工商业的社会主义改造等，建立并巩固了更纯粹的社会主义、集体主义的道德观念和理想。在“跑步进入社会主义”的狂欢庆典中，不仅工人、店员、手工业者深怀发自内心的喜悦，就连上海市的不苟言笑、举止沉稳的资本家也穿着西服扭起了秧歌，他们的家属拿着鲜花跳起了集体舞。“红色资本家”荣毅仁与记者有这样一段对话：

记者：您作为一个资本家，为什么选择了社会主义道路？

荣毅仁：是的，我是一个资本家，但我首先是一个中国人。昨天，我的全家都出动了。我的爱人出席了全市工商界家属代表会议，她参加这次会议的筹备工作，已经忙碌好多天了；我的弟弟出席了工商界青年代表会议，他还要去北京参加全国工商界青年积极分子大会；我的三个在中学念书的孩子出席了工商界子女大会。他们都在上万人的大会上讲话，拥护共产党，感谢毛主席，不仅喜欢社会主义，还盼望早点实现共产主义。

记者：消灭剥削，废除资本主义制度，对于您失去了什么？得到了什么？

荣毅仁：对于我，失去的是我个人的一些剥削所得，它比起国家第一个五年计划的投资总额是多么的渺小；得到的却是一个人人富裕、繁荣强盛的社会主义国家。对于我，失去的是剥削阶级人与人之间的尔虞我诈，互不信任；得到的是作为劳动人民的人与人之间的友爱与信任，而这是金钱买不到的。因为我积极拥护共产党和人民政府，自愿接受改造，在工商界做了一些有利于社会主义的工作，我受到了政府的信任和人民的尊重，得到了荣誉和地位。从物质生活上看，实际上我没有失去什么，我还是过得很好。[①]

---

① 宋强、乔边等：《人民记忆50年》，甘肃人民出版社，1998年，第118—119页。

这就是社会主义道德理想不可抗拒的魅力。但也正是在同一时代，另一种倾向也在悄然地发展着。这就是毛泽东不断发动的对于知识分子思想的整肃运动。毛泽东对知识分子似乎总是缺少信任，一方面他希望知识分子能够真诚地走向革命的道路，帮助共产党实现建立现代民族国家的整体目标。因此当知识分子表达了向往革命愿望的时候，毛泽东是可以礼贤下士的。延安时期，毛泽东与丁玲、艾青、萧军、舒群等文化人的交往，都表明了毛泽东的胸怀和气度。但是，当知识分子表现出另外一种性格的时候，毛泽东则会毫不犹豫地抛弃他们。在毛泽东看来，知识分子的“不洁”是与生俱来的，他们时不时就会翘起尾巴，他们只会夸夸其谈。毛泽东对知识分子的恶劣成见，很可能与他对王明教条主义的痛苦记忆有关。在王明之前，他似乎还没有表现出对知识分子情感上的怨恨。这一痛苦记忆仿佛使他从骨子里认清了知识分子的劣根性。因此，中华人民共和国成立以后历次思想批判运动几乎都是以知识分子为对象的。不仅对党内知识分子不断地进行整肃，就是对党外的知识分子的不同意见，毛泽东也开始丧失了倾听的耐心。1953年，毛泽东与梁漱溟的交恶，典型地表现了“文化领导权”向“文化霸权”的转化。在政协扩大会议上，周恩来作关于梁漱溟问题的长篇报告时，毛泽东不断插话，说跟他这个人打交道，是不能认真的。他这个人没有逻辑，只会胡扯。并说他是个用笔杀人的伪君子。这一情形与延安时期能认真倾听一个农民的怨恨漫骂相比，已经是恍如隔世了。

值得注意的是，历次思想整肃运动，都要通过传媒播散到全国，无数次的重复使几乎所有的人都坚信了传媒的真理性，因为所批判的对象有悖于正在建构的社会主义道德。没有人会怀疑批判《武训传》、胡适、俞平伯、胡风、右派等的政治复杂性。而这时的传媒已经完全在国家的控制之中，民间的、同人性质的报刊已经被全部关闭。甚至黑板报、标语乃至民间文艺等在民间传播的媒介，也因流于对主流传媒的简单“转述”而形同虚设。在不断的整肃过程中，一方面建立了新的社会秩序，进一步纯洁了社会主义的道德，一方面也确立了毛泽东无可替代的权威地位。1961年9月，蒙哥马利元帅访华时，他曾以“不引人注意的方式”突然向普通中国人提问“最拥护谁”时，得到的回答无一例外的是“毛泽东”。这种心态是“唯一”的。因为他们相信，毛泽东就是真理的化身，是人民利益无可怀疑的代表，他一个人的思想足以处理所有的公共事务和问题。这种绝对的“文化领导权”虽然仍被人民“热烈地赞同”，是因为作为“属下”的人民已别无选择。“属下”在这时是不能说话的。但是，就在这一领导权达到极致的时候，也正是危机到来的时候。“文化大革命”在这样的基础上展开，也同样因这样的基础而失败。社会主义道德在不断地净化中演变为一种道德的宰制力量，它不再是一种询唤和感召，而变为一种向人性和道德宣战的实践。社会道德的净化，是以排除全部日常生活为代价的，任何与人相关的情感和欲望，都被视为是“不洁”的和不道德的。这时，“文化领导权”事实上已为占统治地位的意识形态所替代。这是道德理想走向幻灭的重要原因之一。

四

“文革”结束之后，社会主义文化领导权开始了重新建构。它在形态上改变的标示，是将强烈的道德理想追求转变为现实的物质积累。激进的“新文化想象”在以经济建设为中心的意识形态覆盖下，几近自行崩解。值得注意的是，无论是道德精神的渗透，还是转向经济建设，对于中国更广大的人民来说，他们都是首先从传媒上获得消息的。美国学者曾不无夸耀地说，由于中国传媒的神秘性，“美国的学者发展了许多技术，以严密的方法去‘破译’中国报刊里的‘密码’。例如，研究上层政治的人要审慎地盯住那些高层领导人在《人民日报》上的公开露面、消失，在照片上的排列顺序，领导人常常提到的口号的变化，以及领导人的职务变换”①。而对中国的普通民众来说这早已不是什么秘密，因为国家控制的报纸和其他传媒是获得各种消息的唯一来源。

但是，随着改革开放不可遏止的发展，市场经济必然要为传媒带来相对广阔的生存空间。各种传媒不同的目标和利益关怀，使社会主义文化领导权

① 王景伦：《毛泽东的理想主义和邓小平的现实主义——美国学者论中国》，时事出版社，1996年，第10页。

有了重新阐释的可能。它具有的“不确定性”，我们可以将其称为“后社会主义文化领导权”。这种重建的文化领导权，分解了“文化霸权”的一体化统治。这既符合“弘扬主旋律，提倡多样化”“建设有中国特色的社会主义”的主流意识形态的要求，同时也适应了冷战结束后实现国家新的战略目标的需要。特别是进入20世纪90年代之后，各种传媒包括权威传媒的变化应该说是前所未有的。但需要指出的是，它的开放性和宽容度还仅仅限于市场号召和消费主义的引导。利益的驱动已经不加遮掩，娱乐性节目和报刊有惊人的收视效率和发行量，而它的背后则是巨额的商业广告在拉动。特别是白领趣味的媒体，它们事实上已不关心读者的真实需要，它在悄然地改变着年轻人的生活观念，培育着他们狂热消费、享乐欲望的同时，所做的一切都是为了迎合广告商人或跨国投资者的趣味，因为广告收入已成为进入市场的传媒的主要利润来源。它在无情地将思想文化性和不具有市场号召力的传媒挤出市场的同时，也以其对现实问题的拒绝触动而获得了“合法性”。事实上，它的意识形态宣传从来也没有停止过。因此，一种隐形的支配正在形成新的文化“领导权”，这也正是当下学界密切关注的“全球化”问题的表面形式之一。

因此，当社会主义文化领导权的危机在重建中得以缓解之后，我们所面临的恰恰是一个被放大了的文化逻辑：即文化帝国主义试图实现的全球一体化的文化统治。所谓“全球化”事实上就是美国化。这一逐渐实施的美国文化战略，不仅引起了第三世界知识界的广泛关注，同时也引起了其他发达资本主义国家的密切关注。所谓“资本主义反对资本主义”，也正是在这样一种语境下发生的。因此，在重建社会主义文化领导权的过程中，对“文化帝国主义”和传媒政治的警惕显然是十分必要的。

原载《山花》2000年第6期

“伤寒玛丽”与“文化带菌者”

1907年，美国华盛顿特区生物学会的会员们被告知，第一例已知的“慢性伤寒菌传播者”或“健康带菌者”被发现。这个“带菌者”的名字是玛丽·玛尔伦——一个爱尔兰的女性移民，她的职业是一个家庭的厨娘。这个不幸的女人将背上“伤寒玛丽”的恶名受到追踪、注意和调查。于是，在偶然发现这个“带菌者”的同时，也出现了社会控制和“带菌者”的两种叙事，并生成了一个探讨和利用这一事实且特征和特性清晰可辨的特殊故事。在政府卫生部门看来，这是一个明处荼毒人口、暗中威胁社会秩序的传染疾病。为了社会的健康，医学群体和媒体联手合作，媒体支持的医学理论将成为以科学为基础的社会政策，并为处理这一事件的正当性提供了合法的舆论和社会条件。而“伤寒玛丽”却以“无辜者”的抗拒匿名潜逃了。[①]

“伤寒玛丽”的故事对于大众文化来说，是一个完整的隐喻。大众文化的过去和现在从来都被视为“带菌的文化”，它在夹缝中生存并腹背受敌。主流意识形态认为这种文化类型里经常含有的“不健康文化”，于社会来说是有害的，它普遍流行的后果无疑与“伤寒病菌”相类似，作为文化疾病，尤其对青年的毒害更是后患无穷；在知识分子文化看来，这是一种“低俗的文化”，是与学院文化和经典文化不能相提并论的文化垃圾。在这样的叙述中，我们可以再次想到大众文化与“伤寒玛丽”的相似性关系：玛丽的身份是一个“爱尔兰移民”，她不是美国本土公民，作为一个外来的“他者”，她的身份本来就是可疑的，或者说，她的“不洁”与她的身份先天地联系在

① 普利西拉·瓦尔德：《文化与带菌者——“伤寒玛丽”与社会控制科学》，载王逢振主编《怪异理论》，天津社会科学出版社，2000年。

一起；作为“爱尔兰人”，种族的问题也隐含于“带菌者”的叙述中，或者说，“伤寒病菌”是外来的，对于美国的沙文主义者来说，他们顿时拥有了另一种恐慌。一位医学博士在一篇文章中曾这样写道：“从去年好几个星期到今年冬天，亚洲霍乱光顾了欧洲人民，在俄国尤其如此。每天早晨，美国的读书人、领导人、杰出的务实家，还不包括像小鸟一样早早起来翱翔的自由人以及所有诸如此类的人，这些美国公民们一边浏览报纸，一边为那些遭受着痛苦的不幸者感到悲悯，他们因为无知和懒散而不得不承受痛苦。美国公民像往常一样，在早餐的咖啡杯面前庆幸自己没有像那些盲目的、糊涂的、迷信的帝俄农民一样无可奈何地承受和死于霍乱。这样美滋滋地思索着的美国公民在他的某个阈下意识层上搁置了或不再考虑美国的伤寒病。”[①]在这样的叙述中，美国幻想的安全感和优越感跃然纸上。但是，“伤寒玛丽”使美国和帝俄农民的区别变得困难和复杂；性别歧视也同样隐含在“伤寒玛丽”的叙事中。这个爱尔兰女性因这个恶名而被妖魔化。她被描写成一个丑陋的女人，一个壮实得如同男人一样的女人，一个同肮脏的男人睡觉的老处女。在这样的叙述中，“伤寒玛丽”的恶名被一再放大，于是她也就成了一个十恶不赦的“带菌者”。

大众文化的一再争论和不被信任，源于意识形态和经典文化的优越感，就像美国沙文主义面对亚洲霍乱一样。意识形态的秩序和国家民族关怀叙事以及知识分子经典文化信仰，使处于边缘的大众文化不仅在文化“等级”上倍受歧视，而且因其对文化尊严的冒犯也始终难以确立其合法性地位。大众文化一旦被指认为“带菌”之后，它动荡不定的“身份”和命运就几乎是宿命的。在学院经典文化维护者那里看来：大众文化是“通俗的（为大众欣赏而设计的）、短命的（稍现即逝）、消费性的（易被忘却）、廉价的、大批生产的、年轻的（对象是青年）、诙谐的、色情的、机智而有魅力的恢宏壮举……”[②]这些特征以凯旋的方式颠覆了传统的文化支撑点，并以“文化幻

① 普利西拉·瓦尔德：《文化与带菌者——“伤寒玛丽”与社会控制科学》，载王逢振主编《怪异理论》，天津社会科学出版社，2000年，第17页。

② 丹尼尔·贝尔：《资本主义文化矛盾》，三联书店，1989年，第120、90页。

觉”的方式制造了新的意识形态。用麦克唐纳的话说：“大众文化的花招很简单——就是尽一切办法让大伙高兴。”[①]这些文化英雄主义的判词，使大众文化命定地成了文化结构中的丑角。然而，这一揭示对中国大众文化来说却并不全然有效。

20世纪以来，大众文化在中国经历了一个极为复杂的历史过程，或者说，不同的政治、文化诉求，都在大众文化这一领域有所表达。因此对大众文化的讨论、改造、转换，从来就没有终止过。对大众文化的讨论，最为经典的起码有三次。第一次是“五四”时期。在民族危亡、西学东渐的社会背景下，先觉的知识分子要推翻旧文学建立新文学，要把贵族的文学还与平民。胡适的“八事”主张、陈独秀的“三大主义”、周作人的“平民文学”等，主张重建的都是“通俗行远之文学”、“明了通俗”的“社会文学”和“普遍”“真挚”的文学。这一时期的讨论隐含着明确的新文化要求和想象。它密切地联系着近代以来建立民族国家的神话和梦想，但还于平民的文化实际上是在知识分子的诉求和想象中展开的，它所表达的情感、内容以及痛苦、感伤、迷惘的情绪，与大众并没有关系。即便他们写到了“人力车夫”，但仍然是居高临下的“乘车人”。

第二次讨论的意义尤为重大。20世纪二三十年代之交的“文艺大众化运动”及其讨论，在革命文艺家内部几乎延续了10年之久，并为《在延安文艺座谈会上的讲话》所制定的“文艺为工农兵服务”的文艺方针提供了文学理论的背景。这一方针的提出，成为半个世纪以来文学艺术所遵循的准则和尺度。而这里隐含的明确的政治意识形态业已成为不争的共识。应该承认，上述两次讨论尽管有明确的意识形态目标，但却有着无可争辩的历史合理性。从某种意义上说，它作为主流话语达到了倡导者设定的期许。百年来中国动荡的社会处境，使所有的有关文学艺术的讨论和期待，难以诉诸纯粹的文学范畴而不得不负载着更为沉重的社会性内容。国家民族危亡的述说和救亡的吁求在这些大众化的作品中得到了广泛的表达。知识分子或文学艺术家也正是或只有通过这一形式来表达他们对社会生活的介入和关怀。中国知识分子

---

① 丹尼尔·贝尔：《资本主义文化矛盾》，三联书店，1989年，第90、120页。

和文艺家们的幸与不幸全部都隐含于这一矛盾和说不清的情境之中。但是，这一情况也已说明，我们所讨论的“大众文化”的内涵不仅在不同的时期有所不同，同时它与作为一个文学艺术的类型概念也不完全相同。在西方，大众文化包括多种含义：它可以是为大众的文化或出自民间的文化。在形式上，它是指歌谣、诗歌、写实的或形象生动的故事、浪漫故事或忏悔录，诙谐小说或沿街兜售的诗文小册子，西部小说、恐怖小说、科学小说或幻想故事，寓言和讽刺小品、劝善画册、连环漫画和画页，甚至图画明信片。也可以用于指某种新闻文字，还包括戏剧文学的整个领域，从独角戏、小型喜剧到未经删节的戏剧。而它的作用则是“仅供消遣”①，但中国大众文化的上述讨论，并不是在这一范畴内展开的。无论大众化还是“化大众”，它更多指涉的是一个“为什么人”的文化意识形态问题。

但是，值得我们注意的是，大众文化的两次讨论，不仅实现了旧文化向新文化的转变，同时也实现了知识分子话语向民间话语的“转译”。在这个文化语境中，中国的文艺家第一次创作出了活泼朗健的中国农民和士兵的形象。它对于实现战时的民众动员，让最广泛的民众参与救亡图存的民族自救，起到了难以估量的作用。因此，动荡时期或战时的大众文化讨论，在清除“带菌文化”的同时，它的建设性应当是更重要的。然而，这一文化意识形态成为主流之后，却也带来了两个始料不及的后果：一是农民文化及其趣味的普及，在这次讨论之后，诞生了中国文化史上的第一批“红色经典”，值得注意的是，这些作品的产生，是在1938年“文章下乡”和1942年“走向民间”的背景下完成的。周扬肯定《小二黑结婚》时说：“作者在作任何叙述描写时，都是用群众的语言，而这些语言是充满了何等魅力啊！这种魅力是只有从生活中，从群众中才能取到的。”②然而这里的“群众”事实上就是农民。包括《小二黑结婚》在内的一些作品，在实现向农民文化转移、倾斜的过程中，在表意策略上也同时实现了向旧文化的某种妥协。或者说，这些农民喜闻乐见的作品，在结构形式上所沿袭的仍然是“才子佳人”“英雄

① 《简明不列颠百科全书》第2卷，中国大百科全书出版社，1985年，第414—415页。

② 王晓明等：《旷野上的废墟》，载《上海文学》1993年第6期。

美女”的模式。小二黑、小芹，刘巧儿、赵振华都是在这样的结构模式中得到表达的。因此，第二次“大众文化”的讨论，其“除菌”的对象事实上是知识分子的“个人主义”及其迷惘、感伤、痛苦的“小资产阶级”情感。二是农民文化趣味的思维惯性一旦形成便没有尽期地迟迟延宕。新中国诞生以来，对“带菌文化”的清理就成为日常性的文化政策。战时的紧张和焦虑并没有因和平时期的到来而获得缓解，战时的文艺主张几乎完整地置换于和平时期。历次文化批判运动所清理的对象，事实上都被指认为“文化带菌者”。不仅娱性的大众文艺失去了生产和存在的可能，就连严肃文艺中与人性、人情相关的作品，也都被指认为“带菌者”而遭到不断的清算。从《我们夫妇之间》到《达吉和她的父亲》，从《美丽》到《红豆》，人的正常的情爱表达都被视为罪恶的。这种状况自然与毛泽东的“新文化猜想”有关。在毛泽东看来，要反对旧文化同时也要建设新文化。但是旧文化在毛泽东的视野里不仅指传统的封建文化，同时还有资产阶级文化、农民文化甚至知识分子文化的某些部分。而新文化却是始终不明确的，虽然它被表述为“新民主主义文化”“无产阶级领导的人民大众的反帝反封建的文化”，并期待它是一种“革命的民族文化”，它要有“民族的形式，新民主主义的内容”，它是“新鲜活泼的，为中国老百姓所喜闻乐见的中国作风和中国气派”的；但对于具体的文艺形式来说，究竟什么样的文化才符合“新文化猜想”，始终是所指不明的。但可以肯定的是，毛泽东所期待的新文化是一个不断透明、纯粹、简单的文化。这一点，我们可以从“文化大革命”时期毛泽东对“革命样板戏”的盎然兴趣中得到证实。也正是这种透明、纯粹、简单的“新文化”要求，使农民文化可资利用的某些方面被一再放大凸显，并借此排斥、打击、拒绝其他被视为“带菌”的文化。因此，第二次关于大众文化的讨论和此后形成的文化主流，事实上也是一种排斥打击知识分子的文化。文化“除菌”运动塑造的文化不再是人与人之间相互关怀的文化，因此也与“大众文化”不再发生关系。

大众文化的第三次讨论发生于20世纪90年代，这是一个全新的历史语境。这个时代的大众文化由于与市场发生了关系，因此也就变得更加复杂。事实上，当市场的意识形态在社会生活结构中的合法性确立之后，大众文化的商业性因素便无可避免地迅速生成并疯狂膨胀。值得注意的是，就在这次讨论发生之前，大众文化已经在20世纪80年代的民间悄然流行，并且是港台文化“反哺”的结果。那是一个乐观浪漫的时代，社会上的各种气氛和情绪预示了国家民族光辉灿烂的未来。松弛的环境为民间多种欲望的释放提供了可能。在尚未产生本土消费文化的时候，“外来形式”执行了它的消闲功能。邓丽君在大陆的成功引发了港台文化“反哺”现象的规模展开。金庸、梁羽生、古龙、温瑞安的武侠小说，琼瑶的爱情小说，三毛的温情散文，席慕蓉的纯情诗歌以及大量的港台、新加坡华语电视剧迅速流行。这一现象几乎全面改写了大陆的文化生活和民众的文化消费趣味。被人们经常以轻蔑的态度喻为“文化沙漠”的港台文化轻易地占据了大陆的文化市场。它的被接受显然向我们传达了大众文化生产的某些内部规律，并示喻了商品经济条件下域外对大众文化生产的丰富经验。它们以幻觉和想象的形式出现，与现实生活并不发生直接关系，它的文化内涵大众不仅熟悉，而且充满了观赏/阅读的心理期待：它们讲述的都是道德、伦理、情爱、血缘等人间关系。它不是政治家们的政治目标，也不是知识分子的终极关怀。那些寻常事、平常心于百姓来说是“关己”的。这样的大众文化虽然含有无可回避的商业动机，然而它又确实是以大众作为关怀对象的，在实现商业诉求的同时也体现了商业文化的道德意识，因此也就以“文化幻觉”的形式实施了对大众的“文化抚慰”。这种大众文化生产的规范和成熟，与我们20世纪80年代大众文化初期生产的状况相比，它显然已经经过了“除菌”过程。但对于刚刚试图释放欲望的中国大陆大众文化来说，正在经历的恰恰是“渴望伤寒感染”的未免疫期。

富有历史责任感的知识阶层在这时发现了中国大众文化的“伤寒玛丽”。于是掀起了第三次关于大众文化的再讨论。这次讨论略有不同的是，它不是由主流意识形态发起并规约目标的。或者说，当市场经济的大潮已经冲毁了传统的人文堤坝的时候，当知识分子所固守的人文精神招致了威胁的时候，他们对无处不在的世俗生活气息不仅深怀失望，同时也感受到了难以承受的压迫。他们认为现实世界出现了“精神危机”，人们“对发展自己的精神生活丧失了兴趣”，[①]于是，在一场被命名为“人文精神”的大讨论中，大众文化又一次作为具体对象被提出。在这次讨论中，对大众文化以意识形态立场的“除菌”意图几乎完全淡出。精英知识分子希望在商品经济的时代，人们也能关注自己的精神处境，也能多少保有一些理想主义的情怀。因此这次讨论所针对的主要是“商业主义文化”，这是现代意义上的大众文化。它的仿真、复制、消费和时尚号召，是后工业时代意识形态的表征。它的全部复杂性也只有在这一时代才能得以反映。精英知识分子的激进批判，虽然因其国家民族和精神关怀进一步展示了他们的社会责任感，但在红尘滚滚的时代，事实上这一批判不仅失去了倾听者，而且根本无法改变它的疯狂生产和消费主义的意识形态策略。只有这时，我们才深刻感知到知识分子的话语权威地位已不复存在。这一激进的表达只是知识分子最后的苍凉手势——一个最后的优雅姿态。我们曾经崇拜、迷信的“大众”已经散去，时代的转型使那些可以整体动员的“大众”已经变成了今日悠闲的消费者。

但这次讨论却取得了知识层面的收获，比如，讨论澄清了过去被认为是不证自明的“大众文化”这个概念。事实上，大众文化和通俗文化是两个完全不同的概念。“造成二者混为一谈的原因之一，是大众文化制造者的策略，以掩盖其文化消解性及对人的生活的反作用；一旦将大众文化说成是通俗文化，大众文化便可以在‘我们要高雅文化，也要通俗文化’的响亮口号下堂而皇之地制造出来。实际上，大众文化与通俗文化完全不是一回事，它在我们今天这个时代已变为一种商品制作，它最重要的特征，不是文化本身的创造性，而是商品性与制作性：它制造了大众的情感和生活趣味。”[②]这个揭示的重要性在于：“伤寒玛丽”是被制造出来的，它为了取悦于“渴望感染”的趣味要求，以投其所好的方式满足了“被感染者”。

在漫长的“除菌”过程的浸润下，也同时培育了大众与之相适应的文化趣味。我们发现，中国当代文化的经典作品，事实上都有大众文化的叙述因

---

① 周扬：《论赵树理的创作》，载《解放日报》1946年8月26日。

② 黄毓璜等：《“大众文化”给我们什么》，载愚士编《以笔为旗——世纪末文化批判》，湖南文艺出版社，1997年，第488—489页。

素。其中最为明显的就是“暴力崇尚”情结。“三红一创”(《红日》《红岩》《红旗谱》《创业史》)以及《烈火金刚》《铁道游击队》《林海雪原》《战火中的青春》等等，它的战斗和血腥场面，与大众文化中的暴力、仇杀叙事有极大的相似性。以至于当红色革命的暴力叙事资源难以维系再生产的时候，大众的欣赏兴趣很快地转移到了武侠小说上。在20世纪80年代末期，就是大学教授，一面在课堂上讲学院经典，而在课下，其腋下夹的也是武侠小说。进入20世纪90年代之后，当大众文化中的色情、暴力叙事逐渐转向历史和民间奇观以后，而恰恰在“严肃文学”或“高雅文学”中，大众文化的主要能指得到了空前的使用。我们在《废都》《白鹿原》《羊的门》《国画》《尘埃落定》等作品中，“性”几乎是最重要的能指，它们引起纷纷扬扬议论的主要问题也大多源于此；而在“女性文学”中，“身体叙事”已经成为批评界的共识。身体暴露是女性文学主要的表意策略之一。由此可见，大众文化的无处不在具有极大的侵蚀性。于是我们都成了“文化带菌者”。

这是一个欲望无边的时代，也是一个“游牧文化”在“千座高原”自由驰骋的时代。“众神狂欢”真的给了我们绝对的自由吗？我们在呼唤这个自由时代的同时，是否也呼唤出了妖魔？我们在“除菌”的过程中，是否自己就是道德意义上的“伤寒玛丽”？汉娜·阿伦特在《公共领域和私人领域》一文中，引用了亚当·斯密的表达，无情地解构了“通常叫作文人的那班落魄的人”：“公众的赞赏……常常是他们报酬的一部分……对医生来说，这要占……相当大的一部分，对律师来说，所占的部分更大，对诗人和哲学家来说，几乎占了全部。”她认为“不言自明的是，公众的赞赏和金钱的报酬属于同一性质，两者可以互相置换。公众的赞赏也是某种可资利用的东西：地位身份”。[①]阿伦特在这里所要论证的是，当公共论域已经开放之后，事实上，每个人所处的位置并不相同，因此他们的言说方式和所要维护的东西自然有别。但对于热爱言辞的我们来说，已经是“伤寒玛丽”却还一定要扮演“文化除菌者”，为了表达我们的知识分子身份，我们一定要站在批判的立

① 汉娜·阿伦特：《公共领域和私人领域》，载汪晖、陈燕谷编《文化与公共性》，三联书店，1998年，第87页。

场上，似乎除此之外我们已别无选择。然而值得我们注意的是，大众文化从内涵到生产策略的变化，从来也不是因为知识分子的批判才改变的。市场作为隐形之手的控制才是最有力量的。我们发现，当下大众文化的生产，已经远离了20世纪80年代的色情和暴力，这一层面的欲望满足已经饱和。它向优雅、怀旧、戏说、家族、情爱和善恶等方向的转移当然并没有离开利益要求，但对大众文化的传统指责显然已经不再有效。用审美批评的方式对待或要求消费文化，本来就是错位的批评。

还应该指出的是，我们可能和大众文化一样，如果固守于一种不变的、被“真理意志”控制的立场，那么我们就会是和“伤寒玛丽”一样的“文化带菌者”。但我有理由相信，经历了“伤寒”之后，我们也就获得了免疫的抗体，因此我们也就不再是道德审判的“文化带菌者”。

文化研究与当下中国的批评实践

对文化研究再做经院式的谱系分析，在今天已经没有意义。重要的是，这一研究方法或研究范畴，在文艺、文化研究领域的普遍应用业已成为事实。只要我们翻开文艺杂志，打开与文化、文艺相关的网站，回顾一下我们近年来读过的现当代文学、文艺学、比较文学等学科的硕士、博士学位论文，以及在文学讨论会上使用的话语、研究方法和关注问题的视角，这个事实便无可置疑地呈现在我们面前。也正是源于这个事实的存在，对文化研究和文艺批评实践的不同看法，在近一个时期得以集中地讨论。普遍的焦虑是：在文化研究的视野中，审美批评是否还有可能；在全球化的语境中，理论批评的民族性如何坚持或体现；文艺理论的边界如何确定，它是否还有自身知识的质的规定性，等等。

文化研究的普遍应用和这些问题的提出，不仅是关乎学科发展的问题，同时它也是以“知识的方式”表达的两种文化和学术心态：是坚持传统的学科界限，发展以“审美”知识为主的文艺学，还是打破学科界限，以更宽广的学科视野和知识整合、批评并参与当下的文化和文艺生产。在我看来，这两种不同的文化和学术心态及其批评实践，并没有也不可能构成尖锐的学术冲突，这里并不存在等级、权力、取代和支配关系。而恰恰是学术研究向着多元化、多种可能发展的一个有力的表征。我们应当承认，在大学的教育体制中，传统的文艺学仍然是一个根深蒂固无可撼动的学科，它不仅被列入本科教学的主干课程，而且是招收硕士、博士研究生的重要学科。虽然不断有对这个学科的质疑和批判，但因其树大根深而巍然耸立。文化研究作为一个新兴的研究方法和范畴，因其学科界限一直难以确定而莫衷一是，它蓬勃发展又歧义丛生，规模宏大又界限模糊。但它对新的文化语境中出现的或产生的新问题的有效阐释和有力批判，使这一批评方法不仅获得了丰富的资源和对象，而且使文化、文艺研究者有了参与当下文化和文学生产的可能和契机。

20世纪90年代尤其是1992年以来，中国改革开放和市场化的深入发展，为中国社会生活带来的巨大变化有目共睹。这一变化不只是物质生活的巨大丰盈、社会财富的急速增长，同时，还有在社会生活表层遮蔽不深的价值观、道德观、人生观等的巨大变化。“消费文化”的兴起，不仅拉动了这个时代的巨变，同时也是改变或操纵我们生活方式和存在方式的隐形之手。当“消费”成为这个时代关键词的时候，它也无可避免地改变了这个时代的文化和文艺生产的形态和方式。对于中国来说，文化与文学的生产方式在过去虽然并非独一无二，但它延续的时间之长，制度之坚固，即便在今天仍然没有完全成为过去。因此，自20世纪80年代起，对文艺创作和理论批评开放和自由的吁求，几乎是所有文艺家的共同心声。但是，现代性是一项未竟的事业，在我们初始遭遇了有限度的开放和自由的时候，不期而遇的却是出人意料的“与狼共舞”，中国成了当今世界最大也是最丰富的文化实验场，除了国家主义文化、知识分子精英文化之外，各种消费文化在市场霸权、商业主义和剩余价值的控制下粉墨登场。“消费文化”构筑了当下中国的超级文化帝国。霍克海默、阿多诺和其他西方马克思主义批评家曾批判过的“文化工业”和晚期资本主义文化，在中国虽然姗姗来迟却气势汹汹。我们还难以解释这一文化逻辑，但可以肯定的是，这与中国发达地区已经步入后现代社会以及全球化的影响是大有关系的。无可怀疑，在全球化的语境中，在远程通信空前发达的今天，麦克卢汉概括的“地球村”在某种程度上已经成为事实。“天涯若比邻”虽然是电子幻觉，但全球在经济、商业领域，在国际贸易等方面的关联愈益紧密化，“与国际接轨”已成为社会流行语，即便在文化艺术领域，强势文化对弱势文化的影响和覆盖渗透，也已成为国际社会共同关心的问题之一。无论强势文化或弱势文化，都在对全球化的趋势进行批判。值得注意的是，西方学者在批判全球化的时候，同时也是在批判资本主义的“文化工业”和晚期资本主义文化。英国曼彻斯特大学教授伊格尔顿指出：“我们看到，当代文化的概念已剧烈膨胀到了如此地步，我们显然共同分享了它的脆弱的、困扰的、物质的、身体的以及客观的人类生活，这种生活已被所谓文化主义（culturalism）的蠢举毫不留情地席卷到一旁了。确实，文化并不是伴随我们生活的东西，但在某种意义上，却是我们为之而生活的东西。感情、关系、记忆、归属、情感完善、智力享受：这些均更为接近我们大多数人，并用以换来安排或政治契约。但是自然将始终优越于文化，这是一个被人们称作死亡的现象，不管多么神经质地热衷于自我创造的社会都会毫无保留地试图否定这一点。文化也总是可以十分接近舒适安逸。如果我们不将其置于一个启蒙的政治语境中的话，它的亲和性就有可能发展为病态和迷狂状态，因为这一语境能够以更为抽象的同时在某种程度上也更为慷慨大度的从属关系来孕育这些迫切需要的东西。我们这个时代的文化已经变得过于自负和厚颜无耻。我们在承认其重要性的同时，应该果断地把它送回它该去的地方。”①伊氏所批判的显然不只是英国或欧洲的晚期资本主义文化，他所批判的还包括美国想象的“全球化”或文化同质化。西方的知识左翼批判全球化的时候，事实上也是一种对强势文化的自我检讨和批判。但我们在面对全球化的时候，更多听到的还是对强势文化愤懑的抱怨或激进的指责，在全球性的“文化之战”中，我们忧心忡忡却又束手无策。弱势的文化地位和心态，也使我们失去了对自己文化检讨的耐心乃至愿望。

事实上，从西方马克思主义到知识左翼对“文化工业”、晚期资本主义文化到全球化的批判或检讨，是文化研究的起源和合乎逻辑的发展。在阿多诺、本雅明、马尔库塞等西方马克思主义者的视野中，资本主义的文化危机是他们关注的最基本的主题之一，他们的成就令人难忘。“20世纪马克思主义在思想史和艺术史方面最大胆的概述，对发达资本主义文化最精确的评价，从这一状况下的解放可能包含的要求与允诺的全部意义都要归功于他们。”②他们发动的对资本主义文化的批判浪潮，经由伯明翰学派和欧美文化研究“转向”的推动，至今方兴未艾。对于中国知识界来说，启蒙话语受挫

① 特里·伊格尔顿：《文化之战》，载王宁编《全球化与文化：西方与中国》，北京大学出版社，2002年。

② 弗朗西斯·马尔赫恩：《当代马克思主义文学批评》，刘象愚等译，北京大学出版社，2002年，第12页。

之后确实曾一度“失语”，但他们自我期待中的国家民族关怀和参与公共事务的热情，并没有发生革命性的变化。这时，文化研究的理论旅行和“文化工业”在中国的兴起几乎同时如期而至，这对彷徨焦虑和目标迷茫的知识界来说恰逢其时。因此，表面上看，文化研究在中国是一种“外来话语”，是西方理论旅行的一个“驿站”，但就本质意义而言，它却接续了现代中国知识分子的精神传统。对包括文化生活在内的社会生活地积极参与介入，是这一阶层挥之不去的思想情结，而文化研究恰恰提供了得心应手的方法和批判的视角。

另一方面，文化语境和文艺生产的历史性变化，也使传统的“审美”批评捉襟见肘力不从心。不仅电视剧、广告、大众传媒、酒吧、美容院、影楼、选美大赛、T型舞台、MTV、卡拉OK、人体彩绘等大众文化及其场景，已经渗入我们的日常生活中，即便是“严肃文艺”创作，如小说、戏剧、诗歌、美术等精英文艺，“美感”为“快感”所置换和替代的趋势业已成为不争的事实。张艺谋的电影当然也可以从“美学”的角度分析，比如画面、音乐、服饰、场景等，但是，作为商业电影，他的成功从来就不是美学的成功，而是和巨额投资、媒体炒作和商业运作联系在一起的；而且只要我们考察一下20世纪90年代以来的女性文学、“官场文化”、知识分子小说、留学生文学、“60年代”“70年代”以及“80年代后”的写作，我们遇到的问题和可资谈论的话题，更多的是文化和社会性的，比如性爱、女性心理、腐败问题、政治体制、新的“零余者和多余人”、跨国文化和漂流心态、城市文化与乡村文化的不同时间等。对这些现象的批评和研究，以“审美”批评的角度来匡正和抱怨已无济于事，而文化研究却可以从跨学科的角度，对其做出有效的阐释和批判。并不是说批评家非要选择文化研究作为武器，而是中国当下的文化和文学生产的状况，使文化研究有了用武之地。极端地说，20世纪90年代以来，如果没有文化研究的介入，我们的文化和文学批评是难以想象的。

虽然我们也看到，对审美批评回归的普遍愿望当下正在经历，但是，具有悖论意义的是，一方面，“现代艺术中的那些超美学的观点似乎已经使人们对它完全失去了信任，并且在新的后现代的支配下，各种各样令人眼花缭乱的风格和混杂物充塞着消费社会。而老的美学传统已几乎不能拿出足够的理论储备来解释这些新作品，因为这些新作品吸纳了新的交流手段和控制论技术。同时，对于过去的现代主义的‘进步’这个概念——导向新的技术发现和新的形式创新的目的——的怀疑使艺术进化论的时代终结”。在这种情况下，“给传统的审美特性、关于自然与艺术经验、关于作品作为超越实践与科学领域的自主性等等问题的分析带来极大的未定性，如同我们时代的艺术接受、消费（或许甚至生产）正在经历某些根本的变异一样，使旧的范式变得互不相关或至少成为明日黄花”[①]。我们不是在补资本主义的课，但是，我们遭遇的现代性，却使我们遇到了资本主义后工业时代同样的文化问题。对这一问题的文化阐释，是过去审美批评不曾遇到的，这也从一个方面证实了审美批评在新的语境下的尴尬和有限性。在审美批评保有高贵气质的时代，艺术是一个超越商业化的领域，它有力量颠覆或抗衡与商业主义的联姻，即便在阿多诺的时代，他也试图在有限的领域内（如音乐），以美学的模式积极建构和创造新的批判文本。但是进入后工业时代以后，“伴随形象生产，吸收所有高雅或低俗的艺术形式，抛弃一切外在于商业文化的东西。在今天，形象就是商品，这就是为什么期待从形象中找到否定商品生产逻辑是徒劳的原因，最后，这也是为什么今天所有的美都徒有其表，而当代伪唯美主义对它的青睐是一种意识形态的策略而不是一个具有原创性源泉的原因”[②]。

在“快感”文化的挤压下，传统的审美文化、严肃文化和更具消费性的文化混杂地重叠在一起，可供审美批评的范畴正在缩小。严肃文化虽然在社会生活结构中从来也没有占据过中心地位，但在“快感”文化、中产阶级趣味和吞噬消费一切的大众文化喧嚣的声浪中，包括文学在内的严肃文化的边缘化，其形势越来越严峻已经成为共识。因此有人惊呼：文学研究的时代已经过去了，再也不会出现这样一个时代——为了文学自身的目的，撇开理论

① 弗里德里克·詹姆逊：《后现代性中的形象转变》，载《文化转向》，胡亚敏等译，中国社会科学出版社，2000年，第97、130—131页。

② 弗里德里克·詹姆逊：《后现代性中的形象转变》，载《文化转向》，胡亚敏等译，中国社会科学出版社，2000年，第97、130—131页。

的或者政治方面的思考而单纯地去研究文学。那样做不合时宜。我非常怀疑文学研究是否还会逢时，或者还会有繁荣的时期。这就赋予了黑格尔的箴言另外的含义（或者也可能是同样的含义）：艺术属于过去，“总而言之，就艺术的终极目的而言，对我们来说，艺术属于，而且永远都属于过去”。这也就意味着，艺术，包括文学这种艺术形式在内，也总是未来的事情，这一点黑格尔可能没有意识到。艺术和文学从来就是生不逢时的。就文学和文学研究而言，我们永远都耽于其中，不是太早就是太晚，没有合乎时宜的时候。[①]这一说法可能有些耸人听闻或过于悲观，起码在当代中国，文学研究并没有也绝不会“成为过去”。事实上，大学的文学史编写及教学，所沿用的主要方法仍然是社会批评或历史、美学的方法。在文学评论杂志上，用审美批评撰写的评论文章，仍然大量存在。而在文化研究成为“显学”的时候，我们看到更多的恰恰是文化研究学者对文化研究的警觉和检讨：当下的中国文化，“与其说为我们提供了一幅色彩绚丽、线条清晰的图画，不如说为我们设置了一处镜城：诸多彼此相向而立的文化镜像——诸多既定的、合法的，或落地生根或刚刚‘登陆’的命名与话语系统，以及诸多充分自然化、合法化的文化想象——相互叠加、彼此映照，造成了某种幻影憧憬的镜城景观。简单化的尝试，间或成为命名花朵所覆盖的危险陷阱”[②]。有的文化研究学者甚至直接提出“文化研究向何处去？”认为今日的文化研究已经与昔日不可同日而语。它涵盖面甚广，从古老的传统学科到新近的政治运动，几乎无所不包，由于没有明确的领域及学科界限，优势逐渐转化为劣势。文化研究对文化的定义如此广泛，就连霍尔也承认缺乏足够的专门化术语决定什么不是“文化”。文化研究这种“居无定所”的状况，决定了它是“一个毫无安全感的孤儿，在绝望地寻找一个父亲的形象”[③]。这些警觉和担忧不是没有道理的。这位论者最后断言：也许，文化研究可能会消失在文学研究之中，今

① 希利斯·米勒：《全球化电信时代文学研究的命运》，载王宁编《全球化与文化：西方与中国》，第183—184页。

② 戴锦华：《隐形书写》，江苏人民出版社，1999年，第6—7页。

③ 希利斯·米勒：《全球化电信时代文学研究的命运》，载王宁编《全球化与文化：西方与中国》，第183—184页。

天从事文化研究的风云人物，许多都是文学专业出身；而文学领域的文化研究，更是硕果累累。文化研究最早是来自文学研究，那么，回到文学研究之中，或许是它最好的归宿。[①]文化研究学者事实上已在考虑文化研究未来的出路。问题是文化研究不需要退回文学领域，作为一种方法或视角，它已经为文学研究带来了全新的面貌。即便未来文化研究需要一个界限分明的安身立命之地，作为一种“遗产”或训练，它仍然不会被轻易删除或了无痕迹。

文化研究的利弊同时存在，大概也正是因为它的“不成熟”，才吸引了无数研究者的盎然兴趣。另一方面，这一歧义丛生的领域，无意间却也起到了学科整合或打通学科壁垒的作用。在学院体制内，学科划分过于精细，界限过于分明，已经暴露了未被言明的明显缺陷，跨越学科界限一步，学者就会言不及义甚至一无所知。这种学科壁垒造成的知识隔膜，反过来又带来了画地为牢的学科职业化心态。“术业专攻”使今天的学者更像一个“知识工人”。现代工业革命分工细密给学院带来的负面影响，并没有随着后工业时代的到来得以纠正。文化研究打破了学科界限，不仅带来了研究视角和方法的革命，同时它也是学者职业“自救”的有效途径。文学等学科的交互效应模糊了过去的界限，在一定意义上颠覆了科学技术主义霸权强加给人文学科的精细分工，使人文学者在处理当下问题时，有了更为广阔的思路和视野。因此，无论西方文化研究的前景如何，在当代中国，文化研究应该是刚刚开始而不是结束。

原载《中国社会科学》2004年第6期

① 王毅：《文化研究向何处去？》，载《河北学刊》2004年第3期。

怎样评价这个时代的文艺批评

2004年9月，人民文学出版社出版了德国作家瓦尔泽的长篇小说《批评家之死》。这部小说2002年在德国出版时，他刚刚过完75岁生日。这本书不仅是他献给自己75岁生日的礼物，同时他也将因此书引发的巨大争论一起献给了自己。我们抛却这部小说遭到诟病的种族问题的“政治不正确”不谈，单就对那不可一世、呼风唤雨的“文学评论沙皇”的抨击和讽刺，就足以想见文学评论家在当下社会中的面目是多么可憎和可怕：他在最典型的大众传媒——电视上，颐指气使地抨击一部作品，又趾高气扬地鼓吹另一部作品。那是在德意志联邦共和国，在中华人民共和国，批评家的面目可能还要糟糕得多。

这也许是一个不经意的隐喻。事实上，20世纪60年代自美国后现代作家约翰·巴斯发表了《枯竭的文学》之后，各种“终结论”“死亡论”的声音就不断传来。“抵制理论”“理论之死”“作者之死”“历史之死”，当然也有“批评之死”前呼后拥此起彼伏。但是，这些终结论或死亡论，并不是言说文学、理论或批评真的“终结”“死亡”或“枯竭”了。他们都有具体针对的对象。比如约翰·巴斯，他的“文学的枯竭”，是挑战现实主义文学，挑战传统文学观念的。因为此时他正站在文学新方向的最前沿。在巴斯看来：小说应当是“原创的”“个人的”，也就是一种他所说的“元小说”。就现实主义文学而言，作为一种“总体化的小说”，从19世纪早期一直延续到20世纪中期，它构成了小说史上一个短暂的“实验”阶段，尽管也成就了无数大师。但在约翰·巴斯看来，随着时间的流逝，现实主义那种曾有的反传统的思想已经耗尽。新的“元小说”在20世纪60年代开始再度流行。这才是巴思宣布“写实主义实验（现实主义）”已经“枯竭”的真实用意。按照这样的思路，批评家尼尔·路西连续发表了《理论之死》《批评之死》和《历史之死》等惊世骇俗的文章。在路西看来，文学不可能是一种“稳定”的结构，它有许多特殊范例，但总体性的“稳定”结构是难以包括或不能解释这些特殊性的。[①]“批评之死”显然是针对这种文学总体性稳定的批评而言的。但是，路西同时认为，由于文学结构是不稳定的，并不意味着批评就一定会死亡——或者枯竭——因为它再也不可能像从前那样行动。在这个意义上，批评将会得到更密切的关注。

事实的确如此。当传统的“元理论”被普遍质疑之后，批评家的地位得到了空前提高。我们都会承认，保罗·德曼、德里达、杰姆逊、哈罗德·布鲁姆等大师与其说是理论家，毋宁说是批评家更为确切。之所以说他们是批评家就在于，他们的思想活动并不是在寻找一种“元理论”，而恰恰是在批评自柏拉图以来建构的知识或逻辑的“树状结构”。在“树状结构”的视野里，认为知识或逻辑是一元的、因果的、线性的、有等级或中心的。但是，在现代主义之后，传统的“元理论”不再被信任，特别是到了德勒兹、瓜塔里时代，他们提出了知识或逻辑的“块茎结构”。在“千座高原”上，一种“游牧”式的思想四处奔放，那种开放的、散漫的、没有中心或等级的思想和批评活动已经成为一种常态。这就是西方当下元理论终结之后的思想界的现状。美国当代“西方马克思主义”批评家杰姆逊将这种状况称为“元评论”。他在《元评论》一文中宣告，传统意义上的那种“连贯、确定和普遍有效的文学理论”或批评已经衰落，取而代之的是，文学“评论”本身现在应该成为“元评论”——“不是一种正面的、直接的解决或决定，而是对问题本身存在的真正条件的一种评论。”作为“元评论”，批评理论不是要承担直接的解释任务，而是致力于问题本身所据以存在的种种条件或需要的阐发。这样，批评理论就成为通常意义上的理论的理论，或批评的批评，也就是“元评论”：“每一种评论必须同时也是一种评论之评论。”“元评论”意味着返回到批评的“历史环境”上去：“因此真正的解释使注意力回到历史

① 尼尔·路西：《批评之死》，载阎嘉主编《文学理论精粹读本》，中国人民大学出版社，2006年，第251页。

本身，既回到作品的历史环境，也回到评论家的历史环境。”[1]

在当下中国，文学批评的状况与西方强势文化国家有极大的相似性。批评的“元理论”同样已经瓦解。就像普遍被了解的那样，在我国，文学理论作为一个基础理论学科，并没有像韦勒克表达的文学研究是由文学理论、文学批评和文学史一起构成的。在韦勒克看来，文学理论和文学批评同属于“文学研究”范畴，它们应该是平行的。但是，过去我们所经历的情况通常是，文学理论对于文学批评来说，是具有指导意义和规范作用的。它恰恰是文学批评的元理论，因此它不仅仅是文学研究的组成部分，于文学批评来说，它构成了权力或等级关系，它是一个超级的“二级学科”，而文学批评不是。进入20世纪90年代，当作为批评主体的现代启蒙话语受到严重挫折之后，受到西方批评话语训练的“学院批评”开始崛起。这个新的批评群体出现之后，中国文学理论的“元话语”也开始遭到质疑。这当然不应仅仅看作是西方批评话语的东方之旅，但中国文学理论遭到质疑的历史或社会背景，却与西方大体相似。以现代知识作为背景的中国文学理论，在建立现代民族国家过程中所起到的伟大作用，是不能低估的。它对于推动欠发达的现代中国文学的建立，也功不可没。即便是在20世纪80年代初期，在抵制、反抗“文革”时期文艺意识形态的斗争中，文学理论所起到的重要作用，也同样无可取代。在过去的时代，文艺理论的特殊地位几乎不能怀疑。所有的关于文学艺术的讨论，最后都要归结于“文学理论”。“文学理论”已经为我们规约了一切，它的“元理论”性质是不能动摇的。20世纪40年代初期以来形成的关于文学艺术的思想、方针、路线和政策，至今仍然是我们理解社会主义文艺最重要的依据。无可怀疑，在拯救中华民族危亡、建立现代民族国家以及在大规模的社会主义建设过程中，那个时代文艺理论话语所起到的历史作用无论怎样估计都不会过高：在那样的时代，实现民族的全员动员，使文学艺术服从于国家民族最高利益，使文艺成为革命事业的一部分，发挥齿轮和螺丝钉的作用，是完全可以理解和正确的。

---

① 詹姆逊：《元评论》，载《快感：文化与政治》，王逢振等译，中国社会科学出版社，1998年，第3—4页。

但这也成为文学理论作为元理论不可动摇的强大的历史依据，它的普遍意义仍然没有成为过去。一部作品是否具有合法性，是否能够成为这一理论的有效证明，才能判定它是否具有价值。这就是中国的现代性价值。但是中国的现代性最大的特征就是它的不确定性。特别是在飞速发展的当代中国，文学艺术发展的激烈或激化程度远远超出了我们的想象。中国的社会已远远不是追求现代性的“现代社会”，那些资本主义已有的所有的物资乃至精神现象，我们几乎应有尽有。当代中国，已经成为世界最大的文化试验场：各种文化现象、思想潮流，共生于一个巨大又拥挤的空间。过去我们所理解的元理论对当今文艺现象阐释的有效性正在消失。一种以各种批评理论进行的新的批评实践早已全面展开。正如普遍认同的那样，对西方文艺批评理论的关注，并不是“西方中心论”或简单的“拿来主义”，事实上，它已经成为建设中国文学理论批评的主要参照或资源之一。于是，在当代中国，理论批评也同样形成了德勒兹意义上的“千座高原”，“游牧”式的批评正弥漫四方。

在这个意义上，包括文学在内的文艺批评，应该说取得了巨大的历史进步。元理论的终结和多样性批评声音的崛起，也从一个方面表达了当代中国巨大的历史包容性和思想宽容度。这是大国文化的体现。但是，一方面是文艺批评巨大的历史进步，另一方面是对文艺批评的强烈不满。许多年以来，对文艺批评怨恨、指责的声音不绝于耳。但是没有人知道这个“憎恨学派”在憎恨什么，指责批评的人在指责什么。那些浅表的所谓“批评的媒体化”“市场化”“吹捧化”等等，还没有对文艺批评构成真正的批评。因为那只是，或从来都是批评的一个方面而不是全部。或者我们从相反的方向论证，假如“媒体批评”“市场化批评”等不存在的话，批评的所有问题是否就可以解决？我曾经表达过，对一个时代文学或批评成就的评价，应该着眼于它的高端成就，而不应该无限片面地夸大它的某个不重要的方面。就如同英国有了莎士比亚、印度有了泰戈尔、美国有了惠特曼、俄国有了托尔斯泰一样，中国现代文学有了鲁迅，中国现代文学就是伟大的文学一样。现代中国批评界也是鱼龙混杂泥沙俱下，但因为有了鲁迅、瞿秋白等，中国现代的文艺批评就是伟大的。当下中国的文艺批评还没有出现这样伟大的文艺批评家。但在一个转型的时代，一切可能都在孕育、生长，所有的可能性还没有完全幻化为现实。但那不是怨恨或指责的理由。

我们甚至可以这样说，改革开放三十年来，文艺批评不仅在学院体制内，补上了因长期闭关锁国对西方文艺理论批评不了解的课程，培养了数目巨大的专业理论批评人才，而且那些一直在场的文艺理论批评家，在建构中国文艺理论批评新格局，推动理论批评建设、参与，推动文艺创作、阐释或批判文化现象等方面，他们的努力一直没有终止。对各种新出现的文学、文艺现象的阐释、解读，比如对现代派文艺、对先锋文学、对新写实小说、对市场文艺、对网络文化、对时尚文化、对底层写作以及各种文化、文艺现象，批判的声音从来就没有停止过。对批评的不满，应该具体地分析。更多的人习惯于20世纪80年代对意识形态没有质疑的思想方式，一切都有答案，而且是清晰的非此即彼的答案。那时不是“千座高原”，只有一座山峰，对山峰只需仰望而不必思想。文艺批评就在这个意识形态框架之内。今天的情况已大不相同，一切凝固的东西都烟消云散化为乌有，一切都是不确定的。因此，一切都没有不变的答案。对这种纷纭甚至纷乱的声音的不适应就在所难免；由于元理论或普遍性的丧失，文艺批评也失去了统一的标准或尺度，它再也不是非此即彼式的二元世界。因此，不满意应该是元理论、普遍性或不确定性带来的问题，不应该完全由文艺批评来承担。正像前面提到的，中国已经成为最大的文化试验场，一切问题都让文艺批评来解决是不现实的，也是不可能的。事实上，在文艺生产领域，参与、影响或左右文艺的因素越来越多。而这些因素是文艺批评家所难以掌控和改变的。比如：

市场因素

在引导当下文艺生产的诸种因素中，市场的力量是难以匹敌的。仅就长篇小说创作来说，每年有1200部左右的作品出版。这个巨大的数字里，究竟有多少作品可以在文学艺术的范畴内讨论，确实是一个问题。文学生产的数字庞大，但在艺术上我们却是在“负债经营”，“艺术透支”是市场带来的最大问题之一。且不说商家在绞尽脑汁地策划出版能够占有市场份额的作品（在出版社自负盈亏的机制中，它有合理性的一面），单就只要有市场号召力的作品一出现，跟风的现象就无可避免。从《废都》到《狼图腾》到《藏獒》，都有模仿的作品迅速出版。商业目的对原创作品的消费淹没了原创作品的艺术价值和意义。它被关注的路径被极大地改变。批评家对作品的阐释只能在有限的范围内流传和讨论，更多的人不知道文艺批评对这些作品究竟表达怎样的意见。

如果说这种现象因其不光彩的方式还难以冠冕堂皇地表达的话，另一方面，文化创意产业作为国家倡导和支持的新兴产业，它的合法性就使它有了突飞猛进的发展，也已经成为左右文艺生产的巨大因素。张艺谋、陈凯歌等导演的电影，从《十面埋伏》《英雄》《黄金甲》到《无极》，除了“大投入”“大制作”等毫无实际意义的概念外，几乎乏善可陈。但是，它们确实创造了巨大的商业价值。一方面我们会批评这些影片或导演在艺术上的失败，一方面在好莱坞电影帝国横行天下的时候，它们又为民族电影的存活带来了一线希望。这时，我们内心爱恨交织矛盾百出，简单的批评或赞赏都不能表达我们的全部复杂心情。也正因为如此，我们对市场的态度也会发生变化，市场的问题不是我们主观想象的那样简单，它客观上的多面性可能还没有被我们所认识。但它对文艺生产的影响、制约是绝对存在的。

评奖制度

任何文学奖项都隐含着自己的评价尺度，都有自己的意识形态。诺贝尔文学奖的一个评委也说过，在诺贝尔文学奖的上空，有一层挥之不去的政治阴云。或者说，诺贝尔文学奖也是有自己的评价标准的。像左拉、托尔斯泰、勃兰兑斯等都没有获奖。有资料说：1901年瑞典文学院首次颁发文学奖，按当时文坛的众望，此奖非托尔斯泰莫属，可是评委会却把第一顶桂冠戴在了法国诗人苏利·普吕多姆头上。舆论大哗，首先抗议的倒不是俄国人，而是来自评委们的故乡——瑞典的42位声名卓著的文艺界人士，他们联名给托翁写了一封情真意切的安慰信，说：“此奖本应是您的。”但是托翁终身没有得到这一荣誉。

瑞典文学院对于一切评论历来不予回答，不过私下也承认：“以往出现的偏差我们是非常清楚的，我们从不说谁得了奖谁就是世界上最佳的作家，不过你得承认，我们是经过了一年的调查研究才慎重选出获奖人的，我们对每个候选人都有广泛的研究。”确实，尽管偏差难免，但是历年文学奖获得者毕竟都是令人瞩目的文坛巨匠，绝非滥竽充数之辈。

我国的评奖制度在“文革”前不多，大概只有电影的“百花奖”“全国少年儿童文艺创作奖”等少数几个奖项。1978年以后，“全国优秀短篇小说奖”“全国优秀中篇小说、报告文学、新诗评选”等奖项陆续设立。然后有“茅盾文学奖”“鲁迅文学奖”“老舍文学奖”以及民间设立的各种奖项。然而，没有任何一种文学奖项是没有疑义或令每一个人都满意的。“茅盾文学奖”当然也有它的尺度和标准。尽管我们会对一些入选或落选的作品有意见或遗憾，但又完全可以理解。谁设立的奖项，就会授予奖项需要和理想的人。文学奖就是对一种文学意识形态的认同或彰显，就是对一种文学方向的倡导，这就是查尔斯·泰勒所说的“承认的政治”。对意识形态的认同，是一个人进入社会的“准入证”，对文学意识形态的认同程度，也决定了一个作家在多大程度上得到承认，所以承认是一种政治。如果道理是这样的话，我们就会理解，为什么有些作品会获奖，而有些作品会落选。可以肯定的是，获奖作品的艺术方法、政治倾向以及思想内容，都会对一个时期的文艺生产产生影响，特别是那些被普遍关注、影响广泛的奖项。

大学教育和文学史编纂

大学教育是传播文学经典最重要的场所，文学史编纂是确立文学经典最重要的形式。尽管大众文化已经进入了大学教育的课堂，改变了单纯的经典文化教育的内容。但是，大学的精英教育或经典文艺教育，仍然是大学文学艺术教育的主流。而文学史、艺术史的编纂，又是确立文艺经典最重要的形式之一。虽然早在20世纪60年代欧洲关于文学经典的讨论中，就有人提出：为什么大学课堂一定要讲授莎士比亚（即经典文艺），文艺经典是由谁提出并确立的。我国近十年来也陆续讨论过类似的文艺经典的问题，但强大的精英意识和大学文艺教育体制，仍然坚持着文艺经典观。因此大学文艺教学的基本状况仍然以传承的强大力量影响着当下的文学观念和创作。但是，值得注意的是，当代文艺的经典化是存在问题的。经典化就是历史化。但当代文艺的“当代性”使这个经典化还缺乏足够的距离和时间，近距离判断的失误在所难免。而且，文学艺术史的编纂，既有文艺经典，也有“文艺史经典”。文艺经典是指普遍认同的经典，是经过历史过滤存活下来的经典；“文艺史经典”是指虽然不是经典艺术，但在文艺发展历史上产生过重大影响的作品，或者引发过巨大争论和讨论的作品。比如新时期的《班主任》《伤痕》等，它们都构不成文学经典，但在当时的历史语境下，它们的重要性必须写进文学史。类似的情况还在发生，比如“底层写作”等。“文学史经典”也会影响到文学创作和生产。

这些都是和具体的文艺批评没有关系的，但作为影响文艺生产的因素，它们的作用甚至远远超过了文艺批评。但是，这些因素合力造成的后果，却都要文艺批评承担，这是不合理的。批评没有能力，也没有必要承担这一切。即便如此，我们在总体肯定文艺批评取得巨大历史进步的同时，也必须谈到文艺批评真正的问题。在我看来，文艺批评真正的要害或问题，在当下主要是没有是非观、价值观和立场。统一标准或尺度的丧失，并不意味是非观、价值观和立场也不要。一个极端或绝对的例子，是近期上映的台湾导演李安的《色·戒》。这是一部不折不扣的汉奸电影。这部根据张爱玲小说演绎的电影，对汉奸的美化，对特殊环境中人的情感和内心变化的同情、欣赏，使这部电影完全丧失了历史叙述的基本立场。如果我们认同李安的叙述的话，那么，历史就是可以任意建构的。个人的理由如果等同于大历史叙述，那么，任何与历史相关的立场和价值就都一文不值了。值得注意的是，面对这样一个重大问题或现象，批评界几乎是集体缄默。更多的人注意的是剪掉了多长时间的“床上戏”。一个事关重大的问题，就这样在一个近似“无厘头”的质询中变成了一场闹剧。这时，我想到了在反法西斯战争胜利的第二年，萨特创作的话剧《死无葬身之地》。几个游击队员被捕后，经历了难以想象的酷刑，他们也有过告发队长的念头，一旦告发他们即可获释，但他们没有这样做。这不仅是萨特的底线，也是面对正义与非正义战争历史叙述的基本立场。所有的游击队员最后都牺牲了，萨特对法西斯的控诉不仅维护了人类基本的价值尺度，同时也完成了战争环境中对人的具体人性的揭示或考量。但《色·戒》不是，它将人在极端化环境中表现出的偶然性或不确定性，在镶嵌于大历史叙述中的同时，也改写了历史。这是我们不能同意的。对《色·戒》批评的缺席，反映了批评界在立场、价值观和历史观上的问题，它应该是近年来批评界存在问题的集中反映。而当我们检讨文艺批评问题的时候，这可能是切入要害的最恰当的入口。

对与文学艺术相关问题的阐释、解读是必要的，但过度阐释或言不及义的言辞表演，却伤害了批评的尊严，使批评成为另外一个好好先生。批评不应该是简单地否定一个作家、一部作品或一个现象。但也不意味着一味地说好话，一味地说好话和粗暴地批评是一回事，是一个事物的两种同质表现。因此，让批评发出真正有力的声音，让批评有是非观、价值观和立场，是纠正当下批评被诟病的最好手段，也是维护批评最高正义的唯一途径。

这时，我又想到了文章开始时提到的《批评家之死》的作者瓦尔泽。他曾将即将出版的新作《批评家之死》按惯例寄给享有盛名的严肃报纸《法兰克福汇报》（FAZ）连载。没想到《法兰克福汇报》的出版人一反常态，在尊贵的首版上发表了一封罕见的公开信，拒绝了连载建议："您的大作像国家机密一样被我们研读。《批评家之死》是关于仇恨的文本记录，不是着眼于批评家，而是犹太人之死，FΛZ不会刊登有明显叫嚣谋杀和种族仇恨的小说。您经常说，摆脱束缚，真正自由。我今天相信，您的自由就是我们的失败……"[①]在众声喧哗、多音齐鸣的德意志，尚且有如此坦白和不可妥协的声音，这就是是非观和价值观。我们不评价这位出版人对《批评家之死》的批判是否正确，但我们赞赏的是，他是一个有是非观、价值观和立场的人。我们的文艺批评就应该达到这样的程度。

2007年12月15日

原载《文艺研究》2008年第2期

① 崔峤：《〈批评家之死〉与种族主义》，载《三联生活周刊》2002年第29期。

一个文体和一个文学时代

——中篇小说三十年

1978年到2008年，是我们亲历的文学三十年。此时，回望三十年来文学的发展和变化，用“喜忧参半”或“感慨万端”已不足以表达我们此时心情的全部复杂性。对这三十年文学各种各样的评价和说法不绝于耳。事实上，对一个时段文学的评价是一件困难的事情，恰当或公允的评价肯定还需要时日。如果换一个角度，我们从文体方面考察，我认为中篇小说是最有可能代表这三十年高端文学成就的文体。它的数量之多、质量的相对稳定，都是其他文体难以比较的。20世纪80年代初期以来，中篇小说在大型文学刊物的推动下，有了突飞猛进的发展，中篇小说的创作积累了丰富的经验，它的容量和传达的社会与文学信息，使它具有极大的可读性；当社会转型、消费文化兴起之后，大型文学期刊顽强的文学坚持，使中篇小说生产与流播受到的冲击降低为最小限度。文体自身的优势和载体的相对稳定，以及作者、读者群体的相对稳定，都决定了中篇小说在物欲横流的时代获得了绝处逢生的机缘。这也使中篇小说能够不追时尚、不赶风潮，能够以“守成”的文化姿态坚守最后的文学性成为可能。在这个意义上，中篇小说很像是一个当代文学的“活化石”。当然，从来没有一成不变的“不变”，这个“不变”是指对文学信念的坚持和对文学基本价值的理解。在这个前提下，无论中篇小说书写了什么，都不能改变它文学性的基本性质。因此，三十年来，中篇小说成为各种文学文体的中坚力量并塑造了自己纯粹的文学品质。

一、三十年：作为高端艺术的中篇小说

中国作家受制于历史传统和现实环境，小说创作和观念的发展变化同样不能离开这一传统和现实。从1978年开始，中篇小说表达的还是一种整体化的特征和追求，并试图建构新时期的历史，强调的还是政治关怀和文学的教化功能。“被侮辱与损害”的形象、被迫害的“九死未悔”的知识分子形象、“改革加恋爱的故事”、“悲壮英雄”等等，普遍出现在小说创作中。《人到中年》《天云山传奇》《犯人李铜钟的故事》《蝴蝶》《啊》《大墙下的红玉兰》《开拓者》《赤橙黄绿青蓝紫》《祸起萧墙》《张铁匠的罗曼史》《绿化树》等，就是这个时期的代表作。这也是中篇小说在文学创作中对整体表达的人道主义思潮的回应。王蒙、谌容、鲁彦周、张贤亮、蒋子龙、丛维熙、张一弓、水运宪等，是那个时代的文学英雄。这一古老的思想潮流，在1978年却以“先锋”的姿态开启了中篇小说创作的新时代。但这一试探性的、重返起点的有限变化，是与思想解放运动和现实政治目标诉求紧密相关的。或者说，终结的“文化大革命”和“四人帮”的文化专制主义统治，被认为是兽道主义的，人道主义的提出在对兽道主义批判的基础上建立了合法性。因此，就其思维方式而言，那一时代小说创作并未发生革命性的变化。它与现实政治的关系依然是小说创作有意无意参照的主要前提。这就是在文学史上被称为“伤痕文学”“反思文学”和“改革文学”的时代。这一时代是短暂的，这些作品虽然不免那个时代的鲜明痕迹，但它们推动文学进入新时代，并以激越、慷慨和理想的方式，建构了新时期文学最初的历史。

20世纪80年代中期，被称为“寻根文学”和“先锋小说”的作品开始出现。这是两种既有关联又不尽相同的小说创作潮流。“寻根文学”显然已经不满足文学在社会生活结构中独立地位的建立，作家在反省民族文化不断流失的同时，也油然升起让民族文化走向世界的悲壮豪情。在他们看来，当代中国文学长久地被西方忽视，这不仅伤害了中国作家的文化自尊心，同时也激起了强烈的“走向世界”的悲壮愿望。拉美“爆炸文学”走向世界的成功经验，尤其是“魔幻现实主义”“化腐朽为神奇”的奇特想象，为中国作

家带来了新的灵感和冲动。他们试图借鉴“爆炸文学”的经验，实现弱势文化被强势文化认同的潜在诉求。因此“寻根文学”虽然脱离了与政治的联姻关系，但就其文化目标的追求而言，仍然在国家民族的大叙事框架内。《爸爸爸》《女女女》《远村》《老井》《棋王》《小鲍庄》《商州初录》《红高粱》等作品，重返传统文化，在穿上传统外衣的同时，也实施了一次对传统文化规模最大的集中批判和检讨。

几乎与此同时，“先锋文学”迅速崛起。“先锋文学”所关心的似乎是文学自身的问题，比如语言、文体、叙事等等。它强调的是“文体的自觉”，重视的是小说的虚构性和想象力。对先锋小说构成支配力的是“形式的意识形态”，这一文学观念和创作方法，来源于法国的“新小说”、罗布-格里耶的叙述理论以及阿根廷的博尔赫斯的创作及理论。重视小说的叙述形式及故事的处理方式，使小说成为真正的关于“谎言”的艺术。与传统小说比较而言，它不能在现实世界获得“真实”的对应性关系。“话语”作为理解和阐释先锋小说的重要概念，也正是在这个意义上得以强调的。在这场小说的“形式革命”中，作家远离了“意义”，在“叙事的圈套”中再也没有传统小说关于因果关系、本质理解的暗示，也没有对社会生活、道德、终极关怀的说教或引导。它未作宣告的“意图”恰恰是对传统“意义”的解构。在先锋小说中，被关注的主题经常是死亡、性和暴力。这一陌生的被述对象和对形式的强调，被认为小说与现实是无关的。然而，如前所述，在中国任何一种文学现象的出现，都直接或间接地联系着中国的历史或现实。就先锋小说的表达而言，意味着历史远未成为过去。它曲折地表达了一代人用另一种形式对历史的记忆或解读。这也正是“回到文学自身”的策略性秘密。马原、残雪、余华、格非、孙甘露、苏童、叶兆言、北村等作家，在这个时代名重一时。《冈底斯的诱惑》《苍老的浮云》《1934年的逃亡》《褐色鸟群》《迷舟》《信使之函》《河边的错误》《枣树的故事》《谐振》等，成了青年作家的中国文学教科书。

稍晚于先锋小说出现的是“新写实”小说。这一小说现象在理论上接受的启示，与先锋小说有一定的相似性。或者说“零度叙事”也是“新写实”小说基本的叙事策略。在这些小说中，无论场景还是人物，作家仿佛只是客观陈述，并不投入主体的价值和情感判断。但是，这一叙事选择的本身，就表达了作家的文学立场和对生活的一种理解。值得注意的是“新写实”小说产生的文学背景。现实主义作为中国主流的文学思潮，在20世纪80年代仍然没有完全退出历史，在这一文学意识形态指导下的小说创作，仍在大学课堂和文学史的叙事中占主导地位。现实的文学环境中，这一思潮仍在延续。不同的是，“新写实”小说在遵循现实主义创作基本原则的基础上，放弃了“理想”的乌托邦冲动，而是以大量“原生”的生活状态和琐屑的日常生活场景逼近生活本身，小说与生活解除了想象关系。在经典的“社会主义现实主义”那里，“新写实”中的“小人物”是位置非常边缘的，在小说本文中他们不被视为主角，他们被认为是落后、狭隘、自私、愚昧的一群而处于被批评和争取的地位。但在“新写实”的作品中，这些名不见经传的小人物及其生活场景堂而皇之地成为叙述的主要对象，或者说除卑微、庸常、疲惫琐屑的人物和场景之外，其他均不在场。传统现实主义的神性追求被大量的日常琐事湮灭。这一小说现象的出现，也与文学界部分人对先锋小说的微词有关。“远离读者”的指责在“新写实”小说平民式的叙述中得到了救还。《风景》《烦恼人生》《新兵连》《塔铺》《官场》《一地鸡毛》等作品引领了这个文学潮流。

文学环境的进一步宽松，使异域文学新风不断地吹进了洞开的国门，被压抑的文学想象力有了更加充分表达的可能，多元的文学格局在中国开始形成。就在“先锋文学”和“新写实”小说风潮正健的时代，“女性文学”及其概念被批评界提出。这是一个歧义纷呈的文学现象。但逐渐可以达成共识的是，20世纪80年代以前的女作家的创作，仅限于风格学的意义。或者说，那时女性作家与男性作家的创作并没有本质的区别，她们同样是“社会运动”或“社会问题”的参与者或关注者。不同的是女性作家在语言风格上可能会获得某种识别。但从20世纪八九十年代之交开始，有性别特征的、有“女性意识”的“女性文学”开始出现。这是一种争议最多也最具有冲击力的文学现象。它所隐含或公开申明的立场是，对女性的历史、现实处境和自身经验做空前的处理和描写，无论从观点、态度、立场和语言方面，不仅显示出与男性作家的区别，重要的是要体现出作为女性作家的“独立”的意识和话语方式。应该说，这是一种最具活力、最有胆魄的文学潮流。它所提供的阅读经验，已经超越了现代文学史上女性文学所试图诉求的一切。但值得注意的是，“女性文学”虽然创造了自己的时代，但这一命名或理论划分的明确性，也从一个方面限制或“预设”了这一时代女性作家的创作冲动或可能。从另一方面来说，这一来自异域的文学启蒙，在当代中国却发生了意想不到的奇观效果：“女性文学”逆向的性别歧视，不仅没有为女性文学在叙事上带来革命性的变化，反而为读者提供了一种窥视女性隐秘心理的窗口，或者说，女性文学在沿袭了男性的性别歧视叙事策略之后，并没有在表达策略上提供更新鲜的经验。这就是女性文学的期待和话语实践之间的矛盾。即便如此，像林白的《子弹穿过苹果》《回廊之椅》，陈染的《与往事干杯》《无处告别》等作品仍传诵一时，代表了这个时期女性文学的最高水平。

进入20世纪90年代之后，当代中国文学的发展呈现出更加多元和复杂的局面。可以命名的诸如“60年代写作”“70年代写作”“美女作家写作”等等，都引领了中国当下的写作潮流。在批评界，也有对20世纪90年代以来的创作冠之以“无名”的概括或处理。这种概括、命名方式的多样性，从一个方面表达了这个时代文学观念和文学生产的多样性和可能性，每一种文学想象都有了存在的合理性。这自是中国社会的发展和进步。但值得注意的是，在多音齐鸣、众声喧哗的时代，并不表明文学的价值立场的丧失或可有可无。

在多种文学潮流之外，也存在着难以概括的个性独具的作家作品。他们游离于整体的、可概括的文学现象之外，独处于自己的精神世界。而这些中篇小说作家也是中国当代最有价值和艺术魅力的个体存在。比如铁凝、陈建功、贾平凹、王朔、王小波、范小青、毕飞宇、阿来、赵玫、迟子建、荆歌、熊正良、李洱、赵德发、何玉茹、东西、鬼子、刁斗、张欣、张梅、鲍十等，21世纪之后，吴玄、须一瓜、魏微、叶弥、戴来、朱文颖、徐则臣、晓航、郭文彬、陈希我、映川、鲁敏、乔叶、滕肖兰、吴君等，他们体现出的独特的对文学的理解和表达，也证明了这些作家选择的独特意义和价值。

二、知青文学与中篇小说

知青一代是当代中国的“中间物”或两面神雅努斯，一方面他们的面孔向着过去，一方面，他们的面孔向着未来。在这个意义上说，这代人的思想矛盾非常酷似列宁对民粹主义者的评价。事实也的确如此。知青一代是深受20世纪50年代理想主义精神哺育的一代人，他们对毛泽东时期的红色革命思想有着极深的集体记忆，他们相同的经历和教育背景使他们的“代际”特征相当明显；另一方面，经过“文革”和十年下乡的经历，他们中的先觉者又率先获得了反省、检讨错误思想路线的机会和理想破碎后重新寻找的强烈意愿和能力。尽管如此，这代人浪漫的理想主义精神仍然根深蒂固印痕鲜明。

知青一代的文学创作始于“文革”期间，但形成文学潮流并为批评界所关注则是80年代初期的事情。知青文学一开始出现就表现出了与“复出”作家，即在20世纪50年代被打成“右派”的一代人的差别。“复出”的作家参与了对50年代浪漫理想精神的构建，他们对这一时代曾经有过的忠诚和信念有深刻的怀念和留恋。因此，当他们“复出”之后，那些具有“自叙传”性质的作品，总是将个人经历与国家命运联系起来，他们所遭受的苦难就是国家民族的苦难，他们个人的不幸就是国家民族的不幸。于是，他们的苦难就被涂上了一种悲壮或崇高的诗意色彩。他们的“复出”就意味着重新获得了社会主体地位和话语权力，他们是以社会主体的身份去言说和构建曾经经历的过去的。知青一代无论从心态还是创作实践，都与“复出”的一代大不相同。他们虽然深受父兄一代理想主义的影响并有强烈的情感诉求，但他们年轻的阅历决定了他们不是时代和社会的主角，特别是被灌输的“理想”在“文革”中幻灭，“接受再教育”的生活孤寂无援，模糊的社会身份决定了他们彷徨的心境和寻找的焦虑。因此，知青文学没有一个统一的方位或价值目标，它们恰如黎明时分的远足者，神情凝重地在没有边际的旷野向四方奔走，这种精神漂泊虽然激情四溢却也归宿难寻。

需要指出的是，知青文学中所体现出的理想精神，与20世纪50年代的

"理想精神"已大不相同。过早地进入社会也使他们在思想上早熟，因此他们所表现出的迷茫和不安如同北方早春的旷野一样，景观苍凉料峭，春色若隐若现。也许正是这种"不确定性"成就了他们独具一格的文学特征，使那一时代的青春文学呈现出了独特的"精神自传"的情感取向。我们发现，最能表达这一时代文学特征作品的命名，大都选择了"象征"的方式，如《本次列车终点》《南方的岸》《黑骏马》《北极光》《今夜有暴风雪》等等。这种象征不是西方的象征主义文学，这些作品没有感伤颓废的气息和意象。这种象征的共同选择，恰恰是这代青年对未来、理想、目标等难以确定和模糊不清的想象，试图在这些能够停靠和依托的象征性意象中结束漂泊，结束精神漂泊和游荡，它反映出的是知青一代的又一种理想。

张抗抗的《北极光》是一部典型的具有知青理想主义色彩的作品。"北极光"这个意象不仅是自然奇观，更重要的是它给人一种超凡脱俗远离尘世的联想。主人公陆芩芩的北极光想象隐喻了她高洁的内心和拒绝与俗世同流合污的精神信念。她的爱情履历并不是寻找爱人的过程，而是寻找精神同道的过程，她与三个男青年的关系就是对"完美"和理想的想象关系。如果说《北极光》是一篇镶嵌在天边的理想主义文学作品的话，那么，张承志的《黑骏马》则是一篇游走于大地的理想主义小说。在一首悠长古老的蒙古族民歌的旋律中，那个忧伤的蒙古族青年踏上了漫漫的寻找长途，他要走遍草原去寻找心爱的妹妹，白音宝力格对爱情的寻找，也便是对归宿和理想的寻找。但骑着黑骏马的白音宝力格对历史和现实的认知视野似乎更为宽阔。民族文化的深层积淀在这个蒙古族青年的视野和经历中被展现出来。于是他获得了检讨和反省自己肤浅和轻率的意识和能力。对人民和土地的倚重，对古老传统文化的重新认识，使主人公终于找到了能够安放自己心灵的归宿。这两部作品都是从爱情的角度切入，但它们又都超越了爱情范畴而深入到了社会、思想和精神的领域。

梁晓声的《今夜有暴风雪》是当年知青文学社会反响较大的一部作品。小说的背景设定于知青返城前夕，在如何面对"去"与"留"的重大选择中，有36个知青毅然决然地选择了留在北大荒。这种悲壮的选择连同牺牲的战友、广袤无垠的土地和风雪交加的自然环境，一起构成了小说肃穆、凝重和崇高的文学气氛。虽然知青在北大荒历尽了生存苦难和命运挫折，但作品却通过对自然环境的渲染在展示知青与命运抗争的同时，也转化为审美的快感。这一写作模式与红色经典构建起了历史联系，也是激情岁月理想迸发的高潮。阿城的《棋王》虽然也是知青题材的小说，但它发表时知青文学的大潮已过，它是“寻根文学”潮流中的作品。当知青文学经历了大悲大喜之后，阿城从平常人生的角度重新书写了知青生活场景，并在日常生活中衬托了中国传统文化的深厚底色，无论是在人生境界还是在修辞炼句上，也多从古代传统小说中汲取营养，从而使这部作品一时洛阳纸贵好评如潮。《棋王》对中国传统文化的皈依，也从一个方面终结了知青文学在社会性和文学性写作上的单一性。从此，知青文学向四方离散，从题材到书写方式，都发生了重大变化。20世纪80年代留下的青春文学，应该是最动人的文学景观之一。他们对理想主义和英雄主义以及价值观、人生观的探讨在今天仍然让人怦然心动；那些浪漫、感伤或多少有些戏剧化的悲壮故事，真实地反映了那个既贫瘠又富有的青春时代，它是一代人对生活、对人生以及对社会诚实思考的记录。20世纪90年代以后，知青文学逐渐消歇，间或出现的作品也没有产生影响。

十多年过去之后，2005年底王松突然发表了一系列知青题材的小说，特别是中篇小说。王松的这些小说，超越了知青文学经历的几个潮流：倾诉苦难、附会悲壮、民众崇拜、政治批判等。在王松的小说中，“文革”或知青下乡只是小说的整体背景，他主要描述的是知青在乡下的生活状态和心理状态，是一种具有“原生态”意味的知青生活。当知青在乡下度过了短暂的、虚幻的理想主义想象之后，精神与生存的双重贫困，使知青迅速放弃了脆弱的理想主义，精神上陷入了极度危机之中，与贫下中农的师生关系也迅速形成对峙关系。因此，与乡民在心智上的“较量”，就不只是年轻人的恶作剧，同时也潜隐着一种恶意的报复或无意识的叛逆成分。《双驴记》是人与驴的斗争，黑六和黑七两头驴因为地主家庭“出身”，与当时的“黑五类”排在一个序列，虽然是驴，却遭到知青马杰残酷的虐待。马杰有一手好鞭技，他专门抽打驴最脆弱的隐秘处，结果一个气宇轩昂的种驴生生被马杰阉割了；当黑六的头颅被马杰割下的时候，恰被黑七看到了整个过程。于是黑七便不断地报复马杰，马杰虽然也不择手段地整治黑七，最后却险些与黑七在烈火中同归于尽。而《葵花引》中知青们对待牲畜的非人性态度的扭曲，《哭麦》中知青人性残酷性的变化过程等，使王松的知青小说在本质上就是知青生活的寓言。

王松从知青的视角描述了他了解的乡村生活和知青生活，同时也是在检讨和反省那场规模巨大的运动。通过具体细节的选择，王松表达了他对知青下乡的立场。在轰轰烈烈改天换地的表层背后，王松在讲述话语的年代发现了因此引发的旷日持久的巨大危机。这个危机是在日常生活中形成的，他们因乡村的愚昧、狭隘和欲望不得而惨遭屈辱甚至失去生命，于是，他们会因麦子的颗粒无收而幸灾乐祸，会因把羊变成了狼而兴奋不已，但也因日后的成功报复而付出了最后的代价。对知青生活的书写，王松开辟了新的道路，他不动声色的惨烈和波澜不惊的残酷，在重返历史语境中显示了王松的笔力在知青题材上的巨大洞见。他剥离了过去在知青文学创作中添加的各种意识形态因素，他的中篇小说对知青文学的贡献日后将会更深刻地被体察。

三、青春文学与中篇小说

青春是永远被谈论的对象。这不仅缘于年轻人引领着社会新的时尚风潮，决定着不同时期的社会心理，同时还意味着他们将无可置疑地占领着未来。但年轻人的这一优越并不意味着青春的幸运。由于在社会结构中的弱势地位，决定了他们必须经过阶段性的“压抑”处境。他们初临社会就宿命式地陷入了巨大的“意识形态”网络之中，他们被教化、整肃、规约，要按照已经制定的“社会契约”进入社会。也就是说，一个人在多大程度上认同了意识形态，就决定了这个人能够在多大程度上进入社会。就中国当代社会状况而言，这个“认同”的重要性几乎是不证自明的。但一个有趣的现象是，青春在“除菌”的过程中成长，当青春已过，人到中年或老年时，他们认同或追忆的恰恰不是被“除”过“菌”的青春，而是那些更符合人性的合理要求，或者是与社会教化无关的青春情感记忆。

当代中国文学，确实存在着一种青春的“感伤小说”，只不过它还没有经过“约定俗成”的命名而已。这与我们的文化环境有关。20世纪的七八十年代之交，曾有一个名重一时的“伤痕文学”，这一文学类型也写得很“感伤”，但这种“感伤”并不是纯粹个人化或情感化的。它的背后隐含了强烈的政治诉求和国家民族叙事。因此，当与国家民族相关的叙事功能完成之后，这类小说的使命也就完成了。这与我们所说的与个人情感记忆或普遍人性受到压抑、挫折、不自由等有关的“感伤小说”是不同的。在意识形态控制比较严厉的年代，与个人相关的诸多情感大都被认为是“个人主义”的、“小布尔乔亚”的，因此是不健康的，是“带菌”的。于是，意识形态和正统教育在某种程度上，就是对个人“带菌”思想情感的“除菌”过程。从中华人民共和国建立到20世纪80年代以前的大多数时间里，青年没有也不可能有较自由的发展环境和空间。他们必须在“导师”的引领下，在向意识形态不断认同的过程中，成长才被认为是健康的。当代文学“教化”的功能认识和实践，也决定了它负有对青年“引导”的使命，这一认识一旦转换为“审美”要求后，作为文学的意识形态就具有了合法性。在这一环境下成长起来的那代人，大概是最为循规蹈矩的一代，他们也习惯于夸耀有过的经验和经历并要求下一代。因此，意识形态的教化在那些时代就具有了道德的意义：凡是与社会、国家、民族等不能建立起联系的情感，都是不道德的；凡是与个人有关的情感，都是可耻的。

但青春的压抑必然要诉诸它的反面形式。于是对抗和反叛几乎是无可避免的。在西方也一样，西方主流视野里的判断是，20世纪60年代的一代被认为是最糟糕的一代，也是保守党列在仇敌名单上的主要对象。在英国执政工党看来，20世纪60年代的一代是造成动荡的原因，更是广泛动荡产生的结果。年轻的披头士们虽然不免轻浮，但他们乐观的声音也造就了影响深远的新文化景观，并因此催生了伯明翰文化研究学派。在美国，旧金山乐队的音乐满足了尖酸刻薄听众的需要，它以散乱、复杂和粗野来对抗传统文化，在放荡不羁中体现着自己的独立性。西方的20世纪60年代运动在中国的20世纪80年代初期才开始流行。“我不相信”的声音成了那个时代最具影响力的反叛声音。而后，金斯堡式的“嚎叫”——从诗歌到摇滚，震撼着祖国大地。可以肯定地说，任何一个时代最有生气、最具创造性的文学艺术几乎都来自年轻人那里。在他们刚刚出现的时候，他们几乎又无一例外地有过遭到追杀或封堵的经历。那些不合传统的想象和形式，总会受到正统的指责或“除菌”式的劝诱和引导。在这些指责中，社会免疫能力的低下和年轻人的“危险性”被成倍地夸大；进入20世纪90年代以来，女性文学、60年代或被称为“晚生代”的写作群体、70年代写作群体、更年轻的网络写作群体等，几乎都不乏漠视、警惕甚至敌意的对待。

但是，当这些陌生的面孔逐渐被熟悉之后，当他们文学活动的“危害”预告并未兑现之后，他们开始得到追认。已经成为过去的“青春”于蜂拥而至的“研究”或“命名”来说，起码被延误了三年。那些早期真正有见解的敏锐发现便被湮灭于这些致命庸俗的评论潮水中。被“除”过“菌”的写作一旦得到追认，也就成了新的文学的意识形态。新的写作范例的诞生，也就意味着青春和挑战已经成为过去。青春时节就是狂野的时节，青春就要充满挑战的勃勃生机。因此，对年轻的文学思想和潮流，应该怀有像詹姆逊在评价西方20世纪60年代那样的情怀。他说：“对60年代光辉业绩的追忆、纪念，或悲惨兮兮地公开承认那十年的诸多失败和错失了的机遇，都是一种无法避免的错误，我们在这两者之间找不到一条可以穿越而过的中间道路……历史乃是必然，60年代只能那样地发生，其机遇和失败相互交错，不可分割，带着一种特定历史情境的客观规约和种种机遇。”所有的青春写作都与这位大师所评价的60年代相似到了这种程度。

三十年来，关于青春的中篇小说，从不同的方向汇聚成巨大的潮流。通过这些作品我们可以形象地了解或感受到在不同的历史时期，青春的情感要求是怎样被文学表达的。如果说《晚霞消失的时候》《爬满青藤的木屋》《黄金时代》的主人公是受到血统论、阶级论等政治压抑的话，那么《没有纽扣的红衬衫》《与往事干杯》等则是受到了旧道德的压抑；而《玉米》则大胆地深入到青年女性的性意识和传统道德之间的矛盾中，撕开了一道血淋淋的缝隙，让人在身体的裂痛中感受到了人性的苦痛。与当下欲望飞升没有节制的身体狂欢相比，这些作品可能过于沉痛，它甚至让人难以理解或承受。但那确实是不同时代青春生长的环境。它们问世后也曾有过不同的评论甚至是激烈的批判，但假如我们知道今天的社会生活或情感环境会发展到这种程度的话，我们就不会那样激烈或义正词严地去批判它们了。

与青春相关的是成长。成长时期的价值观念和精神面貌，最能体现一个时代的价值取向和社会环境。成长期是走向社会展开人生的阶段，不同的环境和接触对象决定了这一时期不安、躁动和容易受挫的心理特征。不同的是，西方早期的成长小说如歌德的《威廉·迈斯特的学习时代》、司各特的《威佛利》、狄更斯的《大卫·科波菲尔》等，是主人公自己闯荡江湖，在不断地受挫中长大，他们在认识社会与生活的同时，也获得了自我判断和独立思考的能力。但在现代主义文学思潮的冲击下，西方青年的绝望、反抗、号叫等精神特征改写了早期成长小说的苦难历程和艰难时世。在中国的现代文学史中，几乎没有成长小说的历史脉流，这与20世纪中国独特的历史处境相关，拯救国家民族的关怀和叙事使个人成长的想象与书写被悬置。

进入当代之后，革命历史和农村生活成为当代文学创作基本的题材和表达资源。同时，与这一文学的思想路线相关的"成长小说"被塑造出来。最具代表性的作品是杨沫的《青春之歌》和金敬迈的《欧阳海之歌》。与西方成长小说不同的是，这两部作品的主人公——林道静和欧阳海，不是个人进入社会、接触生活获得自我成长的，他们是在各自导师的指引下完成身份转换或成长起来的。这种成长是意识形态塑造的结果，他们能够被认同并成为一个时代的文化英雄或精神楷模，是因为他们获得了黑格尔意义上的"社会准入证"，换句话说，是因为他们获得了社会政治的承认。这两部作品在当时的影响是今天不能想象的，那个时代的青年几乎奔走相告高调流传。它们对那个时代青春的成长几乎起到了灯塔般的作用。因此那也被认为是"革命文学"取得的最高成就之一。我们可能只能为那种青春的单纯、理想主义和天真所感动，却不能嘲笑他们思想的简单或精神的贫困。在这种思想或精神背景下，林道静和欧阳海的道路被不作宣告地认为是青年成长的道路，其他道路是危险和不正确的道路。但无论生活本身还是青春期对人生道路理解的多种可能，都必然会导致"异数"的出现。20世纪50年代中期，王蒙创作了使他一举成名的《组织部来了个年轻人》，这是一部充满了那个时代青春气息的小说，是那个时代"青春写作"的代表作，也可以理解是青春王蒙的精神自传。

如果说林震是在社会政治的意义上遇到了问题的话，那么路遥《人生》中的高加林则是在精神归属上遇到了问题。20世纪80年代是中国改革开放的初始时期，也是压抑已久的中国青年最为躁动和跃跃欲试的时期。改革开放的时代环境使青年，特别是农村青年有机会通过传媒和其他资讯方式了解城市生活，城市的灯红酒绿和花枝招展总会轻易地调动农村青年的想象。于是，他们纷纷逃离农村来到城市。城市与农村看似一步之遥却间隔着千年传统，农村的前现代传统虽然封闭，却有巨大的难以超越的道德力量。高加林对农村的逃离和对农村恋人巧珍的抛弃，示喻了他对传统文明的道别和对现代文明的向往。但城市对"他者"的拒绝是高加林从来不曾想象的。路遥虽然很道德化地解释了高加林失败的原因，却从一个方面表达了传统中国青年迈进"现代"的艰难历程。作家对"土地"或家园的理解，也从一个方面延续了现代中国作家的土地情结，或者说，只有农村和土地才是青年或人生的最后归宿。但事实上，农村或土地，是只可想象而难以经验的，作为精神归属，在文化的意义上只因别无选择。20世纪90年代以后，无数的高加林涌进了城市，他们会遇到高加林的问题，但不会全部返回农村。"现代性"有问题，但也有它不可阻挡的巨大魅力。

在《人生》发表三年之后，刘索拉发表了《你别无选择》。一群自以为是、离群索居的音乐学院的学生开始了对学院体制和教育制度的反叛。这是现代派文学在中国的表达，它有鲜明的西方文学影响的印记。但另一方面，它也是对当代青年在新的时代环境中成长必然做出的极端反映。"反中心""反体制"、自我宣泄反抗压迫等，构成了这些青年学生基本的精神面貌和心理特征。他们为所欲为张扬个性，但又苦闷迷茫不知所终，这种精神矛盾在这个时期的小说中表达得最为充分。这一方面与西方文学观念、价值观念的影响有关，同时更与青年在本土遇到的具体问题有关。这些"反抗"对社会生活来说可能构不成什么影响，但对青年的成长历程来说却意义非凡。只要我们看看当年批评界和读者的反映就会一目了然。

进入20世纪90年代，中国的成长小说又发生了较大的变化。对人生路径的选择或困惑开始为内心体验和经历所置换。西飏的《青衣花旦》和叶弥的《成长如蜕》应该是这一时期的代表性作品。《青衣花旦》对情感经历的叙述别具一格。在到处都是欲望的旗帜、到处都是红尘滚滚的场景描述中，西飏却对人的内心体验格外关注，他的场景也经常设定于酒吧楼堂，也有欲望的蠢蠢欲动甚至一触即发，但那些饮者或舞者、男性或女性都有所节制或调整在温情的范畴之内，即便是欢场它仍然诗意盎然，于是，奢华和喧嚣并没有构成对人的内心经验的遮蔽。叶弥的《成长如蜕》是这个时代较典型的成长小说，它虽然也是写弱势对象在压抑中的成长，但这种压抑不是林震、高加林或音乐学院那些才子们对人生目标或道路选择的彷徨或迷茫，而是在日常生活中，在具体可感的寻常日子里的不自由。要改变自己的“弟弟”却无时不遭遇各种精神或现实的挤压，成长的艰难使青春从未华彩诗意不在，个人的历史已几乎无从书写。这可能就是《成长如蜕》震撼人心的力量所在。

对青春而言，成长可能是一个永恒的话题，也是一个永无边界的书写对象。每个时代的青春和成长是如此的不同。但也正缘于成长的艰难，青春才有可能成为一段不可磨灭的人生记忆。

四、21世纪：中篇小说中的“底层”与“边缘”

对21纪文学诟病最多的，大概就是文学与现实关系的问题。真实的情况是，21世纪初以来，中篇小说对中国现实生活或公共事务的介入，已经成为最重要的特征之一。对底层生活的关注、对普通人甚至弱势群体生活的书写，已经构成了21世纪中篇小说的新人民性。

北北的书写对象大都是来自底层的“小人物”。《王小二同学的爱情》《有病》《寻找妻子古菜花》《转身离去》《家住厕所》等大抵如此。北北以现代的悲悯、浪漫、幽默和智慧的文字，书写和接续了文学伟大的传统。她提供的文学情怀，以及对文学正义的坚持和重新书写，为文学提供了新的活力。北北的小说始终关注人的心灵苦难，日常生活的贫困仅仅是她小说的一般背景，在贫困的生活背后，她总是试图通过故事来状写人的心灵债务。

陈应松多年来深居简出往返于神农架山区。他的《松鸦为什么鸣叫》《望粮山》《豹子最后的舞蹈》《马嘶岭血案》《太平狗》等作品，以绝对和极端的方式书写了苦难的凄绝。《豹子最后的舞蹈》中，孤独地行走于山中的豹子，几乎没有藏身之地，笼罩在豹子周围的是一种灭顶的绝望。豹子的苦难可以找到施加的对象，但如同豹子般绝望的人物伯纬，也在最后地舞蹈，但他却如入无物之阵。能把苦难写到这样的绝对和极致，是陈应松小说的独特贡献。

对现实生活的关注以及在文学界引发的争论，是文学创作和批评介入公共事务的典型事件。争论仍在继续，创作亦未终止。曹征路对工人阶级的生存状况关注已久。2004年，他的《那儿》轰动一时。小说主旨不是歌颂国企改革的伟大成就，而是意在检讨改革过程中出现的严重问题。国有资产的流失、工人生活的艰窘、工人为捍卫工厂的大义凛然和对社会主义企业的热爱与担忧，构成了这部作品的主旋律。当然，小说没有固守在“阶级”的观念上一味地为传统工人辩护，而是通过工会主席为拯救工厂上访告状、集资受骗，最后无法向工人交代而用气锤砸碎自己的头颅，表达了一个时代的终结。在这一文学现象中，青年作家胡学文的《命案高悬》是特别值得重视的。一个乡村姑娘的莫名死亡，在乡间没有引起任何反响，甚至死者的丈夫也在权力的恐吓和金钱的诱惑下三缄其口。这时，一个类似于乡村浪者的“多余人”出现了。他以自己的方式展开了调查。一个乡间小人物或草莽英雄要处理这样的事情，其结果是可以想象的。于是，命案依然高悬。当然，《命案高悬》并不是一篇正面为民请命的小说。事实上，作品选择的也是一个相当边缘的视角，人间世事似乎混沌而迷蒙，就如同高悬的命案一样。但作品却以睿智、胆识和力量洞穿世事，揭示了生活的部分真相。

对底层生活的关注，逐渐形成了一股巨大的文学潮流。这些作品的人物和生存环境是今日中国的另一种写照。他们或者是穷苦的农民、工人，或者是生活在城乡交界处的淘金梦幻者。他们有的对现代生活连起码的想象都没有，有的出于对城市现代生活的追求，在城乡交界处奋力挣扎。这些作品从不同的方面传达了乡土中国或者是前现代剩余的淳朴和真情、苦涩和温馨，或者是在“现代生活”的诱惑中本能地暴露出农民文化的劣根性。但这些作品书写的对象，从一个方面表达了这些作家关注的对象。对于发展极度不平衡的中国来说，物质和文化生活历来存在两种时间：当都市已经接近发达国家的时候，更广阔的边远地区和农村，其实还处于落后的17世纪。在这些小说中，作家一方面表达了底层阶级对现代性的向往、对现代生活的从众心理；另一方面也表达了现代生活为他们带来的意想不到的复杂后果。底层生活被作家所关注并进入文学叙事，不仅传达了中国作家本土生活的经验，而且这一经验也必然从一个方面表现了他们的价值观和文学观。这不仅使21世纪的中篇小说接续了现代文学“社会问题小说”的传统，也使文学具有了一种新的人民性。

边缘经验，是指在潮流之外，或被遗忘或被遮蔽的文学资源。文学是一个想象和虚构的领域。它除了对现实的直接经验做出反应和表达之外，对能够激发创作灵感的任何事物、任何领域都应当怀有兴趣。有些经验虽然是间接的，但一旦被当下的经验所激活，就有可能放射出意想不到的艺术光华。这种情况在百年文学的历史上不胜枚举。

韩少功的《报告政府》无论对21世纪文坛还是对他个人来说，都是一部重要的作品。多年来，韩少功对传统的小说形式似乎感到绝望，他一直在寻找小说绝处逢生的可能性。而重新正面创作的中篇小说《报告政府》，对文坛来说，它所涉及的领域鲜为人知，一墙之隔划分了两个世界，生与死、善与恶、正与邪等，是我们基本的认知或了解，那是一个神秘和令人难以想象的所在。但韩少功所书写的监狱景观却远远地超出了我们的想象。那里的残酷、丑恶甚至血腥不仅仍在暗中上演，而且也有超级智慧、绝顶聪明在极限的环境里表现得淋漓尽致。对韩少功个人而言，自“寻根文学”开始，他对文学可能性的探索深怀迷恋，但略有夸张的“先锋”和前卫姿态曲高和寡。《报告政府》大概是他为数不多的从“正面”挑战小说的创作。在这个把握难度极大的小说中，在对分寸、火候和节奏的掌控中，韩少功再次证实了他锋芒锐利的小说才能。

青年作家葛水平在21世纪异军突起，她的作品大都是中篇小说。她对底层生活的熟悉，对普通人生存或心灵苦难的体察感同身受。《喊山》《甩鞭》《浮生》等作品，生动又残酷地展现了那个被文明“遗弃”的荒芜所在。“天下原本是一片太平”的呼喊，却不能改变一个青年被炸得天女散花般的命运。

除了上述作品外，还有一些作品在传统的创作题材遗漏的角落发现了广阔的空间。马晓丽的《云端》，应该是21世纪最值得谈论的中篇小说之一。说它重要有两个原因：一是对当代中国战争小说新的发现，一是对女性心理对决的精彩描写。当代中国战争小说长期被称为“军事题材”，在这样一个范畴中，只能通过二元结构建构小说的基本框架。于是，正义与非正义、侵略战争与反侵略战争、英雄与懦夫、敌与我等规定性就成为小说创作先在的约定。因此，当代战争小说也就在这样的同一性中共同书写了一部英雄史诗和传奇。英雄文化与文化英雄是当代“军事文学”最显著的特征。《云端》突破了“军事文学”构筑的这一基本框架。解放战争仅仅是小说的一个背景，小说的焦点是两个女人的心理“战争”。但这里没有胜利者。小说在整体构思上出奇制胜，在最紧要处发现了文学的可能性并充分展开。战争的主角是男人，几乎与女性无关。女性是战争的边缘群体，她们只有同男人联系起来时才间接地与战争发生关系。但在这边缘地带，马晓丽发现了另外值得书写的战争故事，而且同样惊心动魄、感人至深。

魏微的小说温暖而节制，款款道来不露声色。在自然流畅的叙述中打开的似乎是经年陈酒，味道醇美不事张扬，和颜悦色沁人心脾。读魏微的小说，酷似读林海音的《城南旧事》，有点怀旧略有感伤，但那里流淌着一种很温婉高贵的文化气息，看似平常却高山雪冠。《家道》和《云端》异曲同工。许多小说都是从正面写官场的升降沉浮，都是男人间的权力争斗或男女间的肉体搏斗。但《家道》却写出了官场后面家属的命运。这个与官场若即若离的关系群体，在过去是“一人得道，鸡犬升天”，如果官场运气不济，官宦人家便有“家道败落”的慨叹，家道败落就是重回生活的起点。值得注意的是，魏微在家道沉浮过程中对世道人心的展示或描摹，对当事人母亲和叙述人对世事炎凉的深切体悟和叹喟，都令人叹为观止。而映川的《不能掉头》、迟子建的《起舞》、徐则臣的《苍声》、温亚军的《赤脚走过桑那镇》、鲁敏的《逝者的恩泽》等中篇小说，也在不同的方面展示了卓然不群的文学魅力。这些作品共同构成的奇特景观，使文学在惊慌失措的“文化乱世”中取得了令人瞩目的艺术成就，在当下的文化语境中这不能不说是一个奇迹。他们在诚实地寻找文学性的同时，也没有影响他们对现实事务介入的诚恳和热情。

三十年的时间在历史的河流中只是短暂一瞬，对我们而言，因其复杂叙述起来竟格外漫长。无论如何，三十年的中篇小说代表了这个时段文学的高端水平，它所表达的不同阶段的理想、焦虑、矛盾、彷徨、欲望或不确定性，都密切地联系着这个时代的社会生活和心理经验。于是，一个文体就这样和一个时代建立了如影随形的关系。它的全部经验已经成为我们值得珍惜的文学遗产，但它的影响以及在当下的意义还远没有结束。因此，对三十年中篇小说的认识或评说，就如同评价三十年的历史一样，更有价值、更深刻和公允的评价，只能期待来日。

2008年6月于沈阳—北京

原载《人民文学》2008年增刊

总体性的幽灵与被“复兴”的传统

——当下小说创作中的文化记忆与中国经验

传统文化，是当代中国文化与文学研究的一个巨大“情结”，在不同的历史阶段，“继承”或“弘扬”传统几乎是不变的、永远“政治正确”的口号。因此，对当代中国文化与文学来说，它具有“元话语”性质。但是，传统究竟如何继承，或者究竟什么是我们的文化与文学传统，又一直是困扰我们和悬而未决的问题。毋庸置疑，对传统的尊重或继承永远是有必要的。但是，在我们对待传统的问题上，一直有一个挥之不去的潜在诉求：只有与传统联系在一起，才能够确定我们的文化身份，这就是民族性。在过去的理论表达中，只有民族的才是大众喜闻乐见的，才是中国作风和中国气派的；在当下全球化的语境中，只有民族的才是世界的，也只有民族的，才能够保证国家文化安全而抵制强势文化的覆盖或同化。应该说，这两种理解的功利性诉求所建构起的意识形态，在不同的历史时期都有它的历史合理性。但是，传统文化显然不只存在于功利性的意识形态的表达中。事实上，在现代性追求的过程中，社会求新求变地激进演化，总体性的传统文化已经无从表达。在我们感受到的生活中，到处是钢筋水泥的森林和与国际接轨的新近时尚，特别是以电视、网络为中心的新型媒体，几乎彻底改变了我们认知和感受世界的方式。那个总体性的传统日渐湮没于红尘滚滚的现实世界中。

另一方面，传统又确实是我们的文化母体。无论社会以怎样激烈的方式发生变化，总体性的传统还是幽灵般地支配着我们的思维方式和行为方式。即便在文学活动中，我们熟知了再多的西方理论或创作方法，文化传统还是顽固地存活下来。在近期的小说创作中，文化传统的“复兴”成为一个令人瞩目的现象，这就是体现在当下小说创作中的民间文化、文人趣味和乡村的世风与伦理。

一、神秘事物与民间文化

通过对21世纪小说创作的观察和分析，我曾提出了“边缘文化与超稳定文化结构”的看法。这一看法的提出，是缘于大量的过去被我们忽略甚至批判乃至抛弃的文化资源，重新得到关注并注入了新的理解。这一现象的出现，一方面与西方强势文化的挤压有关，一方面与作家对本土文化新的理解有关。在西方强势文化的挤压和“形式的意识形态”的诱导下，我们的文学焦虑不安，在急于获得西方承认的心理诉求下，只能“跟着说”。这个结果伤害了中国文学的自尊心。于是，从本土文化寻找文学资源就成为作家自觉的意识并逐渐形成潮流。《白纸门》就是在这一潮流中意识和特点鲜明的作品。

腊月的雪，疯了，纷纷扬扬不开脸。烈风催得急，抹白了一片大海湾。白得圣洁的雪野里零零散散地泊着几只老龟一样的旧船。疙瘩爷把腿盘在炕头，屁股上坐着一个红海藻做的圆垫子，烤着火盆，吧嗒着长烟袋，眯着浑黄的眼眸瞄了一眼门神，把目光探到窗外。荒凉海滩上压着层层叠叠的厚雪，撩得他猛来了精神儿。他心理念叨打海狗的季节到了。他别好徒弟梭子花送给他的长烟袋，挺直了腰，拧屁股下炕，从黑土墙上摘下一只明晃晃的打狗叉。叉的颜色跟大铁锅一个模样。他独自哼了几声闰年谣，拎起拴狗套，披上油脂麻花的羊皮袄，戴一顶海狗皮帽子，甩着胳膊，扑扑跌跌地栽进雪野里。

这是关仁山长篇小说《白纸门》开篇描绘的一个场景。这个场景与其他地域日常生活场景的差异性显而易见：这是冀北海滨雪莲湾的冬季，一个略有萎靡无所事事的渔民在火盆边吸烟袋。当他看到海滩上的积雪被烈风抽打的时候，职业的敏感使他顿时精神抖擞，然后他便跌跌撞撞地栽到雪野里去了。值得我们注意的是，在这个开篇的叙述中，有几个独特的关键词是我们不熟悉的：红海藻、门神、梭子花、大铁锅、闰年谣等等。事实上，在《白纸门》的"引子"《鹰背上的雪》中，这样的关键词出现了49个，而这49个关键词也恰恰是《白纸门》49个章节的标题。我们不免疑惑，那已经给了注释符号的类似词条式的关键词，到最后作者也没有给出我们可以理解的注释，更没有写出任何说明性的文字。这是作者有意地遗漏还是故弄玄虚？

这是一部表现当下农村日常生活的小说，但日常生活仅仅是作家现有经验的文学化呈现。比如当下农村改革的状况，变革的农村在向什么样的方向发展等，但我们看到的这些现实的生活在小说中更像是一个"由头"，更像是要通过这些"现实的生活"表达一种非现实的东西；这也是一部表现人性的小说，但这个人性不是我们惯常看到的人与人交往中流露出的善与恶，也不是在突发事件、在戏剧化的场景中所表达的人性极端化的心理或行为，而是所有的人性似乎都被纳入了一种"规训"的掌控之中，一种超自然的力量使人性有了顾忌或敬畏，为所欲为在雪莲湾难以大行其道。

小说似乎是围绕着麦家祖孙三代人——七奶奶、疙瘩爷和重孙女麦兰子的生活和性格展开故事的，但它又不是一部家族小说。这个家族与雪莲湾的民俗风情有着密切的关系，甚至可以说，"麦家"的历史就是雪莲湾的历史，麦家的风俗影响或塑造了雪莲湾的文化或生活方式。小说的空间在雪莲湾，但雪莲湾的时间源头却是不可考的久远历史。这个历史仍然与麦家有关："古时候发海啸，雪莲湾一片汪洋，七奶奶的先人会剪纸手艺，平时就在门板上糊上剪纸钟馗，家家户户进水，唯独七奶奶先人家里没进海水。这下就把白纸门传神了，家家户户买来白纸，请七奶奶先人给剪钟馗。明眼人一看，雪莲湾家家户户都是一色白纸门了。"与门文化有关的还有，谁家男人死了，要摘下左扇白纸门随同下葬，女人走了要摘下右扇白纸门下葬，新人入住要重新换上门，贴上七奶奶剪的白纸钟馗。雪莲湾的风俗就这样延续下来。这大概是小说对《白纸门》唯一做出注释的"词条"。其他没有做出注释的"词条"，都隐含在雪莲湾的生活词典里。也许在作者看来，民间生活的秘密是只可意会不可言说的，而这个不可言说的有意"省略"，恰恰是小说的高明之处。

疙瘩爷和七奶奶是《白纸门》的主要人物，也是雪莲湾“旧文化”的守护者和象征。疙瘩爷不仅面对社会生活严格恪守公平原则，认为公平本身就是对尊严的捍卫，而且在与动物的厮杀搏斗中，也要以公平的方式对待。他杀猎海狗不用现代的火枪，而是用“打狗叉”。他的理由一是祖传的规矩，一是不能干断子绝孙的蠢事。但当他面对“现代”的时候，疙瘩爷不仅不能阻止年轻人的火枪，甚至他也难以左右自己。在他当上村干部之后，他雅努斯式的犹疑和茫然，也出现在他被民间古旧文化熏陶过的沧桑面孔上。传统遭遇了“现代”，传统的无能为力是因为“现代”的无所顾忌。七奶奶虽然敢于出头为村里讨债，但讨回的钱却让村书记买了轿车，“小吕子”书记虽然被绳之以法，但七奶奶的“规矩”还能够制约多少人，制约多长时间呢？因工厂的污染，雪莲湾大片红海藻“走了”，七奶奶竖起她的白纸门，但七奶奶能够挽留红海藻吗？因此，《白纸门》表达了传统与现代的文化冲突，表达了现代没有边界发展的困惑和隐忧，当然，它也检讨了百年来对传统文化彻底排斥、抛弃乃至毁灭的后果。

因此，《白纸门》给人印象最深的，就是它对民间文化或民俗民风的呈现与描绘。它像“箴言”或“咒语”，它不能改变现实却预言了现实。我们可以说它是“迷信”、是非理性，但它却是雪莲湾的民间信仰。“民间信仰，是对超自然力的信仰而形成的观念以及在观念统治下形成的态度和行为。这种超自然力，既包括人格化的力量（如神灵），也包括非人格化的力量（如法术）。一般来说，民间信仰缺乏统一的神系、固定的组织以及统一的教义，因而在形态上同制度化的宗教有较大差异，并因此而长期被人们普遍以‘迷信’相称，来强调它与科学的对立，特别是与狭义‘宗教’（高级宗教）的区别。但其实在本质上，它同各种高级宗教是一致的。从客观的经验来看，或者说，从科学的角度来看，它们均属于非理性的范畴。在人类学、民俗学当中，与制度化的宗教相对，民间信仰常被称作‘普化宗教’。对于中国的民间信仰，有些学者又常常称之为‘民间宗教’，并且把它看作中国民众自己的宗教。”[①]文化人类学或民间文化研究专家正确地指出了“民间信

① 安德明：《民间信仰的功能》，载中国民俗学网2006年11月13日。

仰”的功能或价值。而《白纸门》重返民间文化，重新表达对神秘事物的敬畏和顾忌，意义显然重大。

关仁山是著名的“现实主义冲击波”的代表性作家，他创作的《大雪无乡》《九月还乡》《天高地厚》等作品，在主流批评那里获得了很高的评价和声誉。《白纸门》与他以往的作品相比，发生了极大的变化。他在谈到自己这部作品的时候说：“作家没有明确的民间立场也就没有明确判断生活的尺度，价值观念也难确立。经过这些年的思考，我认为现实主义作家确立民间立场十分重要。建立民间立场，即确立自己的独立精神。从《白纸门》的创作，我有意识向民间立场迈了一步，尽管有点儿为难，可能还会丢掉一些利益，但还是值得的。”[①]在他的独白中，我们确实感到了他转变的艰难甚至犹疑。但他毕竟实现了超越自己的“突围”。

就小说而言，我唯一不满足的，是小说在现实与传统之间还没有建构起无碍的内部关系，还没有达到不露痕迹的统一或融合，它们之间总像隔着还没跨越的沟壑。因此，那些传统的民风民俗就像庙会一样，有“策划”的味道。这种情况是否与作家的直接经验不够有关呢，还是与传统渐行渐远痕迹难寻有关？我不能断言，但总是觉得在那些地方还没有“焊接”好。但无论如何，在一个没有敬畏和顾忌的年代，关仁山在乡村中国超稳定的文化结构中，重新打捞出了尘封已久的陈年旧事，重新将被压抑的民间文化呈现在我们的阅读中，使我们对“神秘的事物”有了新的认识和感知。仅此一点，他就功莫大焉。

杨黎光的《园青坊老宅》很像是一部家族小说。但它不是家族小说，它是终结了生活于老宅中的两个居民群体、反映时代历史风云变幻的社会历史小说：家族历史在老宅中终结，前现代或欠发达时代的民居生活，在老宅被付之一炬时也同时终结。但这是一个令人喜忧参半的故事。表面波澜不惊，但内部阴沉、危机四伏的家族时代永远地成了历史；喧嚣热闹、纷乱杂居的生活也即将成为历史。这两个时代的终结，都是中国社会历史巨变的象征，

① 关仁山：《我心中的雪莲湾——与关仁山谈〈白纸门〉》，载新华网河北频道2007年4月13日。

也应该是历史的表征。但是，当老宅化为灰烬的时候，“几乎所有老宅人都回来了，大家围着这堆废墟不发一言”。这本应该是一个进入新时代的庆典仪式，但它的场景却充满了凭吊般的感伤，成为一个告别仪式。

老宅的消亡，就是历史的消亡。作家在表达对这段历史消亡时的心情是复杂的。一方面，老宅中蕴涵着许多鲜为人知的秘密。比如类似志怪式的各种故事：“狐仙”、有声音的骨灰盒、能吞鸡的巨蛇、阴沟爬出的乌龟等。有的是人为的装神弄鬼，有的是民间神秘文化；同时，老宅中的也有齐社鼎和梅香“五四”式的凄美动人的爱情故事；有几十年被认为是“狐仙”的一心要找到齐家浮财的谢庆芳，有满足于占小便宜的张和顺、破落公子程基泰、文物贩子钱启富、倒卖难民服装的杜媛媛、酒鬼曹老三、寡妇何惠芳和新青年成虎等。这些人的出身、教养、人生和命运，都千差万别。他们生活在老宅的时候，老宅曾是难忘爱情、热闹生活的集聚地，但老宅也曾是悲剧或悲苦命运的发源地。但这就是曾有过的生活。它存在的时候，老宅人可能意识不到它的意味。一旦消失，老宅人仿佛就和历史失去了联系。这就是老宅人为什么当老宅化为灰烬、新生活即将开始的时候，反倒没有，也不能欢呼雀跃的原因，也是作家内心矛盾迷茫、百感交集、欲说还休、欲言又止的原因。

小说将不同的人物汇聚到老宅，他没有将老宅写成传统的家族小说，也没有将其写成单一的大杂院，而是将两者交织在一起，书写了两种完全不同的生活。齐家老宅的家族宗法关系严明有序，但它却扼杀了齐社鼎和梅香美丽的爱情，这时的老宅应该死去；大杂院时代，捉襟见肘的条件使邻里没有私密生活，矛盾百出，这时的老宅也应该死去。但是，历史没有也不会为老宅人提供至善至美的生活。那种凄美哀婉的爱情和既爱又恨的邻里生活，就这样永远地成为过去。所以，老宅人和叙述者究竟要生活在过去，还是生活在可以想见的现实与未来，实在是个说不清楚的事情。这就是现代性的两难。

小说对齐社鼎和梅香爱情的书写和对神秘故事的书写，是其中最有光彩的段落。这种爱情在现代文学中，在巴金的小说或曹禺的戏剧里都曾出现过。男女主人公的刻骨铭心和天各一方，是浪漫主义小说常用的手法。但在浪漫主义消失的今天，这个故事仍然楚楚动人。那些神秘文化本来是人为的，但作为一种想象的超自然力量，虽然不同于作为民间信仰的“普化宗教”，但作为一种文学元素，它有效地控制了小说的节奏和情节的发展变化。同时，它也是我们理解民间世俗生活的重要依据。小说最后，成虎去深圳，酷似当年新青年的出走。新青年的出走是实在没有出路，作家必须以放逐的方式处理。但成虎似乎没有必要。老宅没有了，一个时代没有了，这对老宅所有的人都是一样的。老宅人的历史也结束了，但是他们没有走。所以成虎的出走却使小说没有走出“五四”时代感伤小说的旧路数。

对传统民间生活的书写，是发掘、检讨或继承传统的一部分。T.S.艾略特正确地指出：“历史意识不仅与过去有关，而且和现在有关。历史感迫使一个人在写作时不仅在内心深处装着他自己那一代人，而且要有这样一种感觉——从荷马开始的整个欧洲文学，以及包含在其中的他本国的文学是并存的，并且构成了一种并存的序列。这种历史意识，这种既是无时间的，又是有时间的，又同时是无时间和有时间的意识，使一个作者具有传统性。它也使作者最确切地意识到他在时间中的位置和他自己的当代性。”[①]

进入当代中国之后，包括生活情趣在内的传统的民间生活已不再被表达，那种生活先在地被指认为与当代生活是格格不入的。但事实远非如此。萨义德在讨论艾略特关于将过去、现在和将来联系起来的观点时，虽然指出了他的理想主义问题，但却承认了他中心思想的正确，这就是“我们在阐述表现过去的方式，形成了我们对当前的理解与观点”[②]。青年作家徐名涛的长篇小说《蟋蟀》，是一部将传统文化和生活集中书写的一部作品。在当下长篇小说创作的整体格局中，《蟋蟀》肯定是一个例外：这是一部离奇而怪异的小说，是一部情节密集而又悬疑丛生的小说，它是一部关于过去的民间秘史，也是一部折射当代世风和私密心理的启示录。它在各种时尚的潮流之外，但又在我们时时更新却又万古不变的文化布景之内。故事的时间和背景

① 德国神学家赫尔德语，载户晓辉《现代性与民间文学》，社会学科文献出版社，2004年，第87页。

② 爱德华·W.萨义德：《文化与帝国主义》，三联书店，第2页。

都隐约迷离，我们只能在不确切的描述中知道，这是一个发生在清末民初期间、巢湖一带的姥桥镇陈家大院和妓院翠苑楼里的故事。大院的封闭性、私密性和妓院制度，预示了这是一段陈年旧事，它一旦被敞开，扑面而来挥之不去的是一种陈腐霉变的腐烂气息。这种气息我们既熟悉又陌生，既心向往之又望而却步：妻妾成群的陈天万陈掌柜、深怀怨恨的少东家陈金坤、风情万种的小妾阿雄、禀性难改的小妾梅娘、表面儒雅心怀叵测的义子王士毅、始终不在场但阴魂不散的情种秦钟以及一任管家两任知县等，各怀心腹事地款款而来。

这是两个不同的场景，一个是私人化的宅院，一个是公共化的妓院。但这两个不同的场景却隐含了共同的人性和欲望，在无数的谎言中上演了相似的爱恨情仇。陈家大院的主人陈天万陈掌柜一生沉迷斗蟋蟀，他的生死悲欢都与蟋蟀息息相关，在爱妾与蟋蟀之间他更爱蟋蟀，但他必须说自己更爱小妾阿雄；小妾梅娘与少东家有染、与知县两情相悦、与义子王士毅有肌肤之亲并最终身怀六甲；王士毅表面儒雅但与妻子豆儿同床异梦，对收留他的义父陈掌柜的两个小妾虎视眈眈；管家表面忠诚但对陈家家产蓄谋已久……但这一切都被谎言所遮蔽。院墙之外虽然传言不绝街谈巷议，但大院昏暗的生活仍在瞒与骗中悄然流逝。然而死水微澜终酿成滔天大浪，陈家大院更换了主人——那个只有母亲而父亲匿名的孩子，他虽然身份暧昧，但因眉眼、提蟋蟀罐走路的姿态和对蟋蟀的痴迷，使人们有理由相信那就是陈掌柜的孩子。邻里释然大院宁静，但这个被命名为司钊的孩子，许多年过后，无论他的父亲是谁，但可以肯定的是，他是又一个陈天万。他一定会承传陈家大院的生活——也是中国传统生活中最陈腐却又魅力无边的方式。这个意味深长的结尾，也使《蟋蟀》成为一部“意味”深长的小说。

在故事的结构方式上，《蟋蟀》有两条明暗交织的线索：一条是长颚蟋的被盗；一条是秦钟的神秘之死。这两条线索几乎掌控了陈家大院所有人的心理和精神生活，所有人的恐惧和快乐无不与这两个秘密相关。秦钟不散的阴魂不仅笼罩在陈家每个人的心头，甚至惊动了两任知县。每每提及秦钟命案陈家上下便魂不守舍讳莫如深，其实这个令人惊恐的事件水落石出时并不那么复杂，但它却是提领小说的灵魂；陈掌柜虽然不至于玩物丧志，但他对蟋蟀的迷恋最终还是走向万劫不复，长颚蟋的被盗终于让陈掌柜心无所系一命归西。《蟋蟀》中的文化与传统中国的主流文化既有联系又有区别：达官贵人对享乐的迷恋与陈家大院在本质上是一样的，但他们同时也有或兼善天下或独善其身的情怀或抱负。不同的是，陈家大院作为颓废的民间文化，所散发的仅仅是无可救药的腐烂气味。这种文化犹如风中的罂粟，摇曳中的凄美惨烈背后隐藏着致命的绝杀。我惊讶于徐名涛对这种文化气味的熟悉、提炼和掌控能力，他对享乐的体悟和对颓唐之美的拿捏，既让人不可思议，又让人忍俊不禁并生发出强烈的好奇心理和兴趣。这是东方奇观，也是华夏文化大地上的“恶之花”。

二、小说修辞与文人趣味

在现代知识分子阶层形成之前，中国舞文弄墨的人被称为“文人”。文人就是现在的文化人。幕僚、乡绅等虽然也有文化，也可能会有某些文人的习性，但他们的身份规约了他们的生活方式和情感方式，他们还不能称为文人。就像现在的官员、公务员、律师、工程师、教师等，虽然也有文化，但他们是政治家或专业工作者，也不能称为文人。在传统中国，“文人”既是一个边缘群体，也是一个最为自由的群体。他们恃才傲世、放浪不羁、漠视功名、纵酒狎妓等无所不为。这种行为方式和价值观都反映在历代文人的诗文里。五四新文化运动之后，这一传统被主流文化所不齿，它的陈腐性也为激进的现代革命所不容。因此，小说中的传统“文人”气息在相当长的一个时段里彻底中断了。20世纪90年代以后陆续发表的贾平凹的《废都》、王家达的《所谓作家》等，使我们又有机会领略了小说的“文人”气息。庄之蝶和胡然虽然是现代文人，但他们的趣味、向往和生活方式都有鲜明的传统文人的印记。他们虽然是作家，也有社会身份，但他们举手投足间都有别于社会其他阶层的某种“味道”：他们有家室，但身边不乏女人；生活很优裕，但仍喜欢钱财；他们谈诗论画才华横溢，但也会或颓唐纵酒或率性而为；喜怒哀乐溢于言表。

如果说《废都》《所谓作家》等作品的人物，还残留着旧文人习气和趣味的话，那么，青年作家李师江的《逍遥游》，则是一部表达了现代文人气息的小说。

李师江是这个时代的小说奇才。最初读到李师江的小说是《比爱情更假》和《爱你就是害你》。当时的直觉是李师江是这个时代最大的文学“异数”之一。他的小说和我们曾经习惯了的阅读经验相去甚远。这两部长篇小说，就其题材和叙述方法上有某些相似性，但这些作品都是非常好看的小说，他的题材几乎都与当下特别是他那代人独特的生活方式和处境相关，与他观察世界的方式和话语方式相关。在社会与学院的交界地带，过去被认为最纯粹的群体所隐含的或与生俱来的问题，被他无情地撕破了。知识分子群体，无论是青年还是老年，他们中某些人的琐屑、无聊、空洞和脆弱，都被他暴露得体无完肤。他的残忍正是来自他对这个群体切身的认识和感知。在只有两个人存在的时候，生活尚未展示在公共领域的时候，人没有遮掩和表演意识的时候，本来的面目才有可能被认识。李师江处理的生活场景，有大量的两个人私密交往的片段，这时，他就为自己创造了充分的剥离人性虚假外衣的可能和机会。在他的作品中我们不仅看到了不曾被揭示的灵魂世界，而且看到了更年轻一代自由、松弛和处乱不惊的处世态度。因此在今日复杂多变的生活中，他们才是游刃有余的生活的主人以及青春的表达者和解释者。

《逍遥游》延续了李师江一贯的语言风格：行云流水旁若无人，出人意料又在情理之中，幽默智慧又奔涌无碍。它不是“苦情小说”，但表面的“逍遥”却隐含了人生深刻的悲凉；它不是“流浪汉小说”，但不确定的人生却又呈现出了真正的精神流浪。在漂泊和居无定所的背后，言说的恰恰是一种没有归属感的无辜与无助。这种评价虽然也可以成立，但好像太“西方”。其实，小说的微言大义都是“被阐发”出来的。如果我们从另一个角度阐释这部小说的话，我认为这是一部当代的“文人小说”。活跃在小说中的人物，既不是古代“为万事开太平”的官僚阶层，也不是“以天下为己任”的现代知识分子，他们不明道救世，不启蒙救亡。他们只是社会中的一个边缘群体，既生活于黎民百姓之中，又有自己的趣味和交往群体。他们落拓但不卑微，我行我素但有气节，大有明清之际文人的风采。作品中的李师江、吴茂盛等有各种让人不能接受的习气和生活习惯，无组织无纪律，言而无信不拘小节。但他们又都多情重义、热爱生活和女人。他们没有稳定的生活，似乎也不渴望更不羡慕“成功人士”。他们更像是生活的旁观者，一切都可遇不可求，虽然漂泊动荡为生存挣扎，但也随遇而安得过且过。他们经常上当受骗但决不悲天悯人自艾自怜。生活仿佛就在他们放肆的话语中成为过去。李师江、吴茂盛等作家没有宏大抱负，大处不谈国家社稷小处不谈爱情，这些事情在他们看来既奢侈又矫情。因此李师江笔下的人物都很放达，很有些胸怀。这就是小说的“文人”的气质，评论李师江小说的文字，都注意到了他很“现代”的一面，这是对的，但他对传统文化的接续和继承似乎还没有被注意。

在李师江这里，小说又重新回到了“小说”，现代小说建立的“大叙事”的传统被他重新纠正，个人生活、私密生活和文人趣味等，被他重新镶嵌于小说之中。作为作家的李师江似乎也不关心小说的西化或本土化的问题，但当他信笔由疆挥洒自如的时候，他确实获得了一种自由的快感。于是，他的小说是现代的：因为那里的一切都与现代生活和精神处境相关。他的小说也是传统的：因为那里流淌着一种中国式的文人气息。

贾平凹的长篇小说创作，大多与现实保持着密切的关系，特别是乡村中国现代性的问题。但是，值得注意的是，贾平凹的小说又不那么现实。在他的小说中，总是注入了他丰富的个人想象或个人经验，尤其是个人的心理经验。他不那么现实的感觉或个人经验的加入，特别是文人趣味的一贯坚持，恰恰是小说最具文学性因素的部分。

《高兴》，是贾平凹第一次用人名做书名的小说。按照流行的说法，《高兴》是一部属于“底层写作”的作品。刘高兴、五富、黄八、瘦猴、朱宗、杏胡等，都是来自乡村的都市“拾荒者”。都市的扩张和现代文明的侵蚀，使乡村的可耕土地越来越少。生存困境和都市的诱惑，使这些身份难以确定的人开始了都市的漂泊生涯。他们维持生计的主要手段是拾荒。但是，面对中国最底层的人群，贾平凹并不是悲天悯人地书写了他们无尽的苦难或万劫不复的命运。事实上，刘高兴们虽然作为都市的“他者”并不是城市的真正主人，但他们的生存哲学决定了他们的生存方式。他们并不是结着仇怨的苦闷的象征，他们以自己理解的生活方式艰难也坦然地生存着。坚强的女人杏胡在丈夫死了之后，她为自己做的计划是：一年里重新找个男人结婚，两年里还清一半的债务；结果她找到了朱宗并与他结婚，起早贪黑地劳作真的还清了一半的欠债。她又定计划：一年还清所有的债，翻修房屋；两年后果然翻修了房屋还清了所有的债。然后她再计划如何供养孩子上大学、在旧院子盖楼、二十年后在县城办公司等。她说："你永远不要认为你不行了，没用了，你还有许多许多事需要去做！"她认真地劳作，善良地待人，也敢于和男性开大胆的玩笑。杏胡的达观、乐观和坦白的性格，可能比无尽的苦难更能够表达底层人真实的生存或精神景况。

当然，刘高兴还是小说主要表达的对象。这个自命不凡、颇有些清高并自视为城里人的农民，也确实有普通农民所没有的智慧：他几句话就搞定了刁难五富的门卫，用廉价的西服和劣质皮鞋就为翠花讨回了身份证，甚至可以勇武地扑在汽车前盖上，用献身的方式制服了肇事企图逃逸的司机等。这些都显示了高兴的过人之处。但高兴毕竟只是一个来城里拾荒的边缘人，他再有智慧和幽默，也难以解决他城市身份的问题。有趣的是，贾平凹在塑造刘高兴的时候，有意使用了传统小说的"才子佳人"的叙事模式。刘高兴是落难的"才子"，妓女孟夷纯就是"佳人"。两人都生活在当下最底层，生活是否有这样的可能并不重要，重要的是贾平凹以想象的方式让他们建立了情感关系，并赋予了他们的情感以浪漫的特征。他们的相识、相处以及刘高兴为了解救孟夷纯所做的一切，亦真亦幻但感人至深。我们甚至可以说，刘高兴和孟夷纯之间的故事，是小说最具可读性的文字。这种奇异的组合是贾平凹的神来之笔，它不仅为读者带来了巨大的想象空间，也为作家的创作提供了许多可能。但是，也正因为是"才子佳人"模式，刘高兴和孟夷纯之间才没有发生"嫖客与妓女"的故事。他们的情感不仅纯洁，而且还赋予了更高的精神性的价值和意义。贾平凹显然继承了中国古代白话小说和戏曲的叙事模式，危难中的浪漫情爱是最为动人的叙事方法之一。还值得注意的是，小说几乎通篇都是白描式的文字，从容练达，在淡定中显出文字的真功夫。它没有大起大落的情节，细节构成了小说的全部。我们通常都认为，小说的细节是对作家最大的考验，一个作家和一部作品，最精彩之处往往在细节的书写或描摹上。《高兴》在这一点上所取得的成就，应该说在近年来的长篇小说中是最为突出的。《废都》之后我们再没见到这样的文字，但在长篇小说进退维谷之际，贾平凹坚定地向传统文学寻找和挖掘资源，不仅为自己的小说创作找到了新的路径，同时也显示了他“为往圣继绝学”的勃勃雄心和文学抱负。

当然，《高兴》显然不只是为我们虚构了一个文人式的“才子佳人”的浪漫故事。事实上，在这个浪漫故事的表象背后，隐含了贾平凹巨大的、挥之不去的心理焦虑：这就是在现代性的过程中，中国农民将以怎样的方式生存。他们被迫逃离了乡村，但都市并未接纳他们。当他们试图返回乡村的时候，也仅仅是个愿望而已。不仅心难以归乡，就是身体的还乡也成为巨大的困难。五富的入土为安已不可能，他只能像城里人一样被火化安置。高兴们暂时留在了城市，也许可以生存下去，就像他们的拾荒岁月一样。但是，那与他们的历史、生命、生存方式和情感方式休戚与共的乡村和土地，将会怎样呢？他们习惯和熟悉的乡风乡情就真的这样渐行渐远地无可挽回了吗？因此，《高兴》虽然将情景设置在了都市，但它仍然是乡土中国的一曲悲凉挽歌。

三、超稳定的乡村世风与伦理

文学确有属于它永恒的主题，这个问题已经而且还将被千百遍地谈论。比如对爱情、正义、善与美、英雄、勤劳等的歌颂，对邪恶、丑陋、怨恨、战争、贪婪等的批判等。这些在文学创作者和接受者那里已经获得了普遍的认同。但这些抽象的概念必须附着于具体的行为和文化方式中才有可能得到具体的表达。在我看来，不同地区、种族、群体中，那些具有“超稳定”意义的文化结构，对族群的生活方式、行为方式、思维方式以及道德准则具有支配、控制功能的文化结构，就是文学应该寻找和表达的永恒的主题。这种具有“超稳定”意义的文化，虽然也处在不断被建构或重构之中，但在本质上并不因时代或社会制度的变迁而发生变化。

这一“超稳定”的文化结构，在乡村中国表达得最为充分。百年中国文学史上，乡村中国一直是最重要的叙述对象。在现代文学起始时代，乡村叙事是分裂的：一方面，穷苦的农民因愚昧、麻木被当作启蒙的对象；另一方面，平静的田园又是一个诗意的所在。因此，那个时代对乡村的想象是矛盾的。乡村叙事整体性的出现，与中国共产党建立现代民族国家的目标密切相关。农民占中国人口的绝大多数，动员这个阶级参与建立现代民族国家的进程，是后来被历史证明的必由之路。于是，自延安时代起，特别是反映或表达土改运动的长篇小说《太阳照在桑干河上》《暴风骤雨》等的发表，中国乡村生活的整体性叙事与社会历史发展进程的紧密缝合，被完整地创造出来，“乡土文学”从这个时代起被置换为“农村题材”。此后，当代文学关于乡村中国的整体性叙事几乎都是按照这一模式书写的，“史诗性”是这些作品基本的也是最后的追求。《创业史》《山乡巨变》《三里湾》《红旗谱》《艳阳天》《金光大道》《黄河东流去》等概莫能外。“整体性”和“史诗性”的创作来自两个依据和传统：一是西方自黑格尔以来建构的历史哲学，它为“史诗”的创作提供了哲学依据；一是中国文学的“史传传统”，它为“史诗”的写作提供了基本范型。于是，史诗便在相当长的一个历史时段甚至成为评价文艺的一个尺度，也是评价革命文学的尺度和最高追求。但是，这个整体性的叙事很快就遇到了问题，不仅柳青的《创业史》难以续写，而且20世纪80年代以后，周克芹的《许茂和他的女儿们》以“生活真实”的方式，率先对这个整体性提出了质疑。陈忠实的《白鹿原》对乡村生活“超稳定结构”的呈现以及对社会变革关系的处理，使他因远离了整体性而使这部作品具有了某种“疏异性”。在张炜的《丑行或浪漫》中，历史仅存于一个女人的身体中。这种变化首先是历史发展与“合目的性”假想的疏离，或者说，当设定的历史发展路线出现问题之后，真实的乡村中国并没有完全沿着历史发展的“路线图”前行，因为在这条“路线”上并没有找到乡村中国所需要的东西。这种变化反映在文学作品中，就出现了难以整合的历史。瓦解或碎裂的整体性叙事被代之以对“超稳定文化”的书写，这是当前表现乡村中国长篇小说最重要的特征之一。

铁凝的《笨花》，也是一部书写乡村历史的小说。小说叙述了笨花村从清末民初一直到20世纪40年代末期抗战结束的历史演变。但是，值得注意的是，国族的历史演变更像是一个虚拟的背景，而笨花村的历史则是具体可感、鲜活生动的。因此可以说，《笨花》是回望历史的一部小说，但它是在国族历史背景下讲述的民间故事，是一部“大叙事”和“小叙事”相互交织融会的小说。它既没有正统小说的慷慨悲壮，也没有民间稗史的恣意横流。“向家”的命运是镶嵌在国族命运之中的，向中和以及他的儿女向文成、取灯以及向文成的两个儿子，都与这一时段的历史有关系。但是，他们并没有也不可能建构甚至成为这段历史的“缩影”。尽管在向中和和取灯的身上体现了民族的英雄主义。但小说真正给人深刻印象的，还是笨花村的日常生活，是向中和的三次婚姻以及笨花村“窝棚”里的故事。因此，《笨花》在这个意义上也可以看作是一部对“整体性”的逆向写作。

笨花村棉花地里的“窝棚”，是小说中的一个经典场景。它像一个暗夜笼罩的舞台：既有心神不定看花的男人，也有心情像棉花一样盛开的拾花的女人；既有游走的“糖担儿”，也有喑哑的糖锣。无数个窝棚既扑朔迷离又充满诱惑，它是笨花村一道独特又暧昧的景观。它是笨花村的风俗，也是笨花村的风情。在这个场景里出入了与笨花村相关的各色人等，在笨花村，它是人所共知的公开的秘密。它像一个男女之事的“飞地”，也是一个诱惑无边的肉体与棉花的民间“交易所”。但笨花村似乎习以为常并没有从道德的意义上评价或议论它。除非在产生极端的矛盾的时候，偶尔骂一句“钻窝棚的货”。但是，“窝棚”里的交易却在最本质的意义上表现着人的性格、禀性和善与恶。西贝牛、小治、时令、“糖担儿”、向桂、大花瓣、小袄子等，都与窝棚有着不解之缘，甚至取灯最后也被日本鬼子糟蹋、杀害在窝棚里。

窝棚仅仅是小说大舞台中的一个角落，与窝棚有关的人物也不是小说中的主要人物。但在这个暗夜笼罩的角落里，小说以从容不迫的叙述，通过小人物照亮了过去许多抽象或不证自明的观念，比如“人民”“民众”“群众”等，他们被指认为与革命有天然的联系，而且神圣不容侵犯，他们是不能超越和质疑的。但在《笨花》中，他们既可以钻窝棚，也可以上学堂；既可以不自觉地参与抗日，也可以轻易地变节通敌。那个被命名为小袄子的年轻女孩就是一个典型。她不同于她的前辈向喜向中和，也不同于她的同代人取灯。她既没有旧式人物的民族气节，也没有新式人物的革命理想。她只是一个普通人，她在动荡年代只希望能够求得生存，但最后她还是被处决了。但这样的人物也被动地参与了笨花村历史的书写。

《笨花》是一部既表达了家国之恋也表达了乡村自由的小说。家国之恋是通过向喜和他的儿女并不张扬，但却极其悲壮的方式展现的；乡村自由是通过笨花村那种“超稳定”的关于“窝棚”的乡风乡俗表现的。因此，这是一部国族历史背景下的民间传奇，是一部在宏大叙事的框架内镶嵌的民间故事。可以肯定的是，铁凝这一探索的有效性，为中国乡村的历史叙事带来了新的经验。

当全球化、现代性、后现代性等问题在都市文学中几近爆裂的时候，我们会发现，真正具有巨大冲击力的小说，还是存在于对乡土中国的书写和表达中。原因并不复杂：一是当下中国最广大的地区仍然是没有发生本质变化的农村，这个本质性的变化，不是说乡村的物质生活仍处在原始状态，仍是老死不相往来的封闭或自足的状态，而是说在观念层面，即便在表面上有了“现代”的震荡或介入，“乡村”对“现代”的既向往又抗拒、既接受又破坏的矛盾，仍然是一个普遍的存在；二是在现代中国，对乡村的叙事几乎是“追踪式”的，农村生活的任何细微变化，都会引起作家强烈的兴趣和表达的热情。这就为中国的农村题材文学积累了丰富的经验，也正是这一极端本土化的文学形态，建构了一种隐约可见的“文学的政治”。但是，那种“超稳定”的乡村生活的表意形式或文化结构，如宗教、仪式、婚娶、娱乐、庆典乃至两性关系等风俗风情，则超越了时代甚至社会制度而延续下来，它强大的生命力远远在我们的想象之外。

范小青的《赤脚医生万泉和》叙述的故事，从“文革”到改革开放历经几十年。万泉和生活在“文革”和改革开放两个不同的时期。这两个时期对中国的政治生活来说是两个时代。但时代的大变化、大动荡、大事件等，都退居到背景的地位。我们只是在乡村行政单位建制、万泉和的身份、批斗会现场和一些流行的政治术语中，知道小说发生在“文革”背景下。但进入故事后我们发现，后窑村的日常生活并没有发生根本性的变化，传统的风俗风情仍在延续并支配着后窑人的生活方式。那些鲜活生动的乡村人物也没有因为是“文革”期间就改变了性情和面目。我们在好逸恶劳的“新娘子”万里梅、风情万种轻佻风骚的刘立、简单泼辣又工于心计的柳二月、心有怨恨又无从宣泄的裘大粉子等乡村女性那里，鲜明地感受到了乡村中国前现代周而复始的日常生活图景。进入改革开放时期，这些人物的性格或性情也没有因此而改变。

乡土中国风俗风情不变的超稳定性，还可以在后窑男性人物和其他场景中得到证实。吴宝是一个典型的乡间花花公子，他肆无忌惮地与各种女性发生关系，“文革”前后都是如此。他虽然也曾被批斗，但那种形式化的场景不仅不严肃，而且很像是一出滑稽的言情喜剧：

> ……刘玉和吴宝并排站着，刘玉还把自己的头靠在吴宝的肩上。吴宝嬉皮笑脸，和一个看热闹的新媳妇打情骂俏，他说：“你要是老盯着我，你会怀上我的孩子。”害得人家新媳妇满脸通红。旁边的人呸他，说人家新媳妇肚子里已经有孩子了，吴宝就笑道：“那孩子生下来也会像我。”新媳妇说：“不可能的，怎么可能呢？”吴宝想要凑到新媳妇耳边说话，被裘二海喝住了，吴宝就站回原地，跟新媳妇挤眉弄眼地说：“你过来，我告诉你怎么可能。”新媳妇差一点真要过去了，后来她才发现是不能过去的，就站定不动了。吴宝“嘘”了一声，说：“现在人多不方便，晚上我们在竹林里见，我告诉你。”大家都笑，吴宝得意地摇晃着身子，刘玉拉他说：“吴宝你站好，严肃点，这是开批斗会呀。”

这个场景就是乡村中国的政治文化：一方面它是对新道德的维护，是对不正当两性关系的“批判”；另一方面，两性关系又是乡村社会带有“娱乐性”的“文化生活”。我们在各种民歌或民间故事中都会感受到。因此，即便在“文革”中，即便是被批判的对象，民众并没有把它看得多么严重。批斗会更像是娱乐民众的文化活动。这个场景，与铁凝《笨花》中的“窝棚”故事异曲同工——民众并不是将两性关系很道德化地对待的。

当然，乡土中国社会的发展，并不是一部简单的自然发展史，并不是以不变应万变的物理时间。现代中国政治风云的变幻，深刻地影响了中国乡村的发展。这不只是说经过百年的社会变革，中国农民的政治身份和经济地位发生了根本性的变化，而是乡村中国的社会结构发生了极大的变化。其中重要现象就是乡绅阶层的消失。乡绅在中国乡村社会有非常重要的作用，它非常类似西方的市民社会，能够起到类似教会、工会、学校、社会救助组织、文化组织机构等的作用。当然，乡绅的作用没有也不会像西方市民社会这样完善。但是，作为非政府、非组织的乡绅阶层，在中国乡村社会结构中，有一定的权威性，在民众中有相当程度的文化领导权。它的被认同已经成为乡村中国文化传统的一部分。家长、族长、医生、先生等，对自然村落秩序的维护以及对社会各种关系的调理，都有不可替代的作用。比如《白鹿原》中的白嘉轩就是这样的人物。在《赤脚医生万泉和》中，赤脚医生万人寿和万泉和，在乡土中国，就应该是“乡绅”式的人物。但在“文化大革命”中，赤脚医生作为新生事物，他们自然不会，也不能行使乡绅的职责，发挥乡绅的功能。但我们可以明确感受到普通人对他们的尊敬、羡慕和热爱。普通民众的这一态度，可以肯定地说，与赤脚医生这个新生事物没有关系，民众的态度显然与他们作为乡村大夫的“身份”有关。但是，万人寿和万泉和毕竟不是乡绅了，万人寿甚至可以被批斗，万泉和几起几落朝不保夕。这种情况就是社会政治生活对乡土中国社会结构的改变。文化或文明在乡十中国的不断跌落，在这个现象上可以被充分地认识到。

赤脚医生万泉和就是在这样的文化环境中被哺育和滋养成长的。他天生的木讷、敦厚、诚恳和诚实。他的不合时宜、不能与时俱进，他的无奈无辜、失败和悲剧，都给人一种彻骨的悲凉。因此，《赤脚医生万泉和》是对乡土中国孕育的人性、人心以及为人处事方式的遥远想象与凭吊。那是原本的乡土中国社会，是前现代或欠发达时代中国乡村的风俗画或浮世绘。万泉和是一个普通的小人物，他是一个“医生”，他要医治的是生病的乡里。医生和被救治者本来是拯救和被拯救的关系，但在小说中，万泉和始终是力不从心勉为其难。他不断地受到打击、嘲讽、欺骗甚至陷害，而那些人，就是以前被称为民众、大众、群众的人。这样的民众，我们在批判国民性的小说中经常遇到，但在怀乡的小说或其他文体中还不曾遇到。乡土中国人心复杂性的变化是意味深长的。启蒙话语受挫之后，救治者优越的启蒙地位在万泉和这里不复存在。书中万泉和居住的平面图显示，万泉和的房子越来越小，生存空间越来越狭窄直至倾家荡产。一个乡村“知识分子”就这样在精神和物质生活中濒于破产。他的两难处境，甚至自身难保的处境都预示了乡土中国超稳定文化结构的存在，同时也表达了社会历史变迁给乡土中国带来的异质性因素。

万泉和不是朱老忠，不是梁生宝，当然更不是萧长春；但万泉和也不是阿Q、陈奂生。我们暂时还难以找到他的人物谱系。他很像乡土文学女性中大地圣母形象的变体。作为一个虚构的、想象的人物，你可以说他逆来顺受、唯唯诺诺，没有血性不像男人，更没有丈夫气，但百年文学，我们见过了太多的勇武之士，太多的叱咤风云的英雄，太多的血雨腥风或暴力美学，很少见到万泉和式的谦卑忍让、诚实诚恳、甘愿吃亏、只想别人的博爱人物。这时，我们却是面临着一个两难的悖论：我们不知道是应该肯定还是应该批判万泉和，不知道是应该同情启蒙还是应该怒其不争。这个两难，却是范小青叙事伦理的胜利。她超越了启蒙、悲悯、同情、大悲大喜、悲痛欲绝、欢天喜地等叙事的主体霸权。她客观地描述人物自然形成的人性力量，包括万泉和身上我们能够接受或难以接受的全部。因此，万泉和是我们见到的独特的乡村中国的文学人物。

对中国文学经验的讨论正在展开。值得注意的是，在都市化进程越来越快、城市人口加速膨胀的今天，我们却没有获得属于中国的城市文化经验。那些时尚或新潮的都市生活，只是在最浅表的层面表达了一种虚假的情感狂欢。真正的中国文化或文学经验，还是隐含在传统中国的文化记忆中。文化传统——这个总体性的幽灵，无论我们是否喜欢，它就是这样在不断被重构和建构中“复兴”并支配着我们。

原载《当代文坛》2008年第6期

知识分子的“背叛”“出走”与“死亡”

——21世纪文学中的知识分子

当代中国对知识分子的形象书写，《青春之歌》建立了最初的思想规范和成长模型，这个规范的影响一直延续到20世纪80年代初期。我们在“反思文学”中看到的“右派知识分子”凯旋后所表达的“九死未悔”的信仰，事实上是林道静身份重建、思想再生的某种延续。他们经历了苦难，但苦难不能改变他们的思想信仰，或者说，恰恰是苦难更加坚定了他们需要守护的某种东西。这种“知识分子写作”的问题，在当代文学史的著作中已经得到了部分的清理。

知识分子作为被述对象不断地得到书写，特别是在社会转型的时代，对知识分子的触动会更加敏感。一个有趣的现象是，自20世纪90年代初《废都》出版后，或者说自庄之蝶出走之后，长篇小说中知识分子的“背叛”或出走的现象正前赴后继蔚为大观地出现，他们成了新的“零余者”或“多余人”。这一现象我们在阎真的《沧浪之水》、张炜的《能不忆蜀葵》、张抗抗的《作女》、莫怀戚的《经典关系》、张者的《桃李》、王家达的《所谓作家》、董立勃的《米香》等大量作品中都可以看到。在文学观念已经分化的时代，为什么这些作家不谋而合地都选择了“背叛”或出走来放逐或处理自己的人物？知识分子为什么要再次踏上不知所终的人生之旅？这显然是一个值得我们阐释和分析的新的问题。

一、知识分子的“背叛”

在长篇小说中，知识分子面对现实特别是面对革命的矛盾、犹疑或彷徨的心态，在路翎的《财主底儿女们》中得到了最为充分、集中和真实的表达。但他们并不是一个“背叛者”的形象，于现实和心灵来说都是如此。知识分子背叛的典型形象，是红色经典《红岩》中的甫志高，他的小资产阶级知识分子的情操、趣味以及最后变节，在政治观念的支配下，得到了合乎逻辑的展开。但在20世纪80年代的文学叙事中，知识分子受难但政治节操坚定，改写了他们的动摇与不洁。这一叙事的真实性后来遭到了难以辩解的质疑，而使其文学价值大打折扣。进入21世纪以来，知识分子的形象被重新书写，情感和节操的变节乃至“背叛”，使这个群体或阶层的形象令人触目惊心，他们灵魂的复杂性和文学的丰富性相得益彰地得以揭示。

董立勃自《白豆》出版以来名声大噪。他身不由己地成了当下最抢手或最走红的作家之一。对一个作家来说，这是一件幸事还是一个苦难，可能只有作家自己能说清楚。现在看来，起码有一种煎熬是董立勃必须要承受的。据我所知，《白豆》之后，他相继又写了两部和下野地有关的长篇小说，一篇是《静静的下野地》，一篇是我们要谈论的这部《米香》。一个作家要在同一题材上不断地深入开掘，讲出新的故事，写出新的人物，说出新的意思，这是相当困难的。这种自己提出然后又要超越的挑战，因为困难而变成煎熬。作家对自己有了新的要求，读者当然也希望作家能超越《白豆》。这两种期待的压力之大，作为局外人也可想而知。不久前，董立勃在这双重压力之下出版了他的新作《米香》。这部小说无论从题材还是背景，无论从人物还是故事，与《白豆》都有不难察觉的血缘关系——它们都孕育于遥远的下野地，它们都与人性、欲望、权力、暴力和那个特殊的历史时代密切相关。但是，《米香》作为下野地的另一个故事，它确实实现了董立勃对自己超越的期待。作为一个读者，在为作家感到庆幸的同时，也发现了其间的艰难、用力和几近极限的疲惫。

如果说，《米香》仅仅写了米香的单纯、美丽和献身、被骗后的放纵，那么这个故事除了时代环境不同外，也并无太多的新鲜之处。但是《米香》的不同凡响，就在于小说同时也书写了一个被命名为宋兰的女性。这两个女性命运、性格的对比，使《米香》在同样平实的叙述中，焕发出了几缕灿烂而意想不到的光芒。宋兰来自上海，是一个“支边”青年，米香是因家乡水灾逃难到下野地；宋兰有文化，能读《钢铁是怎样炼成的》，米香几乎大字不识。但是命运并没有按照她们身份的等级来给予安排。宋兰被牧羊人老谢强暴之后，还是嫁给了这个粗俗的土著。老谢塑造自己老婆的本土方式，主要是诉诸暴力，就在宋兰将被塑造的时候，她逆来顺受的性格发生了革命性的变化。在忍无可忍生不如死时，宋兰挥刀斩杀了老谢的爱犬阿黄，并以同样暴力的方式，改变了或者“颠覆”了老谢的暴力。从此，两个人的世界相安无事，相亲相爱，双双感到过上了好日子。就在上海知青可以返回上海的政策颁发的时候，宋兰依然不为之心动，依然和老谢相依为命地生活在她本不热爱然后又不能割舍的下野地。

米香的命运则完全不同。米香是小说的主角，在作家的设计中，她的命运理所当然地要曲折复杂。她虽然出身低微，是一个“盲流”，但她心性高，生得一副好皮囊，有浪漫天性，爱知识分子。这一出身和性格的矛盾，注定了米香悲剧性的命运。从人物自身来分析，米香无论出身如何，她完全有选择个人生活和爱情的权力。但是由于米香一定要爱有知识分子气质的许明，甚至不顾世俗社会的种种非议委身与他，结果她被欺骗了。许明在前途、功名和爱人之间选择了前者而抛弃了米香。这个毁灭性的打击彻底改变了米香，她无所顾忌地放纵自己的肉体，她试图以此来对抗或报复自己不公正的遭遇。这个放纵使米香虽然“过得比下野地任何一个女人都快乐”，但米香再也找不到自己想要的东西了。因此，米香才是下野地悲剧的真正主角。

除了时代的原因之外，酿成米香悲剧的直接原因是小说中的一个配角——“知识分子”许明。套用一句老话说，“性格即命运”。在小说中，米香应该处在宋兰的位置，而米香的性格、浪漫和趣味也应该是宋兰的。但她们的性格阴差阳错地被作家置换了，于是她们都承担了本不该属于她们命运的人生。偶然性和绝对化的书写，是《米香》最引人注目的地方。如果没有偶然性，就没有两个女人倒置的命运，如果没有绝对化，米香和宋兰的人生就不会这样震撼人心。她们都以绝对化的方式改变了自己。米香热爱知识分子使许明有了可乘之机，这个谦卑懦弱的知识分子是我们常见的形象，“始乱终弃”的叙事原型也是小说基本的结构方式。但这个知识分子在情感上的背叛却构成了米香悲剧具有决定性的偶然因素。如果没有许明的背叛，米香不会以放浪形骸的方式对待人生和身体。许明的背叛原因很简单，他曾是一个落难的“公子”，米香在最危难的时候爱上了他，米香的给予创造了一个不死的许明，但在“功名”面前，许明选择了“功名”而放弃了爱情。这个故事可能并不新鲜，但在21世纪作家仍以这个原型结构故事，则从一个方面表达了他对这个群体的怀疑或不信任，许明的历史不只是知识分子的前史，他们的故事在今天还在上演。

如果说《米香》中的许明是情感上的背叛，那么阎真《沧浪之水》中的池大为，就是知识分子对节操和特立独行精神的背叛。当然，《沧浪之水》的丰富性和复杂性，可以从许多角度进行解读，比如知识分子与文化传统的关系、特权阶层对社会生活和精神生活以及心理结构的支配性影响、在商品社会人的欲望与价值的关系、他者的影响或“贱民”的心理恐慌等等。这足以证实《沧浪之水》的创造性和它所具有的极大的文学价值。但在我看来，这部小说最值得重视或谈论的，还是在市场经济条件下对知识分子心态、选择的透视和关注，是它对知识分子在外力挤压下潜在欲望被调动后的恶性喷涌，是在与现时对话中的被左右与强迫认同，并因此反映出的当下社会承认的政治和尊严的危机。

小说的主人公池大为，从一个清高的旧式知识分子演变为一个现代官僚，其故事框架也许并没有超出于连式的奋斗模型，于连对上流社会的渴望与池大为对权力中心的心向往之是相似的，人物在心理结构上并没有本质区别。不同的是，池大为的向往并不像于连一样出于原初的谋划。池大为虽然出身低微，但淳朴的文化血缘和独善其身的自我设定，是他希望固守的“中式”的精神园林。这一情怀从本质上说不仅与现代社会格格不入，与现代知识分子对社会公共事物的参与热情相去甚远，而且这种试图保持内心幽静的士大夫式的心态，本身是否健康是值得讨论的，因为它仍然是一种对旧文化的依附关系。如果说这是池大为个人的选择，社会应该给予应有的尊重，但是，池大为坚持的困难并不仅来自他自己，而是来自他与“他者”的对话过程。

现代文化研究表明，每个人的自我界定以及生活方式，不是来自个人的愿望独立完成的，而是通过和其他人“对话”实现的。在“对话”的过程中，那些给予我们健康语言和影响的人，被称为“有意义的他者”，他们的爱和关切影响并深刻地造就了我们。池大为的父亲就是一个这样的“他者”。但是，池大为毕业七年后，仍然是一个普通科员，这时，不仅池大为的内心产生了严重的失衡和坚持的困难，更重要的是他和妻子董柳、厅长马垂章、退休科员晏之鹤以及潜在的对话者儿子池一波已经经历的漫长的对话过程。这些不同的社会、家庭关系再造了池大为。特别是经过“现代隐士”晏之鹤的人生忏悔和对他的点拨，池大为迅速地时来运转，他不仅在短时间里连升三级，而且也连续搬了两次家换了两次房子。这时的池大为因社会、家庭评价的变化，才真正获得了自我确认和“尊严感”。这一确认是在社会、家庭“承认”的前提下产生的，其“尊严感”同样来源于这里。

于是，小说提出的问题就不仅仅限于作为符号的池大为的心路历程和生存观念的改变，事实上，它的尖锐性和严峻性，在于概括了已经被我们感知却无从体验的社会普遍存在的生活政治，也就是“承认的政治”。加拿大学者查尔斯·泰勒在他的研究中指出：一个群体或个人如果得不到他人的承认或只得到扭曲的承认，就会遭受伤害或歪曲，就会成为一种压迫形式，它能够把人囚禁在虚假的、被扭曲和被贬损的存在方式之中。而扭曲的承认不仅会对对象造成可怕的创伤，并且会使受害者背负着致命的自我仇恨。拒绝“承认”的现象在任何社会里都不同程度地存在，但在池大为的环境里已经成为一种普遍的存在。被拒绝者如前期的池大为，他认为他设计的那种低劣和卑贱的形象，曾被他自己内在化，在他与妻子董柳的日常生活中，在与不学无术浅薄低能的丁小槐丁处长、与专横跋扈的马厅长的关系中，甚至在与下一代孩子的关系中，这种“卑贱”的形象进一步得到了证实。不被承认就没有尊严可言。池大为的“觉醒”就是在这种关系中因尊严的丧失被唤起的。现代生活似乎具有了平等的尊严，具有了可以分享社会平等关注的可能。就像泰勒举出的例证那样，每个人都可以被称为先生、小姐，而不是只有部分人被称为老爷、太太。但是这种虚假的平等从来也没有深入生活内部，更没有成为日常生活支配性的文明。尤其在我们的社会生活中，等级的划分或根据社会身份获得的尊严感，几乎是未作宣告但又根深蒂固深入人心的观念或未写出的条文。

现代文明的诞生也是等级社会衰败的开始。现代文明所强调和追求的是赫尔德所称的“本真性”理想，或者说我们每一个人都有一种独特的作为人的存在方式，每个人都有他或她自己的尺度，统一的“圭臬”已经死亡。自己内心发出的召唤要求自己按照这种方式生活，而不是模仿别人的生活，如果我不这样做我的生活就会失去意义。这种生活实现了真正属于“我”的潜能，这种实现，也就是个人尊严的实现。但是，在池大为面对的环境中，他的“本真性”理想不啻为天方夜谭。如果他要保有自己的“士大夫”情怀和生活方式，若干年后他就是“师爷”晏之鹤，这不仅妻子不答应，就连他自己最终也不会选择这条道路。如果是这样，他就不可能改变自己低劣或卑贱的形象，他就不可能获得尊严，不可能从“贱民”阶层中被分离出来。

于是，“承认的政治”就这样在日常生活中弥漫开来。它是特权阶级制造的，也是平民阶级渴望并强化的。在池大为的生活中，马垂章和董柳是这两个阶级的典型，然后池大为重新成为下一代人艳羡的对象或某种“尺度”。读过小说之后，我内心充满了恐慌感，在今天的社会生活中，一个人将怎样被“承认”，一个人尊严的危机怎样才能得到缓解？因此，知识分子在今天要坚持独立的精神立场，不背叛自己的心灵或超越现实的诱惑，显然还没有完成。

二、知识分子的“出走”

在20世纪的小说叙事中，知识分子的出走是一个经典性的场景。面对庞大的家族宗法制度和黑暗的社会现实，他们无法忍受又无可奈何，于是，不知所终的“出走”就成为许多作家处理知识分子命运的惯常手段。确实，知识分子究竟要走向哪里，没有人知道。林道静大概是一个例外，她虽然开始也是出走，但找到了“归宿”，因此她也成为中国“类成长小说”的第一位主人公。

21世纪开始，中国知识分子开始了新的“远足”。在许多小说中，“出走”是我们常见的以知识分子为主人公的小说的结局。不同的是，他们不是因社会或他人的逼迫，而常常是一种自我放逐，在宏大抱负幻灭后或是为了某种乌托邦假想而远走他乡。知识分子在这个时代的无力或不合时宜被再度证明。

莫怀戚的《经典关系》，是一部写普通人生活的小说，普通人的小说就是写日常生活的小说。但《经典关系》的普通人还是有区别的，它主要的叙述对象是一群可以被称为“知识阶层”的群体——它的主要人物都是有高等教育背景的人。在当下的小说创作中，可能有两种题材最为引人注目：一种是年轻人，他们被称为“70年代”；一种是“成功人士”，他们位高权重。这两个群体被表达出的生活方式和思想观念，都是令人触目惊心的。在不断的文学叙述中，我们会误以为社会生活的变化只限于在这些特殊的群体或阶层中。但是，读过《经典关系》之后，我们才有可能在作品中被告知，我们所生活的这个时代，确实发生了我们意想不到的变化。或者说，那些不被注意的社会群体的日常生活的变化，才是真正的变化。

在以往的舆论或意识形态的表达中，“知识阶层”和他们坚守的领域，一直有一层神秘的面纱，他们在不同的叙述中似乎仍然是中国最后的精神和道德堡垒，他们仍然怀有和民众不同的生活信念或道德要求，他们仍然生活在手造的幻影当中。但事实上，在20世纪80年代中期，知识分子内部的变化就已经开始发生。不同的是，那时知识分子的“动摇”或变化还不是堂而皇之的，他们是怀着复杂的心情离开校园或书房的。进入20世纪90年代之后，曾经有过关于知识分子经商的大讨论。有识之士对知识分子经商给予了坚决的支持。现在看来，这场讨论本身就是知识分子问题的反映：这个惯于坐而论道的阶层总是讷于行动而敏于言辞。但对于勇敢的年轻人来说，他们没有顾忌地实现了自我解放，他们随心所欲地选择了自己喜欢的职业，同时也就选择了新的价值观念。如果说，1905年以前士大夫阶层死抱着从政做官不放，是那个时代的价值观念问题的话，那么，今天的知识阶层死抱着书本不放，其内在的问题并没有本质的不同。当社会提供了身份革命条件的时候，这个犹豫不决的群体总会首先选择观望，然后是指手画脚。

《经典关系》中的人物不是坐而论道的人物。他们无论是主动选择还是被动裹挟，都顺应了时代潮流，在他们新的选择中，重建了新的“经典关系”。经典关系，事实上是日常生活中最常见的关系，它是夫妻、父子、翁婿、师生、情人等血缘和非血缘关系。但人在社会生活结构中的位置发生变化之后，这些关系也就不再是传统的亲情或友情关系，每种关系里都隐含着新的内容，也隐含着利害和危机。“关系”是在欲望、金钱、利益的控制下，或者说是在自己的意愿之外重新建立的。在这种新的关系中发现“故事”，是作者非同寻常的艺术眼光。20世纪以来，我们就是生活在不同的“故事”当中，从“狂人”的故事、“阿Q”的故事，到“白毛女”的故事、“王贵李香香”的故事，到“林道静”的故事、“阿庆嫂”的故事，到“乔厂长”的故事、“废都”的故事等，每种故事都浓缩了我们生活的环境，都类似“镜像”一样，让我们既身置其间，又窥视到了我们的真实处境。“经典关系”具有“镜像”作用，就这样与上述“故事”类似到了这样的程度。或者说，我们的生活仿佛是不真实的，而“经典关系”的生活比我们正在经历的生活还要真实得多。在《经典关系》的生活中，我们才有可能发现生活已经发生了什么，它虽然触目惊心，虽然惨烈、残酷，但我们必须面对它。

在作者构造的“经典关系”中，那个地质工程师的岳父东方云海处于中心的位置，但这个“中心”是虚设的。在脆弱的家庭伦理关系中，他的中心地位只是个符号而已，在实际生活中他真实的地位是相当边缘的，他难以参与其间。虽然儿女们还恪守着传统的孝道，但他已经不可能再以权威的方式左右他们的生活。他选择了自尽的方式结束自己的生命，与王国维结束自己的生命没有区别，他意识到了这个时代与他已经格格不入。茅草根、南月一以及东方兰、东方红、摩托甚至茅头，他们仿佛在故事中是叙述中心，但他们都不是中心。在故事中每个人都是以自我为中心。那个十岁的毛孩子，为和父亲争夺“姨妈”，甚至不惜开枪射杀他的父亲，使英俊父亲的眼睛只剩下了“一目半”。这个以“自我”为中心的“经典关系”一经被发现，它的戏剧性、残酷性，我们在惊讶之余也不寒而栗。

这时，我们就不得不再一次谈论已经沦为陈词滥调的“现代性”，因为除此之外我们很难做出其他解释。现代性就是复杂性，就是一切都不在我们把握控制之中的历史情境。我们试图构造的历史也同时在构造着我们。谁也不曾想到，自以为随遇而安的茅草根会被学生兼情人“裹挟”进商海，谁也不会想到东方红会那样有城府地算计她的姐姐，当然也不会想到茅草根的欲望会是那样的无边，最后竟“栽”在自己儿子的手中。“经典关系”是复杂的，但又是简单的。说它复杂，是他们必须生活在诸种关系中，没有这些关系也就失去了利益，欲望也无从实现；说它简单，是因为每个人都是以自我为中心的。他们虽然良心未泯热情洋溢生机勃勃，但在这种危机四伏的关系中，谁还有可能把握自己的命运呢？茅草根以排演《川江号子》为由逃离了“经典关系”的网络，他似乎对艺术还情有独钟，但事实上这同样是一种出走方式。唯利是图的经济“主战场”并非是他的用武之地，他只能以出走退回到他应该去的地方。

张抗抗的《作女》是一部奇异的小说。主人公卓尔是这个时代年轻女性的“运动”先锋，也是这个时代的冒险家。我们不知道卓尔为什么要“作”，她的“作”用世俗的眼光看来是难以做出解释的。她有稳定的工作，有稳定的收入，有良好的教育背景。她完全可以平静地对待生活，找个爱人安分守己地过日子。但这一切恰恰是卓尔厌倦或不屑的。我们不知卓尔要什么，我们知道的是卓尔就是要“卓尔不群”、与众不同，在自我想象中不断构造自己不知所终的人生之旅。

卓尔“作”的欲望是一种普遍的欲望，不同的是，不是所有的人都敢于像卓尔那样“作”，或者有条件去折腾。时代环境的相对宽松以及商业主义霸权的建立，调动或膨胀了人们潜隐的，但又所指不明的躁动感，没有任何一个时代像今天这样既蠢蠢欲动又方位不明，每个人都有要做点什么的欲望但又不知究竟做什么，卓尔是放大了的我们每一个人。这是社会世俗化运动带来的必然后果，20世纪90年代以后的小说，已经将这种后果描述得万花纷呈，特别是在知识阶层，卓尔只不过是个集大成者而已。因此，卓尔的欲望是超性别的欲望，无论男性女性，也无论是想象还是实践。在这个意义上说，《作女》不是一部女性主义的作品。

我们分析卓尔的不安分，大概来自一种可能：就是为了自由的逃亡，她不能容忍任何来自世俗世界的束缚，她希望做什么就做什么。卓尔在某种意义上实现了自己的期许，她辞了《周末女人》杂志的职务以后，开始了她“作”的旅途。但任何自由都是有限度的，绝对的自由是不存在的。我们发现，卓尔每一次异想天开的折腾，都离不开她和周边的关系，特别是和三个男人的关系。通过卓尔的视角可以看到，老乔、卢荟、郑达磊这三个男人，事实上是三个不同的符号，他们分别和性、文明、金钱相关。如果这一指认成立的话，那么卓尔的折腾或“作”，就始终与她的欲望联系在一起，也就是说，卓尔与其说要自由，毋宁说她什么都想得到。她确实部分地体验了自由的快乐：她可以随心所欲地到任何地方，可以心血来潮地与陌生人做爱，可以让爱她的男人招之即来挥之即去，可以通过自己的想象把握展示自己才能的机会……但结果她还是什么都没有得到。自由的代价只有卓尔自己知道，她会为去南极的资金发愁，会在夜深人静的时候因孤独而独自饮泣，在小说的最后，卓尔还是无可奈何地将自己放逐了，她完成的只是一场不知所终的“作女”运动。

卓尔的再次出走是意味深长的，20世纪以来，在中国任何一个变动或转型时期，都不乏卓尔式的人物，他们要特立独行，要与世俗社会势不两立。但他们不会被社会所容忍，或者说社会不是为任何一个个人准备的。社会的意识形态是一个人进入社会的通行证，也就是说，一个人在什么样的程度上认同了意识形态，也就决定了一个人在什么样的程度上进入这个社会。20世纪以来的“卓尔们”之所以屡战屡败，就在于他们没有取得这样的“通行证”。在一个身份社会里，卓尔抛弃了身份，她不但不要社会身份，而且不要家庭身份，她不要工作、不要丈夫、不要孩子，这是一种不作宣告的革命，对于社会来说，她之所以不被容纳，是因为她潜隐着某种令人不安的东西。但这也正是卓尔作为小说人物的成功之所在。她内心的欲望是我们每一个人都有的欲望，但她比我们每一个人都强烈、勇敢，她集中了这个时代共同的想象并敢于实践，因此卓尔的“绝对化”恰恰是一个“典型”人物。当这个人物出走和我们告别的时候，我们会记住并怀念她。

三、知识分子的“死亡”

知识分子的死亡或背叛在西方早已被宣布。这一判词表达的是对知识分子的失望乃至绝望，与对知识分子社会职能的理解相关。法国思想家朱里安·本达认为：知识分子其活动不是追求实际目的，而是从事艺术、学问及形而上学的思维，即追求达到获得超越的善那种愉悦的人类的某个阶层。本达对知识分子职能的理解与康德和葛兰西是大体相似的，但是本达试图把一种永远的价值和冥想作为一种职责交给知识分子却遭到了指责。事实上，对知识分子背叛或死亡的指认，大都来自对知识分子这一职能的理解。21世纪初长篇小说的知识分子之“死”，虽然不是理论上的分析，但却是一个明确无误的隐喻。

青年作家张者的《桃李》可以看作是新《儒林外史》或新《围城》。《儒林外史》虽然尖刻，但也从一个方面表达或揭示了这个阶层内心的问题。如果说在科举时代，入朝做官被知识阶层普遍认为是实现人生价值的途径，能否做官就是他们最大的焦虑。1905年科举制度终结之后，逐渐产生了现代知识分子，现代知识分子最明显的标志之一就是身份革命，他们可以做官，也可以不做官，可以当教师、报人、自由作家等，因此身份革命对知识阶层来说，是一个巨大的心灵的解脱。但这种解脱并不是说知识阶层就不再有问题了。《围城》说的就是现代知识分子的故事。无论是《儒林外史》还是《围城》，都尖锐地讽刺了知识阶层存在的问题，揭示了他们内心世界的另一个方面。这也成为中国现代小说的非主流传统。主流传统是知识分子与“革命”的关系的问题，比如“革命文学”，比如路翎的《财主底儿女们》；20世纪50年代知识分子的问题是思想改造的问题，80年代“归来”的一代被叙述为如何保持了政治“贞节”的问题，就像婚姻一样，虽然怀里有“休书”，但仍然是“贞洁”的。主流传统引领了知识分子写作潮流之后，非主流的传统几乎断流，后来我们在李晓的《继续操练》中隐约又看到了知识分子卑微的愿望和有趣的景观。

进入20世纪90年代之后，校园知识分子的焦虑并没有得到缓解。《桃李》用非常幽默的方式，也可以说是《儒林外史》或《围城》的方式，揭示了当下知识分子的内心问题。这对后发的现代化国家是普遍的：首先面对的问题就是压抑过后的没有节制和边界的欲望释放。知识分子的欲望和社会的普遍欲望并没有本质的区别。当然小说是一种想象和虚构，但这种非写实的方式，却从一个方面透露了知识阶层真正的问题。《桃李》中的导师邵景文和弟子们的故事，就是当代世俗化运动中典型化了的故事。

这是一部非常有趣的小说，是一部超越了雅俗界限的小说。在当下严肃文学或通俗文学构成争论甚至对立的情况下，《桃李》提供了一个超越性的文本。也就是说，小说既可以写得好看，同时又具有深刻的思想内涵，不同的读者可以读出不同的东西。这就是小说的丰富性。如果分析起来，小说提供的多种符号是非常复杂的：教授、博士生、硕士生、老板、小姐、贫困的农民、恶霸乡里的干部；还有“一夜情”、弄假成真的爱情、死于非命的凶杀等。现代性就是复杂性和矛盾性。校园应该和社会保持一定的距离，因为大学是民族的精神堡垒，保持一定的距离，是大学保有自己独立性的一个前提条件。但红尘滚滚的今日中国，社会上存在的一切，大学几乎都不缺少，有的甚至表达得更充分。《桃李》虽然幽默，但它的尖锐性仍然清晰可辨。它无情地撕去了斯文的面纱，为我们展示了一个曾经神秘、神圣、净土般领域的虚假和娇柔。被学生称为“老板”的博士生导师邵景文，在这个时代好像恰逢其时，他意气风发志得意满。作为一个新时代的教授，精英知识分子和世俗世界所期待的一切，他都得到了。他开放、豁达，和学生关系融洽，因其学术地位和掌控的学院政治，他如鱼得水。但他也确实是“玩大了”，最后，他的身体几乎像筛子一样地被情人捅了108刀，而且每个刀口里都放了一枚珍珠。邵教授之死完全缘于他个人膨胀的欲望，当他不再履行知识分子职能，完全成为一个商人的时候，邵景文的死亡就是知识分子的死亡。

与邵教授之死不同的，是王家达的长篇小说《所谓作家》中的作家胡然之死。在商品社会里，作家的光环正渐次褪去。这一现象的出现，不只源于社会价值观念的深刻变化，同时也与历史赋予作家的某种“神秘”和荣誉有关。但当价值观念发生变化和作家的“解密”过程业已实现之后，作家便不再是原来想象的作家。《所谓作家》也正是在这样的背景下产生的一部奇异的小说。应该说这是一部非常好看的小说，围绕作家胡然产生的一系列悲喜剧，不仅生动地描述了作家群体在这个时代尴尬的命运，塑造了性格迥异的作家形象，而且以苍凉、悲婉的基调为这个群体状写了一曲最后的挽歌。胡然、野风等短暂的生涯，以及他们或与风尘女子为伍，或用“文学权力”获得生命欢乐的满足与失意，事实上还都没有超出当下世风或消费主义的深刻影响，作家光环的褪落或者将作家还原为世俗世界的普通人，以及他们在“高雅”面纱掩盖下的心灵世界，彻底摧毁了作家现实生活与精神世界的最后一道防线。而围绕一篇文章构成的古城事件和作家们的最后命运和归宿，也似乎成了这个时代没落知识分子群体的缩影。

小说深刻地营造了胡然之死的社会环境和个人心理，他的主要精力是周旋于与田珍、章桂英、杨小霞、沈萍四个女人的关系中，而他身边的古城艺术界的“四大名旦”以及渗透于古城每一个角落的文化和生活气息，都使人如再次重临“废都”一样。小说虽然也有概念化的问题，比如对见利忘义、水性杨花的女性的刻画，无论是性爱场面还是移情别恋，还只限于社会对类型化女性的一般理解，还没有上升到人物性格的层面，而对农村妇女田珍的始乱终弃和最后重修旧好，也示喻了一个知识分子与人民和土地的寓言，在这一点上，作家仍没有超越20世纪以来激进主义的思想潮流。但是，作品对旧式文人的刻画和批判，对他们趣味、情怀以及对待女性态度的否定，都达到了一定的深刻性。如果说邵景文之死是在当下世风支配下的欲望之死的话，那么胡然之死就是被时代抛弃的结果。这个时代不再为胡然们准备他们想要的一切。对他们而言，生存和精神的破产是迟早的事情，他们是旧文化最后的遗老遗少。因此，胡然之死也是作家放逐或抛弃旧文化遗民的一种形式。

21世纪知识分子在小说中的形象：“背叛”—出走—死亡，这一过程很可能是一种巧合，或者是我们的一种“结构”，但它却从一个方面无意识地表达了这个阶层仍然没有解决的“身份”、归宿或精神漂流的问题。时代的发展使人文知识分子失去了曾经有过的优越感，他们的不适和内心的不强大，使他们或是与社会、时代格格不入而被放逐和抛弃，或是最后走向死亡。如果是这样的话，那么这个阶层解决如何融入社会和自身角色的问题，其道路仍然还是漫长的。

原载《文艺研究》2005年第2期

乡村文明的崩溃与“50后”的终结

——当下中国文学状况的一个方面

考察当下的文学创作，作家关注的对象或焦点，正在从乡村逐渐向都市转移。这个结构性的变化不仅仅是文学创作空间的挪移，也并非是作家对乡村人口向城市转移追踪性的文学“报道”。这一趋向的出现是中国的现代性——乡村文明的溃败和新文明的迅速崛起带来的必然结果。这一变化，使百年来作为主流文学的乡村书写遭遇了不曾经历的挑战。或者说，百年来中国文学的主要成就表现在乡土文学方面。即便到了21世纪，乡土文学在文学整体结构中仍然处于主流地位。2011年第八届茅盾文学奖的获奖作品基本是乡土小说，足以说明这一点。但是，深入观察文学的发展趋向，我们发现有一个巨大的文学潜流隆隆作响，已经浮出地表，这个潜流就是与都市相关的文学。当然，这一文学现象大规模涌现的时间还很短暂，它表现出的新的审美特征和属性还有待深入观察。但是，这一现象的出现重要无比：它是对笼罩文坛百年的乡村题材一次有声有色的突围，也是对当下中国社会生活发生巨变的有力表现和回响。值得注意的是，这一文学现象的作者基本来自“60后”“70后”的中、青年作家。而“50后”作家（这里主要指那些长期以乡村生活为创作对象的作家）基本还固守过去乡村文明的经验。因此，对这一现象，我们可以判断的是：乡村文明的溃败与“50后”作家的终结就这样同时发生了。

一、乡村文明的溃败

乡土文学，是百年来中国的主流文学。这个主流文学的形成，首先与中国的社会形态有关。前现代中国的形态是“乡土中国”，所谓“乡土中国，并不是具体的中国社会的素描，而是包含在具体的中国基层传统社会里的一种特具的体系，支配着社会生活的各个方面”[①]。中国社会独特的形态决定了中国文学的基本面貌，文学的虚构性和想象力也必须在这样的范畴和基本形态中展开。因此，20世纪二三十年代也形成了中国文学的基本形态，即乡土文学，并在这方面取得了重要成就。20世纪40年代以后，特别是毛泽东的《在延安文艺座谈会上的讲话》发表之后，这一文学形态开始向农村题材转变。乡土文学与农村题材不是一回事。乡土文学与乡土中国是同构对应关系，是对中国社会形态的反映和表达，如果说乡土文学也具有意识形态性质，那么，它背后隐含的是知识分子的启蒙立场和诉求；农村题材是一种政治意识形态，它要反映和表达的，是中国社会开始构建的基本矛盾——地主与农民的矛盾，它的基本依据是阶级斗争学说。这一学说有一个重要的承诺：推翻地主阶级，走社会主义道路，是中国和中国农民的出路。依据这一学说，现代文学开始发生转变并一直延续到1978年。在这个过程中，文学家创作了大批红色经典，比如丁玲的《太阳照在桑干河上》，周立波的《暴风骤雨》，柳青的《创业史》，陈登科的《风雷》，浩然的《艳阳天》《金光大道》等。这一文学现象密切配合中国共产党实现民族全员动员、建立现代民族国家、走社会主义道路的要求。事实是，建立民族国家和走社会主义道路的目标都实现了，但是，中国农民在这条道路上并没有找到他们希望找到的东西。20世纪80年代，周克芹的《许茂和他的女儿们》率先对这条道路提出质疑：在这条道路上，许茂和他的女儿们无论精神还是物质，依然一贫如洗，出路并没有出现在他们面前。因此，这条道路显然不能再坚持。这也是农村改革开放的现实依据和基础。农村的改革开放，为中国农民再次做出承诺：坚持改革开放是中国农民的唯一出路。随着华西村、韩村河等明星村镇的不断涌现，中国农村的改革道路似乎一览无余前程似锦。但是，事情远没有这样简单。随着改革开放的进一步发展，中国现代性的不确定性显现得

① 费孝通:《旧著〈乡土中国〉重刊序言》,《乡土中国》，生活·读书·新知三联书店，1985年，第3页。

更为复杂和充分。

或者说，乡村中国的发展并没有完全掌控在想象或设计的路线图上，在发展的同时我们也看到，发展起来的村庄逐渐实现了与城市的同质化，落后的村庄变成了“空心化”。这两极化的村庄其文明的载体已不复存在，而对所有村庄进行共同教育的则是大众传媒——电视。电视是这个时代影响最为广泛的教育家，电视的声音和传播的消息、价值观早已深入千家万户。乡村之外的滚滚红尘和杂陈五色早已被接受和向往。在这样的文化和媒体环境中，乡村文明不战自败，哪里还有什么乡村文明的立足之地。20年前，王朔在《动物凶猛》中写道：“我羡慕那些来自乡村的人，在他们的记忆里总有一个回味无穷的故乡，尽管这故乡其实可能是个贫困凋敝毫无诗意的僻壤，但只要他们乐意，便可以尽情地遐想自己丢失殆尽的某些东西仍可靠地寄存在那个一无所知的故乡，从而自我原宥和自我慰藉。”[①]但是，20年后的今天，乡村再也不是令人羡慕的所在：“延续了几千年的乡土生机在现代中国日趋黯然。青年男女少了，散步的猪牛羊鸡少了，新树苗少了，学校里的欢笑声少了——很多乡村，已经没有多少新生的鲜活的事物，大可以用‘荒凉衰败’来形容。与此同时，乡村的伦理秩序也在发生异化。传统的信任关系正被不公和不法所瓦解，勤俭持家的观念被短视的消费文化所刺激，人与人的关系正在变得紧张而缺乏温情。故乡的沦陷，加剧了中国人自我身份认同的焦虑，也加剧了中国基层社会的秩序混乱。”[②]这种状况不仅在纪实性的散文如耿立的《谁的故乡不沉沦》[③]、厉彦林的《故乡啊故乡》[④]等当中有悲痛无奈的讲述，而且在虚构性的小说中同样有形象生动的表达。

孙惠芬的长篇小说《上塘书》，以外来者视角描绘了上塘的社会生活及变化。孙惠芬的叙述非常有趣，从章节上看，几乎完全是宏大叙事，涵盖了地理、政治、交通、通信到教育、贸易、文化、婚姻和历史。这一宏大叙事确实别具匠心：一方面，乡村中国哪怕细微的变化，无不联系着中国社会发

① 王朔：《动物凶猛》，载《收获》1991年第6期。

② 《中国新闻周刊》总第540期特稿《深度中国·重建故乡》，2012年3月29日。

③ 耿立：《谁的故乡不沉沦》，载《北京文学》2011年第6期。

④ 厉彦林：《故乡啊故乡》，载《北京文学》2012年第1期。

展的历史进程，乡村的历史并不是沿着传统的时间发展的；一方面，在具体的叙述中，宏大叙事完全被上塘的日常生活置换。上塘人向往以城市为代表的现代社会和生活，因此，“往外走”就成了上塘的一种“意识形态”，供出大学生的要往外走，供不出大学生的也要往外走，“出去变得越来越容易”，“不出去越来越不可能”。在上塘生活了一辈子的申家爷爷，为了跟孙子进城，提前一年就开始和上塘人告别，但是，进城之后，他不能随地吐痰，不愿意看孙媳妇的脸色，便只好又回到上塘。那个想让爷爷奶奶见识一下城里生活的孙子，也因与妻子的分歧，梦里回到上塘，却找不到自己的家。这些情节也许只是故事的需要、叙述的需要，但揭示了乡村和现代两种文化的尖锐对立，乡村文化的不肯妥协，使乡村文化固守于过去而难以进入现代，勉强进入现代的乡村子孙却找不到家园了。《上塘书》更像是一个隐喻或象征，它预示了乡村文明危机或崩溃的现实。后来我们在刘亮程的《凿空》等作品中，也会发现这一现象的普遍存在以及作家对这一危机的普遍感知。

《凿空》与其说是一部小说，毋宁说是刘亮程对沙湾、黄沙梁——阿不旦村庄在变动时代深切感受的讲述。与我们只见过浮光掠影的黄沙梁——阿不旦村不同的是，刘亮程是走进这个边地深处的作家。见过边地外部的人，或是因为对奇异景观的好奇，或是因为对落后面貌的拒之千里，都不能也不想理解或解释被表面遮蔽的丰富过去。但是，就是这貌不惊人的边地，以其地方性的知识和经验，表达了另一种生活和存在。阿不旦在刘亮程的讲述中是如此的漫长、悠远。它的物理时间与世界没有区别，但它的文化时间一经作家叙述竟是如此缓慢：以不变应万变的边远乡村的文化时间确实是缓慢的，但作家的叙述使这一缓慢更加悠长。一头驴、一个铁匠铺、一只狗的叫声、一把坎土曼，这些再平凡不过的事物，为刘亮程津津乐道，乐此不疲。虽然西部大开发声势浩大，阿不旦的周边机器轰鸣，但作家的目光依然从容不迫地关注那些古旧事物。这道深情的目光里隐含了刘亮程的某种拒绝或迷恋：现代生活就要改变阿不旦的时间和节奏了。它将像其他进入现代生活的发达地区一样：人人都将被按下快进键，“把耽误的时间抢回来”变成了全民族的心声。到了当下，环境更加复杂，现代、后现代的语境交织，工业化、电子化、网络化的社会成形，资源紧缺引发争夺，分配不平衡带来倾轧，速度带来烦躁，便利加重烦躁，时代的心态就再也不愿意等。什么时候我们丧失了慢的能力？中国人的时间观，自近代以来历经三次提速，已经停不下来了。我们需要的是时刻看着钟表，计划自己的人生：一步到位、名利双收、嫁入豪门、一夜暴富、六十五岁退休……没有时间感的中国人变成了最着急最不耐烦的地球人，“一万年太久，只争朝夕”。[①]这是对现代人浮躁心态和烦躁情绪的绝妙描述。但阿不旦不是这样。阿不旦是随意和散漫的：“铁匠铺是村里最热火的地方，人有事没事喜欢聚到铁匠铺。驴和狗也喜欢往铁匠铺前凑，鸡也凑。都爱凑人的热闹。人在哪扎堆，它们在哪结群，离不开人。狗和狗缠在一起，咬着玩，不时看看主人，主人也不时看看狗，人聊人的，狗玩狗的，驴叫驴的，鸡低头在人腿驴腿间觅食。”[②]这是阿不旦的生活图景，刘亮程不时呈现的大多是这样的图景。它是如此平凡，但它就要被远处开发的轰鸣声吞噬了。因此，巨大的感伤是《凿空》中的坎儿井，它流淌在这些平凡事物的深处。

阿不旦的变迁已无可避免。于是，一个两难的命题再次出现了。《凿空》不能简单地理解为怀旧，事实上自现代中国开始，对乡村中国的想象就一直没有终止。无论是鲁迅、沈从文还是所有的乡土文学作家，一直存在一个悖论：他们怀念乡村，是在城市怀念乡村，是城市的现代照亮了乡村传统的价值，是城市的喧嚣照亮了乡村缓慢的价值。一方面他们享受着城市的现代生活，一方面他们又要建构一个乡村乌托邦。就像现在的刘亮程一样，他生活在乌鲁木齐，但怀念的却是黄沙梁——阿不旦。在他们那里，乡村是一个只能想象却不能再经验的所在。其背后隐含的却是一个没有言说的逻辑——现代性没有归途，尽管它不那么好。如果是这样，《凿空》就是又一曲送别乡土中国的挽歌，这也是《凿空》对缓慢如此迷恋的最后理由。但是，刘亮程的感伤毕竟不能留住阿不旦诗意的黄昏，而远去的也包括作家自己。

青年作家梁鸿的《梁庄》[③]的发表，在文学界引起了巨大反响。在这部

---

① 陈漠：《急之国——中国人为什么丧失了慢的能力》，载《新周刊》2010年7月15日。

② 刘亮程：《凿空》第二章《铁匠铺》，作家出版社，2010年。

③ 梁鸿：《梁庄》，载《人民文学》2010年第9期。

非虚构作品中，梁鸿尖锐地讲述了她的故乡多年来的变化，这个变化不只是十几年前奔流而下的河水、宽阔的河道不见了，那在河上空盘旋的水鸟更是不见踪迹。重要的是，她讲述了为难的村支书、无望的民办教师、服毒自尽的春梅、住在墓地的一家人等。梁庄给我们的印象，一言以蔽之就是破败。破败的生活，破败的教育，破败的心情。梁庄的人心已如一盘散沙难以集聚，乡土不再温暖诗意。更严重的是，梁庄的破产不仅是乡村生活的破产，而且是乡村传统中道德、价值、信仰的破产。这个破产几乎彻底根除了乡土中国赖以存在的可能，也就是中国传统文化载体的彻底瓦解。现代性的两面性在《梁庄》中被揭示得非常透彻，作品尖锐地表达了中国走向现代的代价。现在，我们依然在这条道路上迅猛前行，对现代性代价的反省还仅仅停留在书生们的议论中。应该说，梁鸿书写的一切在今天已经不是个别现象。改革开放取得了巨大成就，但改革开放的成果没有被全民共享，发展的不平衡性已经成为突出问题。找到诸如梁庄这样的例子不是一件困难的事情。另外，我们发现，在虚构的小说中，讲述变革的乡村中国虽然不及《梁庄》尖锐，但观念的分化已是不争的事实。这些不同的讲述是乡村中国不同现实的反映，同时也是中国作家对乡村中国未来发展不同观念的表达。

乡村文明的危机或崩溃，并不意味着乡土文学的终结。对这一危机或崩溃的反映，同样可以成就伟大的作品，就像封建社会大厦将倾却成就了《红楼梦》一样。但是，这样的期待当下的文学创作还没有为我们兑现。乡村文明的危机一方面来自新文明的挤压，一方面也为涌向都市的新文明的膨胀和发展提供了多种可能和无限空间。乡村文明讲求秩序、平静和诗意，是中国本土文化构建的文明；都市文化凸显欲望、喧嚣和时尚，是现代多种文明杂交的集散地或大卖场。新乡土文学的建构与“50后”一代关系密切，但乡村文明的崩溃和内在的全部复杂性，却很少在这代作家身上得到揭示。这一现象表明，在处理当下中国面临的最具现代性问题的时候，“50后”作家无论愿望还是能力都是欠缺的。上述提到的作家恰好都是“60后”“70后”作家。

二、"50后"与承认的政治

"50后"一代从20世纪七八十年代之交便开始登上中国文坛，至今已经三十余年。三十多年来，这个文学群体几乎引领了中国文学所有的主潮，奠定了文坛不可取代的地位。公允地说，这一代作家对中国文学做出了不可磨灭的贡献，甚至将当代中国文学推向了我们引以为荣的时代。历数三十多年来的文学成就，这个群体占有巨大的份额。这是我们讨论问题的前提。但是，就在这个群体站在巅峰的时候，问题出现了。20世纪80年代，"50后"同"30后"一起，与主流意识形态度过了一个短暂的蜜月期，被放逐的共同经历，使其心理构成有一种文化同一性，倾诉苦难使这两个代际的作家一起完成了新时期最初的文学变革。值得注意的是，"知青"作家一出现就表现出与复出作家——在20世纪50年代被打成"右派"的一代人——的差别。复出作家参与了对50年代浪漫理想精神的构建，他们对这一时代曾经有过的忠诚和信念有深刻的怀念和留恋。因此，复出之后，那些具有"自叙传"性质的作品，总是将个人经历与国家命运联系起来，他们所遭受的苦难就是国家民族的苦难，他们个人的不幸就是国家民族的不幸。于是，他们的苦难就被涂上了一种悲壮或崇高的诗意色彩，他们的"复出"就意味着重新获得社会主体地位和话语权力，他们是以社会主体的身份去言说和构建曾经经历的过去的。"知青"一代无论心态还是创作实践，都与"复出"的一代大不相同。他们虽然深受父兄一代理想主义的影响，并有强烈的情感诉求，但阅历决定了他们不是时代和社会的主角，特别是被灌输的理想在"文革"中幻灭，接受再教育的生活孤寂无援，模糊的社会身份决定了他们彷徨的心境和寻找的焦虑。因此，知青文学没有统一的方位或价值目标，其精神虽然激情四溢，却归宿难寻。

需要指出的是，知青文学中所体现出的理想精神，与20世纪50年代那种简单、肤浅和盲目乐观的理想精神已大不相同。过早地进入社会也使他们在思想上早熟，因此他们部分作品所表现出的迷茫和不安如同北方早春的旷野，苍凉料峭，春色若隐若现。也许正是这种不确定性成就了独具一格的文学特征，使那一时代的青春文学呈现出了精神自传的情感取向。我们发现，最能表达这一时代文学特征作品的命名，大都选择了象征的方式，如《本次列车终点》《南方的岸》《黑骏马》《北极光》《在同一地平线上》《今夜有暴风雪》等。这种象征不是西方的象征主义文学，这些作品没有感伤颓废的气息和意象。这种象征的共同选择，恰恰是这代青春对未来、理想、目标等难以确定和模糊不清的想象，都试图在这些能够停靠和依托的象征性意象中结束漂泊，结束精神游子的游荡，它反映出的是激情岁月的又一种理想。

但是，知青作家与复出作家在内在精神上毕竟存在着文化同一性。这种同一性决定了这个时代文学变革的有限性。就其生活和文学资源而言，那时的“50后”还不足以与“30后”抗衡。王蒙、张贤亮、刘绍棠、丛维熙、邓有梅、李国文、陆文夫、高晓声、张弦、莫应丰、张一弓等领衔上演了那个时代文学的重头戏。“50后”在那个时代还隐约地有些许压抑感，因此也有强烈的文学变革要求。现代派文学就发生于那个时代。当然，把现代派文学的发生归于“30后”的压抑是荒谬的。应该说，这个如期而至的文学现象的发生，首先是对政治支配文学观念的反驳，是在形式层面向多年不变的文学观念的挑战。这个挑战是“50后”作家完成的。虽然王蒙有“集束手榴弹”[①]的爆破，张贤亮有《习惯死亡》的发表，但是，普遍的看法是残雪、刘索拉、徐星等“50后”作家完成了现代派文学在中国的实践。从那一时代起，“30后”作家式微，“50后”作家开始成为文坛的主体。此后的“寻根文学”“新写实小说”以及“新历史主义文学”等，都是由“50后”主演的。特别是2000年第五届茅盾文学奖得主张平（《抉择》）、阿来（《尘埃落定》）、王安忆（《长恨歌》）、王旭峰（《南方有嘉木》），全部是“50后”，成为“50后”文学登顶的标志性事件。此后，熊召政（《张居正》）、徐贵祥（《历史的天空》）、贾平凹（《秦腔》）、周大新（《湖光山色》）、张炜（《你在高原》）、刘醒龙（《天行者》）、莫言（《蛙》）、刘震云（《一句顶一万句》）等先后获得“茅奖”。如果说“茅奖”也是一种“承认的政

① 20世纪80年代初期，王蒙先后发表的《夜的眼》《海的梦》《春之声》《风筝飘带》《布礼》和《蝴蝶》，当时被称为“集束手榴弹”。

治”的话，那么，“50后”作家无疑已经成为当下文学的主流。这个主流，当然是在文学价值观的意义上指认，而不是拥有读者的数量。站在这个立场上看，获奖与读者数量不构成直接关系。如果说，20世纪90年代以前的获奖作品，比如古华的《芙蓉镇》、周克芹的《许茂和他的女儿们》、路遥的《平凡的世界》等都拥有大量读者的话，那么，近几届获奖作品的受众范围显然缩小了许多——纸媒的“青春文学”或网络文学有大量读者，但这些作品的价值尚没有得到主流文学价值观的认同，尽管可以参评，但还没有获得进入主流社会的通行证，因此难以获奖。

第八届“茅奖”获奖名单公布之后，国务院新闻办公室于2011年8月26日上午十时在新闻发布厅举行媒体见面会，请获奖作家张炜、刘醒龙、莫言、刘震云介绍创作经历和获奖作品情况，并答记者问。这是获奖作家第一次享有这样规格的见面会，可见国家和社会对这次“茅奖”的重视程度。除了在国外的毕飞宇，其他获奖者都参加了见面会。四位作家在回答记者提问的同时，也表达了他们的文学价值观。他们的文学观既不同于20世纪80年代的“作家谈创作”，也不同于“70后”“80后”对文学的理解。

莫言的小说《蛙》的讲述方式由五封信和一部九幕话剧构成。“我姑姑”万心从一个接生成果辉煌的乡村医生，到一个“被戳着脊梁骨骂”的计划生育工作者，其身份变化喻示了计划生育在中国实践的具体过程。当资本成为社会宰制力量之后，小说表达了生育、繁衍以及欲望等丑恶的人性和奇观。莫言说：“几十年来，我们一直关注社会，关注他人，批判现实，我们一直在拿着放大镜寻找别人身上的罪恶，但很少把审视的目光投向自己，所以我提出了一个观念，要把自己当成罪人来写，他们有罪，我也有罪。当某种社会灾难或浩劫出现的时候，不能把所有责任都推到别人身上，必须检讨一下自己是不是做了什么值得批评的事情。《蛙》就是一部把自己当罪人写的实践，从这些方面来讲，我认为《蛙》在我11部长篇小说里面是非常重要的。”①

① 《第八届茅盾文学奖获奖作家媒体见面会实录》，http：//www.chinawriter.cn/news/2011/2011-08-26/101798.html，2011年8月26日。

刘醒龙的《天行者》延续了他著名的中篇小说《凤凰琴》的题材。刘醒龙对乡村教师、准确地说是乡村代课教师有深厚的情感。他说："我在山里长大，从一岁到山里去，等我回到城里来已经三十六岁了，我的教育都是由看上去不起眼的乡村知识分子，或者是最底层的知识分子来完成的。……所以《天行者》这部小说，就是为这群人树碑立传的，可以说我全部的身心都献给了他们。在20世纪60年代到90年代，中国乡村的思想启蒙、文化启蒙几乎都是由这些民办教师完成的，我经常在想，如果在中国的乡村，没有出现过这样庞大的400多万民办教师的群体，那中国的乡村会不会更荒芜？当改革的春风吹起来的时候，我们要付出的代价会更大，因为他们是有知识、有文化的，和在一个欠缺文化、欠缺知识的基础上发展代价是完全不一样的。"①

刘震云的《一句顶一万句》的不同就在于，他告知我们除了突发事件如战争、灾害等不可抗拒因素外，普通人的生活就是平淡无奇的。作家就是要在平淡无奇的生活中发现小说的元素。刘震云说："我觉得文学不管是作者还是读者，在很多常识的问题上，确实需要进行纠正，对于幻想、想象力的认识，我们有时候会发生非常大的偏差，好像写现实生活的就很现实，写穿越的和幻想的题材就很梦幻、很浪漫、很有想象力，其实不是这样的。有很多写幻想的、写穿越的，特别现实。什么现实？就是思想和认识，对于生活的态度，特别现实。也可能他写的是现实的生活，但是他的想象力在现实的角落和现实的细节里。"②

这些作家的表述有什么错误吗？当然没有。不仅没有错误，而且他们无论是"把自己当作罪人来写"，还是歌颂民办教师，无论是寻找"说话"的政治，肯定文学的想象力，还是像贾平凹在《古炉》中否定"文革"，在当下的语境中，还有比这些更正确的话题和结论吗！实事求是地说，这些作品都有一定的思想和艺术价值，我也曾在不同的场合表达过我的肯定。但是，

① 《第八届茅盾文学奖获奖作家媒体见面会实录》，http：//www.chinawriter.cn/news/2011/2011-08-26/101798.html，2011年8月26日。

② 《第八届茅盾文学奖获奖作家媒体见面会实录》，http：//www.chinawriter.cn/news/2011/2011-08-26/101798.html，2011年8月26日。

文学创作不只是要表达“政治正确”，重要的是他们在多大程度上关注了当下的精神事务，他们的作品在怎样的程度上与当下建立了联系。遗憾的是，他们几乎无一例外地走向了历史。当然，“一切历史都是当代史”。但是，借用历史来表达当代，它的有效性和针对性毕竟隔了一层。另一方面，讲述历史的背后，是否都隐含了他们没有表达的“安全”考虑？表达当下，尤其是处理当下所有人都面临的精神困境，才是真正的挑战，因为它是“难”的。在这个意义上，我认同“美是难的”。

其实，这种情况并非只发生在中国的“50后”。据报道，任期长达十七年的芥川奖最资深评委石原慎太郎日前宣布，他决定在2012年1月的第146届芥川奖评选之后辞去评委职务。石原在发表辞职感言时批评日本作家没有反映当今时代。“日本现代著名作家高见顺经常说，对作家而言，最重要的是与时代同眠。像我这样的人，就与时代同床共枕，为自己的青春与战后日本的青春重叠在一起而感到庆幸。”石原指出，经过了半个多世纪，时代发生了质变，作家也经历了蜕变，他们的自我意识变得越来越薄弱。“当今时代本身就毫无性格，作家也没有反映当今时代，无法找到引爆自己内心冲突的导火线。”在石原的心目中，“好的作家”应该像已故的高桥和巳那样热烈拥抱时代，用“高密度的文体”写出尖锐揭示社会问题的作品，他的代表作《悲之器》探讨了知识分子的责任和命运，也是一部日本的精神史。“相比之下，现在的芥川奖候选作品虽然也想紧贴现实，但总显得粗糙而没有价值。而且较之以往文学新人奖的作品，整体水准在走下坡路。”[1]

“50后”是有特殊经历的一代人，他们大多有上山下乡或从军经历，或有乡村出身的背景。他们从登上文坛到今天，特别是“30后”退出历史前台后，便独步天下。他们的经历和成就已经转换为资本，这个功成名就的一代正傲慢地享用这一特权。他们不再是文学变革的推动力量，而是竭力地维护当下的文学秩序和观念，对这个时代的精神困境和难题，不仅没有表达的能力，甚至丧失了愿望。而他们已经形成的文学观念和隐形霸权统治了整个文

---

① 《芥川奖最资深评委发表辞职感言：日本作家没有反映当今时代》，载《中华读书报》2012年2月29日。

坛。这也正是我们需要讨论这一文学群体的真正原因。

三、新文明的崛起与文学的新变

在乡村文明崩溃的同时，一个新的文明正在崛起。这个新的文明我们暂时还很难命名。这是与都市文明密切相关又不尽相同的一种文明，是多种文化杂糅交汇的一种文明。我们知道，当下中国正在经历着不断加速的城市化进程，这个进程最大的特征就是农民进城。这是又一次巨大的迁徙运动。历史上我们经历过几次重大的民族大迁徙，比如客家人从中原向东南地区的迁徙、锡伯族从东北向新疆的迁徙、山东人向东北地区的迁徙等。这些迁徙几乎都是向边远、蛮荒的地区流动。这些迁徙和流动起到了文化交融、边地开发或守卫疆土的作用，并在当地构建了新的文明。但是，当下的城市化进程与上述民族大迁徙都非常不同。如果说上述民族大迁徙都保留了自己的文化主体性，那么，大批涌入城市的农民或其他移民，则难以保持自己的文化主体性，他们是城市的"他者"，必须想尽办法尽快适应城市并生存下来。流动性和不确定性是这些新移民最大的特征，他们的焦虑、矛盾以及不安全感是其最鲜明的心理特征。这些人改变了城市原有的生活状态，带来了新的问题。正是这多种因素的综合，正在形成以都市文化为核心的新文明。

当然，以都市文化为核心的新文明还没有建构起来，与这个新文明相关的文学也在建构之中。这里有两个方面的原因：第一，中华人民共和国成立初期存在"反城市的现代性"。反对资产阶级的香风毒雾，主要是指城市的资产阶级生活方式，因此，从20世纪50年代初期批判萧也牧的《我们夫妇之间》，到话剧《霓虹灯下的哨兵》《千万不要忘记》等的被推崇，反映的都是这一意识形态，也就是对城市生活的警觉和防范。在这样的政治文化背景下，都市文学的生长几乎是不可能的。第二，都市文学从某种意义上说是"贵族文学"，没有贵族，就没有文学史上的都市文学。"新感觉派"、张爱玲的小说以及曹禺的《日出》、白先勇的《永远的尹雪艳》等，都是通过贵族或资产阶级生活来反映都市生活的。虽然老舍开创了表现北京平民生活的小说，并在今天仍有回响，比如刘恒的《贫嘴张大民的幸福生活》，但对当今的都市生活来说已经不具有典型性。因此，只有建构起当下中国的都市文化经验，都市文学才能够真正地繁荣发达。但是，今天我们面临的这个新文明的全部复杂性还远没有被我们认识，过去的经验也只能作为参照。尽管如此，我们还是看到了很多中青年作家对这个新文明的顽强表达——这是艰难探寻和建构中国新的文学经验的一部分。

有趣的是，这一新的文学经验恰恰是“60后”，更多的是“70后”作家为我们提供的。关于“70后”作家，宗仁发、施战军、李敬泽曾发表过对话——《被遮蔽的“70年代人”》[①]。十几年前他们就发现了这一“被遮蔽”的现象。但由于当时认识的局限，他们只是部分地发现了70年代被遮蔽的原因，比如70年代完全在商业炒作的视野之外，“白领”意识形态对大众蛊惑诱导等。他们还没有发现“50后”这代人形成的隐性意识形态对“70后”的遮蔽。“‘70年代人’中的一些女作家对现代都市中带有病态特征的生活的书写，不能不说具有真实的依托。问题不在于她们写的真实程度如何，而在于她们所持的态度。应该说1998年前后她们的作品是有精神指向的，并不是简单地认同和沉迷，或者说是有某种批判立场的。”“70后”的这些特征恰恰是“50后”作家在当前所不具备的。但是，由于后者在文坛的统治地位和主流形象，已经成为一只“看不见的手”，压抑和遮蔽了后来者。

表面看，官场、商场、情场、市民生活、知识分子、农民工等，都是与都市文学相关的题材。但是，中国都市的深层生活很可能没有在这些题材中得到表达，而是隐藏在都市人的内心深处。魏微的《化妆》[②]刻画了都市人灵魂深处的“恶”：十年前，那个贫寒但“脑子里有光”的女大学生嘉丽，在中级人民法院实习期间爱上了张科长。张科长稳重成熟，但相貌平平，两手空空，而且还是一个八岁孩子的父亲。但这都不妨碍嘉丽对他的爱，这个荒谬无望的不伦之恋表现了嘉丽的简单或涉世未深；然后是嘉丽的独处十年：她改变了身份，改变了经济状况。一个光彩照人但并不快乐的嘉丽终于

① 宗仁发、施战军、李敬泽：《被遮蔽的“70年代人”》，载《南方文坛》2000年第9期。

② 魏微：《化妆》，载《花城》2003年第5期。

摆脱了张科长的阴影。但“已经过去的一页”突然被接续，张科长还是找到了嘉丽。于是小说在这里才真正开始：嘉丽并没有以“成功人士”的面目去见张科长，而是在旧货店买了一身破旧的装束，将自己“化妆”成十年前的那个嘉丽。她在路上，世道人心开始昭示：路人侧目，暧昧过的熟人不能辨认，恶作剧地逃票，进入宾馆的尴尬，一切都是十年前的感觉，摆脱贫困的十年路程瞬间折返到起点。我们曾耻于谈论的贫困，这个剥夺人的尊严、心情、自信的万恶之源，又回到了嘉丽身上和感觉里，这个过程的叙述耐心而持久，因为对嘉丽而言，它是切肤之痛；这些还不重要，重要的是当年的张科长，这个当年你不能说没有真心爱过嘉丽的男人的出现，暴露的是这样一副丑陋的魂灵。嘉丽希望的同情、亲热哪怕是怜悯都没有，他以貌取人地判断嘉丽十年来是卖淫度过的。这个本来还有些许浪漫的故事，这时被彻底粉碎。

魏微赤裸裸地撕下男性虚假的外衣，戳穿了这个时代的世道人心。现代文化研究表明，每个人的自我界定以及生活方式，不是由个人的愿望独立完成的，而是通过和其他人“对话”实现的。在“对话”过程中，那些给予我们健康语言和影响的人，被称为“意义的他者”，他们的爱和关切影响并深刻地造就了我们。我们是在别人或者社会的镜像中完成自塑的，那么，这个镜像是真实或合理的吗？张科长这个“他者”带给嘉丽的不是健康的语言和影响，而恰恰是它的反面。嘉丽因为是一个“脑子里有光”的女性，是一个获得了独立思考能力和经济自立的女性，是她“脑子里的光”照射出男人的虚伪。如果说嘉丽是因为见张科长才去喜剧式地“化妆”的话，那么，张科长却是一生都在悲剧式地“化妆”，因为他的“妆”永无尽期。小说看似写尽了贫困与女性的屈辱，但魏微在这里并不是在叙述一个女性文学的话题，这是一个普遍性的问题，是一个关乎世道人心的大问题。在这个问题里，魏微讲述的是关于心的疼痛历史和经验，她发现的是嘉丽的疼痛——那是所有人在贫困时期的疼痛和经验。当然，小说不能回答所有的问题，就像嘉丽后来不贫困了，但还是没有快乐。那我们到底需要什么呢？新文明就是带着这样的问题一起来到我们面前的。

深圳青年女作家吴君有一个中篇小说《亲爱的深圳》[1]，讲述了一个新兴移民城市的人与事。拔地而起的新都市曾给无数人带来那样多的激动或憧憬，它甚至成为蒸蒸日上、日新月异的象征。但是，就在那些表象背后，吴君发现了生活的差异性、等级和权力关系。作为一个新城市的“他者”，底层生活醒目地跃然纸上。它对城市打工生活的表达达到了新的深度：一对到深圳打工的青年夫妻既不能公开自己的夫妻关系，也不能有正当的夫妻生活。如果他们承认了这种关系，就意味着必须失去眼下的工作。都市规则，或资本家的规则是资本高于一切，人性的正当需要并不在规则之中。在过去的底层写作中，我们更多看到的是物资生存的困难，是关于“活下去”的要求。在《亲爱的深圳》中，作家深入到一个更为具体和细微的方面，是对人的基本生理要求被剥夺过程的书写。它不那么惨烈，却更非人性。当然，吴君也从另一个方面揭示了农民文化和心理的复杂性和劣根性。她接续了《阿Q正传》《陈奂生上城》的传统，并赋予了当代特征。吴君不是对“苦难”兴致盎然，不是在对苦难的观赏中或简单的同情中表达她的立场，而是在现代性的过程中，在农民一步跨越现代突如其来的转型中，发现这一转变的悖论或不可能性。李水库和程小桂夫妇付出的巨大代价，是一个意味深长的隐喻。但在这个隐喻中，吴君却发现了中国农民偶然遭遇或走向现代的艰难。民族的劣根性和农民文化及心理的顽固和强大，将使这一过程格外漫长。尽管在城市里心灵已伤痕累累，但可以肯定的是，他们很难再回到贫困的家乡——这就是“现代”的魔力：它不适于所有的人，但任何人一旦遭遇它，就不再有归期。这同中国遭遇现代性一样，尽管是与魔共舞，却不得不难解难分。这也是新文明带给底层民众的新的精神困境。

广州女作家徯晗的中篇小说《誓言》[2]，读后给人一种窒息的感觉。这种窒息感不是来自关于夫妻、婚变、情人、通奸等当下生活或文学中屡见不鲜又兴致盎然的讲述。这些场景或关系，从法国浪漫派一直到今天，都是小说乐此不疲的内容和话题，这些话题和内容还要讲述下去，我也相信不同时代

① 吴君：《亲爱的深圳》，载《中国作家》2007年第7期。

② 徯晗：《誓言》，载《北京文学》2011年第8期。

的作家一定会有新奇的感觉和想象令我们震惊。但《誓言》的窒息感是来自母子关系，这里的母爱是一种由爱及恨的“变形记”，它匪夷所思但又是切实被“发现”的故事。事情缘起于郑文涛与许尤佳的婚变，婚变后的许尤佳在心理上逐渐发生了变化，这个变化与她后来的情感经历有关，男人可憎的面目不断诱发和强化了她的仇怨感。许尤佳为了报复前夫郑文涛，和儿子的关系也发生了变异，为了阻止郑文涛兑现誓言，阻止郑文涛再婚，也为了将儿子留在身边，竟然在儿子考大学的关键时刻在他的饮食中做了手脚：第一年是让儿子临考前夜不能寐，昏昏然地考砸了；第二年复考时给儿子的豆浆里放了大量安定。这是小说最易引起争议的细节：一个母亲真的会这样吗？这可能吗？小说不是现实的复制或摹写，小说有自己的逻辑。小说就是要写出不可思议和出人意料的人物、场景、心理和命运。无论多么离奇，只要符合小说人物的性格逻辑，这就是小说。

这些作品中的很多观念都“不正确”：一个男人打量女人的心理如此阴暗、“企业制度”明目张胆地阻止夫妻过正常生活、一个母亲竟对自己的儿子痛下“毒手”。但是，这就是新文明崛起后的“心理现实”。在这些作品中，被揭示的心理或精神现象集中在“恶”的方面，这是因为这些作家就生活在这无所不包无奇不有的“新文明”中，而“恶”，就是都市生活最深处正在发生的兵荒马乱，是这个时代生活的本质方面之一。无论我们是否愿意接受，它都是这个时代生活真实或本质的反映，我们都会明确无误地感受到，这样的文学才与我们的当下生活建立了联系。只有关怀、关注当下生活的作家，才能写出与当下生活相关的作品。

“50后”刚刚登上文坛时，除了他们新奇的艺术形式、敏锐的艺术感觉，也正是他们的批判性和时代感为他们赢得了声誉。那时的他们如东方蓬勃欲出的朝阳，他们青春的面孔就是中国文坛未来的希望。他们在20世纪80年代发起或推动的文学潮流或现象，无论曾经受到过怎样地诟病和批判，他们白桦林般的青春气息至今仍然给我们巨大的感动和感染。那时的他们引领着社会新的风潮，也表现着那个时期的社会心理。莫言的《透明的红萝卜》虽然表现了对色彩的敏锐感觉，使小说在形式上如彩练当空五彩缤纷，但是，当我们走进黑孩生活的现实世界时，一股强大的黑暗扑面而来。命运多艰的黑孩一直生活在成人世界的丑陋中，他只能用想象的方式拒绝现实。有趣的是，黑孩越是不幸，他幻想的景象就越加美丽动人。莫言没有用世俗的眼光考虑黑孩的外部世界“如此黑暗”是否政治正确，他就要用极端化的方式书写他心爱的人物，同时也以极端化的方式批判了现实的“恶”。只有这样，1985年的莫言才会异峰突起而成为当代文学的英雄。贾平凹的创作几乎贯穿新时期文学30年。他于1978年发表《满月儿》引起文坛注意，但真正为他带来较高文学声誉的，是1983年他先后发表的描写陕南农村生活变化的“商州系列”小说。其中代表性的作品是:《鸡窝洼人家》《小月前本》《腊月·正月》《远山野情》以及长篇小说《商州》《浮躁》等。这些作品的时代精神使贾平凹本来再传统不过的题材走向了文学的最前沿。那时的乡村改革还处在不确定性之中，没有人知道它的结局，但是，政治正确与否不能决定文学的价值。遗憾的是，这两位“50后”的代表性作家离开了青年时代选择的文学道路和立场。他们的创作道路，在某种意义上就是一部“衰败史”，他们此后的创作再没有达到那个时代的高度。我们知道，在当代文学史上，“十七年时期”的作家时常遭到诟病，周立波、柳青、王汶石、陈登科以及浩然等，他们被指责为政治服务，追随着当时的思想路线，而这条路线后来被证明是错误的。但是，他们当时所处理的问题，不仅是“中国向何处去”的问题，同时也是那个时代人们的精神状况问题。因此，即便现在看来他们“政治不正确”，但仍然为我们留下了众多的“社会主义时期”的文学人物，仍然是我们谈论中国当代文学难以绕行的。

现在的“50后”已经功成名就，青春对他们来说已经过于遥远。当年他们对文学的热情和诚恳，今天都已成为过去。如今，他们不仅仍然固守在“过去的乡土中国”，对新文明崛起后的现实和精神问题有意搁置，而且刻意处理的“历史”也早已有了“定论”，他们的表达不越雷池一步，我们既看到了这代人的谨小慎微，也看到了这代人的力不从心。也正因为如此，我们才更深切地理解，为什么作家张承志、史铁生深受读者和文学界的爱戴，原因之一就是他们一直关注中国的现实和精神状况；为什么2011年格非的《春尽江南》获得了批评界广泛的好评？就因为格非敢于迎难而上，表达了对当下中国精神跌落的深切忧患，这样的作家作品理应得到掌声和喝彩。一个时期以来，曹征路的《那儿》《霓虹》，迟子建的《起舞》，魏微的《化妆》《姊妹》《家道》，晓航的《一张桌子的社会几何原理》《灵魂深处的大象》，鲁敏的《饥饿的怀抱》《细细红线》《羽毛》《惹尘埃》，吴君的《亲爱的深圳》《复方穿心莲》《菊花香》，南飞燕的《红酒》《灯泡》，葛水平的《纸鸽子》《一时之间如梦》，黄咏梅的《契爷》《档案》，李铁的《点灯》《工厂的大门》，李浩的《在路上》《那天晚上的电影》，余一鸣的《不二》，胡学文的《隐匿者》，邵丽的《刘万福案件》，关仁山的《根》，杨小凡的《欢乐》等，构成了新的文学经验汹涌的潮流。如果是这样的话，我们可以肯定，当下文学正在发生的结构性变化，不仅仅是空间或区域的变化，不仅仅是场景和人物的变化，它更是一种价值观念、生活方式和情感方式的大变化。而对这一变化的表达或处理是由“60后”“70后”作家实现的。“50后”作家还会用他们的创作证明自己存在的价值，但是，当他们的创作不再与当下现实和精神状况建立关系时，终结他们构建的隐形意识形态就是完全有理由和必要的。

原载《文艺研究》2012年第6期

建构时期的中国城市文学

——当下中国文学状况的一个方面

百年来，由于中国的社会性质和特殊的历史处境，乡土文学和农村题材一直占据着中国文学的主流地位。这期间虽然也有起伏变动，但基本方向并没有改变。即便是在21世纪发生的“底层写作”，其书写对象也基本在乡村或城乡交界处展开。但是，近些年来，作家创作的取材范围开始发生变化，不仅一直生活在城市的作家以敏锐的目光努力发现正在崛起的新文明的含义或性质，而且长期从事乡村题材写作的作家也大都转身书写城市题材。这里的原因当然复杂。一个方面，根据国家公布的城镇化率计算，2011年我国城镇人口超过了农村人口。这个人口结构性的变化虽然不足以说明作家题材变化的原因，但可以肯定的是，城市人口的激增，也从一个方面加剧了城市原有的问题和矛盾。比如就业、能源消耗、污染、就学、医疗、治安等。文学当然不是处理这些事务的领域，但是，这些问题的积累和压力，必定会影响到世道人心，必定会在某些方面或某种程度上催发或膨胀人性中不确定性的东西。而这就是文学书写和处理的主要对象和内容。当下作家的主力阵容也多集中在城市，他们对城市生活的切实感受，是他们书写城市生活最重要的依据。

我曾分析过乡村文明崩溃后新文明的某些特征：这个新的文明我们暂时还很难命名。这是与都市文明密切相关又不尽相同的一种文明，是多种文化杂糅交汇的一种文明。我们知道，当下中国正在经历着不断加速的城市化进程，这个进程最大的特征就是农民进城。这是又一次巨大的迁徙运动。历史上我们经历过几次重大的民族大迁徙，比如客家人从中原向东南地区的迁徙、锡伯族从东北向新疆的迁徙、山东人向东北地区的迁徙等。这些迁徙几乎都是向边远、蛮荒的地区流动。这些迁徙和流动起到了文化交融、边地开发或守卫疆土的作用，并在当地构建了新的文明。但是，当下的城市化进程与上述民族大迁徙都非常不同。如果说上述民族大迁徙都保留了自己的文化主体性，那么，大批涌入城市的农民或其他移民，则难以保持自己的文化主体性，他们是城市的“他者”，必须想尽办法尽快适应城市并生存下来。流动性和不确定性是这些新移民最大的特征，他们的焦虑、矛盾以及不安全感是其最鲜明的心理特征。这些人改变了城市原有的生活状态，带来了新的问题。正是这多种因素的综合，正在形成以都市文化为核心的新文明。[①]

这一变化在文学领域各个方面都有反映。比如评奖——2012年《中篇小说选刊》公布了2010—2011年度“古井贡杯”全国优秀中篇小说获奖作品：蒋韵的《行走的年代》、陈继明的《北京和尚》、叶兆言的《玫瑰的岁月》、余一鸣的《不二》、范小青的《嫁入豪门》、迟子建的《黄鸡白酒》六部作品获奖；第四届“茅台杯”《小说选刊》年度大奖获奖的中篇小说有戈舟的《等深》、方方的《声音低回》、海飞的《捕风者》；短篇小说有范小青的《短信飞吧》、裘山山的《意外伤害》、女真的《黑夜给了我明亮的眼睛》。这些作品居然没有一部是农村或乡土题材的。这两个例证可能有些偶然性或极端化，而且这两个奖项也不是全国影响最大的文学奖，但是，它的“症候”性却不作宣告地证实了文学新变局的某些方面。

在我看来，当代中国的城市文化还没有建构起来，城市文学也在建构之中。这里有两个方面的原因：第一，中华人民共和国成立初期的五六十年代，我们一直存在着一个“反城市的现代性”。反对资产阶级的香风毒雾，主要是指城市的“资产阶级”生活方式，因此，从20世纪50年代初期批判萧也牧的《我们夫妇之间》，到话剧《霓虹灯下的哨兵》《千万不要忘记》等的被推崇，反映的都是这一意识形态，也就是对城市生活的警觉和防范。在这样的政治文化背景下，城市文学的生长几乎是不可能的；第二，现代城市文学从某种意义上说是“贵族文学”，没有贵族，就没有文学史上的现代

① 《乡村文明的变异与“50后”的境遇》，载《文艺研究》2012年第6期。

城市文学。不仅西方如此，中国也是如此。“新感觉派”、张爱玲的小说以及曹禺的《日出》、白先勇的《永远的尹雪艳》等，都是通过贵族或资产阶级生活来反映城市生活的；虽然老舍开创了表现北京平民生活的小说，并在今天仍然有回响，比如刘恒的《贫嘴张大民的幸福生活》，但对当今的城市生活来说，已经不具有典型性。王朔的小说虽然写的是北京普通青年的生活，但王朔的嬉笑怒骂调侃讽喻，隐含了明确的精英批判意识和颠覆诉求。因此，只有建构起当下中国的城市文化经验——如同建构稳定的乡土文化经验一样，城市文学才能够真正地繁荣发达。尽管如此，我们还是看到了作家对都市生活顽强的表达——这是艰难探寻和建构中国都市文学经验的一部分。

表面看，官场、商场、情场、市民生活、知识分子、农民工等，都是与城市文学相关的题材，当下中国的城市文学也基本是在这些书写对象中展开的。一方面，我们应该充分肯定当下城市文学创作的丰富性。在这些作品中，我们有可能部分地了解了当下中国城市生活的面貌，帮助我们认识今天城市的世道人心及价值取向；另一方面，我们也必须承认，建构时期的中国城市文学，也确实表现出了它过渡时期的诸多特征和问题。探讨这些特征和问题，远比做出简单的好与不好的判断更有意义。在我看来，城市文学尽管已经成为这个时代文学创作的主流，但是，它的热闹和繁荣也仅仅表现在数量和趋向上。中国城市生活最深层的东西还是一个隐秘的存在，最有价值的文学形象很可能没有在当下的作品中得到表达，隐藏在城市人内心的秘密还远没有被揭示出来。具体地说，当下城市文学的主要问题是：

一、城市文学还没有表征性的人物

今天的城市文学，有作家、有作品、有社会问题、有故事，但就是没有这个时代表征性的文学人物。文学史反复证实，任何一个能在文学史上存留下来并对后来的文学产生影响的文学现象，首先是创造了独特的文学人物，特别是那些“共名”的文学人物。比如法国的“局外人”，英国的“漂泊者”，俄国的“当代英雄”“床上的废物”，日本的“逃遁者”，中国现代的“零余者”，美国的“遁世少年”等人物，他们代表了不同时期的文学成就。如果没有这些人物，文学的巨大影响就无从谈起；当代中国“十七年”文学，如果没有梁生宝、萧长春、高大泉这些人物，不仅难以建构起社会主义初期的文化空间，甚至也难以建构起文学中的社会主义价值系统；新时期以来，如果没有知青文学、“右派文学”中的受难者形象，以隋抱朴为代表的农民形象，现代派文学中的反抗者形象，“新写实文学”中的小人物形象，以庄之蝶为代表的知识分子形象及王朔的“顽主”等，也就没有新时期文学的万千气象。但是，当下的城市文学虽然数量巨大，我们却只见作品不见人物。“底层写作”“打工文学”整体上产生了巨大的社会效应，但它的影响基本是文学之外的原因，是现代性过程中产生的社会问题。我们还难以从中发现有代表性的文学人物。因此，如何创作出城市文学中的具有典型性的人物，比如现代文学中的白流苏、骆驼祥子等，是当下作家面临的重要问题。当然，没落贵族的旧上海、平民时代的老北京，已经成为过去。我们正在面临和经历的新的城市生活，是一个不断建构和修正的生活，它的不确定性是最主要的特征。这种不确定性和复杂性对生活其间的人们来说，带来了生存和心理的动荡，熟悉的生活被打破，一种“不安全”感传染般地在弥漫；另一方面，不熟悉的生活也带来了新的机会，一种跃跃欲试、以求一逞的欲望也四处滋生。这种状况，深圳最有代表性。彭名燕、曹征路、邓一光、李兰妮、南翔、吴君、谢宏、蔡东、毕亮等几代作家，正在从不同的方面表达对深圳这座新城市的感受，讲述着深圳不同的历史和现在。他们创作的不同特点，从某个方面也可以说是当下中国城市文学的一个缩影。因此，深圳文学对当下中国文学而言，它的症候性非常具有代表性。这些优秀的作家虽然还没有创作出令人震撼的、具有普遍意义的人物形象，但是，他们积累的城市文学创作经验，预示了他们在不远的将来终会云开日见柳暗花明。

但是，就城市文学的人物塑造而言，普遍的情况远不乐观。更多的作品单独来看都是很好的作品，都有自己的特点和发现。但是，如果整体观察，这个文学书写的范畴就像北京的雾霾一样变得极端模糊。或许，这也是批评界对具体的作家肯定，对整体的文学批评的依据之一。事实也的确如此。比如鲁敏，绝对是一个优秀作家，她的许多作品频频获奖已经从一个方面证实了这个说法并非虚妄。但是，她转型书写城市文学之后，总会给人一种勉为其难的感觉。比如她的《惹尘埃》，是一篇典型的书写都市生活的小说：年轻的妇人肖黎患上了“不信任症”，“对目下现行的一套社交话语、是非标准、价值体系等等的高度质疑、高度不合作，不论何事、何人，她都会敏感地联想到欺骗、圈套、背叛之类，统统投以不信任票”。肖黎并不是一个先天的“怀疑论者”，她的不信任缘于丈夫的意外死亡。丈夫两年半前死在了城乡交界处的“一个快要完工、但突然塌陷的高架桥下”，他是大桥垮塌事件唯一的遇难者。就是这样的一个意外事件，改变了肖黎的“世界观”：施工方在排查了施工单位和周边学校、住户后，没有发现有人员伤亡并通过电台对外做了“零死亡”的报道。但是死亡的丈夫终于还是被发现，这对发布“零死亡”的人来说遇到了麻烦。于是他们用丈夫的电话给肖黎打过来，先是表示抚慰，然后解释时间，“这事情得层层上报，现场是要封锁的，不能随便动的，但那些记者们又一直催着，要统一口径、要通稿，我们一直是确认没有伤亡的”；接着是地点，“您的丈夫‘不该’死在这个地方，当然，他不该死在任何地方，他还这么年轻，请节哀顺变……我们的意思是，他的死跟这个桥不该有关系、不能有关系”；然后是“建议”，“你丈夫已经去了，这是悲哀的，也不可更改了，但我们可以把事情尽可能往好的方向去发展……可不可以进行另一种假设？如果您丈夫的死亡跟这座高架桥无关，那么，他会因为其他的什么原因死在其他的什么地点吗？比如，因为工作需要，他外出调查某单位的税务情况，途中不幸发病身亡？我们想与你沟通一下，他是否可能患有心脏病、脑血栓、眩晕症、癫痫病……不管哪一条，这都是因公死亡……”接着还有“承诺”和巧妙的施压。这当然都是阴谋，是弥天大谎。处在极度悲痛中的肖黎，又被这惊人的冷酷撕裂了心肺。

但是，事情到这里远没有结束——肖黎要求将丈夫的随身物品还给她，钥匙、手机、包等。当肖黎拿到丈夫的手机后，她发现了一条信息和几个来自同一个人的未接电话。那条信息的署名是“午间之马”。“肖黎被‘午间之马’击中了，满面是血，疼得不敢当真。这伪造的名字涵盖并揭示了一切可能性的鬼魅与欺骗。”正是这来自社会和丈夫的两方面欺骗，使肖黎患上了“不信任症”。不信任感和没有安全感，是当下人们普遍的心理症候，而这一症候又反过来诠释了这个时代的病症。如果对一般人来说这只是一种感受的话，那么对肖黎来说就是切肤之痛了。于是，“不信任症”真的就成了一种病症，它不只是心理的，更重要的是它要诉诸生活实践。那个年过七十的徐医生徐老太太，应该是肖黎的忘年交，她总是试图帮助肖黎开始“新生活”，肖黎的拒绝也在意料和情理之中。落魄青年韦荣以卖给老年人保健品为生，在肖黎看来这当然也是一个欺骗的行当。当肖黎勉为其难地同意韦荣住进她的地下室后，韦荣的日子可想而知。他屡受肖黎的刁难、质问甚至侮辱性的奚落。但韦荣只是为了生活从事了这一职业，他并不是一个坏人或骗子。倒是徐老太太和韦荣达观的生活态度，最后改变了肖黎。当徐老太太已经死去、韦荣已经远去后，小说结尾有这样一段议论：

> 也许，怀念徐医生、感谢韦荣是假，作别自己才是真——对伤逝的纠缠，对真实与道德的信仰，对人情世故的偏见，皆就此别过了，她将会就此踏入那虚实相间、富有弹性的灰色地带，与虚伪合作，与他人友爱，与世界交好，并欣然承认谎言的不可或缺，它是建立家国天下的野心，它是构成宿命的要素，它鼓励世人对永恒占有的假想，它维护男儿女子的娇痴贪，它是生命中永难拂去的尘埃，又或许，它竟不是尘埃，而是菌团活跃、养分丰沛的大地，是万物生长之必需，正是这谎言的大地，孕育出辛酸而热闹的古往今来。

“惹尘埃”就是自寻烦恼和自己过不去吗？如果是这样，这篇小说就是一部劝诫小说，告诫人们不要“惹尘埃”。那么，小说是要人们浑浑噩噩得过且过吗？当然也不是。《惹尘埃》写出了当下生活的复杂以及巨大的惯性力量。有谁能够改变它呢？流淌在小说中的是一种欲说还休的无奈感。而小说深深打动我们的，还是韦荣对肖黎那有节制的温情。这些都毋庸置疑地表明《惹尘埃》是一部好小说，它触及的问题几乎就要深入到社会最深层。但是，放下小说以后，里面的人物很难让我们再想起——作家更多关注的是城市的社会问题，而人物性格的塑造却有意无意地被忽略了。类似的情况我们在很多优秀作家的作品中都可以看到。一方面，文学在今天要创作出具有

"共名"性的人物，确实并非易事。20世纪90年代以来社会生活和文化生活的多样性和多元性，使文学创作主题的同一性成为不可能，那种集中书写某一典型或类型人物的时代已经过去。但是，更重要的问题可能还是作家洞察生活的能力以及文学想象力的问题。同样是90年代，《废都》中的庄之蝶及其女性形象，还活在今天读者的记忆中，就是因为贾平凹在20世纪90年代发现了知识分子精神幻灭的惊天秘密，他通过庄之蝶将一个时代的巨大隐秘表现出来，一个"共名"的人物就这样诞生了。李佩甫《羊的门》中的呼天成、阎真《沧浪之水》中的池大为等人物，同样诞生于90年代末期就是有力的佐证。因此，社会生活的多样性、文化生活的多元性，只会为创作典型人物或"共名"人物提供更丰饶的土壤，而绝对不会构成障碍。

二、城市文学没有青春

20世纪90年代以后，当代文学的青春形象逐渐隐退以致面目模糊。青春形象的退隐，是当下文学的被关注程度不断跌落的重要原因之一，也是当下文学逐渐丧失活力和生机的佐证。也许正因为如此，方方的《涂自强的个人悲伤》发表以来，引起了强烈的反响，在近年来的小说创作中并不多见。《涂自强的个人悲伤》打动了这么多读者的心，特别是青年读者的心，重要的原因就是方方重新接续了百年中国文学关注青春形象的传统，并以直面现实的勇气，从一个方面表现了当下中国青年的遭遇和命运。

涂自强是一个穷苦的山里人家的孩子。他考取了大学，但他没有、也不知道"春风得意马蹄疾，一日看尽长安花"的心境。全村人拿出一些零散票子，勉强凑了涂自强的路费和学费，他告别了山村。从村主任到乡亲都说：念大学，出息了，当大官，让村里过上好日子，哪怕只是修条路。"涂自强出发那天是个周五。父亲早起看了天，说了一句，今儿天色好出门。屋外的天很亮，两架大山耸着厚背，却也遮挡不住一道道光明。阳光轻松地落在村路上，落得一地灿烂。山坡上的绿原本就深深浅浅，叫这光线一抹，仿佛把绿色照得升腾起来，空气也似透着绿。"这一描述，透露出的是涂自强、父亲以及全村的心情，涂自强就要踏上一条有着无限未来和期许的道路了。但是，走出村庄之后，涂自强必须经历他虽有准备，但一定是充满了无比艰辛的道路——他要提早出发，要步行去武汉，要沿途打工挣出学费。于是，他在餐馆打工，洗过车，干各种杂活，同时也通过与不同人的接触并领略了人间的暖意和友善，他终于来到学校。大学期间，涂自强在食堂打工，做家教，没有放松一分钟，不敢浪费一分钱。但即将考研时，家乡因为修路挖了祖坟，父亲一气之下大病不起最终离世。毕业了，涂自强住在又脏又乱的城乡交界处。然后是难找工作，被骗，欠薪；祸不单行的是家里老屋塌了，母亲伤了腿。母亲出院后，跟随涂自强来到武汉。母亲去餐馆洗碗，做家政，看仓库，扫大街，和涂自强相依为命勉强度日。最后，涂自强积劳成疾，在医院查出肺癌晚期。他只能把母亲安置在莲溪寺——

> 涂自强看着母亲隐没在院墙之后，他抬头望望天空，好一个云淡风轻的日子，这样的日子怎么适合离别呢？他黯然地走出莲溪寺。沿墙行了几步，脚步沉重得他觉得自己已然走不动路。便蹲在了墙根下，好久好久。他希望母亲的声音能飞过院墙，传达到他的这里。他跪下来，对着墙说，妈，不知道什么时候才能再见。妈，我对不起你。

此时涂自强的淡定从容来自绝望之后，这貌似平静的诀别却如惊雷滚地。涂自强从家乡出发的时候是一个“阳光轻松地落在村路上，落得一地灿烂”的日子。此时的天空是一个“云淡风轻的日子”。从一地灿烂到云淡风轻，涂自强终于走完了自己年轻、疲惫又一事无成的一生。在回老家的路上，他永远离开了这个世界。小说送走了涂自强后说：“这个人，这个叫涂自强的人，就这样一步一步地走出这个世界的视线。此后，再也没有人见到涂自强。他的消失甚至也没被人注意到。这样的一个人该有多么的孤单。他生活的这个世道，根本不知他的在与不在。”

读《涂自强的个人悲伤》，很容易让人想到1982年路遥的《人生》。20世纪80年代是中国改革开放的初始时期，也是压抑已久的中国青年最为躁动和跃跃欲试的时期。改革开放的时代环境使青年，特别是农村青年有机会通过传媒和其他资讯方式了解城市生活，城市的灯红酒绿和花枝招展总会轻易地调动农村青年的想象。于是，他们纷纷逃离农村来到城市。城市与农村看似一步之遥却间隔着不同的生活方式和传统，农村的前现代传统虽然封闭，却有巨大的难以超越的道德力量。高加林对农村的逃离和对农村恋人巧珍的抛弃，喻示了他对传统文明的道别和奔向现代文明的决绝。但城市对“他者”的拒绝是高加林从来不曾想象的。路遥虽然很道德化地解释了高加林失败的原因，却从一个方面表达了传统中国青年迈进“现代”的艰难历程。作家对“土地”或家园的理解，也从一个方面延续了现代中国作家的土地情结，或者说，只有农村和土地才是青年或人生的最后归宿。但事实上，农村或土地，是只可想象而难以经验的，作为精神归属，在文化的意义上只因别无选择。20世纪90年代以后，无数的“高加林”涌进了城市，他们会遇到“高加林”的问题，但不会全部返回农村。“现代性”有问题，但也有它不可阻挡的巨大魅力。另一方面，高加林虽然是个“失败者”，但我们可以明确地感觉到高加林未作宣告的巨大“野心”。虽然他被取消公职，又被打发回了农村，恋人黄亚萍也与其分手，被他抛弃的巧珍早已嫁人，高加林失去了一切，独自回到农村，扑倒在家乡的黄土地上。但是，我们总是觉得高加林身上有一股“气”，这股气相当混杂，既有草莽气也有英雄气，既有小农气息也有当代青年的勃勃生机。因此，路遥在讲述高加林这个人物的时候，他是怀着抑制不住的欣赏和激情的。高加林给人的感觉是总有一天会东山再起卷土重来。

但是涂自强不是这样。涂自强一出场就是一个温和谨慎的山村青年。这不只是涂自强个人性格使然，他更体现了一个时代青春面貌的表征。这个时代，高加林的性格早已终结。高加林没有读过大学，但他有自己的目标和信念：他就是要进城，而且不只是做一个普通的市民，他就是要娶城里的姑娘，为了这些甚至不惜抛弃柔美多情的乡下姑娘巧珍。高加林内心有一种不达目的不罢休的“狠劲”，这种性格在乡村中国的人物形象塑造中多有出现。但是，到涂自强的时代，不要说高加林的“狠劲”，就是合理的自我期许和打算，也已经显得太过奢侈。比如《人生》中的高加林轰轰烈烈地谈了两场恋爱，他春风得意地领略了巧珍的温柔多情和黄亚萍的热烈奔放。但是，可怜的涂自强呢，那个感情很好的女同学采药高考落榜了，分别时只是给涂自强留下一首诗："不同的路/是给不同的脚走的/不同的脚/走的是不同的人生/从此我们就是/各自路上的行者/不必责怪命运/这只是我的个人悲伤。"涂自强甚至都没来得及感伤就步行赶路去武汉了。对一个青年而言，还有什么能比没有爱情更让人悲伤无望呢？但涂自强没有悲伤。这不是作家方方的疏漏，只因为涂自强没有这个能力甚至权利。因此，小说中没有爱情的涂自强只能更多地将情感倾注于亲情上。他对母亲的爱和最后诀别，是小说最动人的段落之一。方方说："涂自强并不抱怨家庭，只是觉得自己运气不好，善良地认为这只是'个人悲伤'。他非常努力，方向非常明确，理想也十分具体。"但结果却是，一直在努力，从未得到过。其实，他拼命想得到的，也仅仅是能在城市有自己的家，让父母过上安定的生活——这是有些人生来就拥有的东西。然而，最终夭折的是不仅是理想，还有生命。[1]过去我们认为，青春永远是文学关注的对象，是因为这不仅缘于年轻人决定着不同时期的社会心理，同时还意味着他们将无可置疑地占领着未来。但是，从涂自强本人到社会上的传说，再到方方小说中的确认，我们不得不改变过去的看法：如果一个青年无论怎样努力，都难以实现自己哪怕卑微的理想或愿望，那么，这个社会是大有问题的，生活在这个时代的青年是没有希望的。从高加林时代开始，青年一直是"落败"的形象——高加林的大起大落、现代派"我不相信"的失败"反叛"，一直到各路青春的"离经叛道"或"离家出走"，青春的"不规则"形状决定了他们必须如此，如果不是这样那就不是青春。他们是"失败"的，同时也是英武的。但是，涂自强是多么规矩的青年啊，他没有抱怨、没有反抗，他从来就没想做一个英雄，他只想做一个普通人，但是命运还是不放过他直至将他逼死，这究竟是为什么！一个青年努力奋斗却永远没有成功的可能，扼制他的隐形之手究竟在哪里，或者究竟是什么力量将涂自强逼到了万劫不复的境地？一个没有青春的时代，就意味着是一个没有未来的时代。方方的这部作品从一个方面启示我们，关注青春是城市文学的重要方面，特别是从乡村走向城市的青年，不仅为文学提供

① 蒋肖斌：《别让没有背景的年轻人质疑未来——访〈涂自强的个人悲伤〉作者方方》，载《中国青年报》2013年6月18日。

了丰饶的土壤，更重要的是，从乡村走向城市，也是当今中国社会的一个巨大隐喻。我甚至隐约感觉到，中国伟大的文学作品，很可能产生在从乡村到城市的这条道路上。高加林、涂自强都是这样的青年。

三、城市文学的“纪实性”困境

百年中国特殊的历史处境，决定了中国文学与现实的密切关系。如果有点历史感，我们都会认为文学的这一选择没有错误。当国家民族处在风雨飘摇危在旦夕的时刻，作家自觉地选择了与国家民族同呼吸共命运，这是百年中国文学值得引以为荣的伟大传统。但是，文学毕竟是一个虚构领域，想象力毕竟还是文学的第一要义。因此，没有大规模地受到浪漫主义文学洗礼的中国文学，一直保持着与现实的“反映”关系，使文学难以“飞翔”而多呈现为写实性。只要我们看看“底层写作”和“打工文学”，它的非虚构性质或报告文学特征就一目了然。

关仁山是当下最活跃、最勤奋的作家之一。在我看来，关仁山的价值还不在于他的活跃和勤奋，而在于他对当下中国乡村变革——具体地说是对冀东平原乡村变革的持久关注和表达。因此可以说，关仁山的创作是与当下中国乡村生活关系最为密切和切近的创作。自“现实主义冲击波”以来，关仁山的小说创作基本集中在长篇上，中、短篇小说写得不多。现在要议论的这篇《根》[①]是一部短篇小说，而且题材也有了变化。

小说的内容并不复杂：女员工任红莉和老板张海龙发生了“一夜情”——但这不是男人好色女人要钱的烂俗故事。老板张海龙不仅已婚，而且连续生了三个女儿。重男轻女、一心要留下“根儿”的张海龙怀疑自己的老婆再也不能生儿子了，于是，他看中了女员工任红莉，希望她能给自己带来好运——为自己生一个儿子。任红莉也是已婚女人，她对丈夫和自己生活的评价是：他“人老实、厚道，没有宏伟的理想，性格发闷，不善表达。他目光迷茫，听说落魄的人都是这种目光。跟这种男人生活在一起，非常踏实。就

---

① 关仁山：《根》，载《北京文学》2011年第11期。

算他知道自己女人有了外遇，他也不会用以牙还牙的方式。他非常爱我，我在他心中的地位，谁也无法动摇。我脾气暴躁，他就磨出一副好耐性。为了维持家庭的和谐，他在很多方面知道怎样讨好我，即便有不同意见，他也从来不跟我当面冲突。其实，他一点不窝囊，不自卑，嘴巴笨，心里有数，甚至还极为敏感。我不用操心家里的琐碎事。生活清贫、寒酸、忙乱，但也有别样的清静、单纯”。但是任红莉毕竟还是出轨了。任红莉的出轨最根本的原因还是利益的问题，而不是做一个代孕母亲。张海龙多次说服和诱惑后，任红莉终于想通了：“换个角度看问题，一种更为广阔的真实出现在我的视野。刹那间，我想通了，如今人活着，并不只有道德一个标准吧？并不是违背道德的人都是坏人。我心里储满了世俗和轻狂。我和阎志的爱情变得那样脆弱、轻薄。我们的生存面临困境了，牟利是前提，人们现在无处不在地相互掠夺与赚钱。赚钱的方式，是否卑鄙可耻，这另当别论了。他没有本事，我怎能袖手旁观？从那一天开始，恐惧从我的心底消失了。这一时期，我特别讨厌以任何道德尺度来衡量自己的思想和行为。可是，有另外一种诱惑吸引着我。资本像个传说，虽然隐约，却风一样无处不在。一种致命的、丧失理智的诱惑，突然向我袭来了。我似乎抓住了救命稻草，我要给张海龙生个孩子。”任红莉终于为张海龙生了孩子。不明就里的丈夫、婆婆的高兴可想而知；张海龙的兴奋可想而知。任红莉也得到了她想得到的东西，似乎一切都圆满。但是，面对儿子、丈夫、张海龙以及张海龙的老婆，难以理清的纠结和不安的内心，在惊恐、自责、幻想等各种心理因素的压迫左右下，任红莉终于不堪重负成了精神病人。关仁山的这篇小说要呈现的就是任红莉怎样从一个健康的人成为一个精神病人的。苏珊·桑塔格有一本重要的著作——《疾病的隐喻》，收录了两篇重要的论文：“作为隐喻的疾病”及“艾滋病及其隐喻”。桑塔格在这部著作中反思批判了诸如结核病、艾滋病、癌症等疾病，如何在社会的演绎中一步步隐喻化的。这个隐喻化就是“仅仅是身体的一种病”如何转换成了一种社会道德批判和政治压迫的过程。桑塔格关注的并不是身体疾病本身，而是附着在疾病上的隐喻。所谓疾病的隐喻，就是疾病之外的具有某种象征意义的社会压力。疾病属于生理，而隐喻归属于社会意义。在桑塔格看来，疾病给人带来生理、心理的痛苦之外，还有一种更为可怕的痛苦，那就是关于疾病的意义的阐释以及由此导致的对于疾病和死亡的态度。

任红莉的疾病与桑塔格所说的隐喻构成了关系，或者说，任红莉的疾病是违背社会道德的直接后果。值得注意的是，这个隐秘事件导致的病患并不是缘于社会政治和道德批判的压力，而恰恰是来自任红莉个人内心的压力。在这个意义上说，任红莉还是一个良心未泯、有耻辱心、有负罪感的女人。任红莉代人生子并非自愿，作为一个女人，她投身社会的那一刻，她的身体也同时被男性所关注，因此，从某种意义上说，对女性身体的争夺是历史发展的一部分。《根》中描述的故事虽然没有公开争夺女性的情节，但暗中的争夺从一开始就上演并越演越烈。值得注意的是，男人与女人的故事历来如此，受伤害的永远是女人。但话又说回来，假如任红莉对物质世界没有超出个人能力的强烈欲望，假如这里没有交换关系，任红莉会成为一个精神病人吗？关仁山在《根》中讲述的故事对当下生活而言当然也是一个隐喻——欲望是当下生活的主角，欲望在推动着生活的发展，这个发展不计后果但没有方向，因此，欲望如果没有边界的话就非常危险。任红莉尽管在周医生的治疗下解除或缓解了病情，但我们也知道，这是一个乐观或缺乏说服力的结尾——如果这些病人通过一场谈话就可以如此轻易地解除病患的话，那么，我们何妨也铤而走险一次？如是看来，《根》结尾的处理确实简单了些。从另一方面看，一直书写乡村中国的关仁山，能选择这一题材，显然也是对自己的挑战。

但是，值得我们进一步深究的是，生活中存在的“一夜情”在文学中究竟应该怎样表达，或者说，这样的生活现象为文学提供了哪些“不可能”性。21世纪以来，关于“一夜情”的作品曾大行其道。比如《天亮以后说分手》的受欢迎程度在一个时期里几乎所向披靡，随之而来的《长达半天的欢乐》《谁的荷尔蒙在飞》《我把男人弄丢了》《紫灯区》等也极度热销。这些作品从一个方面反映了年轻一代的价值观以及时代的文化氛围，同时也与市场需求不无关系。有人认为《天不亮就分手》与美国作家罗伯特·詹姆斯·沃勒的《廊桥遗梦》相类似，并断言“肯定没有人觉得它是一部庸俗低级的书”[①]。这个判断显然是值得商榷的。《廊桥遗梦》作为通俗的文学读物，在美国也被称为“烧开水小说”。它的主要读者是无所事事的中年家庭主妇，小说的整体构思都是为了适应这个读者群体设计。一个摄影艺术家与一个中年家庭主妇偶然邂逅并发生了几天的情感。但这个家庭主妇弗郎西斯卡最后还是回到了家庭，艺术家金凯在一个大雨滂沱的夜晚远走他乡。这个再通俗不过的故事，一方面满足了中年妇女婚外情的想象性体验，一方面又维护了美国家庭的尊严。因此，它的好莱坞式的情节构成虽然说不上“庸俗低级”，但肯定与高雅文学无关。在这个意义上，当下中国都市文学中关于“一夜情”的书写，甚至还没有达到西方“骑士文学”的水准。更不要说后来的浪漫主义文学了。因此，问题不在于是否写了“一夜情”，重要的是作家在这些表面生活背后还会为我们提供了什么？当下都市文学在情感关系的书写上，还多处在类似《根》这样作品的水准，普遍存在的问题是还难以深入地表现这个时代情感关系攫取人心的东西。这一方面，应该说美国作家菲茨杰拉德的《了不起的盖茨比》还是给了我们巨大的启示。盖茨比与黛茜的故事本来是个非常普通的爱情故事。但作家的深刻就在于，盖茨比以为靠金钱、地位或巨大的物质财富就可以重温失去的旧梦，就可以重新得到曾经热恋的姑娘。但是盖茨比错了，为了追回黛茜他耗尽了自己的感情和一切，甚至葬送了自己的生命。他不仅错误地理解了黛茜这个女人，也错误地理解了他所处的社会。盖茨比的悲剧就源于他一直坚信自己编织的梦幻。但是，小说的动人之处就在于盖茨比的痴情，就在于盖茨比对爱情的心无旁骛。他几乎动用了所有的手段试图唤回黛西昔日的情感。虽然他失败了，但成功的文学人物几乎都是失败者，因为他们不可能获得俗世的成功。有趣的是，这部写于1925年的小说，酷似情感生活失序的当下中国。可惜的是，关于爱情、关于人的情感世界与物质世界的关系，我们除了写下一堆艳俗无比的故事外，几乎乏善可陈。对生活表层的“纪实性”表现，是当下城市文学难以走出的困境之一。应该说菲茨杰拉德创造性地继承了浪漫主义的文学传统，他的想象力与深刻性几乎无与伦比。

① 《性快餐读物泛滥之批判》，载《新闻晚报》2003年11月23日。

因此，这个时候我们特别需要重温西方19世纪浪漫主义文学。勃兰兑斯在《十九世纪文学主流》中论述的“法国浪漫派”“英国浪漫派”“青年德意志”等涉及的作品，也许会为我们城市文学创作提供新的想象空间或启示。在这方面，一些书写历史的作品恰恰提供了值得注意的经验。比如蒋韵的《行走的年代》[①]，这是一篇受到普遍好评的小说。如何讲述20世纪80年代的故事，如何通过小说表达我们对80年代的理解，就如同当年如何讲述抗日、“反右”和“文革”的故事一样。在20世纪80年代初期的中国文坛，“伤痕文学”既为主流意识形态所肯定，也在读者那里引起了巨大反响。但是，当一切尘埃落定之后，文学史家在比较中发现，真正的“伤痕文学”可能不是那些爆得大名的作品，而恰恰是《晚霞消失的时候》《公开的情书》《波动》等小说。这些作品把“文革”对人心的伤害书写得更深刻和复杂，而不是简单的“政治正确”的控诉。也许正因为如此，这些作品才引起了激烈的争论。近年来，对20世纪80年代的重新书写正在学界和创作界展开。就我有限的阅读而言，《行走的年代》是迄今为止在这一范围内写得最好的一部小说。它流淌的气息、人物的面目，它的情感方式和行为方式，以及小说的整体气象，将80年代的时代氛围提炼和表达得炉火纯青，那就是我们经历和想象的青春时节：它单纯而浪漫，决绝而感伤，一往无前头破血流。读这部小说的感受，就如同1981年读《晚霞消失的时候》一样让我激动不已。大四学生陈香偶然邂逅诗人莽河，当年的文艺青年见到诗人的情形，是今天无论如何都难以想象的：那不只是高不可攀的膜拜和发自内心的景仰，那个年代的可爱就在于可以义无反顾地以身相许。于是一切就这样发生了。没有人知道这是一个伪诗人伪莽河，他从此一去不复返。有了身孕的陈香只有独自承担后果；真正的莽河也行走在黄土高原上，他同样邂逅了一个有艺术气质的社会学研究生。这个被命名为叶柔的知识女性，像子君、像萧红、像陶岚、像丁玲，亦真亦幻，她是“五四”以来中国知识女性理想化的集大成者。她是那样爱着莽河，却死于意外的宫外孕大出血。两个女性，不同的结局相同的命运，但那不是一场风花雪月的事。因此，80年代的浪漫在《行

① 蒋韵：《行走的年代》，载《小说界》2010年第4期。

走的年代》中更具有女性气质：它理想浪漫却也不乏悲剧意味。当真正的莽河出现在陈香面前时，一切都真相大白。陈香坚持离婚南下，最后落脚在北方的一座小学。诗人莽河在新时代放弃诗歌走向商海，但他敢于承认自己从来就不是一个诗人，尽管他的诗情诗意并未彻底泯灭。他同样是一个诚恳的人。

《行走的年代》的不同，就在于它写出了那个时代的热烈、悠长、高蹈和尊严，它与世俗世界没有关系，它在天空与大地之间飞翔。诗歌、行走、友谊、爱情、生死、别离以及酒、彻夜长谈等表意符号，构成了《行走的年代》独特的浪漫主义气质。但是，当浪漫遭遇现实，当理想降落大地，留下的仅是青春过后的追忆。那代人的遗产和财富仅此而已。因此，这是一种追忆、一种检讨，是“为了忘却的纪念”。那代人的青春时节就这样如满山杜鹃，在春风里怒号并带血绽放。不夸张地说，蒋韵写出了我们内心流淌却久未唱出的“青春之歌”。

如前所述，当下中国的城市文学如同正在进行的现代性方案一样，它的不确定性是最重要的特征。因此，在当下中国城市文学的写作，也是一个“未竟的方案”。它向哪个方向发展或最终建构成何等身影，我们只能拭目以待。

2013年9月15日于北京寓所

原载《文艺研究》2014年第5期

失去青春的中国文学

——当下中国文学状况的一个方面

中国新文学自诞生始就一直站立着一个“青春”的形象。这个“青春”是《新青年》，是“呐喊”和“彷徨”，是站在地球边放号的“天狗”，是面目一新的“大春哥”“二黑哥”“当红军的哥哥”，是犹疑不决的蒋纯祖，是“组织部新来的年轻人”，是梁生宝、萧长春，是林道静和欧阳海，是“回答”“致橡树”和“一代人”，是高加林、孙少平，是返城的“知青”、平反的“右派”，是优雅的南珊、优越的李淮平，当然也是“你别无选择”和“你不可改变我”的“顽主”。同时还有“一个人的战争”等等。20世纪90年代以后，或者说自《一地鸡毛》的林震出现之后，当代文学的青春形象逐渐隐退以致面目模糊。青春文学的变异，是当下文学被关注程度不断跌落的重要原因之一，也是当下文学逐渐丧失活力和生机的重要原因。那么，青春形象对文学来说究竟意味着什么？是什么原因和力量改变了文学的青春？今天重建文学的青春形象有怎样的意义？这是我们要讨论的问题。

一、青春形象与价值观

青春形象的塑造，不仅要创作出不同时代具有“共名”性的青春人物，同时，它也与不同时代的价值取向有密切关系。共和国文学的初始阶段，由于文化实践条件的变化，使跨入共和国门槛的作家一时还难以适应社会主义初期的文化实践，他们的迷茫状态还难以找到属于自己的文学创作路向。因此，当萧也牧、路翎、何其芳等，试图用自己原有的情感方式书写生活的时候，他们显然并不理解那个时代究竟需要什么样的文学。他们或过于乐观，或仍在情感范畴展开想象，或面对新的生活仍然犹豫不决。因此，他们惨遭批判的命运虽在意料之外却在宿命之中；新中国成长的第一批作家，在20世纪50年代中期开始了自己的文学之旅，他们那时风华绝代涉世未深，以初生牛犊的姿态亮相的“青春写作”，虽然有所顾忌但也初具风骨。这些作品，在思想内容上主要表现在两个方面：一是对外部世界或社会生活做出反应的，可以称作是“干预生活”的创作；一是走进人性深处，表达年轻人对爱情的理解，并以此维护个人情感和价值的，可以称作是“爱情小说”。前者有刘宾雁的特写《在桥梁工地上》《本报内部消息》，王蒙的《组织部来了个年轻人》，耿龙祥的《明镜台》，李国文的《改选》，刘绍棠的《田野落霞》，耿简的《爬在旗杆顶上的人》，荔青的《马端的堕落》，白危的《被围困的农庄主席》等；后者有宗璞的《红豆》，邓友梅的《在悬崖上》，陆文夫的《小巷深处》等。这些带有鲜明青春气息的写作，不久就遭到了激烈的批评。他们被认为是“修正主义的思潮和创作倾向”，被质疑“干预生活”“写真实”的实质是什么？[①]此后相当长的一段时间里，“干预生活”和表现人性、人情、爱情的创作，因被视为“创作上的逆流”而成为禁区。

因此，社会主义初始阶段的“青春形象”，并没有在这样的作品中获得确立。其原因就在于，这些作品塑造的青春形象，与社会主义寻找和建构的价值观存在巨大差异。事实上，塑造什么样的文学人物和青春形象，从早期共产党人到共和国执政者，一直注意从外部寻找资源。而苏联作为社会主义的成功范本，也首先创造了具有社会主义典范意义的文学和理论，在文艺创作和理论上向苏联学习，就是一种合乎逻辑的选择。据《中国新文学大系史料索引》中《翻译总目》的记载，“五四”后的八年间，187部单行本的翻译作品中，苏联就有65部。《新青年》《晨报》译介的各国小说中，苏联小说的数量均占第一位。在中国的读者中，普希金的《驿站长》，莱蒙托夫的《当代英雄》，果戈理的《钦差大臣》，屠格涅夫的《父与子》《猎人笔记》，契

① 李希凡：《所谓“干预生活”“写真实”的实质是什么？》，载《人民文学》1957年第11期。

诃夫的《樱桃园》，亚·尼·奥斯特洛夫斯基的《大雷雨》，列夫·托尔斯泰的《复活》《安娜·卡列尼娜》，高尔基的《母亲》，法捷耶夫的《毁灭》，尼古拉·奥斯特洛夫斯基的《钢铁是怎样炼成的》等作品，几乎被长久地阅读着。中华人民共和国成立后，对苏联文学，特别是苏联作家创作的青春形象的介绍，更显示出了空前的热情。短短几年的时间，《青年近卫军》《真正的人》《早年的欢乐》《水泥》《不平凡的夏天》等，先后译介并迅速被我国读者所熟悉，它们被关注和熟知的程度，几乎超过了任何一部当代中国文学作品。高尔基、法捷耶夫、费定、奥斯特洛夫斯基成了最有影响的文化英雄，保尔·柯察金、丹娘、马特洛索夫、奥列格成了青年无可争议的楷模和典范。

这些青春形象虽然在意识形态的意义上满足了我们建构社会主义价值观的需要，并在文学上给我们以示范意义，但是，那毕竟还不是中国的“青春形象”。因此，在一个时期里，我们陷入了巨大的矛盾、焦虑和悖论之中。1953年9月24日在中国文学艺术工作者第二次代表大会上，周扬的报告肯定了四年来文艺工作“不容忽视和抹杀的”有益“贡献”之后，也对存在的问题做了如下概括：“许多作品都还不免于概念化、公式化的缺陷，这就表现了我们文学艺术中现实主义薄弱的方面。主观主义的创作方法是严重存在的。有些作家在进行创作时，不从生活出发，而从概念出发，这些概念大多只是从书面的政策、指示和决定中得来的，并没有通过作家个人对群众生活的亲自体验、观察和研究，从而得到深刻的感受，变成作家的真正的灵感源泉和创作基础。这些作家不是严格地按照生活本身的发展规律，而是主观地按照预先设定的公式来描写生活。”[①]同年，冯雪峰在《关于创作和批评》的长文中也批评了公式化和概念化的问题，他甚至点名批评了刘白羽编剧的电影《人民的战士》，认为这部作品不能感动观众，是“因为作品根基不是放在现实的真实的斗争基础上，而是放在作者观念上的斗争的基础上”，这些

① 1953年9月24日在中国文学艺术工作者第二次代表大会上，周扬的报告肯定了四年来文艺工作“不容忽视和抹杀的”有益“贡献”之后，也对存在的问题作了上述概括。《周扬文集》第2卷，人民文学出版社，1985年，第241—242页。

看法，是当时文艺界领导人关于“文学性”焦虑的明确表达；[1]另一方面，关于如何塑造社会主义新人，同样是这些领导者的焦虑的一部分。在同一个报告里，周扬提出：“当前文艺创作的最重要的、最中心的任务是表现新的人物和新的思想”；冯雪峰也在《英雄和群众》一文中说：“创造正面的、新人物的艺术形象，现在已经成为一个非常迫切的要求，十分尖锐地提在我们面前。”[2]这时我们就会明白，为什么当《创业史》《青春之歌》《欧阳海之歌》等作品出现后，获得了那么高的赞许和评论。其中最重要的原因，就是在这些青春形象身上，建构了社会主义初始阶段的价值观和崭新的文化空间。

我们知道，《创业史》受到肯定和好评最重要的原因，就是塑造了梁生宝这个崭新的中国青年农民形象。这个“崭新”的形象，既不同于鲁迅、茅盾等笔下的麻木、愚昧、贫困、愁苦的旧农民形象，也不同于赵树理笔下的小二黑、小芹、李有才等民间新人。梁生宝是一个天然的中国农村“新人”，他对新中国、新社会、新制度的认同几乎是与生俱来的。在塑造梁生宝这一形象时，柳青几乎调动了一切艺术手段来展示这个新人的品质、才能和魅力。作家为他设定了重重困难：他要度过春荒、要准备种子肥料、要提高种植技术、要教育基本群众、要同自发势力歪风斗争、要团结中农、要规劝没有觉悟的继父……但一切都难不倒梁生宝。他通过高产稻种增产丰收，无言地证实了集体生产的优越性，证实了走社会主义道路的优越性。梁生宝不是集合了传统中国农民的性格特征，他不是那种盲目、蛮干、充满仇恨又无所作为一筹莫展的农民英雄。他是一个健康、明朗、朝气勃勃、成竹在胸、年轻成熟的崭新农民。在解决一个个矛盾的过程中，《创业史》完成了对中国新型农民的想象性建构和本质化书写。因此，当时的评论称赞说：“在梁生宝的身上，我们可以看到，一种崭新的性格，一种完全是建立在新的社会制度和生活土壤上面的共产主义性格正在生长和发展。”梁生宝

① 冯雪峰：《关于创作和批评》，载《冯雪峰文集》下册，人民文学出版社，1981年，第40、37页。

② 冯雪峰：《群众和英雄》，载《冯雪峰文集》下册，人民文学出版社，1981年，第68页。

这个形象，“应当看作是十年来我们文学创作在正面人物塑造方面的重要收获”[①]。但这一评价似乎还显得表面一点儿。倒是姚文元的评论显示出了某种时代的“高度”：梁生宝“从进入青年时代起，就生活在无产阶级掌权的光明的新社会里，他用不着一个寻找党的领导的过程，他用不着再经历长期的从自发斗争到自觉斗争的摸索过程，而是一开始就在党的领导下参加了轰轰烈烈的土地改革运动，接着就是以百折不挠的毅力，领导下堡乡的农民为实现农业合作化而进行了坚决的斗争。老成持重的青年人梁生宝的性格中，继承着老一辈农民勤劳、坚韧的品格，也继承着新民主主义革命时期‘穿上军衣的庄稼人’的武装革命的斗争精神，我们从这些方面不难找到他同朱老忠精神上的联系。但突出地吸引广大读者的，是梁生宝身上发出的崭新的社会主义思想的光辉，是他身上具有的作为社会主义革命事业带头人的无产阶级的政治觉悟。”[②]姚文元是“从文学作品中的人物看中国农民的历史道路的”，在他看来，中国现代文学作品中的农民人物谱系，只有到了梁生宝这里，才真正完成了中国农民革命从自发到自觉的过程。当然，年轻的梁生宝显然示喻了社会主义中国无限广阔的锦绣前程。这是梁生宝得到肯定的价值原因。

但是，没有人想到，从梁生宝、萧长春、高大泉等示喻的这条道路上，中国共产党和广大中国农民并没有找到他们希望找到的东西。1979年，当周克芹的《许茂和他的女儿们》出版时，我们发现，许茂和他的女儿们的目光、神态以及体像等，与阿Q、华老栓、祥林嫂、老通宝等并没有区别。半个多世纪以来，真正的革命并没有在中国广大农民身上发生。社会历史发展的现状，使梁生宝、萧长春、高大泉等青春人物的塑造难以为继，他们彻底失去了存在的现实依据。

另一方面，我们发现在社会主义初始阶段文学作品中成功的青年人物，在文学上大都不是那么成功的青春形象。这一点是否具有普遍性我们还难以

---

① 冯牧：《初读〈创业史〉》，载《文艺报》1960年第1期。

② 姚文元：《从阿Q到梁生宝——从文学作品中的人物看中国农民的历史道路》，载《上海文学》1961年第1期。

断定，但可以肯定的是，梁生宝、萧长春、林道静等青春形象，从诞生之日起，对其文学性的质疑和批评就没有终止过。不同的看法是，梁三老汉这个形象比梁生宝更有血肉、更生动和成功。1960年12月，邵荃麟在《文艺报》的一次会议上说："《创业史》中梁三老汉比梁生宝写得好，概括了中国几千年来个体农民的精神负担。但很少人去分析梁三老汉这个人物，因此，对这部作品分析不够深。仅仅用两条路线斗争和新人物来分析描写农村的作品（如《创业史》、李准的小说）是不够的。"[①]在大连农村题材短篇小说创作座谈会上，他又说："我觉得梁生宝不是最成功的，作为典型人物，在很多作品中都可以找到。梁三老汉是不是典型人物呢？我看是很高的典型人物。"[②]邵荃麟的观点不只是对一个具体人物和一部小说的评价，事实上他对流行的文学观念和批评标准产生了疑虑。

这些材料尚未公开之前，严家炎对《创业史》做了系统的分析和评价，他连续发表了四篇文章，对作品的主要成就提出了不同看法。在他看来，《创业史》的成就主要是塑造了梁三老汉这个人物，这一观点与邵荃麟不谋而合。他在《关于梁生宝形象》一文中明确指出：《创业史》中最有价值的人物形象是梁三老汉而不是梁生宝，"梁三老汉虽然不属于正面英雄形象之列，但却有巨大的社会意义和特有的艺术价值"。他是"全书中一个最有深度的、概括了相当深广的社会历史内容的人物"。他同时认为："艺术典型之所以为典型不仅在于深广的社会内容，同时在于丰富的性格特征，在于宏深的思想意义和丰满的艺术形象的统一，否则它就无法根本区别概念化的人物。"[③]在这样的表述中，严家炎实际上已经隐约委婉地对梁生宝的形象提出了某种质疑甚至批评。

杨沫《青春之歌》的出版，在那个年代应该是一个奇迹。知识分子在那个时代的身份是不明的，而工农兵作为文学表达的主体，其内在结构也隐含了对知识分子的排斥或拒绝。因此，林道静这个形象虽然有意见不同的争

---

① 《关于"写中间人物"的材料》，载《文艺报》1964年第8、9期合刊。

② 《关于"写中间人物"的材料》，载《文艺报》1964年第8、9期合刊。

③ 严家炎：《关于梁生宝形象》，载《文学评论》1963年第3期。

论，但仍是几代青年无比热爱的文学偶像，特别是改编成电影之后。对小说正面评价的主要理由，说它是知识分子思想改造、走向革命的成功范本。当然，《青春之歌》的出版时间与同是表现知识分子命运的《财主底儿女们》相比，晚了十年，这十年于中国知识分子来说是至关重要的，他们经历过的一切足以从根本上改变他们的心态和精神面貌。在路翎的时代，他还幻想以自己的真诚写出知识分子追寻革命，同时又必须进行自我搏斗的矛盾和痛苦，还幻想以自己的真诚捍卫艺术的真实性原则，捍卫自己理解的现实主义精神，内心还荡漾着不能换取的冲动。到杨沫的时代，这种冲动早已被视为异端多次被批判过。公允地说，杨沫内心的冲动也许比路翎还要激烈。不同的是，杨沫走出了路翎的困惑，她不再有内心矛盾冲突的苦痛，她已放弃了“小资产阶级知识分子”由高级文化培育出的犹疑、多虑、患得患失以及敏感纤细等情感特征，她内心激荡的是经过改造和过滤之后的对更崇高、更神圣、更纯洁的向往和追求。《青春之歌》正是知识分子完成了自己思想改造后，对其思想改造必由之路的确认并通过个人的心路历程得到确证的一个文学文本。

与蒋纯祖不同的是林道静在成长过程中的情感和角色。前者始终没有放弃个人主义的立场，作为一个进步青年他同时也始终拥有个人的精神空间，对革命他热情向往，但又不能克服甚至不能掩饰与“革命者”在思想情感上无法相通的固执。因此他始终是革命的一个边缘人，他没有改变他作为“财主的儿女”出身的小资产阶级知识分了的“主观主义”和“个人主义”，他也因此没有进入革命的中心，他目送着革命队伍渐渐远去，自己仍挣扎于灵魂的痛苦深渊直至死亡。林道静不是这样，在她的成长道路上，她没有犹疑、徘徊，没有痛苦和矛盾，她的道路上铺满了不断来临的、可以预知的欣喜，每一次的欣喜都预示着精神解放的临近。不同的是，作家有意不断地暴露这位小资产阶级知识女性的弱点，而这正是她之所以需要不断改造的依据，她的心里对这一帮助、导引完全没有疑虑或排斥、反感，恰恰相反，林道静与这些内心崇拜并渴望的人物总是不期而遇，并从他们那里不断地获取思想情感转变的资源与动力。这一情境自然预示并规定了林道静的角色归属，她最后成为共产党员，并因这一“命名”而完成了思想改造的过程，被塑成为凯旋式的英雄。后来，学者戴锦华认为,《青春之歌》之所以受到举荐，是因为它是“一种特殊的读本：一部知识分子的思想改造手册”[1]。因此，青年形象的塑造，在那个时代一直与价值观的建构密切相关。

二、从“失败的青春”到沉默的青春

历史进入1978年之后，是青春的星星之火点燃了新时期文学的燎原之势。但是，这簇青春之火不是郭小川的《闪耀吧，青春的火光》《向困难进军》，不是贺敬之的《西去列车的窗口》《雷锋之歌》等青春颂歌。而是卢新华的《伤痕》，北岛的《回答》《波动》，靳凡的《公开的情书》，礼平的《晚霞消失的时候》等充满怀疑精神的青春文学。这种怀疑精神不是青年作家的无病呻吟，而是经历过“文革”之后一代人发自内心的切肤之痛。这个新生的文学是批判的文学，也是站立着青春形象的文学。从某种意义上也可以说，20世纪80年代的文学，是一个青春帝国的文学：伤痕文学潮流过后，高加林、白音宝力格、孙少平以及知青形象、“右派”形象、现代派文学中的反抗者、叛逆者形象等，一起构成了80年代文学绵延不绝的青春形象序列。这些青春形象同那个时代的港台音乐、校园歌曲以及崔健的摇滚、第五代导演的电影等，共同构建了80年代激越的文化氛围和扑面而来的、充满激情的青春气息。任何一个时代的文化心理、氛围和具有领导意义的潮流，都是由青年担当的。因此，没有青春文化和青春形象的文学，在任何时代都是不能想象的。

值得注意的是，与社会主义初期青春形象建构价值观的诉求完全不同的是，20世纪80年代建构的青春文学形象，几乎没有“成功者”或“凯旋者”。这一状况不仅符合生活逻辑，而且更符合文学逻辑。青春就是成长，就是自以为是，就是以理想的方式看待世界，就是激情、热情大于理性，作为文学人物的他们是精神的孤儿，他们犹疑徘徊彷徨迷茫。另一方面，当文

① 戴锦华：《〈青春之歌〉历史视域中的重读》，载《再解读——大众文艺与意识形态》，牛津大学出版社，1994年，第148页。

学以典型或个性化处理青春形象的时候，青春的个性特征不仅得以表达，重要的是作家要用夸张的方式进一步凸显他的人物特征。如果是这样的话，青春形象从一开始就与世俗世界构成了紧张关系，抑或说，青春人物的诞生，就是为挑战世俗世界而来的。这一点也为文学的历史所证实。比如德国的“烦恼者”维特，法国的“局外人”阿尔道夫、默尔索，“世纪儿”沃达夫，英国的“漂泊者”哈洛尔德，“孤傲的反叛者”康拉德、曼弗雷德，俄国的“当代英雄”毕巧林，“床上的废物”奥勃洛摩夫，日本的“逃遁者”内海文三，中国现代的“零余者”，美国的“遁世少年”霍尔顿及其他“落难英雄”等，用世俗尺度考量这些人物，他们都与成功无关，但他们却是成功的文学人物。但是，值得我们注意的是，80年代过去之后，中国文学的青春形象，从超拔飞跃、激情四射突然落寂了。沉默的青春使当下文学失去了生机和生气。一些重要的青年作家和值得注意的作品，以另一种面貌出现在我们面前：这就是放弃价值和感情的虚无主义的流行和被反复书写。

吴玄的作品并不多，至今也只有十几个中篇和一部长篇。因此他不是一个风情万种、与时俱进的作家，而是一个厌倦言辞热爱修辞的作家。今天对这样一个作家来说不是一个恰逢其时的时代。但吴玄还是写出了长篇小说《陌生人》。要了解《陌生人》先得从中篇小说《同居》说起，这部中篇小说对吴玄来说重要无比，正是在这里他开始真正地找到了“无聊时代”的感觉，何开来由此诞生。何开来这种人物我们也许并不陌生，他就是这个时代的“多余人”或“零余者”。当中国的“现代派”文学潮流过去之后，“多余人”的形象也没了踪影。为什么在这个时候吴玄逆潮流而动，写出了何开来？吴玄对何开来的家族谱系非常熟悉，塑造何开来是一个知难而上正面强攻的写作。他一直是有自己独立的看法的，他说：“我写的这个陌生人——何开来，可能很容易让人想起俄国的多余人和加缪的局外人。是的，是有点像，但陌生人并不就是多余人，也不是局外人。多余人是19世纪批判现实主义的产物，是社会人物，多余人面对的是社会，他们和社会是一种对峙的关系，多余人是有理想的，内心是愤怒的；局外人是20世纪存在主义的人物，是哲学人物，局外人面对的是世界，而世界是荒谬的，局外人是绝望的，内心是冷漠的；陌生人，也是冷漠绝望的，开始可能是多余人，然后是局外人，这个社会确实是不能容忍的，这个世界确实是荒谬的，不过，如果仅仅到此为止，还不算是陌生人，陌生人是对自我感到陌生的那种人。”“对陌生人来说，荒谬的不仅是世界，还有自我，甚至自我比这个世界更荒谬。”[①]何开来和我们见到的其他文学人物都不同，这个时代几乎所有的人物都对生活充满了盎然兴趣，对滚滚红尘心向往之义无反顾。无边的欲望是他们面对生活最大的原动力。但何开来对所有的事情都没有兴趣，生活仿佛与他无关，他不是生活的参与者，甚至连旁观者都不是。

因此，《同居》里的何开来既不是早期现代派文学里的“愤青”，也不是网络文化中欲望无边的男主角。这个令人异想天开的小说里，进进出出的却是一个无可无不可、周身弥漫的是没有形状的何开来。“同居”首先面对的就是性的问题，这是一个让人紧张不安又躁动的问题。但在何开来那里，一切都平静如水处乱不惊。何开来并不是专事猎艳的情场老手，重要的是他对性的一种态度；当一个正常的男性对性事都失去兴趣之后，他还会对什么感兴趣呢？于是，他不再坚持任何个人意志或意见，柳岸说要他在房间铺地毯，他就去买地毯，柳岸说他请吃饭需要理由，他说那就你请。但他不能忍受的是虚伪或虚荣，因此，他宁愿去找一个真实的小姐也不愿意找一个冒牌的“研究生”。如果是这样，作为“陌生人”的何开来的原则是不能换取的，这就是何开来的内部生活。

长篇小说《陌生人》可以看作是《同居》的续篇，主人公都是何开来，也可以看作是吴玄个人的精神自传，作为作家的吴玄有表达心理经验的特权。《陌生人》是何开来对信仰、意义、价值等“祛魅”之后的空中漂浮物，他不是入世而不得的落拓，不是因功名利禄失意的委顿，他是一个主动推卸任何社会角色的精神浪人。一个人连自我都陌生化了，还能够同什么建立起联系呢？社会价值观念是一个教化过程，也是一种认同关系，只有进入到这个文化同一性中，认同社会的意识形态，人才可以进入社会，才能够获得进入社会的“通行证”。何开来放弃了这个“通行证”，首先是他不能认同流行的价值观念。因此在我看来，这是一部更具有“新精神贵族”风格的小

① 吴玄：《自我比世界更荒谬——自序》，《陌生人》，重庆出版社，2008年。

说。吴玄将一种对生活、对世界的感受和玄思幻化成了小说，是用小说的方式在回答一个哲学问题，一个关于存在的问题。它是一个语言建构的乌托邦，一朵匿名开放在时代精神世界的“恶之花”。在这一点上，吴玄以“片面的深刻”洞穿了这个时代生活的本质。有思考能力的人，都不会怀疑自己与何开来精神状态的相似性，那里的生活图像我们不仅熟悉而且多有亲历。因此，何开来表现出的是一个时代的精神病症。如果从审美的意义上打量《陌生人》，它犹如风中残荷，带给我们的是颓唐之美，是“今宵酒醒何处，杨柳岸，晓风残月”的苍茫、无奈和怅然的无尽诗意。

李师江最初引人注意的小说是《比爱情更假》和《爱你就是害你》。读这些作品的感受告诉我们，李师江是这个时代的文学奇才。他的小说和我们曾经习惯了的阅读经验相去甚远。这两部长篇小说，就其题材和叙述方法上有某些相似性，但这些作品都是非常好看的小说，他的题材几乎都与当下特别是他那代人独特的生活方式和处境相关，与他观察世界的方式和话语方式相关，在社会与学院的交界地带。过去被认为最纯粹的群体所隐含的或与生俱来的问题，被他无情地撕破。知识分子群体，无论是青年还是老年，他们中某些人的琐屑、无聊、空洞和脆弱，都被他暴露得体无完肤。他的残忍正是来自他对这个群体切身的认识和感知。在只有两个人存在的时候，生活尚未展示在公共领域的时候，人没有遮掩和表演意识的时候，本来的面目才有可能被认识。李师江处理的生活场景，有大量的两个人私密交往的场景，这时，他就为自己创造了充分的剥离人性虚假外衣的可能和机会。在他的作品中我们不仅看到了不曾被揭示的灵魂世界，而且还看到了更年轻一代自由、松弛和处乱不惊的处世态度。因此在今日复杂多变的生活中，他们才是游刃有余的生活的主人和青春的表达者及解释者。

李师江的长篇小说《逍遥游》，延续了他一贯的语言风格：行云流水旁若无人，出人意料又在情理之中，幽默智慧又奔涌无碍。它不是“苦情小说”，但表面的“逍遥”却隐含了人生深刻的悲凉；它不是“流浪汉小说”，但不确定的人生却又呈现出了真正的精神流浪。在漂泊和居无定所的背后，言说的恰恰是一种没有归属感的无辜与无助。这种评价虽然也可以成立，但好像过于“西方”。如果我们从另一个角度阐释这部小说的话，我认为这是一部当代的“文人小说”。“文人”是一个本土的说法，它既不是古代“为万事开太平”的官僚阶层，也不是“以天下为己任”的现代知识分子，他们不明道救世，不启蒙救亡。他们只是社会中的一个边缘群体，既生活于黎民百姓之中，又有自己的趣味和交往群体。他们落拓但不卑微，我行我素但有气节，明清之际的文人群体是最具代表性的。《逍遥游》中的李师江、吴茂盛等就有“文人气”。他们有各种让人不能接受的习气和生活习惯，无组织无纪律，言而无信不拘小节。但他们又都多情重义、热爱生活和女人。他们没有稳定的生活，似乎也不渴望更不羡慕“成功人士”。他们更像是生活的旁观者，一切都可遇不可求，虽然漂泊动荡为生存挣扎，但也随遇而安得过且过。他们经常上当受骗但绝不悲天悯人自艾自怜。生活仿佛就在他们放肆的话语中成为过去。李师江、吴茂盛他们没有宏大抱负，大处不谈国家社稷小处不谈爱情。这些事情在他们看来既奢侈又矫情。因此李师江笔下的人物都很放达，有些胸怀。这就是小说的“文人”气质，学界评论李师江小说的文字，都注意到了他很“现代”的一面，这是对的，但他对传统文化的接续和继承似乎还没有被注意。在李师江这里，小说又重新回到了“小说”，现代小说建立的“大叙事”的传统被他重新纠正，个人生活、私密生活和文人趣味等，被他重新镶嵌于小说之中。作为作家的李师江似乎也不关心小说的西化或本土化的问题，但当他信笔由疆挥洒自如的时候，他确实获得了一种自由的快感。于是，他的小说是现代的，因为那里的一切都与现代生活和精神处境相关。他的小说也是传统的，因为那里流淌着一种中国式的文人气息。

青年女作家娜彧的成名作应该是《薄如蝉翼》。这应该是一部展示当代青年虚无主义的小说范本：作家“我”、凉子、叶理、郑列、钟书鹏等人物，无论是闲得无所事事还是忙得焦头烂额，都心里空空没有着落。男女性事是他们之间的主要关系，“我”的前男友是凉子的现任男友，我的现任男友又和他朋友的女友上床。这些人处理的主要事务就是床上的事务。主要人物凉子应该是20世纪80年代先锋小说式的人物，她的基本存在状态似乎只在讲述与身体有关的故事，“做爱”是她毫不避讳挂在嘴上的词，她不只是话语实践，而是切实的身体实践。她最后还是死于做爱之后，理由是“做完了以后发现更没意思”。凉子的这一结论令人震惊无比。我们知道，现代主义文学叙事一直与身体有密切关系，吸毒、性交、群交、滥交曾是现代主义文学和行为艺术的拿手好戏。从80年代的《绿化树》《荒山之恋》《锦绣谷之恋》一直到90年代的《废都》《白鹿原》等，都一直视身体解放为“现代”或“先锋”，或是精神世界沦陷之后自我确认的方式。“女性主义文学”在这方面更不甘示弱，其大胆和张扬有过之无不及。当这一切都成为过去之后，由凉子宣布其实“更没意思”，确实意味深长。虚无主义至此可以说达到了登峰造极。当然，这一现象早已构成症候。虚无主义的再度流行，是这个时代精神危机的重要表征。《渐行渐远》应该是《薄如蝉翼》的续篇。小说从凉子之死写起，然后迅速改变了方向：“我”的男友叶理与凉子很早就在日本交往了，而且竟然有十二年之久。十二年里，两人的故事不能说不感人，其间发乎情止乎礼的克制和友爱，已几近19世纪的浪漫小说。但是，从小说开头凉子的“殉什么也不能殉情啊”的宣言，到最后“我”梦醒之后“的确什么都没有”的确证，我们发现，小说还是在虚无主义的世界展开并结束的。值得注意的是，在《渐行渐远》中，娜彧为人物提供了虚无主义世界观形成的土壤——一个在异国他乡谋生存的女孩，经历的生存景况大体可以想象。有这样刻骨铭心经历的女孩，还会有别的价值选择吗？即便男人叶理，他所面对的现实生活是：“我去的时候那叫个前程似锦啊，飞机飞到了天上，感觉自己多么伟大，未来多么美好。用你的话说，那叫理想对吧？可是只过了半年，我想到理想之类的词就觉得自己幼稚，我完全沦落到了以打工挣钱为目的的境地。我开始后悔，我的父母一生的积蓄我凭什么毫不犹豫地就交到了我完全不认识的人手里？我为什么要把钱交给他们还要受他们的气？很长的一段时间里，我感觉自己像一个大傻帽儿，被人欺骗既不敢声张又不甘心的大傻帽儿。你在日本看到新闻里那些杀人的、骗钱的中国留学生，可恶吧？不，一点也不可恶，他们跟我一样准是后悔了，但是他们比我有血气，他们不想让人白白地欺侮，他们要拿回自己应得的。谁过得好好的想着去杀人骗钱？”[①]因此，娜彧小说的虚无主义是有内在逻辑和现实

① 娜彧：《薄如蝉翼》，载《十月》2010年第2期。

依据的。

这些青年作家书写的几乎是同一个主题，就是这个时代青年对生活认知的无聊、无意义甚至绝望感。作家东西说："我们不屑于抒情，抒情没了。我们不屑于写感动，感动没了。我们认为故事不够现代或后现代，故事没了。我们故意粗鄙，不屑于思想，思想没了。于是，文学只剩一堆字，歌曲只剩一堆怪声音。"[①]这个说法我们不见得全部接受，但它确实从一个方面表达了这代青年作家对生活的认知和心理状态。因此，上述作品也塑造了大体相同的"共名"人物，即这个时代的"多余人"的形象。应该说，这些作品和人物是当下文学中最有深度的青春形象之一。但是，由于严肃文学的日益小众化，以及与狂欢的各种青春娱乐节目诉求的背道而驰，它们难以被更多的青年读者接受。更多的青年在践行着作品人物的生存状态，而书写他们的作家作品却无人问津。这就是我们这个时代的文学生活。

三、重建中国文学的青春形象

不可否认，今天在青年中流行的价值观发生了巨大变化。不然我们就不能解释为什么那些消费性的文化产品受到如此热情地欢迎和追捧。由此我们想到，是什么力量支配了今天的青春文化生产，今天的青春文化的读者和观众发生了那些变化？各种现象表明，支配今天青春形象生产的最大的隐形之手是金融资本。当文化作为一种"产业"被开发以后，文化也同时成为攫取剩余价值的资源。既然是一种产业，就要遵循商品生产和消费规律。这样，文化产业一开始就不是以文艺或文学生产规律来作为行业准则的。在今天，包括文化产业在内的商品生产，出新猎奇、吸引眼球是第一要义。"注意力经济"已经广为人知深入人心。要达到这样的效果，文化产业要生产什么样的文化产品就不难理解了。比如，2011年，E.L.詹姆斯的《五十度灰》出版以来，在西方出版市场炒得沸沸扬扬，出版10个月后，一举冲上纽约时报畅销小说榜，上榜第一周即占据榜首。纸质书和电子书的销量居高不下，英

① 东西2013年10月8日在微博发表的言论。

美主流媒体包括网络争相报道，对其议论的热情至今仍经久不衰兴致盎然。它被称为是一部“继《达·芬奇密码》后，兰登书屋再次创造的图书销售神话”的小说，是“21世纪的口耳相传”取得巨大成功的小说，并且在英国国家图书奖评选中获得了“年度图书”大奖，等等。那么，《五十度灰》究竟是一本什么样的小说？是什么原因使这部小说如此吸引读者的眼球并获得巨大的市场效益？

从小说的角度看，《五十度灰》本是一部并无惊人之举、相貌平平的通俗小说：21岁的文学女青年安娜斯塔西娅·斯迪尔临近毕业的同时也面临就业危机。此时，她受病休室友凯瑟琳之托，代表校报去采访格雷集团首席执行官克里斯蒂安·格雷。在宏伟壮丽的格雷集团大厦内，初出茅庐的斯迪尔谨小慎微，她发现她的采访对象是一个典型的“高富帅”，令她大感意外的是自己的一见钟情。她试图忘掉他，回到勤工俭学的郊区五金店上班，没想到的是在这里与格雷邂逅重逢。光鲜照人的亿万富翁亲临这个名不见经传的五金店，亲自购买华盛顿州难寻的稀有商品：绳子和胶带。于是两人迅速陷入情网。小说如果沿着这条线索展开，最多也就是一个耳熟能详的浪漫爱情故事。但是，走近格雷的斯迪尔发现，格雷不仅是一个腰缠万贯的企业帝国的王者，而且还是一个会品酒、会弹钢琴、有教养的优雅男士。而斯迪尔的美貌也让格雷一见倾心欲罢不能。但是，格雷很快就向斯迪尔展示了他另一面的与众不同：格雷有一间精心设计的“密室”，这间密室成为两人性爱活动的主要场所。于是，SM、性奴、虐待与被虐待等情节成为小说集中讲述的内容。值得注意的是，在格雷的调动下，斯迪尔从不适、恐惧逐渐到接受甚至渴望。她在与格雷不正常的接触中也发现了另一个自己，抑或说是格雷塑造了另一个斯迪尔。小说最后是一个感伤的结局，这不仅因为《五十度灰》沿用了浪漫主义感伤小说的基本元素，更重要的是，那与人性相悖的性行为一开始就预示了危机的存在。这一点与中国古代白话小说的始乱终弃模式并不相同。是斯迪尔主动离开了格雷，而不是格雷抛弃了斯迪尔。斯迪尔在格雷的诱导下对性虐虽然也产生了兴趣甚至期待，但是斯迪尔的承受力终还是有限的——当格雷对其诉诸暴力之后，斯迪尔再也不能忍受，她主动提出了分手。

本书的作者介绍中说，E.L.詹姆斯“从小就梦想能创作出人人都爱看的小说”。由于要照顾家人和自己的事业，这一梦想只能束之高阁。直到45岁方鼓起勇气动笔写了第一部小说《五十度灰》，并随后出版了《五十度黑》和《五十度飞》。这里的关键是E.L.詹姆斯所理解的“人人都爱看的小说”是什么样的小说。应该说《五十度灰》从一方面揭示了人性的多面性和复杂性，格雷表面上与常人没有区别，他年轻富有帅气，博得女孩子好感甚至青睐都在情理之中。但是，这一外表掩盖下的性趣味却是常人无论如何难以理解的。但是，恰恰是没有任何性经验的天真的女大学生斯迪尔遇到了他，关键是斯迪尔不仅接受了格雷的趣味而且越陷越深不能自拔，她获得的快感也被表述得一览无余。因此，如果“常人”是被社会观念塑造出来的话，那么，“趣味”显然也是被诱导或塑造出来的。在这个意义上可以说，小说对人的不确定性和多种可能性的揭示或表达，并非是空穴来风。但是，小说的本意显然不在这里。

小说全篇毫无遮掩的情色场面和描写，既是小说倍受争议的焦点，也是小说在市场畅行无阻的核心要素。我们知道，无论是贝塔斯曼、兰登书屋或全球其他知名出版商，他们对大众文化的敏锐嗅觉几乎无人能敌。有资料说：“兰登书屋在捕捉到具有市场潜力的小说内容后，发挥传统出版商的优势，主动与作者沟通并迅速签约，同时获得了纸质书和电子书的双重出版权，通过多角度和途径积极推广两种版本的图书。为庆贺《五十度灰》取得的巨大成功，兰登书屋传承贝塔斯曼与员工分享利润的合作伙伴精神，在新年来临之际奖励了全体员工，每人分得五千美金作为分红奖励。”《五十度灰》的市场神话并非独一无二。此前，在全球图书市场创下销售神话的《哈利·波特》系列小说被翻译成74种语言，在全世界两百多个国家累计销量达5亿多册，居历史上非宗教图书市场销售第一；《达·芬奇密码》被誉为“阴谋与惊悚被巧妙地糅合到诸多精心设置的悬念当中……众多的难解之谜，环环相扣，构成一个令人着迷的神话”，在营销中大获全胜；而《暮光之城》系列的故事虽然简单，“但其中隐含的情感足以震撼人心”。这些不无夸张的评论本身就是市场营销的一部分。因此，《五十度灰》的销售神话也是策划、营销和制造出来的。它是西方文化产业——图书营销策略的产物，是以不同的方式夺取读者注意力的具体实践。创意产业是不可复制的，试想，当《哈利·波特》《达·芬奇密码》《暮光之城》的奇异之光黯淡之后，还有什么内容能够再次激起读者兴奋的神经呢？只有情色甚至变态的情色。情色与暴力是大众文化永远取之不尽用之不竭的泉源，而《五十度灰》正是以极端的方式再次利用了这一资源。它从一个方面也表达了创意产业如果一味关注市场和利润，它究竟能走多远可能会成为一个问题。在这个意义上，《五十度灰》应该是一个值得认真分析、解剖的个案。它或许会成为我们从"文化产业迷思"到"文化产业超克"过渡的一个起点或诱因。

另一方面，今天的文学读者，从过去的趣味、知识、审美阅读，已改变为"粉丝阅读"。作家偶像化、读者粉丝化已经成为常见的现象。或者说，一部作品写了什么并不重要，重要的是谁写的。比如，《哈利·波特》的作者罗琳2013年出版了侦探小说《杜鹃在呼唤》，罗琳故意化名"罗伯特·盖尔布莱斯"，想看看自己的名字和内容哪个好卖。结果这本书上市3个月，只卖出了1500册。而就在这时，"罗伯特·盖尔布莱斯就是罗琳"的消息被披露，《杜鹃在呼唤》的销量顿时猛增，在亚马逊销售排行榜名列第一。[①]这种情况在当下中国也并不陌生。由同济大学文化批评研究所等单位发起的"中国出版机构暨文学刊物10强"评选中，郭敬明主编的《最小说》以6835票高登文学期刊10强之榜首，而纯文学的重要期刊《收获》仅以459票名列第6，青春文学期刊超过了《收获》及《人民文学》等文学大刊，张悦然的《鲤》也名列第9。品牌纯文学期刊居然没有新生的青春文学期刊受欢迎。[②]青春文学作家不仅在青春文学期刊上风光无限，其领军人物郭敬明也曾"登陆"纯文学期刊。2006年《人民文学》刊登了郭敬明的小说《小时代2.0》，中学生则纷纷购买这本期刊。[③]《文艺风赏》的主编笛安认为："我们相信今天

① 《罗林匿名写书遭冷遇：读者认名不认质名家乐得注水写作》，载《上海青年报》2013年7月24日。

② 魏晓虹：《论青春文学杂志的出版策略及发展前景》，载《山西大学学报》2011年7月第34卷第4期。

③ 魏晓虹：《论青春文学杂志的出版策略及发展前景》，载《山西大学学报》2011年7月第34卷第4期。

的年轻人能够做出真正的好文学，相信在当下的都市生活里有深刻的情感表达与精神诉求，相信在功利、急躁的时代我们能够延续‘文学’那缕柔软、抒情，宁为玉碎、不为瓦全的魂魄。”[①]

这是一种全新的文学生产格局。这一现象表明，任何一种文学生产方式在当下都难以统摄全局，霸权话语不做宣告地被削弱之后，多元的、游牧式的文学生产方式已经发生并日益根深蒂固。但是，需要强调的是，真正的文学不是满足快感的领域，文学要处理的依然是人类的情感和精神事务。如果不是这样的话，我们有必要强调重建中国文学的青春形象。一个有力的例子是，2013年作家方方发表的中篇小说《涂自强的个人悲伤》引起的巨大反响。涂自强这个乡村的苦孩子，通过努力终于考上了大学。乡亲们为他凑足了学费，他还得步行去武汉，要沿途打工省出路费。他在餐馆打工，洗过车，干各种杂活，同时也经历了与不同人的接触并领略了人间的暖意和友善，他终于来到学校。大学期间，涂自强在食堂打工，做家教，没有放松一分钟，不敢浪费一分钱。但即将考研时，家乡因为修路挖了祖坟，父亲一气之下大病不起最终离世。毕业后，作为“蚁族”的涂自强住在又脏又乱的城乡交界处。然后是难找工作，被骗，欠薪；祸不单行的是家里老屋塌了，母亲伤了腿。母亲出院后，跟随涂自强来到武汉。母亲去餐馆洗碗，做家政，看仓库，扫大街，和涂自强相依为命勉强度日。最后，涂自强积劳成疾，在医院查出肺癌晚期。涂自强终于走完了自己年轻、疲惫又一事无成的一生。在回老家的路上，他永远离开了这个世界。小说最后说：“这个人，这个叫涂自强的人，就这样一步一步地走出这个世界的视线。此后，再也没有人见到涂自强。他的消失甚至也没被人注意到。这样的一个人该有多么的孤单。他生活的这个世道，根本不知他的在与不在。”涂自强是一个规矩老实的青年，他没有抱怨、没有反抗，他从来就没想做一个英雄，他只想做一个普通人，但是命运还是不放过他直至将他逼死，这究竟是为什么！一个青年努力奋斗却永远没有成功的可能，扼制他的隐形之手究竟在哪里，或者究竟是什么力

① 魏晓虹：《论青春文学杂志的出版策略及发展前景》，载《山西大学学报》2011年7月第34卷第4期。

量将涂自强逼到了万劫不复的境地？方方用现实主义的方法塑造了一个当代奋力挣扎的青年形象。可以说，涂自强是自1982年路遥《人生》中塑造的高加林之后，最有力量的底层青年文学形象。[①]

另一方面我们也注意到，那些有深度、有鲜明青春个性特征的经典作品，还在受到读者的欢迎和阅读。而近年来，村上春树的《挪威的森林》、库切的《青春》、菲茨杰拉德的《了不起的盖茨比》等，仍然是当下文学读者的核心读物，它从一个方面表明：文学可以呈现生活的可能性，同时，也可以呈现生活中的“不可能性”。由浪漫、想象、虚构建构起来的文学王国，也可以满足我们生活中的缺憾和不可能。作家杰出的想象力弥补了我们生活中的不满足，让我们在想象中拥有另一个世界。这也是我们强调重建中国文学青春形象的期许和基本诉求。

2013年10月10日于北京寓所

原载《当代作家评论》2014年第1期

---

① 《涂自强的个人悲伤》在《十月》2013年第2期发表后，《小说选刊》《中篇小说选刊》《小说月报》《北京文学·中篇小说月报》等重要选刊都予以转载，北京十月文艺出版社出版了单行本。各文学网站的读者发表大量感言和评论。

中国当代文学经典化的国际化语境

——以莫言为例

2014年10月24日，北京师范大学国际写作中心召开了“讲述中国与世界对话：莫言与中国当代文学”国际学术研讨会。这是大学正常的国际学术交流活动。但是，当我看到法国汉学家杜特莱、日本汉学家藤井省三和吉田富夫、意大利汉学家李莎、德国汉学家郝穆天、荷兰汉学家马苏菲、韩国汉学家朴宰雨以及国内诸多著名批评家和中国现当代文学研究者齐聚会议时，我突然意识到，莫言获得“诺奖”是一个庞大的国际团队一起努力的结果。如果没有这个国际团队的共同努力，莫言获奖几乎是不可能的。这个庞大的团队里还有没有莅临会议的葛浩文、马悦然、陈安娜等著名汉学家。因此，当莫言获奖时，极度兴奋的不仅是中国文学界，同时还有这个国际团队的所有成员。这时我们也就理解了瑞典汉学家陈安娜在莫言获奖时的心情：2012年10月11日19时30分，陈安娜在瑞典文学院发布莫言获奖的消息后，仅在新浪微博上发了两个表情，一个太阳和一只蛋糕，对莫言的获奖表示祝贺并晒美好心情，这条微博被网友大量转发，许多中国网友特地登录新浪微博，向她表示感谢。当晚，陈安娜又发表微博表示：“谢谢大家！请别忘记，莫言有很多译者，文学院也看了不同语言的版本：英文、法文、德文等。大家都一起高兴！”[①]陈安娜是莫言作品瑞典语的主要翻译者，莫言获奖为她带来兴奋喜悦的同时，她也没有忘记那些其他语言译者的贡献。这当然是一个重要的时刻。莫言获奖不仅极大提升了中国文学在世界文学总体格局中的地

① 《陈安娜：翻译莫言作品出于偶然》，载《南国早报》2012年10月15日，第22版。

位，同时，这一消息也告知我们：中国当代文学经典化的国际化语境业已形成。这个语境的形成，除了文学的通约性以外，与冷战结束后新的国际环境大有关系。试想，如果在索尔仁尼琴或帕斯捷尔纳克的时代，西方汉学家如此积极地译介莫言，莫言的命运将会如何？冷战结束后，中国文学悄然地进入了世界的“文学联合国”。这个未被命名的“文学联合国”，不仅相互沟通交流文学信息，相互了解和借鉴文学观念和艺术方法，还要共同处理国际文学事务。这个“文学共同体”的形成，是一个不断相互认同也不断相互妥协的过程。比如文学弱势地区对文学本土性的强调和文学强势地区对文学普遍价值坚守的承诺，其中有相通的方面，因为本土性不构成对人类普遍价值的对立和挑战；但在强调文学本土性的表述里，显然潜隐着某种没有言说的意识形态诉求。但是，在“文学联合国”共同掌控和管理文学事务的时代，任何一种“单边要求”或对地缘、地域的特殊强调，都是难以成立的。这是文学面临的全新的国际语境决定的。这种文学的国际语境，就是我们今天切实的文学大环境。这个环境告知我们的是：当下中国文学处在我们正在经历的变化之中——

一、当代文学创作外部资源的变化

在相当长的一段时间里，当代文学一直存在一个“单边交流”的缺陷。或者说，当代中国文学发展过程中的外部资源是极其有限的，苏俄文学几乎是我们唯一的样板和参照。以至于在当下仍然有人奉苏俄文学为唯一的圭臬。这种状况有深刻的历史渊源：苏联是社会主义成功的范本和榜样，早期共产党人是把俄国人的道路作为梦想追随的。社会主义苏联首先创造了具有社会主义典范意义的文学和理论，在文艺创作和理论上向苏联学习，就是一种合乎逻辑的选择。据《中国新文学大系史料索引》中《翻译总目》的记载，“五四”后的八年间，187部单行本的翻译作品中，苏联就有65部。《新青年》《晨报》译介的“各国”小说中苏联小说的数量均占第一位。在中国的读者中，普希金的《驿站长》，莱蒙托夫的《当代英雄》，果戈理的《钦差大臣》，屠格涅夫的《父与子》《猎人笔记》，契诃夫的《樱桃园》，亚·尼·奥斯特洛夫斯基的《大雷雨》，列夫·托尔斯泰的《复活》《安娜.卡列尼娜》，高尔基的《母亲》，法捷耶夫的《毁灭》，尼古拉·奥斯特洛夫斯基的《钢铁是怎样炼成的》等作品，几乎被长久地阅读着。20世纪20年代，当马克思主义在中国进一步传播时，在文艺领域，是伴随着对苏联文学创作和理论介绍同时进行的。1928年12月起，陈望道主编的“文艺理论小丛书”开始印行，其中就收有苏联的文学论文；1929年春，冯雪峰主编的“科学的艺术论丛书”也开始出版，鲁迅为这套丛书翻译了卢那察尔斯基的《艺术论》《文艺与批评》和苏联的《文艺政策》；冯雪峰也翻译了卢那察尔斯基的《艺术之社会的基础》、普列汉诺夫的《艺术与社会生活》、伏洛夫斯基的《社会的作家论》等书。鲁迅后来又单独译出了普列汉诺夫的《艺术论》(《没有地址的信》)。从这个时代起，苏联文学作为重要的资源已经开始影响和渗透了中国文学的建设和发展，它像社会主义在苏联获得了成功一样，也闪耀着社会主义文学的巨大光芒和魅力。

中华人民共和国成立后，对苏联文学和理论的介绍，更显示出了空前的热情。短短几年的时间，就有上千种苏联文学作品被译介介绍到我国，《青年近卫军》《真正的人》《早年的欢乐》《士敏土》《不平凡的夏天》等，迅速被我国读者所熟悉，它们被关注和熟知的程度，几乎超过了任何一部当代中国文学作品。高尔基、法捷耶夫、费定、奥斯特洛夫斯基成了最有影响的文化英雄，保尔·柯察金、丹娘、马特洛索夫、奥列格成了青年无可争议的楷模和典范。同时，从1950年到1962年的十二年间，我国还翻译出版了苏联文艺理论、美学教材及有关著作11种，翻译出版了普列汉诺夫、列宁、斯大林、高尔基、卢那察尔斯基等论文学艺术的著作7种。这种单边的文学交流，直至“文革”也没有结束。“文革”期间供内部批判交流的“黄皮书”，也不乏《带星星的火车票》《州委书记》《多雪的冬天》《叶尔绍夫兄弟》等。无论是学习还是批判，我们的文学与苏俄就结下了这样的不解之缘。

真正结束这种单边的文学交流历史，是20世纪80年代兴起的现代主义文学运动。这一文学运动曾在地下潜伏已久。“文革”期间的“黄皮书”是最早的当代启蒙读物。塞林格的《麦田的守望者》等作品，早已在青年中流行。后来一些写进文学史的重要作品，在那一时代就是用“手抄本”的形式完成并传播的。有一篇考察和总结现代主义名称和性质的文章开篇曾写道："文化地震学试图记载艺术、文学和思想史上经常发生的感情变化和转移，这种变化和转移在程度上惯常分为三个大级度。在刻度的始端是那些时尚的震动，它们似乎有规律地随着时代的更迭而稍纵即逝，十年是测量其变化曲线的一个恰当周期，这些曲线从始动发展到高峰，随后便逐渐消失。第二种是较大的转移，其影响更深、更久，形成长时期的风格和感情，这些是用世纪为单位来加以有效测量的。第三种则是那些剧烈的脱节，那些文化上灾变性的大动乱，亦即人类创造精神的基本震动，这些震动似乎颠覆了我们最坚实、最重要的信念和设想，把过去时代的广大领域化为一片废墟，使整个文明或文化受到怀疑，同时也激励人们进行疯狂的重建工作。"[①]而现代主义文学无疑属于第三种，它的出现，使文学"与一切传统猝然决裂"，就欧洲而言，它"五个世纪努力的目标公然被放弃了"。[②]现代主义改变了文学的秩序。它的意义被刘易斯做了如下描述：现代主义的出现，是"西方人整个历史上最伟大的时代划分——比过去把黑暗时代同古代分开，或把中世纪同黑暗时代分开的那种划分更加伟大——乃是把现代同简·奥斯汀和沃尔特·司各特的时代划分开来"。这些作品，"在我们这个时代这样新颖得令人震惊，令人困惑。……比起任何其他'新诗'来，现代诗歌不仅具有更多的新颖色彩，而且还以一种新的方式表现出它的新颖，几乎是一个新维度里的新颖"[③]。而罗兰·巴特从另一个角度高度评价了它，认为它是"新阶级和新交流方式的演变中产生的世界观的总和"，并将其时间设定了"1850年左右"。[④]现代主义经历了一百多年的发展演变后，其遗风流韵仍在发挥着巨大

---

① 马尔科姆·布雷德伯里、詹姆斯·麦克法兰：《现代主义的名称和性质》，载马尔科姆·布雷德伯里、詹姆斯·麦克法兰编《现代主义》，胡家峦等译，上海外语教育出版社，1992年，第3页。

② 赫伯特·里德：《现在的艺术》，载马尔科姆·布雷德伯里·詹姆斯·麦克法兰编《现代主义》，胡家峦等译，上海外语教育出版社，1992年，第3、4页。

③ C.S.刘易斯：《时代的描述：就职演讲》，载马尔科姆·布雷德伯里·詹姆斯·麦克法兰编《现代主义》，胡家峦等译，上海外语教育出版社，1992年，第4页。

④ 罗兰·巴特：《写作的零度》，马尔科姆·布雷德伯里·詹姆斯·麦克法兰编《现代主义》，胡家峦等译，上海外语教育出版社，1992年，第5页。

影响。从20世纪70年代末期始，它在中国极其艰难地再度形成潮流，但由于中国独特的历史处境，它的“合法性”地位一直在争论之中，因此，从其孕育到衰落，也只有短暂的15年左右的时间，但它产生的革命性震荡，则令所有经历了那场文学运动的人都记忆犹新。

另一方面，我们必须承认，20世纪80年代之后，中国文学界对包括世界文学在内的文学经典，有一个再确认的过程，曾经被否定的世界文学经典重新被认同。莫言说：“从80年代开始，翻译过的外国作品对我们这个年纪的一代作家产生的影响是无法估量的，如果一个五十岁左右的作家，说他的创作没受任何外国作家的影响，我认为他的说法是不诚实的。我个人的创作在80年代中期—90年代中期，这十年当中，是受到了西方作家的巨大的影响，甚至说没有他们这种外来作品的刺激，也不可能激活我的故乡小说，看起来我在写小说，但是外加的刺激让我产生丰富联想的是外国作家的作品。”[①]“魔幻现实主义对我的小说产生的影响非常巨大，我们这一代作家谁说他没有受到过马尔克斯的影响？我的小说在1986、1987、1988年这几年里面，甚至可以说明显是对马尔克斯小说的模仿。”[②]批评家朱大可在揭示这一现象的同时，也措辞严厉地批评说：“‘马尔克斯语法’对中国文学的渗透，却是一个无可否认的事实。长期以来，马尔克斯扮演了中国作家的话语导师，他对中国当代文学的影响，超过了包括博尔赫斯在内的所有外国作家。其中莫言的‘高密魔幻小说’，强烈彰显着马尔克斯的风格印记。但只有少数人才愿意承认“马尔克斯语法”与自身书写的亲密关系。对于许多中国作家而言，马尔克斯不仅是无法逾越的障碍，而且是不可告人的秘密。”[③]无论如何，世界文学与中国当代主流文学的关系就这样缠绕在一起。

但是，任何一种域外的思潮、现象，几乎都是伴随着误读被我们接受的。魔幻现实主义是20世纪80年代进入我国读者视阈的，尤其是随着加西亚·马尔克斯在坊间的流传，我们也便有了属于自己的解读和变体。“寻根

① 新浪网：《著名作家莫言做客新浪网访谈实录》。

② 新浪网：《著名作家莫言做客新浪网访谈实录》。

③ 朱大可：《马尔克斯的噩梦》，载《中国图书评论》2007年第6期。

文学”无疑是其中最具代表性的一支。而“寻根”这个词，最早可以追溯到20世纪二三十年代。适值“宇宙主义”和“土著主义”在拉美文坛斗得你死我活。宇宙主义者认为拉丁美洲的特点是她的多元。这种多元性决定了她来者不拒的宇宙主义精神。反之，土著主义者批评宇宙主义是掩盖阶级矛盾的神话，认为宇宙主义充其量只能是有关人口构成的一种说法，并不能解释拉丁美洲错综复杂的社会现实及由此衍生的诸多问题。在土著主义者看来，宇宙主义理论包含着很大的欺骗性，它拥抱的无非是占统治地位的西方文化，而拉丁美洲的根恰恰是被西方文化所阉割、遮蔽的印第安文明。这颇能使人联想起同时期我国文坛的某些争鸣。世界主义者恨不得直接照搬西方，甚至不乏极端者梦想扫除国学、抛弃汉字；而国学派，尤其是其中的极端者则食古不化、抱“体”不放。从某种意义上说，两者的胶着状态至今未见分晓。前卫作家始终把走向世界、与世界接轨的希望寄托在赶潮与借鉴，而乡土作家却认为最土的也是最民族的，最民族的就是最世界的。而“寻根”这个概念正是20世纪二三十年代由拉美土著主义者率先提出的，它经现代主义（形形色色的先锋思潮）和印第安文化（其大部分重要文献于30年代及之后陆续浮出水面）及黑人文化的洗礼，终于催生了魔幻现实主义。然而，翻检我国介绍这个流派的文字，跃入眼帘的大多是“幻想加现实”之类的无厘头说法，或者“拉丁美洲现实本身即魔幻”云云。诸如此类不着边际的说法没法令丈二和尚摸着头脑。哪有不是幻想加现实的文学？谁说拉丁美洲现实本身即魔幻（或神奇）呢？加西亚·马尔克斯倒是说过，“拉丁美洲的神奇能使最不轻信的人叹为观止”；他故而坚信自己是现实主义作家，而不是所谓魔幻现实主义的代表。[①]陈众议对拉美文坛内在矛盾的揭示，仿佛就在说我们自己的事情。

但是，不管我们从哪一个角度接受来自域外的文学观念或思想，都从一个方面改变了我们自说自话、自以为是的心态。在已经形成的国际文学环境的大趋势下，中国文学便没有条件地成为这个“文学联合国”的当然成员。

① 陈众议：《莫言与世界文学》，载北京师范大学国际写作中心编《讲述中国与世界对话：莫言与中国当代文学》论文集。

这与20世纪80年代初期我们用“让中国文学走向世界”这样的祈使句表达的弱势文学心态已经完全不同。

二、文学经典建构的国际化环境

文学经典的建构，从某种意义上说应该是文学批评或文学研究的核心问题。这个问题在古代社会虽然也一直存在经典的不断颠覆和重建，存在着确立经典和“反经典”的“斗争”，但相对来说还是简单些。古人虽然也无可避免地受制于文学作品自身价值品质的规约，受到时代审美风尚、作家与批评家的阐释、类书和选本选择等的规约。但是，这些规约毕竟还限定在本土版图范围之内，还是“自家对话”的结果。比如，有了董仲舒为首的汉儒的努力，孔子就可以成为经典；有了萧统主编的《昭明文选》，先秦至南朝梁代八九百年间的经典诗文作品，基本就没有大的问题了；比如《唐诗三百首》，入选的作品除了伪作之外，其经典地位也日久天长。古代中国不仅有文学经典化的实践方法，同时也有对“经典”的诠释或界定。《说文解字》认为：“经，织也。”《辞海》的阐释是：“经，织物的纵线，与‘纬’相对。”“典”的原义则为常道、法则，《尔雅·释诂》解释道：“典，常也。”引申为典范、法则的重要文献。“经”在战国以后有了我们现代意义上的“经典”意义，《释名·释典义》认为：“经，径也，常典也，如径路无所不通，可常用也。”吴林伯在《〈文心雕龙〉字义疏证》中考订，在《文心雕龙》中，除了直接使用“经典”一词外，可与之同义互训的还有“经”“典”“经诰”“典诰”等。[①]

这种由国人自己指认经典的情况，一直延续到现当代文学。比如中国现代文学的经典作家，在王瑶先生的《中国新文学史稿》中就已经被确认：“鲁郭茅巴老曹。”不止他们的经典地位难以撼动，就是排名顺序也经久不

① 吴林伯：《〈文心雕龙〉字义疏证》，武汉大学出版社，1994年，第402页。

变；当代文学没有这样的经典作家，但“三红一创保山青林”[①]八部经典作品的地位至今仍然巍然屹立固若金汤。我们知道社会主义初期阶段的文学，和社会主义道路一样，有一个“试错”的过程，或者说，刚刚跨进共和国门槛的部分作家，特别是来自“国统区”的作家，并不明确如何书写新的时代，并不了解文学实践条件究竟发生了怎样的变化。因此，在“试错”的过程中，制度化地建构起了文学规约和禁忌。规约和禁忌的形成，也无形中树立起了文学界的绝对权威，比如周扬。他作为毛泽东文艺思想的权威阐释者，他对某些思潮、现象以及作家作品，就有生杀予夺的权力；他肯定或否定的某些作品，在当代文学史上的地位或价值就有了基本评价的依据；还比如茅盾，如果没有他对《百合花》的肯定，不仅不能终止对《百合花》的质疑或批评，《百合花》在它被发表的时代究竟是怎样性质的作品，恐怕还是个问题。

无论是现代文学经典还是当代文学经典，在改革开放之前，权威话语的拥有者可以一家独大地指认。我们也从来没有产生怀疑甚至没有怀疑的意识，因为文学史家的权威性，与政治领袖的权威性在那个时代是一种同构关系。后来事情起了变化，这个变化发生于1985年第5期《文学评论》发表的黄子平、陈平原和钱理群的《论20世纪中国文学》的文章。文章改变了百年中国的文学史观和文学史的编撰方法；1988年，上海陈思和、王晓明发起的“重写文学史”运动，强化了这一观念并且诉诸批评实践。但是，在这样的批评实践背后，同样有一个重要的国际背景，这就是夏志清的《中国现代小说史》被中国学者接触和接受。1961年由耶鲁大学出版社出版的夏志清的英文著作《中国现代小说史》，这是重写中国现代小说史的一部著作。作者以其融贯中西的学识及宽广的批评视野，探讨了中国新文学小说创作的发展路向，尤其致力于“优美作品之发现和评审”，发掘并论证了张爱玲、张天翼、钱锺书、沈从文等重要作家的文学史地位，使此书成为西方研究中国现代文学史的经典之作并产生了深远影响。《中国现代小说史》是“重写文学

① “三红一创保山青林”：指的是“十七年”的八部文学经典：《红日》《红岩》《红旗谱》《创业史》《保卫延安》《山乡巨变》《青春之歌》《林海雪原》。

史”运动的最重要的灵感来源和理论资源。夏志清对张爱玲、沈从文和钱锺书等人倍加推崇，尤其是一直被认为是通俗小说家的张爱玲，在批评家眼里她几乎难登大雅之堂，但夏志清在小说史中给予张爱玲的篇幅比鲁迅还要多一倍，这对当时的中国文学界不啻为八级“地震”。

《中国现代小说史》英文版两度再版，而由刘绍铭、夏济安、李欧梵、水晶等众多港台一流学者翻译的中译繁体字本于1979年、1985年和1991年分别在香港和台湾出版，2001年又在香港出版了中译繁体字增订本。由复旦大学推出的中文简体字版是这部文学史著作问世40多年后。20世纪80年代末期已经接触了夏志清这部著作的学者，揭竿而起要重新确立新文学的经典。但是，这一多少有些冲动的行为并没有取得预想的成果——那“翻烙饼”式的批评方式，只不过是逆向地评价了现当代重要的作家作品，而思维方式并没有发生革命性的变化。但是，这一误打误撞的文学行为，却也从某一方面鼓舞了中国的批评家——文学的历史是可以重新书写的。

1996年，谢冕、钱理群主编的《百年中国文学经典》，谢冕、孟繁华主编的《中国百年文学经典》出版。缘于这两套百年文学经典的出版，1997年集中爆发了关于经典的讨论。一年间《文艺报》《作家报》《文学自由谈》《光明日报》《中华读书报》《大家》等有一百多篇文章参加了讨论。尤其对当代作家作品的不同看法，各执一词不可能达成共识。但是，讨论的背后却隐含了一个重要的信息：即便是中国当代文学，由中国批评家自己指认经典的时代已经成为过去，不仅国际文学界难以认同，即便是国内同行也不能完全接受。

这种局面的出现，除了当代文学时间距离的切近和当代文学生产的特殊环境外，也与对世界不同文学观念的接受和影响大有关系。关于经典的争论，在1985年的西方已经开始：英国两所举世闻名的大学——牛津大学和剑桥大学，由师生们发起了一场激烈的争论，争论的问题是，“英语文学”教学大纲应包括什么内容？它的连锁反应便是对文学价值、评价标准、文学经典确立的讨论。激进的批评家发出了“重新解读伟大的传统”的吁请；而大学教授则认为：“传授和保护英国文学的经典是我们的职责。”这一看似学院内部的争论，却被严肃传媒认为一半是政治性的，一半是学术性的。类似的讨论西方其他批评家也同样在关注。比如当代美国极富影响力的文学理论家、批评家哈罗德·布鲁姆，著有《西方正典：伟大作家和不朽作品》，旨在寻找并论述西方文学的经典。布鲁姆选择并品评了26位作家，指陈其伟大之处，乃“是一种无法同化的原创性，或是一种我们完全认同而不再视为异端的原创性”，并且说：“传统不仅是传承或善意的传递过程，它还是过去的天才与今日的雄心之间的冲突，其有利的结局就是文学的延续或经典的扩容。”[①]而卡尔维诺在《为什么读经典》中则对经典做了这样的阐释：经典作品是一些产生某种特殊影响的书，它们要么自己以难忘的方式给我们的想象力打下印记，要么乔装成个人或集体的无意识隐藏在深层记忆中；经典作品是这样一些书，它们带着先前解释的气息走向我们，背后拖着它们经过文化或多种文化（或只是多种语言和风俗）时留下的足迹。一部经典作品是这样一个名称，它用于形容任何一本表现整个宇宙的书，一本与古代护身符不相上下的书。

由此可见，西方对文学经典也没有一个一成不变的理解。一般来说，学界讨论什么问题，就是对什么问题感到焦虑或遇到了麻烦。2008年《南方都市报》曾讨论过“伟大的小说意识”。这一问题的提出者是美籍华裔作家哈金。他认为中国要写出伟大的小说，必须要有“伟大的小说意识”，就像美国有一个普遍被认同的小说意识一样。他认为美国有这样的伟大的传统，而中国从来就没有这样的传统，从《红楼梦》到鲁迅，都被他否定了。他认为《红楼梦》只是那个时代的好作品，而鲁迅只写了7年小说，7年时间连小说技巧都不可能掌握，怎么会写出文学经典。哈金先生是一位著名的小说家，曾经获过美国重要的文学奖项，但他这样评价中国的经典作家作品，我们只能对他的勇气表示惊讶。因此，也不是所有来自西方的文学观念都没有问题、都可以接受。这也正如德国汉学家顾彬说中国当代文学只是“二锅头”的轻慢和蔑视一样。

但是，文学评奖，尤其是国际文学大奖，是文学经典化重要的形式之

① 哈罗德·布鲁姆：《西方正典：伟大作家和不朽作品·序言与开篇》，江宁康译，译林出版社，2011年，第2、6页。

一是没有问题的。因为国际社会的认同是有说服力的形式之一。在中国这一形式的权威性要更为突出。比如电影界的张艺谋、陈凯歌、姜文、贾樟柯等，他们获得的国际电影奖项，几乎改变了他们的命运。文学界的情况也大致如此。比如余华、李洱、阎连科、姜戎等，因获国际文学奖而极大地提高了知名度，并在读者那里获得了更高的可信度。莫言当然也是这样。对莫言的阐释和评价不仅来中国的作家批评家，同时也来自国际文学界。而国际文学界对莫言的评价甚至会深刻地影响到国内批评界的态度和看法。比如，对莫言的有些作品的某种批评和阐释曾使他一度陷于危机之中，他曾被质疑："莫言在小说中的政治倾向已很鲜明，他的投枪、匕首既然已掷出，我们怎能沉默？而且他的描述已对一些不了解革命历史的年轻人产生了极坏的影响！"[①]但是，这只是评价莫言的一种观点，不仅国内批评界有更多不同的看法，同时，国际文学界对莫言的阐释也多有不同。比如德国汉学家郝穆天把《丰乳肥臀》和圣母玛利亚的哺乳联系起来，他用大量的图片展示圣母玛利亚哺乳的场景，通过西方文化来阐释东方文化，在互证中得出的结论是："我这次故意用我欧洲宗教背景讲到丰乳肥臀的一个解释，这个巨作无疑的是世界文学。"[②]类似的评价还有很多。而莫言获"诺奖"之后，不仅否定性批评的声音越来越小，而且，莫言因获奖而急剧增长的声名，也使那些极端化的批评声音变得似是而非无足轻重。

透过这些"东方奇观"，西方读者在莫言作品中看到的是另外一些东西，也是更重要的东西。这些东西就是莫言在"诺奖"获奖演讲中提到的，比如感恩、悲悯、同情、孤独、自信、坚持、学习等与人生、与人的内心事物相关的基本价值和观念。比如开始他就讲：

我记忆中最痛苦的一件事，就是跟着母亲去集体的地里拣麦穗，看守麦田的人来了，拣麦穗的人纷纷逃跑，我母亲是小脚，跑不快，被捉

① 彭荆风：《莫言的枪投向哪里？——评〈丰乳肥臀〉》，载《红旗文稿》1996年第12期。

② 郝穆天：《关于莫言和茂腔的相关研究》，载北京师范大学国际写作中心编《讲述中国与世界对话：莫言与中国当代文学》论文集。

住，那个身材高大的看守人扇了她一个耳光，她摇晃着身体跌倒在地，看守人没收了我们拣到的麦穗，吹着口哨扬长而去。我母亲嘴角流血，坐在地上，脸上那种绝望的神情使我终生难忘。多年之后，当那个看守麦田的人成为一个白发苍苍的老人，在集市上与我相逢，我冲上去想找他报仇，母亲拉住了我，平静地对我说："儿子，那个打我的人，与这个老人，并不是一个人。"

还有母亲将自己的饺子给了要饭人的故事，这种宽容、悲悯和同情，显然与西方的宗教情怀有关，同时也是普遍的人性。因此，这显然不只是"中国经验"，它蕴含的恰恰是人类的普遍价值。这样的价值观与文学说来才事关重大。因此，在为莫言写的颁奖词中，我们还是能够看到其中的差异。"茅盾文学奖"给莫言的颁奖词是这样的：

《蛙》：在二十多年的写作生涯中，莫言保持着旺盛的创作激情。他的《蛙》以一个乡村医生别无选择的命运，折射着我们民族伟大生存斗争中经历的困难和考验。小说以多端的视角呈现历史和现实的复杂苍茫，表达了对生命伦理的深切思考。书信、叙述和戏剧多文本的结构方式建构了宽阔的对话空间，从容自由、机智幽默，在平实中尽显生命的创痛和坚韧、心灵的隐忍和闪光，体现了作者强大的叙事能力和执着的创新精神。

这里强调更多的，是莫言讲述故事的方法以及修辞方面的技巧及风格。"诺奖"给莫言的颁奖词是：

莫言是一个诗人，一个能撕下那些典型人物宣传广告而把一个单独生命体从无名的人群中提升起来的诗人。他能用讥笑和嘲讽来抨击历史及其弄虚作假，也鞭笞社会的不幸和政治的虚伪。他用嬉笑怒骂的笔调，不加掩饰地讲说声色犬马，揭示人类本质中最黑暗的种种侧面，好像有意无意，找到的图像却有强烈的象征力量。

这里强调的是莫言小说思想的深刻性以及作品的社会价值和功能。这一视角表达了西方阅读莫言与我们的区别。因此，在国际化的语境中，不同的视角发现了评价莫言更多的可能性。或者说，西方的声音或尺度，已经进入了莫言经典化的过程中。这种情况当然不止莫言一个人。另一个例子是李洱的小说《石榴树上结樱桃》。这当然是一部非常重要的小说，它曾荣获2007年“华语图书传媒大奖”，授奖词说：“这是一部通过密集的细节挑战人们对乡土小说的阅读和认识的书。李洱自觉地质疑了现代文学以来的乡土叙事传统，掉转方向，使乡土由想象和言说的对象变为想象和言说的主体，恢复了乡土中国的喧哗、混杂，恢复了它难以界定的、包孕无穷可能性的真实境遇……《石榴树上结樱桃》在中国现代乡土叙事的整体脉络中，具有一种低调的原创价值，它幽暗的笑声祛除了‘传奇’和‘苦难’对中国乡土的简化和遮蔽，缓解了思想的傲慢和感受的僵硬。”即便如此，小说在图书市场或大众传媒那里并没有成为炙手可热的追捧对象。但是，当德国总理默克尔将这部小说的德译本送给当时的国务院总理温家宝后，出版商在腰封中标示出与小说关系不大的醒目提示——“德国总理默克尔送给中国总理温家宝的书”，媒体和读者这才对这部小说燃起了的热情达到了一个的高潮。类似的情况还有《狼图腾》的作者——获过亚洲“曼布克奖”的姜戎，《受活》《四书》《炸裂志》的作者——获过“卡夫卡奖”的阎连科等。

这些情况都在表明，中国当代文学的经典化已经无可避免地进入了国际化语境。从某种意义上说，仍然作为文学弱势国家的我们，西方强势文学国家的评价尺度和发出的声音，对我们仍然具有较大的影响力，它甚至比我们自己批评家的声音更容易找到知音或信任感。[①]但是，任何事物都具有两面性，国际化语境背后隐含了一个悖谬的现实：一方面，我们的文学希望被世界承认，或者说被世界强势文学国家承认，因为真正的文学经典必须是世界性的；另一方面，经典的标准究竟由谁制定？如果这个质问成立的话，那

① 一个典型的例子是，当葛浩文、杜特莱、叶果夫等重要的汉学家都称赞《酒国》是莫言最好的小说或“小说中的小说”之后，国内一些批评家也大多认同了这个看法。有的批评家此前并不这么看，西方汉学家的看法显然极大地影响了他们的看法。

么，在文学的范畴而言，面对强大的西方文学，我们仍然不能摆脱“跟着说”“接着说”而难以“对着说”的命运。如果是这样的话，我们要想成为一个强大的文学国家，成为一个对世界文学能够产生巨大影响力的国家，道路确实还很漫长。

三、中国在世界文学格局中的新形象

中国文学形象的改变并不始于莫言这毋庸置疑，有研究者发现，从20世纪80年代起，中国文学就一直在西方汉学家的视野中。[①]也正是这一过程的积累，使莫言在2012年大获成功。莫言的获奖，确实是一个石破天惊的

---

① 青年学者毕文君在《当代作家评论》2015年第1期发表了《小说评价范本中的知识结构——以中国八十年代小说的域外解读为例》一文。文章指出：德国学者雷丹（Christina Neder）在其《对异者的接受还是对自我的观照？——对中国文学作品的德语翻译的历史性量化分析》一文中所言：“中华人民共和国于1978年开始改革开放，德国公众对于中国的兴趣也随之重新高涨。除了‘中国经济’这个主题，中国的文学也在德国读者中激起了反响。尤其是所谓的‘新时期’文学作品在不同的出版社以单行本或者合集的形式出版；与此相应，在80年代中期，翻译作品数量至少在西德达到了新的历史高度。”杜特莱和夫人丽丽安合作翻译了中国当代许多著名作家的作品，其中莫言的《酒国》曾获得“2000年度法国最佳翻译小说奖”。2001年杜特莱和夫人丽丽安被法国政府授予“法兰西骑士勋章”。而在杜特莱的当代文学译介与解读中，对阿城这位作家的关注应是其最为重要也最具代表性的研究实绩，几乎可以这样认为：如果没有杜特莱这位法语世界的翻译家对阿城小说的发现、译介与评说，那么也许就不会有阿城小说在法国的为读者所知。实际上，也正是杜特莱对阿城这位作家及其创作的独特发现构成了阿城的“三王”、《遍地风流》等作品的重要域外评价史。事实上，杜特莱教授坦言，他20世纪80年代初就已经“喜欢上了阿城、韩少功等人出版的充满新气息的东西，与此同时我也开始翻译他们的佳作。他们的作品在法国问世后很受读者的欢迎，这使我很受鼓舞，从此一发不可收拾，不停地翻译，不断地出版”。日本的中国当代文学研究者用力甚勤，而且其研究视点的获取不只是相当快速的同步阅读的结果，更是隐含了对中国当代文学的整体性理解。而从该书所收《日本研究中国当代文学目录索引（1976—1986）》中极其详细的辑录更能看到研究者们对中国新时期文学的热切关注与研究兴趣，无论是对“文革”时期文学状况的理解，还是对新时期文学的判断，它们无一不是及时细读的结果。这一方面得益于地域上的便利和东方文化传统的共享性，另一方面也是相对于日本学者对中国现代文学的研究而做的自然而然的延续性工作。从更为广泛的研究层面而言，这也是日本的中国文学研究根深蒂固的研究特色，即在时代的同步性中看中国。因此，中国文学形象在国际上的改变，从20世纪80年代就已经开始。

文学大事件，它被认为是中国文学走向世界的一个标志性事件。尽管在葛浩文看来“诺奖”的价值和意义在中国被放大了。他认为：这么多人对这个奖如此痴迷地关注令我感到不安。对于中国和韩国等国家的人来说，是否获得此奖已经关乎整个民族获得承认或者遭受轻视的地步。其实，这只是一个关于某位作家（或诗人）作品的奖项。但是，不仅中国人不这么看，事实上整个国家社会也不这么看。比如，莫言获奖之后，我们在不同的新闻中看到了这样的景象：

> 10月12日上午，北京最大的书店之一西单图书大厦里，写着获诺贝尔文学奖的作家莫言作品专架的图书已销售一空，该专架在11日晚莫言获奖消息传来后刚刚摆上。该消息报道还说：北京最大的书店之一西单图书大厦里，一名幸运读者拿到了最后一本《丰乳肥臀》翻阅。[①]

> 自从中国作家莫言获得了2012年诺贝尔文学奖以后，全世界都掀起了一股莫言热。据俄罗斯媒体报道，今年年底将出版莫言的两部作品《酒国》和《丰乳肥臀》。而在瑞典，当地的媒体书店也都把视线对准了莫言，他的作品也成了人们追捧的焦点。由于获得了诺贝尔奖，莫言的名字开始在当地广泛传播。记者在采访中了解到，越来越多的读者开始知道莫言，并希望能够读到他的作品，瑞典的各家书店都在积极备货。瑞典最大的报纸之一《地铁报》当天不仅用大量的篇幅介绍了莫言及其文学生涯，而且还报道了瑞典人对莫言作品的追捧。报道中称，在文学奖公布后，一个书店，一分钟之内莫言的书就销售一空。[②]

莫言引起了整个世界的关注，包括傲慢的俄罗斯。中国文学的形象在世界文学格局中发生了巨大变化。表面看来，新闻报道里的莫言已经是来自中国的文化英雄，他开始被世人瞩目并且传颂。一个新的莫言在这样的景况中

---

① 《莫言获奖后作品专架销售一空》，载中国新闻网2012年10月12日。

② 《诺奖获奖后莫言书被销售一空》，载中国广播网2012年10月15日。

诞生；但是，它背后隐含了太多的文化密码。或者说，如果没有几十年同西方文学界的交流，没有文学基本观念的沟通和共识，这个结果是不可能出现的。近些年来，“中国经验”的话题被一再提起，似乎“中国经验”是中国文学走向世界的神秘武器，是中国文学引以为傲的全部资本。其实，这一观念与“越是民族的就越是世界的”的观念一脉相承。事实是，“中国经验”必须为人类基本价值观念照亮才会焕发出“世界文学”的光彩。经验固然重要，但是如果经验不被思想或价值激活，也只是一堆毫无生机等待书写的材料而已。从这个意义可以说，思想、观念是文学的魂灵，有了这个魂灵，文学才会飞翔。因此，莫言的成功与其说是中国本土经验的成功，毋宁说是莫言小说价值观的胜利。

莫言的创作得到了普遍认同，也得到了国际文学界的尊重。法国艾克斯-马赛大学的教授杜特莱（Noel Dutrait），是法国著名的汉学家、翻译家，他曾将中国新时期作家阿城、韩少功、苏童、王蒙、高行健和诺贝尔文学奖得主莫言的大量作品译成法文，并多次获得重要翻译奖项。杜特莱教授称20世纪80年代开始接触莫言作品，后来翻译了《酒国》等作品。翻译《酒国》的时候杜特莱在同步翻译高行健的《灵山》，他说那是一段痛苦而又美妙的经历，因为这不但考察一个译者对风格迥异作品的把握能力，也考验了一个翻译者的耐心和信心。由于杜特莱等人的努力，莫言的作品有十五部被翻译成法文，《丰乳肥臀》《檀香刑》《酒国》等都在法国产生很大影响，他的《酒国》被法国媒体誉为“小说中的小说”。这些作品也让莫言在法国享有极大声誉，使他的作品成为法国人阅读中国作家作品之最。[①]意大利汉学家李莎在《接触莫言：一位翻译的珍贵训练》中说：可以说莫老师陪伴过我将近12年的翻译生涯，并无意识地塑造我的灵魂，给我的生活增加无数内容以及培养了我的耐力和我对工作的谦虚感。她称莫言是她“最敬佩的老师”。[②]李莎对莫言由衷的膜拜，毫不夸大地说是一个重要的文化事件。80年代以来，中国

① 李旭光：《杜特莱做客北大：谈与莫言高行健作品结缘经历》，载中华网2014年10月27日。

② 李莎：《接触莫言：一位翻译的珍贵训练》，载北京师范大学国际写作中心编《讲述中国与世界对话：莫言与中国当代文学》论文集。

作家的导师都是欧美作家，在交往过程中，只有中国作家不断地向欧美作家致敬。但是，是莫言改变了这样的局面。

俄罗斯汉学家叶果夫说：2012年10月以前，除了一些研究当代中国文学的汉学家以外，谁也不认识这位著名的作家（莫言）。他获得诺贝尔文学奖以后，俄罗斯人对他作品的兴趣陡然变大，尤其是他的第一部俄译长篇小说《酒国》就在这个时候面世了。莫言像一颗闪亮的星星冲进了俄罗斯文学苍穹。各种各样的反响几乎爆棚了。一位俄罗斯博主对莫言作品《酒国》做出了如下的评语："毫不夸张地说，这部小说是文学的一个新现象，没有类似的。也许这部小说是非常中国化的。事实上，俄罗斯读者不认识中国当代文学作品，没有可与之相比较的。《酒国》这部小说需要长期认真的阅读与深思熟虑的读者。"[①]他还说：莫言的声望在俄罗斯越来越大。俄罗斯文学短评里《丰乳肥臀》位列前十，还入选2013年5部最有趣味的作品。《丰乳肥臀》从2013年初以来一直是畅销书。总的来讲，在俄罗斯，全国各地都开始认识莫言。[②]美国汉学家葛浩文在一次接受采访时，当被问到最喜爱莫言的哪部作品时，葛浩文说："这就像是要我在自己的孩子中选一个最喜爱的一样难。《酒国》可能是我读过的中国小说中在创作手法方面最有想象力、最为丰富复杂的作品；《生死疲劳》堪称才华横溢的长篇寓言；《檀香刑》正如作者所希望的，极富音乐之美。我可以如数家珍，不过你已经明白我的意思了。"[③]

这些毫不掩饰的赞誉，都发生在莫言获奖之后。因此说，莫言获诺奖确实是中国文学标志性的历史事件：中国文学的形象从此得以改变——过去只有向西方致敬的悲怆的挫败感终于成为历史，在文学领域，我们终于可以和西方强势国家平等地交流对话——这就是中国文学新的历史。

原载《文艺研究》2015年第2期

① 叶果夫：《莫言的作品：文化差异和翻译》，载中国作家网2014年8月26日。

② 叶果夫：《莫言的作品：文化差异和翻译》，载中国作家网2014年8月26日。

③ 《莫言获奖别忘了他身后的美国老头葛浩文》，载中国日报网2012年10月12日。

战争文化的记忆与想象

一、和平时期的“英雄焦虑”

传统的中国文化中，英雄文化是其中重要甚至是具有支配性的一种文化。这与儒家文化的“兼善天下”“修齐治平”有直接关系，当然也与古代社会频仍的战争并在战争中捍卫国家利益的英雄想象有关。于是“英雄文化”在文学创作中通过抒情、叙事和不同的修辞手段被成倍地放大，然后又哺育了一代又一代的“文化英雄”。《诗经》中的《公刘》、刘邦的《大风歌》、诸葛亮的《出师表》、唐代的边塞诗、岳飞的《满江红》、施耐庵的《三国演义》，一直到清末民初，到秋瑾、谭嗣同、李大钊、毛泽东，英雄文化虽然在不同的历史时期负载着不同的历史内容，但就这一文化本身而言，它在军旅文学中是被继承得最彻底的文化。

进入当代社会以后，英雄文化得到了进一步的光大。构成主流文化的两个基本来源，一个是革命历史，一个是当代英雄。当代文学的经典作品，如“三红一创”以及进入当代文学史的“红色经典”，可以说基本是一部完整的现代中国英雄史。我们经常复述的“人民，只有人民才是创造历史的真正动力”，在当代文学的历史叙述中并没有得到贯彻，我们看到的恰恰是一部英雄创造的历史。在这部英雄历史中，战争文学表现得最为充分。从长征、抗日战争、解放战争、抗美援朝一直到和平时期的军营，在文学的叙事中英雄辈出，这些英雄成了我们时代的表征，成了不同时代最可感知的里程碑。他们不仅让我们景仰，而且让我们产生追随感，想起他们，就有光荣和神圣在心头油然而生。这就是文学修辞的力量。但是，进入20世纪90年代以后，英雄文化遭遇了前所未有的挑战，在一个没有英雄或不需要英雄的时代，在革命者向职业军人转换的时代，如何塑造英雄，特别是如何塑造和军队、战争相关的英雄，如何释放在没有战争的情况下当代军人被压抑了的爱国主义激情，构成了军旅作家正在承担的“英雄文化”的现代焦虑。

通过对革命战争历史题材的创作和反映当下军人生活作品的比较，我们会发现，前者或是革命战争的亲历者，或是革命英雄文化的认同者。在他们讲述的故事和塑造的人物中，他们没有焦虑。这些故事和人物都是透明的、单纯的、健康而生机勃勃的。他们是人民的子弟兵，为人民的翻身解放而战。那里明确无误的阶级关系，是一个具有历史合法性和“政治正确”的关系，也是实践着毛泽东新文化思想的文化成果。这个方向性问题的解决，无须作家再彷徨犹豫。因此，那是没有焦虑的一代军旅作家。但是，进入20世纪90年代之后，现代性在中国日益表现出了它的复杂性，现代化的进程并没有沿着人们想象的方式进行。市场经济和商业化为社会带来了巨大财富，但同时也无情地瓦解了当代历史建构起的包括情操、道德、信仰等文化观念。这个巨大的“解放”因素，使中国成为一个无所不有的超级文化市场。这种情形，酷似法国后结构主义先驱吉尔·德勒兹所描述的“游牧文化”。在“千座高原”之上，人们丧失了方位和目标，但每个方位都成了目标。“游牧文化”在今日中国已经变成了现实。但我们正在经历的这种混杂文化，与我们期待的“文化多元主义”无关。我们常常把当下的文化描述为“转型”时期的文化，无论这一描述是否准确，可以肯定的是，它已经深刻地影响了包括军旅作家在内的文学创作，因此也更具今天军旅文学的特征。

在没有战争和不需要“解放”的今天，军人的革命者和解放者的身份也逐渐被职业军人的身份所替代，职业军人的职责就是捍卫国家民族利益。但是，就军旅文学而言，它的功能性并没有改变，也就是说，军旅文学仍然是这个时代主流意识形态的表意形式之一。因此，军旅作家没有在写作形式上同社会上其他作家同步地进行文学实验、争做先锋，这与军旅文学没有改变的功能是有关的。除了乔良的《末日之门》在形式和小说结构上有新探索之外，重现战争历史、反映当下军队演习、迎接未来战争的准备，仍然是当下军旅文学重要的表现内容之一。朱苏进的《炮群》、柳建伟的《突出重围》、朱秀海的《穿越死亡》、裘山山的《我在天堂等你》、姜安的《走出硝烟的女神》、项小米的《英雄无语》、马晓丽的《楚河汉界》等，是这方面的代表作。在新一代青年军人的身上，可以明确地感觉到他们和老一代军人的差别：他们有文化、懂现代战争，但他们也知道如何维护自己的个性；他们有国家民族关怀，但他们也有过去军人或文学作品没有表现出来的焦虑。这样的焦虑是来自职业军人的焦虑：他们有功名心，要在激烈的竞争中免于被淘汰，要建立功业才能成为军事领袖。也只有实现这一切，他们才能获得作为军人的身份认同。然而和平时期鲜有战争，这就进一步加剧了现代军人的焦虑感。上述作品充分地表达了这一矛盾的时代性。在叙事策略上，它们都提供了许多新的经验，这些青年军官几乎都被推向了极端，都经历了精神的生死攸关，他们都曾绝望过。但作者都写出了他们的绝处逢生，这种处理人物命运的能力，是过去的军旅文学作品不曾达到的。但我们不能不警惕地指出，面对新时代英雄的焦虑，这些作品几乎形成了一种未作宣告的新模式：人物都是将门虎子，都有婚姻和情感危机，都有被军队淘汰的可能，然后都在绝望中获得新生。这新的写作模式是“文化英雄”现代焦虑的另一种表现形式。

革命历史和战争小说，是20世纪“红色话语”重要的组成部分，也是需要我们清理识别的文化遗产的一部分。当红色革命已经成为历史的时候，我不同意彻底忘记或抛弃这个历史，事实上也不可能。那里的英雄主义文化精神，仍然是鼓舞我们的精神遗产。在当下的军旅文学中，我们看到了这一精神遗产的继承和新的发展，当然我们也看到了新时代军人特有的“焦虑”。但我仍不能不遗憾地指出，当代军旅作家还没有写出像苏联战争文学那样的作品。苏联的战争文学如果从二战开始，曾有过《斯大林格勒保卫战》《一个人的遭遇》《解放》和《这里的黎明静悄悄》等从不同角度描写和理解战争的文学作品，几代人对战争的描述是非常不同的，战争历史在他们那里成为一种开掘不尽的创作资源，而且多为杰作。这种情况甚至在好莱坞也存在，曾在中国上映的《拯救大兵瑞恩》，也是以二战为题材的。因此我认为，军旅文学除了对当下新的生活和矛盾充满想象和写作欲望外，对过去的战争题材，特别是正面描写战争，还应怀有热情和期待。历史并没有成为过去，也没有终结，它仍然活在我们的记忆和理解中。因为只有战争文学，才是真正意义上的军人文学，才能构成对军旅作家想象力和表现力的真正挑战。

进入20世纪90年代之后，新成长小说几乎构成了小说生产的基本类型。女性文学和新生代小说，都在言说成长的过程，都在言说隐秘的心理和不为人知的过去。私密的个人空间获得了空前的拓展，一个“私语”的解放运动在文学领域全面展开。但《兵谣》作为成长小说的最大不同就在于，它在否定了“国家寓言”式的成长小说类型的同时，也改写了当下“私语”言说的成长小说类型。更难能可贵的是，《兵谣》是在主流话语的范畴之内展开人物的成长历程的。古义宝是个地道的农民子弟，他是带着农民文化的全部特征进入兵营的。他质朴忠厚、勤劳肯干，但同时也深怀着农民的世俗心计和出人头地的强烈欲望。于是他在赵昌进的“设计”下，按照“先进人物”的蓝图，在“异化”的道路上越走越远，他几乎就要攀上人生“光辉的顶点”了。如果说古义宝没有个人目的论，那么他所做的一切是无可非议的，做好人和好事总是一个文明进步的社会应该倡导的。但古义宝所做的一切都源于他个人根深蒂固的目的论，个人“欲望”既是他的出发点也是他的归宿。他最后失败于和女性的关系，从另一个方面印证了“欲望”对古义宝的支配和驱使。“进步”是他的精神欲望，和尚晶的关系是他的“物资”欲望。

人是有欲望的，但人必须在一定的范畴内限制个人的欲望。古义宝的失败就在于他没有限度地满足个人的欲望。在个人欲望可以不加掩饰地张扬和释放的今天，《兵谣》对古义宝欲望的否定，就超出了“军旅文学”的意义，事实上，它也是对今天世俗社会无休止的欲望要求的批判和否定。

古义宝精神欲望的破产首先来自他“物资”欲望的破产。或者说，在现行的精神制度领域，古义宝的“进步”之举还是有合法性的，赵昌进对古义宝的连续报道不仅证实了他的合法性，而且是以体制或制度的方式施加了对古义宝的正面鼓励。因为“进步”是在道德的意义上被肯定的。但“物资”欲望，特别是对女性的欲望，是“不合法”的，“不合法”是因为它是不道德的。所以，赵昌进对古义宝的肯定，还仅仅限于道德的意义，他和一个人的成长并没有构成本质关系。但这个转折对古义宝来说却意义重大——他从人生的巅峰跌落到了谷底，一场巨大的精神危机如期而至。“成长”正是从这个时候开始的。

古义宝的光环幻灭之后，他回到了现实的土地。农场既是一个具体的生存场景，也是一个具有象征意义的场景。巨大的跌落和反差才有可能使主人公从虚妄中猛然醒悟。他不仅改变了对赵昌进的关系和态度，而且有能力识别一开始就存在的军营的两种声音：一种是赵昌进的声音；一种是文兴的声音。赵昌进的声音是虚假的，文兴的声音是真实的。古义宝获得了识别这两种声音的能力，这是他成长的一个标志性事件。文兴到农场和古义宝的那段谈话的话语方式，已经证实古义宝从云端回到了现实的大地。古义宝在农场坚实和出色的工作，使他又重新地成为一个英雄，成为一个真实的、敢于面对现实的、有尊严感的英雄。这是《兵谣》最动人的魅力所在。在最困难的地方重新崛起，作者将人物置之死地而后生，在极端和绝对的境地中让人物“死里逃生”，显示了作者杰出的想象力和对小说非凡的把握能力。当然，这部小说也只能产生于今天，在社会转型和价值观念转变的时代，才有可能产生《兵谣》式的成长小说。一个人真正的成长过程才有可能被表达出来。

与黄国荣创作不同的是石钟山的和平时期的部队小说。战争文学，或中国现代革命历史，是当代中国的文学最重要的创作资源之一，当代文学的经典作品，有相当一部分是和革命战争有关的。但我们也必须承认，对战争文学或我们称为“军旅文学”的创作，需要探索的道路仍然还很漫长。说得极端一点儿的话，这一领域的创作对作家构成的挑战仍然是相当尖锐的。特别是在和平时期，如何书写军队生活，离开战争后的军人该怎样表现，应该是所有军旅作家共同面对的问题。石钟山的出现并不是说他找到了解决这一问题最有效或最好的途径，而是他的探索于军旅文学来说，具有文学史的意义是没有问题的。他的《男人没有故乡》《向北，向北》《遍地鬼子》《红土黑血》《玫瑰绽放的年代》《激情燃烧的岁月》《军歌嘹亮》《母亲》《幸福像花样灿烂》等作品的出版或播映，不仅使石钟山炙手可热名重一时，而且，和平时期的军旅文学也在他这里发生了某些重要的变化和转向。

在《激情燃烧的岁月》冲击波尚未过去的时候，石钟山趁热打铁，又创作了以红色历史为题材的长篇小说《军歌嘹亮》。这显然是一部演绎和想象红色历史的小说，是一部虚构的“过去”的人物命运史。在没有英雄的年代，红色历史建构的英雄谱，为英雄的再度出场提供了取之不尽的合法性资源。不同的是，在以往的历史叙事中，英雄的身份总是与国家民族相缝合的、“威武不能屈，富贵不能淫”的民族形象的象征。因此，过去的“红色英雄”的“高大全”本质总是与普通人无法建立起情感联系，他们为民众设定的仰视的光环，先天地具有“神性”的性质。但是，从《激情燃烧的岁月》开始，宏大的国家民族叙事仅仅是作为背景铺陈的，英雄的日常生活和精神历程成为主要表述的对象。石光荣和褚琴的家庭生活成为主要的表达场景。《军歌嘹亮》沿袭了《激情燃烧的岁月》的叙述策略，主人公高大山同样是军队的高级将领，他同样经历了战争年代血与火的洗礼。但战争也只是作为人物性格和命运的背景而设定的。小说主要是沿着高大山的情感经历和家庭生活的线索展开的。他与林晚和秋英的情感纠葛，以及与另一个未出场的女人的潜隐经历，为英雄高大山编织了一个丰富又复杂的情感之网。但事情远远没有结束，现实生活中，高大山“危机四伏”，先是意外地出现了“身份不明”的儿子高大奎，妻子秋英和子女拒绝接受；接着是女儿婚姻不幸，儿子成为不良少年。战争年代的英雄在和平环境中承受着和普通人一样的痛苦和烦恼。这种叙事方式，使普通读者以观看“奇观”的心理满足了对英雄的窥视，同时在“解密”的过程中，也使普通人了解了英雄的日常生活和他们并无二致。故事的平易性和对英雄的生活化处理，是小说成功的最大隐秘。

当然，高大山与愚顽朴实的妻子秋英的婚姻，与战友陈刚之间微妙的关系，女儿悲剧性的婚姻和儿子的牺牲，以及高大山重归民间的结局等，都强化了小说的故事性和戏剧性。在重新想象红色历史的过程中，作家石钟山不仅完成了一次有声有色的关于英雄人物的再叙事，同时也把红色历史的消费性写作推向了新的极致。在高大山重归故里的路上，我们仿佛再次看到了夕阳落在巴顿的肩头：一个时代结束了，但英雄的过去却没有终结，它仍然以不同的方式对我们施加着影响。重新叙述的红色历史依然可以在我们内心激起久违的震动和激情。在一个文化多元主义的时代，在与断裂的历史难以建立起联系的时代，在怀旧情绪弥漫四方又需不断前行的时代，红色历史的重新书写不仅为本土文化资源的开掘提供了可能，同时作为一种文化抚慰，它必然会受到普通文化消费者的热切期待和欢迎。当然，作为一种新的文化现象，对其深入的研究和解读可能尚未开始。

《天下兄弟》是石钟山出版的另一部长篇小说。这部作品不是通过战争/和平的对比寻找差异性，也不是在退伍/退休离开部队或岗位的落差中突显人物性格。这样展开故事的方式石钟山已经尝试过。因此，《天下兄弟》如何突破过去的军旅文学并且超越自己的创作，对石钟山来说是首先面对的问题。在我看来，《天下兄弟》最大的特征就是它的戏剧性因素：无力抚养一对双胞胎兄弟的母亲，将其中一个孩子送给了不能生育的团长田辽沈夫妇，取名田村的孩子高中毕业后被父母送进部队；为了改变家庭和个人命运，留下来的孩子刘栋，也以姐姐牺牲婚姻幸福为代价走进了军营。兄弟两个被分配到同一个部队。这样戏剧性的情节设置，自然会有既出人意料又在意料之中的故事发生。他们既是竞争对手，同时又在关键时刻相互帮助甚至拯救对方的生命。最后谜底托出，两兄弟身世被告知，田村与苏小小终结良缘，又生出一对双胞胎。小说以大团圆结束故事。

在以往的军旅文学中，民族叙事是不能改写的主旋律，个人命运或人性的因素一直受到压抑。这是这一题材的小说难以突破的主要原因。石钟山在《天下兄弟》中虽然设置了戏剧化的情节主线，但在这个框架中他力求表现的还是普通人性的问题。生母王桂香的忍辱负重牵肠挂肚，几乎写尽了天下母亲的骨肉亲情；养母杨佩佩意外得子的欢欣和怕失去的心神不宁；大哥刘树的一再牺牲直至捐给弟弟眼角膜；姐姐刘草为弟弟参军而宁愿嫁给自己不喜欢的人；农村姑娘苏小小对爱情的美丽想象和坚韧的等待等，都写得令人感动。这些因素之所以动人就是因为那是普通的人性，是任何人面对或遭遇了这些问题时都会产生的情感和行为。因此，小说就超越了“军民鱼水情”的模式，而升华为对人性探讨。另一方面，小说对农村特殊年代苦难的书写，对普通农民对苦难忍受力的书写，都因其真实性而给人以极大的震撼。

需要指出的是，《天下兄弟》因其戏剧性而具有可读性，它奇异的故事以及围绕故事的节外生枝，都诱惑吸引着读者。但夸张的戏剧性和密集的故事更像是一部长篇电视连续剧，这样又压抑或制约了小说文学性的生成。直白的语言和过多的交代叙述，使这部小说几乎一览无余，小说的“意味”所剩无几。这是对大众文学因素接受或吸收过多所导致的。此前他的小说也不同程度地存在这样的问题。这个问题对石钟山来说，可能是今后需要超越的最大的问题。“石钟山现象”是一个值得研究的现象，“石钟山模式”同样也是一个值得警惕的模式。

二、战争本质的民族叙事与个人体验

在现代中国，抗战文艺事实上比抗日战争的全面展开要早许多年，1932年日军在上海制造了“一·二八事变”，第十九路军奋起反抗，拉开了中华民族现代抗日战争的序幕。第二年，上海众多电影制片公司陆续推出了《十九路军抗日战史》《上海抗战》《上海浩劫记》《十九路军血战史》等多部表现这次抗战的纪录片以及故事片如《上海之战》《共赴国难》等，成为中国抗战文艺的先声，也是世界上最早的反映二战题材的作品。“九一八事变”之后，东北作家群的抗日作品空前繁荣，最有代表性的是萧红的《生死场》和萧军的《八月的乡村》。“七七事变”之后，抗日战争全面展开，抗战题材的文学艺术也随之日益高涨。东北作家群的小说，国统区和解放区的抗战戏剧、电影等，成为20世纪三四十年代最重要的文艺现象。抗战文艺对民族的整体动员起到了巨大的作用，它使民众通过艺术的方式了解了民族的面临危险，并激起了他们保家卫国的决心和勇气。残酷的战争场景、血腥的暴力场景和母亲送儿上战场等英雄主义场景，是抗战文艺最常见和经久不衰的经典场景。民族动员的诉求就是同仇敌忾，于是，每当战斗即将展开时，“请战书像雪片般地飞向连队”，也是我们经常看到的文字叙述，中国人民在反侵略战争中的高尚、纯粹和勇于牺牲，在这类文艺作品中表达得最为充分。这样的场景一方面表达了参与战争的人对非正义战争、侵略战争的正义感和无畏精神；但另一方面，它也不经意地表达了对战争这一事物本身的态度。战争结束之后，当代文学史上确实也创作了一些表达“抗战记忆”的作品，比如《烈火金刚》《铁道游击队》《敌后武工队》《平原枪声》以及其他电影等。但这些作品更注重表达的是对战争胜利过程的描述，以及对战争胜利的庆祝，而对战争本质更深入的揭示还没有完成。

因国族动员需要而形成的表达策略，使这些作品对战争的价值判断淹没或遮蔽了对战争这一事物本身的思考。或者说，对反侵略战争、反对非正义战争因国家民族的叙事而忽略了战争对具体人构成的精神影响或心灵创伤。在这一点上，我们和西方以二战或其他战争为题材的作品所表达的思想和关怀对象是非常不同的。2005年，纪念反法西斯战争胜利60周年的活动在世界各地展开，在北京，国家话剧院著名导演查明哲博士推出了他改编的苏联作家瓦西里耶夫的《这里的黎明静悄悄》、萨特的《死无葬身之地》和加拿大剧作家考琳·魏格纳的《纪念碑》——“战争三部曲”话剧系列。这是在艺术观念、戏剧结构、舞台形式和“战争记忆”等方面都大不相同的话剧作品，它们的差异性几乎令人难以置信。更有趣的是，查明哲博士没有选择一部中国这类题材的作品，这三部作品均来自异域。这个选择本身也从一个方面反映了一个导演对中国抗战题材话剧的评价和信心。

我们注意到，在纪念世界反法西斯战争胜利60周年的活动中，俄罗斯红场的阅兵尤其引人注目。那里出现了当今世界的大国领袖，也有当年战争中的老兵和英雄。全世界都瞩目那里，不是因为俄罗斯独特的风情和文化，也不是因为俄罗斯作为大国在当今世界举足轻重的国际地位，全世界瞩目那里，将目光聚焦那里，是为了参加一场伟大的仪式，是为了向在二战中做出了伟大贡献的俄罗斯民族致敬。这个伟大的民族不仅创造了二战的奇迹，以最大的牺牲保卫了自己的国家，而且帮助解放了波兰、罗马尼亚、保加利亚、匈牙利和捷克斯洛伐克等许多东欧国家，并且最终攻克柏林。而他们付出的却是两千七百万人口和1941年计算的六千七百九十亿卢布的代价。瓦西里耶夫的《这里的黎明静悄悄》，就是在这样的历史背景下创作出的一部伟大的作品。这部作品连同改编的电影，就像19世纪以来的俄罗斯文学一样，在我国产生了持久不衰的影响。特别是20世纪80年代，有几部获奖的中篇小说，都有这部作品鲜明的印痕。《这里的黎明静悄悄》被中国的读者所接受，一方面是我们与俄罗斯/苏联文学源远流长的历史关系，一方面是这部小说所展示出的俄罗斯文学的英雄主义、理想主义和它挥之不去弥漫全篇的俄罗斯式的诗情和风情。

查明哲将这部作品搬上话剧舞台，成功的最紧要处，不只是他对作品精致洗练的诠释，也不只是他对原作的诚实改编。在我看来，更重要的是他对俄罗斯文化独特的理解，以及他对战争文化全新的解读和识见。战争的残酷和反人性人所共知，但战争对女性诉诸肉体的消灭，就以极端的方式呈现了战争绝对的罪恶。当然，这一点与原作提供的基础有关，但在具体的，以形象的、舞台艺术的方式阐释的时候，则显示了查明哲对俄罗斯文化独特的理解和想象。作为一个中国的艺术家，他是带着“他者”的眼光去诠释或者添加了个人主体性的思考完成这个舞台剧的。当然，关于那场战争，人们的理解随着时间的延展、国际环境的变化以及对战争本身的多方面反省已经有了很大的变化。瓦西里耶夫自己也曾谈到这种变化以及对他的影响。他说：“在战争之后，在苏联立刻出现了战争文学表现胜利的浪潮。这是对我们的巨大牺牲的反映，大家都知道，为此，我们洒出了多少鲜血。后来，略微清醒和冷静了。为回答这种胜利浪潮我写了《这里的黎明静悄悄》，我想说，不，孩子们，请原谅我，一切并非如此，战争是残酷的事物，不是盛大的欢宴……关于伟大的卫国战争还会继续写。现在的一代人写不出，但是，我认为下一代将会写出来。要知道每个人有自己的战争，每个人在自己的战壕中、自己的坦克上、自己的大炮旁亲临战争……关于1812年战争的鸿篇巨制是在战争50年以后写出来的。我们现在关于战争的小说，情况也将如此。”对战争以政治学、社会学或意识形态的角度去认知的时候，可以得出正义、非正义，侵略、反侵略的战争观念。但对战争本身的反省或检讨，却可以超越意识形态的框架，用艺术的方式去感受、认识战争就是其中的一种。我们知道，艺术是处理人类精神和心灵事务的领域，无论是什么性质的战争，都会对人的心灵造成难以愈合的创痛，胜利的战争也不能抹去战争给人的心灵带来的阴影。《这里的黎明静悄悄》就是这样的作品。事实上，“保卫基洛夫铁路”仅仅构成了戏剧的基本背景，编导者并没有对一个真实或虚构的战争事件投入更多的热情，他对外在的事件并不怀有兴趣。我们看到、听到的是舞台上，象征俄罗斯风情的白桦林亭亭玉立，俄罗斯歌曲不时响起，快乐的女兵风情万种，痴情的女房东一往情深。诗性、浪漫的俄罗斯文明，即便在战时也被凸显得淋漓尽致韵味无穷。这种渲染与罪恶的沼泽、子弹和匕首无情地结束了五个如花似玉年轻姑娘的生命，形成了强烈的反差。没有什么比剥夺这样的生命和生活更震撼人心。对人的命运的深切关怀、对人性的关怀、对人类基本价值的守护和承诺，才是这出话剧要表达的基本主题。战争结束了，但一切并没有成为过去，幸存的瓦斯科夫并没有走出战争的阴影，他的心灵已伤痕累累不堪重负。因此，这是一个反对所有战争的戏剧，这个想法一经浮出，我个人也不免震惊，但事实的确如此。

《死无葬身之地》是法国著名哲学家、剧作家萨特的作品。它被查明哲第一次搬上中国的戏剧舞台，演出之后好评如潮。这是一部极端复杂的戏剧，反复交替的两个场景都被规定为极端化的场景。一面是法西斯的审讯室，一面是关押游击队员的牢房。但事实上，与游击队员构成尖锐戏剧冲突的不仅仅是法西斯的严刑拷打，更尖锐的矛盾和冲突来自每个游击队员的内心。除了坚强和富有经验的希腊人卡洛里之外，索比埃、吕茜、弗朗索瓦和昂利，都惶恐不已惴惴不安。每个人都希望能够有点什么秘密出卖以逃脱刑讯。既然游击队的行动都受到了怀疑，那么在敌人面前表现坚贞是否还有意义？但为了人的尊严，也为更多的游击队员免于被俘，卡洛里、索比埃和昂利都在审讯中坚持下来。但这时已经逃脱的队长若望却意外地被捕了，而且与队员们关在同一牢房。于是，矛盾急转直下：大家拥有了共同的秘密；相同的处境因队长的到来起了变化，队员要为守住这个秘密去遭受苦难，队长则要承受不能参与其间的心灵的煎熬。于是索比埃怕自己泄密选择了自杀，队长的同志和恋人被敌人凌辱，而吕茜的弟弟弗朗索瓦因扬言告密而死于同伴的扼杀。人性的多种可能性在极端化的情境中表现了它的不确定性。人是坚强的也是脆弱的；人是理性的也是非理性的；人是有尊严的也是自私的；人是可以沟通的而他人也是你的地狱……但争吵、宣泄或漫长的沉默之后，人的尊严要求和内心对高贵的意属，最终战胜了懦弱、私欲、卑下和法西斯的惨绝人寰，他们以死亡肯定了人的尊严和高贵。萨特的存在主义哲学已广为人知，但萨特的存在主义是一种人道主义。在他看来，人除了他自己别无立法者，在本身被弃的情况下，必须自我决定。人需要重新发现自己，是去了解没有什么东西能够从他的自身中拯救他。因此存在主义哲学从来也不是悲观的、绝望的哲学。恰恰相反，当存在主义强调人的主体性、有自我超越可能的时候，存在主义正是一种乐观主义。《死无葬身之地》从一个方面体现了萨特的哲学。

如果说《死无葬身之地》是在灵与肉极端化的情景中，对人性的复杂性和多种可能性真实地呈现的话，那么，《纪念碑》则是在生与死的临界线上对人的灵魂的严酷拷问。剧中的战争背景很模糊，但一个少年罪犯竟在战争中奸杀了23名女性，罪恶罄竹难书。他被判处了极刑，死到临头的罪犯斯特克并没有忏悔之意。他的逻辑是，这是战争的罪恶，他所做的一切是战争的一部分，人人都这样他为什么不能这样。意外发生的故事是，有人愿意担保斯特克免于一死，条件是必须无条件地服从担保人。斯特克答应了这个条件得以出狱，他没有想到的是，这个担保人梅佳的女儿也是被他奸杀的。于是在梅佳和斯特克之间展开了一场关于人性的拷问和被拷问的决斗。梅佳在这里本应该是一个复仇者，但她又是一个救渡者。她对斯特克既仇恨又悲悯，希望这个罪犯能说出埋葬自己女儿的地方，然后再复仇。但当找到女儿之后，她却放弃了复仇。在追问、寻找女儿的过程中，梅佳也完成了对斯特克灵魂的刑讯。这个罪犯终于能够说出一句："对不起！"但梅佳能够原谅他吗？即便罪犯能够认识自己的罪恶，从此生活在生不如死的罪恶感中，心灵永远是暗夜，他就应该得到宽恕吗？梅佳放弃了复仇但也放弃了原谅，这种复杂性是所有善良和热爱和平的人都能够理解和接受的。

关于战争题材以及对战争这种集中表达政治、经济、文化、军事以及人性的现象，对其理解还远远没有终结。不同的时期，不同的国际国内环境的变化，都会影响和左右我们对这一现象的重新解读。但可以肯定的是，无论宗教信仰、民族或种族有怎样的差异，反对战争、维护和平不仅是人类的共同目标，同时它也是这一题材艺术活动的最终目的。

这是三部形式上差异性鲜明的剧作，同时，这三部戏又同是战争题材，在内容上又显示了查明哲对不同国度同一题材戏剧理解的深刻性。在让我们了解异域高端话剧艺术发展的同时，也让我们领略了一个中国导演的夺目风采。这三部戏的意义还在于，在话剧艺术日趋边缘化，高雅艺术正在遭遇亚文化或商业文化挤压、覆盖、遮蔽的时代，为我们重新建立了对话剧艺术的信心。当然，中国不是俄罗斯，将剧院当作教堂的时代还远没有到来，也许永远不会到来。但可以肯定的是，查明哲们的努力将会使这一艺术提高到一个新的水平。他对戏剧的现代性理解，对打破地域乃至国界的尝试，都显示了他在全球化语境中的远见卓识。另一方面，我们也隐约感到了查明哲对中国战争题材话剧的失望甚至绝望。在纪念反法西斯战争胜利60周年的时候，他没有选择中国战争题材的话剧，这对本土话剧剧本创作来说，确实是一件遗憾和令人忧虑的事情。在我看来，本土这一题材的创作在艺术性和思想的深刻性上，与这三部剧来说，存在的差距是不言自明的。在我的印象中，我们关于这一题材的创作，多少年来，从来也没有超越国家主义的框架和"暴力美学"的模式。在这个框架中，对战争的表现、反省和检讨还限于"正义"与"非正义"、"侵略"与"反侵略"的二元对立中。于是，无论是战争还是斗争，只要被命名为"正义""革命"，那么，无论诉诸怎样的暴力乃至肉体消灭，都是合法并且合理的。"英雄"和"敌人"，"神"和"鬼"是我们战争题材的基本形象。我们能够叙述的关于抗战的记忆，除了真实的历史事件比如《八女投江》《英烈千秋》《八百壮士》《南京1937》《血战台儿庄》；就是保家卫国同仇敌忾，比如《最后关头》《正气歌》《孤岛天堂》《东亚之光》《狼山喋血记》《松花江上》《平原游击队》《苦菜花》《地道战》《地雷战》《小兵张嘎》《鸡毛信》等。了解或广为传诵的也是"十大英雄""九大鬼子""八大汉奸""七大游击战"。[①]而普通人的遭遇，普通人精神和心灵的感受、痛苦和伤害并没有、也不可能在这样的叙事中得到更丰富、复杂的展现和表达。特别是战后，对战争的深刻反映还没有达到一个新的水平。因此，我认为有两个问题是特别值得我们进一步思考的：

一个问题是，抗日战争这一题材没有成为一个重要的创作资源被不断地开掘。这一点我们和苏联的二战题材的文艺是非常不同的。在苏联，不仅有

---

① "十大英雄"是指：《平原游击队》的李向阳、《铁道游击队》的刘洪、《地道战》的高传宝、《地雷战》的赵虎、《小兵张嘎》的张嘎、《赵一曼》的赵一曼、《白求恩大夫》的白求恩、《吉鸿昌》的吉鸿昌、《白山黑水》的杨靖宇、《回民支队》的马本斋等。"九大鬼子"是指：《平原游击队》的松井、《小兵张嘎》的龟田、《地道战》的山田、《地雷战》中的中野、《鬼子来了》中的花屋、《自有后来人》的鸠山、《铁道游击队》中的岗村、《铁道游击队》中的小林、《烈火金钢》中的猪头小队长等。"八大汉奸"是指：《地道战》的汤司令、《苦菜花》的王柬芝、《沙家浜》的胡传魁、《小兵张嘎》的胖翻译官、《新儿女英雄传》的张金龙、《红灯记》的王连举、《烈火金钢》的何志武、《鬼子来了》的翻译官。"七大游击战"是指：《地道战》《地雷战》《烈火金钢》《小兵张嘎》《铁道游击队》《平原游击队》《敌后武工队》。

即时性的关于二战的文学艺术，同时，战争结束之后，对那场战争的反省、检讨和更深入的思考并没有终结。他们不仅有《莫斯科保卫战》《解放》等全景式的反映二战的文艺作品，同时有《一个人的遭遇》《这里的黎明静悄悄》等通过战争使个人命运改变或毁灭的书写。劫后余生，他们是在更深刻的层面上表达对战争极端化的体验。因此，二战虽然已经成为过去，但对战争的审视和体验的表达并没有成为过去。20世纪80年代以后，我们也曾出现了《晚钟》《鬼子来了》《紫日》等反映抗日战争的影片，但因其争议性而影响不大，国内的讨论也没有充分展开。

第二个问题是，我们反映和表现内战的作品比抗战的作品更多更成熟也更有影响。当代文学史上最重要的经典是“三红一创保山青林”。这八部作品有五部是和内战有关的。阶级矛盾或者谁来统治中国的问题，作为创作资源或表现对象来说，比抗日战争更受到重视，因此也更成熟。我们现在还没有一部能够称得上经典的反映抗日战争的小说。像《烈火金钢》《铁道游击队》《平原枪声》等，在当代文学史上也不是重要作品。因此，关于战争，关于战争中的人性及复杂性、多样性的揭示还远没有穷尽。这不仅需要作家的想象力，需要对战争这一现象的诚实理解，同时也需要突破经久不变的创作模式和思维模式。对人的关怀，对人性的关怀，对人的复杂性和丰富性的理解、宽容、悲悯等本身，就是反对战争、倡导和平的基本立场和感情之一。不是说只有在政治和社会学的框架内才能解释战争的本质。艺术应该用艺术的方式来阐释其他学科或范畴对战争不曾言说或难以言说的东西，这就是关于对战争的极端化体验。这种“极端化”不只存在于国家民族的大叙事上。事实是，只有细部才能进入历史，也只有细部才能进入战争的本质。而人在战争中的生存状态、心理状态和精神状态的极端化体验，恰恰是我们理解、进入战争本质最有效的切入点。上述三部作品能够被中国导演所认同，并冒着极大的风险敢于将其搬上中国的话剧舞台，从一个方面表达了他对这些作品的心怀感激和艺术认同。

在这个意义上，国外的这三部反映战争的作品，也为我们这一题材的创作提供了有价值的经验和启示。值得我们思考的是，在评价这三部作品时，很多人还认为这是“现实主义”的胜利。事实上，在这三部话剧中，多种不同的艺术手法的调动，已经远远超出现实主义所能概括的范畴。这里的浪漫主义、荒诞主义、存在主义、超现实主义等艺术观念和手法都融合或整合在一起，它不是哪一种“主义”的产物。因此，无论是艺术观念还是对战争本身的理解，域外战争题材的经验都是值得和需要我们学习的。

原载《山东社会科学》2006年第4期

北京短篇小说60年

北京是当代中国的政治、文化中心，当然也无可非议地是中国当代文学的重镇。北京是五四新文化运动的发祥地，这个伟大的传统一直深刻地影响着将近百年的北京作家，他们内心具有强烈的国家民族关怀，对社会公共事务参与的热情和积极态度，使北京的文学气象宏大而高远；中华人民共和国成立初始，散居全国各地的大批优秀作家聚集北京，或从事专业创作或担任文学领导职务。丰厚的文学人才资源在北京构筑起了独特的文学气氛：所谓“文坛”，在北京是一个真实的存在。在这个专业领域内，竞争构成了一种危机也同时构成了一种真正的动力，特别是在当下的文化语境中，这是为数不多的可以畅所欲言文学的地方。这是北京的骄傲：独特的地理位置以及开放的国内、国际环境，使北京作家有了一种得天独厚的文学条件，各种文学信息在北京汇集，专业的、业余的、“北漂”的文学人以及国际的文学消息和文学家的彼此往来，使北京文坛具有了不同于其他地方的视野和气氛。因此，在不同的历史时期，北京作家包括小说在内的文学创作，都因其对社会和现实世界的敏锐感知和宽广视野，因其不同凡响的万千气象而备受瞩目。它引领着中国文学的发展，它制造潮流也反击潮流，它产生大师也颠覆大师，它造就文化英雄也批判文化英雄……北京是当代中国最大的文学和文化发祥地与实验场，从某种意义上说，北京就是中国文学和文化的缩影。

短篇小说作为一个独特的文体，自有其内在的创作规律。但作为一个轻便的文体，它又每每引领文学变革潮流，既得风气之先也遭遇弹劾棒喝。中华人民共和国成立初期，许多作家在迷茫探索中也不经意地延续了自己的文学经验或创作路数，其中赵树理就是一个典型。赵树理是毛泽东文艺思想哺育成长的有代表性的作家。1943年5月，毛泽东的《在延安文艺座谈会上的讲话》发表一周年的时候，赵树理发表了他的成名作《小二黑结婚》。1946年8月26日的《解放日报》发表了周扬的《论赵树理的创作》一文，文中盛赞《小二黑结婚》“是在讴歌新社会的胜利（只有在这种社会里，农民才能享受自由恋爱的正当权利），讴歌农民的胜利（他们开始掌握自己的命运，懂得为更好的命运斗争），讴歌农民中开明、进步的因素对愚昧、落后、迷信等因素的胜利，最后也至关重要，讴歌农民对恶霸势力的胜利”。在艺术上，“作者在任何叙述描写时，都是用群众的语言，而这些语言是充满了何等的魅力啊！这种魅力是只有从生活中，从群众中才能取得的”。而《李有才板话》，“简直可以说是一个杰作”。从《小二黑结婚》开始，赵树理成为实践《讲话》精神的楷模，是“方向”和“旗帜”，是一位“人民艺术家”。他的作品被视为人民文艺的“经典”。当然，也正是从赵树理开始，在中国现代文学史上才第一次出现了活泼、健朗、正面的中国农民形象，中国最底层的民众才真正成为书写对象。但是，进入新中国文学的激进时期之后，对赵树理的评价开始发生了分歧和反复。这不仅与赵树理在这一阶段的创作有关，而且更与激进时期文学观念的变化有关。赵树理的《登记》，是继《小二黑结婚》之后又一涉及婚恋题材的小说。不同的是，在《小二黑结婚》中，区长只用一句话，便解决了农村包办婚姻这一巨大难题。但在1950年发表的《登记》中，同样是共产党干部的村民事主任，却蛮横地不准自由恋爱的农民登记，让艾艾和小晚无可奈何，直到《婚姻法》公布才终成眷属。

《登记》作为“问题小说”，显示了赵树理认识生活的深刻性和对农村生活的熟悉程度。此后，他坚持的创作道路引起了巨大争议，他的道路不再被认为是“方向”或“旗帜”。但赵树理的困惑显然不是他个人的困惑。

1956年第9期《人民文学》发表了王蒙的短篇小说《组织部来了个年轻人》。这是一篇充满青春气息的小说，主人公林震作为制度和政治生活的“他者”，以年轻人单纯、理想和浪漫的情怀走进了“组织部”。他曾尊敬的上级和同事对工作和人生的态度，却是以他不能接受的方式出现，在他狐疑不解的目光中，刘世吾冷漠又消极，处世哲学是得过且过；韩常新世故而虚浮却得到重用；王清泉是典型的新官僚主义却被容忍；“组织部”处理日常工作的效率极低，而且形式主义猖獗等。这些问题使一个年轻人的内心充满焦虑不安，但他没有能力改变这一切。这些在日常生活中表现出的问题，从一个方面透露了社会已经出现的危机。年轻人浪漫的想象和观察到的一切形成了鲜明的反差。《组织部来了个年轻人》被认为是“干预生活”的代表性作品，小说发表不久便展开了激烈的论争。半个多世纪过去之后，历史证明这是王蒙创作的最好的短篇小说之一。

浩然是一位有巨大争议的作家，但浩然肯定是一位书写当代中国农村生活成就卓著的作家。《艳阳天》《金光大道》等对阶级斗争夸大的书写，确实存有问题，文学史和批评家对此有大量评价，但责任是否都应作家浩然来负，或者浩然应该负有怎样的责任，还需更深入地研究。对历史的情感记忆不能替代对历史合理的评价。《喜鹊登枝》是浩然发表的第一个成功的短篇小说，为此他曾努力过七年。当时新《婚姻法》刚颁布不久，文艺界出现了一批配合宣传新《婚姻法》的作品。这些作品基本是青年男女恋爱，父母反对，领导支持，最后终成眷属的“小二黑”套式。浩然却根据自己对生活的认识和对文学的理解，写出了一个老人拥护新婚姻法，支持和帮助女儿自由恋爱，建立美满婚姻的新鲜故事。在那个时代，《喜鹊登枝》的清新之风令人耳目一新。

赵树理、王蒙、浩然在中国当代文学史上都是产生了重大影响的作家，他们在20世纪50年代的文学经验，是中国当代文学经验重要的一部分，其影响仍在或隐或显地持续。此外，老舍的《电话》、端木蕻良的《蜜》、骆宾基的《山区收购站》、管桦的《三支火把》等也各有千秋，他们对那个时代文学的理解以及对书写对象的选择，在今天已经成为重要的文学遗产。

“文化大革命”结束之后，发生于北京的历次文学运动，也包括“文革”期间“地下文学”的浮出水面，都对当代中国文学的发展产生了不可估量的影响。20世纪80年代的北京是中国不可替代的文学中心，几代文学家共同构筑起了北京的文学长城。1977年第11期《人民文学》发表了刘心武的《班主任》，一文既出石破天惊。《班主任》开启了一个新的话语时代，无论是它的内容还是叙事方式，都具有鲜明的启蒙主义文学意味。这一文学和作家的自我定位，重新确定了知识分子在时代转型期的社会角色。对于文学和知识分子阶层而言，它的意义还要宽泛得多。它改变了以往知识分子作为“被改造对象”的身份，使其重新成为一个启蒙者，这一角色尽管表达了作者的某种幻觉，但却重新确立了知识分子作为主体的自信与尊严感；作品深刻地揭示了社会的精神危机，当这一危机通过幼小心灵的紧张来表达时，就更具有冲击和震撼力。而这一揭示本身所传达的则是知识分子自身的再度觉醒和“以文入世”传统的恢复，社会理想人格将在知识分子的想象中重新设定。那是一个曙色初临但又情况不明的时代，它蕴含的新的历史信息使它成为一部当之无愧的“文学史经典”。

整整两年后，1979年的《北京文艺》发表了张洁的《爱，是不能忘记的》。这是一部理想主义的爱情颂歌和挽歌，是对理想爱情的无声言说和向往。如果用一句话来概括小说，就是女儿叙述了母亲一生爱的不幸。女主人公钟雨有过婚姻生活，但那是自己还不了解“追求的、需要的是什么”的婚姻，那并不是爱情。在女儿很小的时候，她就同那位“相当漂亮的、公子哥儿”式的人物分手了。后来她遇到了一位老干部，一位老地下工作者，他们一见钟情，并结下了不解之缘，他占据了她20多年的感情，但从未越雷池一步，因为老干部已经有了“幸福”的家庭，而这一家庭的组合充满了神圣的殉道色彩，它虽不是爱情，但它是责任、阶级情谊和对死者的感念。女主人公对这些没有正面评价，但潜意识中她是愿意维护的，甚至被老干部的崇高精神和选择感动过。女主人公找到了爱情却又无法拥有，这便构成了她一生爱情不幸。她只能在冥想中与他相会，而现实中却连手都没握过一下。她以自己爱的哲学去教导自己的女儿，以至于使一个30岁的老姑娘真的产生了“我不想嫁人”的冲动。张洁也因这篇小说而有了“淡淡的哀愁”的独特风格。张洁以极大的勇气探寻并揭示了人在情感领域的隐痛，将那隐秘的角落公之于世，开启了文学作品对人的关怀诉之于个人情感领域的先河。

20世纪80年代初期，当汪曾祺重新以小说家身份面世时，他那股清新飘逸、隽永空灵之风，给文学界带来的艺术震动同样巨大。批评界因无以表达而保持了短暂的缄默。80年代最初两年，汪曾祺连续写作了《黄油烙饼》《异秉》《受戒》《岁寒三友》《天鹅之死》《大淖记事》《七里茶坊》《鸡毛》《故里杂记》《徙》《晚饭花》《皮凤之楦房子》等小说。这些故事连同它的叙事态度，仿佛是一位鹤发童颜的天外来客，他并不参与人们对“当下”问题不依不饶的纠缠，而是兴致盎然地独自叙说起他的日常生活往事。《受戒》本应是写佛门故事的，但小说中的佛门显然已经世俗化，不仅那个叫明子的和尚可以随意地同女孩小英子交往，而且其他和尚也可娶妻生子、赌博骂人，高兴了唱小调，过年也杀猪吃肉，不同的只是例行公事地念一通“往生咒”给世人听。佛门的戒律清规荡然无存，即使是在做法事放焰口时，和尚们也一如游戏，年轻和尚甚至大出风头，引些姑娘媳妇私奔快乐去了。因此，在庵赵庄，和尚与俗人并没什么不同，它极类似一个职业，如同有的地方出弹棉花的，有的地方出画匠，有的地方出木匠一样，明子的家乡就出和尚。出和尚也成了一种乡风。小说的用意显然不在于表达作者对佛门佛事的探讨，重要的是，他传达出了日常生活快乐的情调，传达出了普通人对生活的乐观态度。那白描的笔致和简约的语言，也教科书般地影响了当代小说的创作。

与汪曾祺齐名的短篇小说大师是林斤澜先生。他的《头像》在当时也是振聋发聩之作：“这是一块黄杨树顶，上尖下圆。留着原树皮，只上尖下圆地开出一张脸来。原树皮就像头发，也可以说是头巾从额上分两边披散下来。这脸是少妇型的长脸。老麦当然立刻看出来，那比例是不写实的。头发或者头巾下边露出来的尖尖脑门，占全脸的三分之一。弯弯的眉毛，从眉毛到下边的眼睛，竟有一个鼻子的长度。我的天，这么长这么长的眼皮呀。眼睛是半闭的。这以下是写实的端正的鼻子，写实的紧闭的嘴唇。这是一个沉思的面容。没有这样的脑门和这样长长的眼皮，仿佛思索盘旋不开。森林里常有苍老的大树，重重叠叠的枝叶挂下来，伞盖一般笼罩下来，老树笼罩在沉思之中。这个少妇头像，是沉思的老树的精灵。”在1981年林先生就有这样的笔法，实在是令人叹为观止。如果说汪曾祺的小说是抒情的，那么，林斤澜的小说就是象征的。

史铁生是“知青文学”重要的作家。这个重要，是指史铁生发现了知青生活的另一种危机和可能。在《我的遥远的清平湾》中，史铁生笔下的陕北山村生活不再那么沉重无比，虽然仍旧贫困，却因其日常化叙述的温馨而充满了诗意，民间的幸福感和对小小愿望的追求以及陌生人的亲情，都重新让叙述人向往无比，对“清平湾”一声悠长的喟叹，道出了史铁生对城市印象的无限感慨。那如诗如画式的梦幻遥想，缓释了他重返城市而缺乏准备的内心恐慌，同时也置换了人们审美阅读中激进思想的连续冲击。但这种怀旧式的情调也恰好证实了知青一代的精神处境。他们再也没有悲壮可言，几番失落，欲说还休，知青的“英雄”末路不期而至。就连“硬派”人物张承志，在回草原“探家”南归时，也深为“那个游牧的家出动了全部人马”为他送行而感动不已，这个家的无论老小都“为我流下了惜别的泪水”。他为之动容的仍然是温馨纯朴的乡情和未被城市文明浸染的传统伦理。

郑万隆的《老棒子酒馆》，是“寻根文学”的先声之一。一个东北汉子带有初民状态的活法和强悍性格，以及小说的新写法，都给文坛带来了新的气象。陈三脚以及《陶罐》中的赵捞子、《狗头金》中的王结实，就如此生动地留在了那个时代。郑万隆在这里发现的是：人靠什么活着？那些深山老林的淘金人被放逐于知识分子的话语之外，放逐于人类进步与文明之外，他们身处文明与野蛮的边缘，但他们仍需要一个精神的“支点”，仍靠一个“念想”活下去，许多复杂的纠缠不清的道理在这里简化为一个形而上的“问题”，一个“超时空的哲学冥思”，这里所要表述的同样是当代人的精神焦虑。

刘恒的《狗日的粮食》，应该是最早的“新历史主义小说”之一，小说写尽了一个农民家庭贫困交加的日常生活。在传统的“农村题材”小说中，一个历史观是不容置疑的：中国农村和广大农民已经找到了通往未来的道路，在这个道路上他们将实现自己的梦想。但《狗日的粮食》中，这个历史观遭到了质疑，杨天宽一家一直因粮食而困扰，饥饿是他们挥之难去的梦魇。刘恒对中国农村思想路线的检讨所达到的高度，至今仍给人以巨大的启发。

曹文轩是书写儿童文学的当代圣手，他的儿童文学作品在孩子们那里有难以估量的读者。但如果认为曹文轩仅仅是一个儿童文学作家就错了。《忧郁的田园》是一篇难得的短篇佳作，他写得宁静致远韵味无穷。看到细茶很自然地就会想到沈从文《边城》中的翠翠，不同的是，细茶最后的悲剧余音绕梁令人难以释怀。

20世纪80年代的北京文坛是个群星璀璨的年代，“伤痕文学”“反思文学”“现代派文学”“寻根文学”一直到“先锋文学”，都有领袖人物和代表性作品，北京短篇小说在国内的地位可见一斑。当然，也有“没门没派”的作家作品横空出世。陈建功的《丹凤眼》将工人阶级的爱情写得如此浪漫而美好；邓友梅的《寻访“画儿韩”》构思的精致令人拍案惊奇；刘锦云、王毅的《笨人王老大》专注一个人物的书写；刘绍棠的《蛾眉》将运河风情跃然纸上；张承志的《大坂》场景具体却气象万千；刘庆邦的《走窑汉》将一段隐情秘史写得如惊雷裂天；谌容的《减去十岁》是荒诞的狂欢；林白的《日午》在一个舞蹈演员的身上演绎出了“文革”的历史；陈染的《纸片儿》写出了一段古怪离奇的历史和一个扑朔迷离的女性人生。如此等等，斑斓缤纷的色彩共同构筑了北京短篇小说绚烂的天空。那个时代，北京文坛几代同堂人才济济，他们共同描绘了一个文学的大时代。

20世纪90年代，文学的处境发生了变化，但这个变化并没有影响北京作家对文学试图重新理解和书写的努力，因此北京作家作为文学生产、传播以及评论的中心地位并没有被颠覆。不同的是，在这个真正的文学领域，那种单一的、“宏大”的社会历史叙事，正被代之以具体的、个性的、丰富的、复杂的，以及宏大和边缘等共同构成的多样文学景观。多样化或多元化的文学格局，不仅仅是一种理想而是已经成为一种现实。他们共同面对当下中国的生活，共同享用来自不同方面的艺术资源，但由于个人阅历、知识背景、取资范围以及对文学理解等因素的差异，他们的作品所呈现出来的面貌可以说是千姿百态各有风骚。社会生活的急速变化，使北京作家不再简单地面对高端意识形态风云，而是普遍放低了观察和想象视角，对日常生活，特别是对普通人日常生活的关注，对变革时代心灵苦难的关注，成为一种创作的常态。

王芫的《旗袍》、丁天的《幼儿园》，在20世纪90年代中期好评如潮。他们对成长和精神领域的关注以及所能达到的深刻程度，为那个时代的短篇小说带来了崭新的气象；徐坤的《厨房》，则一反女性主义的立场，在红尘滚滚的时代，看到了女性宿命般的悲剧，她对具体细节的处理尤其值得注意；阎连科多年来争议颇多毁誉参半，但他是一个有理想、有抱负的作家，《黑猪毛白猪毛》的尖锐性仍然令人触目惊心，他对社会病症揭示和针砭的勇气理应得到鼓励；荆永鸣的《创可贴》写的是“底层文学”，但他更关注的是“底层人”心灵或精神的世界，他们真实的苦闷并不仅仅是生存的苦难；毕淑敏的《藏红花》是一篇题材独特的作品，它所表达的古典气息在当下的文学语境中不仅凤毛麟角，而且恍如隔世，普通人质朴的崇高一如高山雪冠；温亚军的《成人礼》有欧·亨利的遗风流韵，结尾处犹如一束阳光照亮全篇；邱华栋是书写城市青年生活的行家里手，但《里面全是玻璃的河》的故事却在一对青年夫妇间展开，他们恩爱而陌生，一碗鱼汤将人性隔在两个岸边；这里最年轻的作家是张悦然，她的《葵花走失在1890》，让我们有机会领略了最年轻的北京作家的文学风采，她奇异的语言和想象，她感受生活和文学的方式，都为我们带来了新的经验。

这些年轻或不年轻的作家游弋于广袤的历史、文化空间，沐浴着现代性暧昧的晨风，散兵游勇似的各行其是。但当我集中地阅读他们之后，却发现自己也身置其间，我们不能解释现代性的历史真相，却真实地体验了现代性的历史馈赠。北京作家来自四面八方，他们带着个人不同的记忆和情感编织着熟悉而陌生的故事。这些作品只是北京作家60年来创作的一部分，但它却可以在某种意义上代表了北京作家60年来的创作实绩。在我看来，这些作品既有北京作家擅长的宏大叙事的依托和立场，也有对具体人性的描摹和体验；既有对遥远历史的想象和虚构，也有对当下现实的洞察和追问。总体说来，北京短篇小说作家诚实的思考和写作，使他们成为当代中国最积极和健康的文学力量。无论是“十七年”间他们对理想和信仰的书写、对社会问题的追问，还是新时期以来他们在“拨乱反正”中的贡献、对文学潮流的引领，以及20世纪90年代之后他们对奇观、时尚、色情以及中产阶级艺术趣味的拒绝，在以现实主义文学精神为基点展开的写作中，都表达了他们对当代中国和普通人命运的真实关切。这不仅显示了他们的情怀和气象，同时也显示了他们的艺术品格和没有犹疑的文学信念。文学已经被无数次地宣告死亡，但文学并没有也不会死去。文学在社会生活结构中的地位虽然发生了变化，但我们看到的却是仍在燃烧不熄的文学之火。在北京的文学天空中，短篇小说就这样构成了一道闪亮的风景，这是北京乃至中国文学辉煌的历史和再度复兴的希望之光。

原载《北京文艺60年文学卷》中国文联出版社，2011年

民族传统与“文学的世界性”

——以陈季同的《黄衫客传奇》为中心

中国当代文学的焦虑是周期性的。但是，类似文学与政治的关系、文学观念与形式、文学与性别、文学与市场、通俗文学与严肃文学、文学与人文精神、“纯文学”“底层写作”等，这些问题都很重要，但大都是阶段性的。这些问题只在不同的时段因尖锐而突出出来。大概只有“中国文学与世界”的关系，成为一个永久性的问题。它就像一个挥之难去的隐痛，切近的焦虑一旦缓解，首先显露出的总会是这个问题。因此它不时会被提起。那么，这究竟是一个什么样的问题、什么样的心理，抑或说中国当代文学的创作者或批评家为什么总是对这个问题津津乐道或锲而不舍。我们究竟应该如何理解这一问题。

一、“世界的文学”提出

2010年4月，高等教育出版社出版了严家炎先生主编的《二十世纪中国文学史》上卷。这部著作的出版，改写了中国现代文学发生的历史年限：“像过去那样，现代文学史就从‘五四’文学革命写起，如今的学者恐怕已多不赞成。相当多的学者认为，中国的现代文学史或二十世纪文学史，应该从戊戌变法也就是19纪末年写起。但实际上，这些年陆续发现的一些史料证明，现代文学的源头，似乎还应该从戊戌变法向前推进十年，即从19

世纪80年代末、90年代初算起。”[①]这里，严家炎先生从三个方面做了论证：第一方面，首先，“五四”倡导白话文学所依据的“言文合一”，早在黄遵宪1887年定稿的《日本国志》中就已提出，它比胡适的《文学改良刍议》《建设的文学革命论》等同类论述，足足早了三十年。在《日本国志》卷三十三的《学术志二》文学条中，黄遵宪以“外史氏”的口吻说：“盖语言与文字离，则通文者少；语言与文字合，则通文者多，其势然也。”因此，早在胡适、陈独秀提出“言文合一”三十年前，黄遵宪就预言了口语若成为书面语就会让“农工商贾妇女幼稚皆能通文字之用”的局面。这一思想的提出，显然是与黄遵宪意识到了文艺复兴后的西欧各国，他们在建立现代民族国家的过程中，为改变古拉丁文所造成的言文分离状态，以各自的民族语言为基础，实现了书面语与口头语的统一有关。因此“言文合一”的思想如果没有“世界性”的参照，也是不可想象的。其次，晚清出使法国的陈季同，不仅是一个出色的外交家，同时也是一个成就非凡的作家。他曾用法文写了八本书，有长篇小说、剧本、学术著作、小品随笔以及《聊斋》译文。这些著作不仅销路很好，而且还被译成意大利文、英文、德文等出版。这八本著作有四本与小说和戏剧有关。在他的观念里，小说和剧本已经具有了文学的正统地位。更重要的是，陈季同用非常法国式的叙述，在1890年发表了长篇小说《黄衫客传奇》，成为中国作家创作的第一部具有现代意义的小说作品。他更早出版的学术作品《中国人的戏剧》，在中西两类戏剧的比较中准确阐述了中国戏剧的特点：“作者认为中国戏剧是大众化的平民艺术，不是西方那种达官显贵附庸风雅的艺术。在表现方式上，中国戏剧是‘虚化’的，能给观众以极大的幻想空间，西方戏剧则较为写实。在布景上，中国戏剧非常简单，甚至没有固定的剧场，西方戏剧布景则尽力追求真实，舞台相当豪华，剧院规模很大。作者的分析触及中西戏剧中一些较本质的问题，议论切中肯綮，相当精当。”回到国内后，他创作了话剧剧本《英勇的爱》，虽然也是用法文创作的，但无疑是出自中国作家的最早的一部话剧。不但在法国和欧洲产生了影响，而且这些创作都足以改写中国现代文学的发生和标

① 严家炎：《二十世纪中国文学史》，高等教育出版社，2010年，第7页。

志性作品的确认。

第二方面，在严先生看来，陈季同的更大贡献，还在于他在19世纪八九十年代，就已经形成或接受了“世界的文学”这样的观念。在陈季同看来：首先该责怪的是中国的“妄自尊大，自命为独一无二的文学之邦”，不求进步，老是对小说戏曲这些很有生命力的文学品种“鄙夷不屑”。其次，陈季同也谴责西方一些文学家的不公平，他们没有读过几本好的中国文学作品甚至连中文都不太懂，就对中国文学说三道四，轻率粗暴地否定，真要“活活把你气死”，这同样是一种傲慢、偏见加无知。陈季同在这里进行了双重的反抗：既反抗西方某些人那种看不起中国文学、认为中国除了诗就没有文学的偏见，也反抗中国士大夫历来鄙视小说戏曲、认为它们“不登大雅之堂”的陈腐观念。他提醒中国同行们一定要看到大时代在一日千里地飞速发展，一定要追踪“世界的文学”，参加到“世界的文学”中去，要“提倡大规模的翻译”，而且是双向的翻译：“不但他们的名作要多译进来，我们的重要作品，也须全译出去”，这样才能真正去除隔膜和避免误会，才能取得进步。正是在陈季同的传授和指点下，曾朴在后来的二三十年中才先后译出了五十多部法国文学作品，成为郁达夫所说的“中国新旧文学交替时代的这一道大桥梁”（郁达夫：《记曾孟朴先生》）。事实上，当《红楼梦》经过著名翻译家李治华和他的法国夫人雅歌再加上法国汉学家安德烈·铎尔孟三个人合作翻译了整整27年（1954—1981）终于译成法文时，我们才真正体会到陈季同这篇谈话意义的深刻和正确。可以说，陈季同作为先驱者，正是在参与文学上的维新运动，并为“五四”新文学的发展预先扫清道路。

第三方面，严先生认为，当时标志性的文学作品是可以指认的：继陈季同1890年在法国出版第一部现代意义上的中篇小说《黄衫客传奇》之后，1892年，韩邦庆（1856—1894）的《海上花列传》也开始在上海《申报》附出的刊物《海上奇书》上连载。《海上花列传》可以说是首部有规模地反映上海这样现代都市生活的作品。如果说《黄衫客传奇》借助新颖的小说结构、成功的心理刻画、亲切的风俗描绘与神秘的梦幻氛围，构织了一出感人的浪漫主义爱情悲剧，那么《海上花列传》则以逼真鲜明的都市人物、“穿插藏闪”的多头叙事与灵动传神的吴语对白，突现了“平淡而自然”（鲁迅语）的写实主义特色。它们各自显示了现代意义上的成就，同属晚清小说中的上乘作品。它的意义确实属于现代。

严家炎先生分别从理论主张、国际交流、创作成就三种角度，考察了中国现代文学起点时的状况。可以归结起来说，甲午前夕的文学已经形成了这样三座标志性的界碑：一是文学理论上提出了以白话（俗语）取代文言的重要主张；二是伴随着小说戏剧由边缘向中心移位，创作上出现了一些比较优秀的真正具有现代意义的作品；三是开始了与“世界文学”的双向交流，既将外国的好作品翻译介绍进来，也将中国的好作品向西方推介出去。这就意味着，当时的倡导人本身已经开始具有世界性的眼光。①严先生虽然论证的是中国现代文学的发生、起点或标志性的作家作品。但在这些论述中也不经意地透露了，就在中国现代文学发生的同时，“世界性的文学”观念也同时出现了。这与从晚清开始，中国的“天下”观变为“世界”观是同构发生的。但可以肯定地说，如果没有像陈季同这样对西方文学世界有如此广泛了解的文学家，如果没有对西方现代性有如此深刻认识的杰出人物，中国文学的现代性肯定要滞后三十年，也就是胡适和陈独秀的时代。

二、《黄衫客传奇》：“民族的”“世界的”双重性

陈季同的《黄衫客传奇》1890年在法国以法文发表。②这部作品以唐代传奇蒋防的《霍小玉传》为基础，讲述了李益与小玉的爱情悲剧。《霍小玉传》是唐传奇的名篇，原作中的李益是一个“生门族清华，少有才思，丽词嘉句，时谓无双，先达丈人，翕然推伏”的青年才俊，但他“思得佳偶，博求名妓，久而未谐”。经媒婆介绍与“资质秾艳，一生未见，高情逸态，事

① 上述观点和文字是对严家炎主编的《二十世纪中国文学史》第一章《甲午前夕的文学》之第一节《中国现代文学的发端及其标志》的部分转述。我参加了该书当代部分的编写，不仅认为严先生的这一观点改写了20世纪中国文学的发生、起点和标志性的作家作品，同时阐明了中国现代文学一发生就与“世界性”密切相关。

② 陈季同的《黄衫客传奇》，经李华川博士翻译，于2010年6月由人民文学出版社出版。

事过人，音乐诗书，无不通解”的女子小玉一见钟情。小玉对未来丈夫选择的标准是“不邀财货，但慕风流”，所以她选择了李益，只因倾慕他的才气。她自知自己的身份，所以她对李益说：“妾本倡家，自知非匹。今以色爱，托其仁贤。但虑一旦色衰，恩移情替，使女萝无托，秋扇见捐。极欢之际，不觉悲至。”但李益却说：“平生志愿，今日获从。粉骨碎身，誓不相舍。夫人何发此言？请以素缣，著之盟约。”“玉因收泪，命侍儿樱桃，褰幄执烛授生笔砚。玉管弦之暇，雅好诗书，筐箱笔砚，皆王家之旧物。遂取绣囊，出越姬乌丝栏素缣三尺以授生。生素多才思，援笔成章，引谕山河，指诚日月，句句恳切，闻之动人。”小玉自知自己的出身难以与李益相配，也不想让李益受到誓约的束缚，所以她只要李益陪她八年，她便满足了。两人就这样相处了两年，也曾如胶似漆，也曾海誓山盟。后李益因为书判拔萃登科，被授予郑县主簿的官职，从此没了消息。因此成了一个“虚词诡说，日日不同”的负心郎。

在中国传统的叙事文学中，“痴心女子负心郎”几乎是一个元叙事，一直到明清白话小说大都如此。但是，在《黄衫客传奇》中，陈季同并没有按照中国传统文学的叙事模式处理李益与小玉的关系。在陈季同那里，李益虽然也有性格缺陷，他的表兄就说：“你有想压倒天朝男儿的雄心壮志，但你又会为了一个穷人而两手空空。当你想当一个恶棍的时候，你又忍不住要去行善。”这时李益的矛盾性格已经露出了当时“知识分子”的某种品性。他犹豫不决，但善良诚恳。李益也自知门户差异，因此“很快就给母亲写了信，说明自己的计划，请求她的同意。在用心写的信中，他首先描摹了未婚妻的美貌，接着又讲了他从郑夫人这里受到的母亲般的接待；最后，他又充满感情地表示了他的孝顺和敬爱之心。读到这封温情的杰作，小玉的母亲感动得落了泪”。一方面是恳请母亲的同意，另一方面也敢于承担责任。当与小玉有了鱼水之欢被郑夫人发现后，小玉揽过说自己有罪，“不检点”的是她；这时的李益表现出了一个男人应有的担当：“不，夫人！小玉是无辜的。现在我感到罪孽深重，不知道怎么做才能求得您的谅解。我只有一个借口，我太爱您的女儿了，不能没有她在身旁。我向您保证，我并不是故意这样的，我是身不由己做下蠢事，并不是有意背叛您的信任。”尽管李益敢于担当并信誓旦旦。但母亲的来信还是不啻当头棒喝："我既不追求财富，也不攀附权贵，我爱你胜过爱自己，为了让你满意，我会赞同你向往的一切事情。但这一次，你对我的要求几乎是不可能的。事实上，你想娶的姑娘的门第我们不能接受。也许她有王室血统，但是她母亲只是一个侍妾出身卑贱。"李母不能接受小玉的重要原因，是门第和名分。当李益回到家乡时，等待他的是另一套中国传统式的家族宗法制度的制裁和阻拦。其间李益受到的折磨可想而知。他23岁便发疯而死。

这是一个典型的爱情悲剧。但是，陈季同在处理这个爱情悲剧的时候，有两点特别值得注意：一是它的题材是非常"中国化"的，它的基本素材是中国独具的。它的人物，特别是李母的形象以及门第观念、家族宗法制度、惩治不肖子孙、阻止爱情自由的方式等，只能出自中国传统文化；但是，在具体写作和处理上，又是非常法国化或西方化的。李益与小玉的情爱关系、场景、情感和表达方式的描述，我们很容易识别出西方18、19世纪一些爱情小说的处理方式，特别是心理描写。中国传统文学与现代文学除了观念、言文的差别之外，在具体写法上最大的差异，就是古典文学虽然是全知视角，但只重外部描写，写人状物莫不如此；现代文学除了对外部景物、形态的描写之外，对人的心理描述，是非常注重的。《黄衫客传奇》对人心理的出色描绘，严家炎先生在为《黄衫客传奇》中译本写的序言中有非常精到的分析；另一方面，《黄衫客传奇》在对风情风物的描绘上，是典型的中国场景。对南京城（这里有一个重大失误是，既然是唐大历年间，都城就不是南京而是长安）整体的描摹是：

从山冈向下俯瞰，城市及其周边美不胜收。江水壮阔而宁静，犹如一条巨大的蓝色缎带，镶嵌在绿毯般的田畴之间。

在广阔的水面中，浮起一座小岛。金山耸立其上，山间垂柳掩映，好似一只巨大而青翠的花篮。

岛上环境清幽，略无人间喧嚣。远处时而会传来悠扬的梵呗，钟声夹杂其中，那是山脚寺庙里的僧人在念经礼佛。

小岛对岸，屋宇鳞次，飞檐冲天，是一处花园环绕、重楼复壁的建筑，其主体是以琉璃塔闻名的大报恩寺。

走进房间则是：

> 四周饰以帘幕，上面绣有中国神话传说中的场景。其中有开天的盘古，被龙、凤、灵龟、麒麟这些忠诚的伴侣簇拥着；远处，是为人类建造茅屋的有巢氏，还有中国的普罗米修斯——燧人氏，他将天火带给臣民，臣民感激得说不出话来。另还有各种形制的扇面，以那个时代著名人物的画像或诗人的题咏装饰，布满了墙面。

类似的典型中国场景以及风情风物随处可见。在这一点上说，《黄衫客传奇》的内容毫无疑问是“中国”的。1890年的法国《图书年鉴》曾发表评论说：“这是一本既充满想象力，又具有独特文学色彩的小说。通过阅读这本书，我们会以为自己来到了中国。作者以一种清晰而富于想象力的方式描绘了他的同胞的生活习俗。”[①]但是，在表现方法上，它无疑又是现代的。爱情悲剧的浪漫性、人物塑造的方法、结构以及许多具体表达方式，都有西方现代小说影响的痕迹。正是在这个意义上我们说，中国现代文学在发生时就有“民族”“世界”的双重性，或者说，也正是因为有这双重性质，《黄衫客传奇》才在西方世界好评如潮。法国《图书年鉴》称：“通过几部非常值得称道的论述中国风俗的著作，陈季同将军已经名闻遐迩。”这些评价已经说明了中国现代文学发端之际的“世界性”影响。因此，晚清至五四时代，中国文学已经找到了自己的方向。这个方向就是在保持民族文化独特性的同时，以开放的眼光吸收世界所有的先进文化。这种吸收不是全盘照搬，它是在坚持民族文化主体性的基础上的吸收和学习。也只有这样，民族文化才有了“世界性”通约的可能。这一点，在陈季同的时代已经证明了。除了他的《黄衫客传奇》获得承认和好评之外，陈季同的演讲也达到了同样的效果。他在巴黎曾不止一次地操着流利的法语做学术演讲，令许多法国听众为之倾

① 陈季同：《黄衫客传奇·附录一》，李华川译，人民文学出版社，2010年，第118页。

倒。罗曼·罗兰在1889年2月18日的日记中写道：

> 在索邦大学的阶梯教室里，在阿里昂斯法语学校的课堂上，一位中国将军——陈季同在讲演。他身着紫袍，高雅地端坐椅上，年轻饱满的面庞充溢着幸福。他声音洪亮，低沉而清晰。他的演讲妙趣横生，非常之法国化，却更具中国味，这是一个高等人和高级种族在讲演。透过那些微笑和恭维话，我感受到的却是一颗轻蔑之心：他自觉高于我们，将法国公众视作孩童……他说，他所做的一切，都是在努力缩小地球两端的差距，缩小世上两个最文明的民族间的差距……着迷的听众，被他的花言巧语所蛊惑，报之以疯狂的掌声。①

这里罗曼·罗兰的“非常之法国化，却更具中国味”已经道明了“民族的”与“世界的”关系。也正因为如此，才有了“这是一个高等人和高等种族在演讲”的赞誉。当然这里的问题远要复杂得多。除了民族的独特性和与他者交流的通约性之外，相互熟悉和了解更为重要。这也就是当年陈季同先生看到的“重重隔膜”和“误会”，正是中国文学不为西方理解的根本原因。因此，《黄衫客传奇》既是中国的又是现代的，在人的心理、情感、自我理解、自我认同的这样的内部空间，获得了鲜明的形象、语言、观念和理论。正是从《黄衫客传奇》开始——中国现代文学的发端，中国文学就找到了正确的方向。在这个意义上，“中国”不仅仅是一个现代民族国家，它同时也是一个“历史时间”概念。或者说，从先秦开始，特别是晚清以来，“中国”的形象正是在不断变化中被塑造出来。就像传统是不断发展变化、不断被丰富的情况一样。

① 《罗曼·罗兰高师日记》，孟华译。载孟华为、李华川著《晚清一个外交官的文化历程》一书所写的《前言》，北京大学出版社，2004年。转引自严家炎《二十世纪中国文学史》（上册），高等教育出版社，2010年，第9—10页。

三、“世界性”的重提和承认的政治

20世纪80年代，“改革开放”成为时代的主旋律。与西方世界隔绝多年的国门再度洞开，看到西方也看到了我们自己。因此，赶超西方成为那个时代国人的一种潜意识或内驱力：

> 这时候“走向世界”就成为文学界的一个时髦话题，这个语词里隐含着时代的焦虑与渴望：所谓“走向”，即意味着中国至今尚未走进“世界”，尚未成为世界的一个成员，那么，是什么样的“世界”既排除了中国又制约着中国呢？（与此相伴的是当时的流行语“落后要挨打”“开除球籍”等，都反映了类似的时代情绪。）显然，在现代化的全球性语境里，中国与世界的关系成为一种时间性的同向差距，中外文学关系相应地趋向于这种诠释：中国的现代文学是在世界文学思潮的影响下形成的，中国文学唯有在对世界文学样板的模仿与追求中，才能产生世界性的意义。虽然在影响研究中也注意到民族性的关系，但所谓“愈是民族的愈具有世界性”的格言，使用的仍然是“世界”的标准，潜藏其背后的依然是被“世界”承认的渴望。①

承认是一种政治，是一种文学的“国际通行证”。“让中国文学走向世界”的吁求，一方面是希望得到西方强势国家的承认，不是要求得到诸如柬埔寨、肯尼亚、汤加、津巴布韦这些第三世界国家的承认。要求承认，是因为感到了不平等，是因为感到了压迫、压抑的不自在。因此也是一种对文学尊严的诉求。在过去的一百多年里，我们曾遭受过西方的奴役，因此有一种普遍的“悲情”。这种“悲情”在一定的时候会以相反的形式出现。特别是21世纪以来，中国国民经济的快速发展和综合国力的不断强大，构成

① 陈思和：《20世纪中外文学关系研究中的“世界性因素”的几点思考》，载《中国现代文学》第20期。

了“世界性”和“走向世界”情感要求的物质基础。我们经常看到的口号是：“中国走向世界”“奥运走向世界”“中国企业走向世界”“中国品牌走向世界”“中国文化走向世界”等；孔子学院的不断建立，“文化输出”理论的不断高涨，“21世纪是中国的世纪”的提出等，都与国民经济发展状况有关。但是，经济GDP与文化GDP并不是一回事。有学者认为，在中国文化走向世界的背后，其实隐藏着一连串更为深层的问题，那就是中国文化走向世界，到底是为了向世界解释中国发展的意图，还是树立另一个和西方相抗衡的主流文化？还是参与塑造一个更为公平、和谐的东西方文化秩序？这些看似抽象的问题，在未来中国发展的过程中，必将越来越多地呈现在人们面前。①

《读书》杂志曾发表过美国学者凯瑟林·弗德瑞关于罗马尼亚农业问题的文章。在她文章的描述中，解集体化和私有化的过程，使罗马尼亚的农业整个破产了。在分土地的过程中，土地贬值了，出现了一个食利者社会。罗马尼亚认为改变这一现状没有别的办法，最好的办法就是让欧盟把我们接纳进去，让IMF、世界银行通通进来，除此之外没有别的前途。②这个描述意味着罗马尼亚经济的困境和问题。但是，这并没有影响2009年诺贝尔文学奖授予了罗马尼亚出身的赫塔·穆勒。当然，这时的米勒已经不是罗马尼亚人了。但罗马尼亚的文化记忆于她来说是重要的。赫塔·穆勒获奖是因为“其写作具有诗歌的精炼和散文的平实，描绘了一幅底层社会的众生相”。赫塔·穆勒的英文版小说《我所拥有的我都带着》出版于2009年8月。“书中主人公依然是位被放逐至劳动营的17岁男孩。然而，这种对自我经历的描述，在穆勒的笔下，既不是回忆录或自传，也不是对现实生活的直接再现，而是感觉的自我虚构。”而瑞典文学院常任秘书彼得·恩格隆德则指出，穆勒的创作“一方面具有独特的语言风格，另一方面则真实地讲述了生活于极权之下人的状态”③。这个事例也说明的是，文学的“世界性”与民族国家

---

① 《中国崛起：中国文化如何走向世界？》，载凤凰网2008年12月19日。

② 汪晖：《别求新声——汪晖访谈录》，北京大学出版社，2009年，第71页。

③ 搜狐读书频道2009年10月10日。

的经济状况并不构成直接关系。这是事情的一个方面。另一个问题是，世界根本就不存在一个“公平”“公正”的文学评价标准。即便是诺贝尔文学奖，瑞典文学院院士杰尔·伊斯普马克说：诺贝尔文学奖不是生活在真空里，它不可能不打上政治的烙印。事实上，诺贝尔文学奖的上空一直笼罩着一层挥之不去的政治阴云。

对世界性问题的回应，同样是以中国本土的问题以及与中国文化传统相关作为出发点的。它是中国的问题，同时也是世界问题的一部分。就中国当下文学的状况而言，“民族的”与“世界的”在今天已经难以做出剥离。文化融合的历史使文学的发展呈现出的是，更加关注人类普遍、共同的事务，特别是生存状态和精神事务。另一方面我们也必须看到，20世纪80年代之后，中国文学界对包括世界文学在内的文学经典，有一个再确认的过程，曾经被否定的世界文学经典重新被认同。20世纪80年代初期，世界文学名著被读者狂热购买的场景今天仍然历历在目。无论是作为一种文学知识，还是作为一种重要的文学遗产，世界文学显然潜移默化地，也深刻地影响了中国三十年来的文学创作。这种情况在中国主流文学的创作中，看得更清楚。美国小说家马克·吐温对家乡密西西比河乡村生活的描摹，意大利小说家维尔加对故乡西西里岛乡村底层生活的叙述，福克纳对美国南方风情画般的描绘，俄罗斯小说家屠格涅夫、契诃夫、托尔斯泰等对俄罗斯广阔的草原、森林和乡村生活的由衷赞美，以及拉美“爆炸文学”对古老的民族传统和神秘地域的神奇记载等，都给当代中国作家以启示或灵感。莫言说：“从80年代开始，翻译过的外国西方作品对我们这个年纪的一代作家产生的影响是无法估量的，如果一个五十岁左右的作家，说他的创作没受任何外国作家的影响，我认为他的说法是不诚实的。我个人的创作在80年代中期、90年代中期，这十年当中，是受到了西方作家的巨大的影响，甚至说没有他们这种作品外来的刺激，也不可能激活我的故乡小说，看起来我在写小说，但是外加的刺激让我产生丰富联想的是外国作家的作品。”[①]“魔幻现实主义对我的小说产生的影响非常巨大，我们这一代作家谁能说他没有受到过马尔克斯的影

① 新浪网：《著名作家莫言做客新浪网访谈实录》。

响？我的小说在1986、1987、1988年这几年里面，甚至可以说明显是对马尔克斯小说的模仿。”[①]批评家朱大可在揭示这一现象的同时，也措辞严厉地批评说：“‘马尔克斯语法’对中国文学的渗透，却是一个无可否认的事实。长期以来，马尔克斯扮演了中国作家的话语导师，他对中国当代文学的影响，超过了包括博尔赫斯在内的所有外国作家。其中莫言的‘高密魔幻小说’，强烈彰显着马尔克斯的风格印记。但只有少数人才愿意承认‘马尔克斯语法’与自身书写的亲密关系。对于许多中国作家而言，马尔克斯不仅是无法逾越的障碍，而且是不可告人的秘密。”[②]还有，学院批评家在评论中国作家作品的时候，也总是不经意地将其置于世界文学的背景下做出评价。这种意识和眼光不是刻意做出的，它本身就是批评的“世界性”意识的反映和表达。如果是这样的话，我们是不是可以认为，文学与“世界”的关系已经内化为我们的思维方式的一部分，或者说，现在任何一部小说，从结构、语言、情节展开、人物塑造等技术层面上，作家即便没有刻意模仿哪位西方作家，但西方文学的影像已经无意识地存在了。但它的前提是“中国”的本土的文学传统已经先于西方文学影像存在了。就像获得高度赞誉的陈季同，即便再有法国浪漫派的姿态，但在文化的“内部空间”不能祛除的还是“霍小玉”的皮囊。

原载《南方文坛》2010年第6期

---

① 新浪网：《著名作家莫言做客新浪网访谈实录》。

② 朱大可：《马尔克斯的噩梦》，载《中国图书评论》2007年第6期。

后 记

这本自选集，是我从事当代文学研究和批评四十年来的一个选本。它从一个方面反映了我在这一领域研究和批评的某种面貌。编选的是一些文学理论、文学思潮和文学现象的文章。没有编选具体作家作品的研究和评论，这与我写的多而杂有关，自己选择也很困难。当然也远没有那么重要。当下的文学研究和批评与我刚刚开始接触这一领域时的情况已大不相同。其中的原因当然复杂，大家都在议论，但谁也不能改变。或者说，大家一面议论，一面不得不照常实践。在这种情况下从事文学研究和批评，其心情完全可以想见。即便如此，我还是敝帚自珍地编选了这部自选集。

大学期间，我就陆续发表文学评论文章，80年代初期大学毕业后，我分配到中央广播电视大学中文系工作，曾主持过一门课程——当代作家谈创作。这使我有机会在全国范围内接触了许多重要的作家，与他们一起商讨如何授课，聆听他们对文学的见解和各种看法。他们对文学的热情和态度，也进一步坚定了我从事当代文学研究和批评的决心。80年代我虽然也发表了一定数量的文章，但现在看来，那时的我还只是一个文学研究和批评的“外围”参与者或观望者，我还没有能力进入那个时代讨论的核心话题。我个人的准备还非常不充分。但是，那个时代的气氛，让我深刻地感到了文学的美好；1989年，我到北京大学在谢冕先生的指导下做访问学者，谢先生组织了一个课堂讨论，每两周一次。这个课堂在北京青年批评家中非常有影响，洪子诚先生以及王宁、陈晓明、张首映、李书磊、张颐武、韩毓海、肖鹰等，都先后是这个讨论课的成员。后来，谢先生将这个课堂讨论命名为“批评家周末”，坚持了有十年之久。应该说，我就是来自“批评家周末”。在这个讨论的课堂里，我才体会到了什么是当代文化研究和批评。无论是谢先生还是讨论课的所有成员，他们对当代文学的热爱和执着，深刻地感染着我。特别是谢先生，能作为他的学生我倍感荣幸。三十年的时间并不长，当年的情形还历历在目却又恍如隔世。

当然，那是一个特殊的时代，是一个只可想象难再经验的文学的黄金时代。尽管那个时代同样有值得检讨和反省的东西。它也应该是我们“文化自觉”的一部分。所谓“文化自觉”，首先就是对它的反省和检讨。另一方面，无论外部环境怎样，作为一个学者和批评家，还是应该不为其所动。事实的确如此，古往今来，凡是有所作为的学者，内心都有一种淡然或定力。这种变化应该是我们观察和体会的对象，而不应成为改变我们从事的工作的力量。这也是我们自我确认的一种方式吧。

这些文章，大多发表在《中国社会科学》《文学评论》《文艺研究》《文艺争鸣》《当代作家评论》《南方文坛》等杂志上。我非常感谢李兆忠、王兆胜、方宁、陈剑澜、郭铁成、张未民、王双龙、高海涛、韩春燕、张燕玲等朋友，他们刊发了这些文章，帮助我走过了这许多年的文学研究和批评道路；我感谢身边的朋友陈晓明、程光伟、陈福民、张清华、贺绍俊等，他们的友谊让我感到生活美好；感谢我的父母，他们在艰难困苦中哺育并支持我；感谢我的弟弟妹妹，他们承担了照顾父母的责任，让我有可能安心从事我的工作；感谢我的妻子吴丽艳，她的支持和照顾无以言表。最后要感谢山东人民出版社，胡长青先生和王路先生是多年好友，他们的美意对我珍贵无比。

孟繁华

2017年9月26日